MARLISS MELTON

SEAL Team 12

Gefährliche Suche

MARLISS MELTON

GEFÄHRLICHE SUCHE

SEAL TEAM 12

Roman

Ins Deutsche übertragen von
Ralf Schmitz

LYX
EGMONT

Die Originalausgabe erschien 2008 unter dem Titel *Don't Let Go*
bei Forever. Forever is an imprint of Grand Central Publishing/Hachette
Book Group, USA.

Deutschsprachige Erstausgabe Juli 2013 bei LYX
verlegt durch EGMONT Verlagsgesellschaften mbH,
Gertrudenstr. 30–36, 50667 Köln

Dieses Werk wurde vermittelt durch die Literarische Agentur
Thomas Schlück GmbH, 30827 Garbsen

1. Auflage
Redaktion: Die Medienakteure, Hamburg
Satz: Greiner & Reichel, Köln
Printed in Germany (670421)
ISBN 978-3-8025-9095-5

www.egmont-lyx.de

Du bist bereits das Vorbild für viele meiner Figuren gewesen, aber noch nie war es so offensichtlich wie dieses Mal. Es mag Frauen geben, die neidisch sind, weil ich mit der Quelle meiner Inspiration verheiratet bin. Andere sind vielleicht froh, dass du zu mir gehörst und nicht zu ihnen. Wir haben gute und schlechte Zeiten erlebt, und noch immer bist du die Liebe meines Lebens. Es macht mich froh, dass du nicht losgelassen hast, als du es hättest tun können.

Prolog

Vor fünf Jahren

Trotz der Hitze, die aus den Lüftungsschlitzen im Fußraum des alten Volkswagens zu ihm heraufwaberte, fröstelte Chief Petty Officer Solomon McGuire in seiner wollenen Cabanjacke. Aus seiner Kindheit in Camden, Maine, war er harte Winter gewöhnt, weshalb ihm das mildere Klima von Virginia Beach nur selten zusetzte. Doch die Erinnerung an den Einsatz, den er gerade hinter sich hatte, lastete auf seiner Brust wie ein Eisblock und ließ ihn bis auf die Knochen frieren.

Petty Officer Blaine Koontz aus Kentucky hatte zu den Jungspunden gehört, in deren Gegenwart sich ältere SEALs müde und verbraucht fühlten. Der Mann war ein einen Meter achtundsechzig großes Energiebündel gewesen. Mit seinen Sommersprossen und dem ewigen Grinsen hatte er jedem tödlichen Unternehmen den Anschein gegeben, als handelte es sich um ein Spiel unter Kindern.

Hooyah! Wir springen aus niedriger Höhe mit dem Fallschirm über feindlichem Gebiet ab, laufen mit sechzig Pfund Marschgepäck auf dem Rücken vier Meilen über die Dünen, umzingeln die von der Irakischen Nationalgarde gehaltene Ölquelle und nehmen sie ein. Kein Problem! Das kriegen wir hin!

Und das hatten sie auch. Als sie sich der Ölquelle über die ungeschützte Fläche hinweg näherten, hatte Koontz allerdings eine Kugel in die Schläfe abbekommen. Er war nicht sofort tot gewesen, sondern hatte noch gelebt und wirres Zeug gestammelt, während er von Solomon festgehalten wurde, damit der Sanitäter ihm den zertrümmerten Schädel bandagieren konnte.

Nach sechzehn Jahren als SEAL war Solomon in dem Glauben gewesen, bereits alles gehört und gesehen zu haben. Falsch. Bei den Worten, die aus Koontz' Mund hervorgesprudelt waren, hatten sich ihm die Nackenhaare gesträubt. Wie es schien, war der Petty Officer doch nicht so unbekümmert gewesen. Der Zweiundzwanzigjährige hatte aus gutem Grund so unverfroren mit dem Sensenmann geflirtet: Der Tod stellte für ihn keine schlimmere Heimsuchung dar als sein sadistischer Erzeuger.

Koontz war erst gestorben, als ein Night Stalker unter dem Beschuss durch Granatwerfer im feindlichen Luftraum zur Landung angesetzt hatte, um den Verletzten in Sicherheit zu bringen. Der Tod des Mannes hatte Solomon erschüttert, doch Trauer war ein Luxus, den er und seine Männer sich nicht leisten konnten, also hatten sie sich beeilt, ihren Einsatz zu beenden – einen Einsatz, der insgesamt zweiundsiebzig schlaflose Stunden dauern sollte. Die SEALs hatten nicht nur die Ölquelle eingenommen, sondern sie auch noch bei einem Gegenangriff verteidigen müssen, bis das Siebte Infanteriebataillon der Army aufgetaucht war und sie unterstützt hatte.

Solomon, der dafür bekannt war, jedes Ziel hartnäckig zu verfolgen, fühlte sich seitdem mehr als erschöpft. Das Wissen um Koontz' schreckliche Kindheit zerrte an seinen Nerven, als er im Mondschein einer kalten Januarnacht in der ruhig daliegenden Vorstadt aufs Gaspedal trat.

Die Zufahrt zu seinem Wohnviertel kam in Sicht, woraufhin er herunterschaltete und dann um die Ecke bog, ohne die Bremse auch nur zu berühren. Er sehnte sich nach der Erleichterung, die er in dem Augenblick empfinden würde, wenn er seinen kleinen Sohn in die Arme nähme und in sein unschuldiges, engelsgleiches Gesicht schaute. Ein Gefühl der Erleichterung, das vollkommen sein würde, sobald er sich in die sanften Arme seiner Frau sinken ließe.

Sein Sohn hieß Silas. Und er war Solomons ganzer Stolz.

Früher hatten sich alle seine Gedanken nur um seine Frau Candace gedreht, sie war der Mittelpunkt seiner Welt gewesen. Doch dann hatte er erkennen müssen, dass ihre Schönheit ebenso oberflächlich war wie ihre Gedanken. Trotzdem, sie war die Mutter seines Sohnes. Er hatte beschlossen, sie zu heiraten, und zu dieser Entscheidung stand er.

Sein zweistöckiges Backsteinhaus befand sich am Ende einer Sackgasse. Jeden Monat verschlang die Hypothek die Hälfte seines Solds, doch es war Candaces Wunsch gewesen, also hatte er es für sie gekauft. Spät wie es war, brannte hinter den Fenstern kein Licht mehr, seine kleine Familie schlief. Solomon drosselte den Motor und rollte in die Auffahrt.

Er griff nach seinem Rucksack, stieg aus und folgte den Granitplatten, die quer über den frostbedeckten Rasen verliefen. Mit steifen Fingern schloss er die Haustür auf. Beim Gedanken an den oben in seinem Bettchen schlummernden, zwölf Monate alten Silas schlug sein Herz schneller. Fast spürte er schon die Wärme seines kräftigen kleinen Körpers an seiner Brust und roch seinen süßen Babyduft.

Doch als er eintrat, schlug ihm nicht wie erwartet Wärme entgegen. Vielmehr war es kalt ihm Haus, es herrschte eine Grabesstille und die gewohnten Gerüche hatten sich verzogen.

Mit einem Anflug von Angst schaltete Solomon das Licht an. Im dem blendenden Schein der Lampe bestätigte sich, was ihm seine übrigen Sinne signalisiert hatten. »Candace!« Seine besorgte Stimmte hallte von den leeren Wänden und der hohen Decke wider. »Nein!«, ächzte er und ließ den Rucksack fallen.

Drei Stufen auf einmal nehmend rannte er die Treppe hinauf, stürmte den breiten Flur entlang und stieß die Tür zum Kinderzimmer auf. Der unerbittliche Mond beleuchtete ein Zimmer, das ebenso verwaist war wie der Rest des Hauses. Das Licht musste er gar nicht erst einschalten. Nur die Teddybärbordüre an der Wand war noch da.

»Oh Gott«, stöhnte er, taumelte zurück in den Flur und stakste zum Elternschlafzimmer. Er rauschte durch die Doppeltür und starrte in den Raum vor ihm. Weg. Alles weg.

Schaudernd drehte er sich um und kehrte ins Kinderzimmer zurück. »Silas«, jammerte er und fühlte sich, als habe man ihm sämtliche Eingeweide herausgerissen. An der Stelle, an der das Kinderbett gestanden hatte, sank er auf die Knie, vergrub das Gesicht in den Händen und weinte.

1

Amazonas, Venezuela

Die Flügeltüren der Kapelle von La Misión de la Paz flogen auf, woraufhin die dort Versammelten erstarrten. Der Eindringling kam aus dem gleißenden Sonnenlicht hineingehastet, seine braunen Glieder glänzten vor Schweiß, sein Atem ging stoßweise, sodass er seine Mitteilung nur unterbrochen hervorbrachte: »*Guerillas se acercan. ¡Hay por lo menos cincuenta y llevan armas!*«

Guerillas kommen. Mindestens fünfzig, und sie sind bewaffnet. Während ihr die Übersetzung der Botschaft durch den Kopf ging, richtete sich Jordan Bliss, die gerade einen Schüler unterwiesen hatte, auf und blickte Pater Benedict an, um zu sehen, wie er reagierte.

Auf dem gütigen Gesicht des Priesters spiegelte sich Sorge wider. »Sie hätten schon vor zwei Wochen abreisen sollen«, sagte er zu ihr. »Jetzt müssen Sie sich mit uns verstecken.«

»Es war meine freie Entscheidung, Pater«, rief sie ihm freundlich ins Gedächtnis, während sie zu dem Grund für ihr Bleiben herübersah, dem vier Jahre alten Miguel, der hinter ihr kauerte und seine Schiefertafel umklammerte. Sie hatte ihn trotz der politischen Wirren in Venezuela und der zunehmenden Gefahr für Amerikaner unmöglich im Stich lassen können.

»Los«, drängte Pater Benedict, der sich als Brite in einer kaum weniger bedrohlichen Lage befand. »Holen Sie die Kinder. Wir verstecken uns alle im Weinkeller. Pedro, lauf und bring Schwester Madeline her«, fügte er auf Spanisch hinzu. »Schnell.«

Jordan rief die Kinder zusammen und wies sie an, ihre Tafeln unter den Kirchenbänken liegen zu lassen. Miguel nahm sie auf den Arm. Er schlang seine Ärmchen um ihren Hals, doch er war so dünn, dass sie sein Gewicht kaum spürte.

»Hier entlang«, gab der Priester den Weg vor und lief zur Sakristei, die durch einen Vorhang vom Altarraum abgetrennt war. Dort angelangt, schob er mit dem Fuß den abgetretenen Teppich beiseite. Eine in den Steinfußboden eingelassene hölzerne Klappe führte in den Keller. Als er sie anhob, war darunter eine Treppe zu sehen, deren Stufen in der Dunkelheit verschwanden. Modergeruch stieg auf.

Jordans Angst vor geschlossenen Räumen ließ sie zurückschrecken. Hinter ihr drängten sich, instinktiv schweigend, die Kinder.

»Nehmen Sie die Kerzen«, instruierte der Priester sie und hielt ihr eine Handvoll hin. »Streichhölzer«, ergänzte er mit bemerkenswert ruhiger Stimme. Sie verstaute sie in den tiefen Taschen ihrer kurzen Cargohose, während Pater Benedict ein Tuch von einem Korb hob und den Brotlaib für die Abendmesse herausnahm. »Den werden wir brauchen.«

Nur Gott wusste, wie lange sie dort unten ausharren müssen würden. Und ob die Guerillas, die auf dem Weg zu ihnen waren, ihnen mit Eifer nachspüren oder einfach weiterziehen würden.

»Los«, sagte der Priester und wies mit einem Nicken auf die Stufen.

Obwohl es ihr vor Panik fast die Kehle zuschnürte, befahl Jordan ihrem kleinen Trupp, sich an dem wackeligen Geländer festzuhalten und ihr zu folgen. Dann wagte sie den ersten

Schritt in die Untiefen der Erde und machte gleich darauf den zweiten.

Kaum umgab sie die feuchte Kühle, fühlte sie, wie sie mit der Wange gegen ein Spinnennetz kam. Sie erschauerte, drückte Miguel fester an sich und überwand für ihn und die übrigen Kinder ihre Furcht. Tiefer, immer tiefer stiegen sie in die Dunkelheit hinab, bis sie das Ende der Stufen erreichten und festgetretenen Erdboden unter den Füßen hatten.

Ein Frösteln überkam sie, als sie zurück nach oben zum Licht schaute. Was, wenn sie nie wieder die Sonne sehen würde? Eiligen Schrittes näherte sich nun auch Schwester Madeline.

»Ich habe sie gesehen«, erklärte die Nonne auf ihre nüchterne Art. »Eine ganze Horde«, fügte sie mit typisch britischem Understatement hinzu.

Eine wilde Horde, dachte Jordan, vor lauter kaltem Schweiß klebte ihr bereits das Hemd am Rücken.

Schwester Madeline kam rasch die Treppe herunter. »Wer ist alles bei uns?«, wollte sie wissen.

»Die Waisen«, murmelte Jordan.

»Wir sollten sie gehen lassen«, schlug Schwester Madeline mit einem Blick nach oben zum Priester vor.

»Nein«, zischte Jordan und drückte Miguel noch entschlossener an sich.

»Ihr Weinen könnte uns verraten«, erklärte die Nonne.

»Es ist zu spät, um sie wieder nach oben zu schicken«, stellte Pater Benedict fest, der nun ebenfalls zu ihnen herunterkam. »Außerdem, wer sollte sich dann um sie kümmern? Sie würden bloß wieder auf der Straße landen. Pedro«, wandte er sich an den Jungen über ihm, der hoffte, Priester werden zu können, »mach die Tür zu und schließ ab. Zieh den Teppich über die Bodenklappe und lass den Schlüssel verschwinden. Sag keinem, wo wir sind. Sobald die Guerillas fort sind, lässt du uns wieder raus.«

»*Si, padre*«, antwortete der Junge. Widerstrebend und mit bedauernder Miene schloss er die Luke. Da das Sonnenlicht durch die Ritzen fiel, wurde es zunächst nicht vollkommen finster. Doch als der Teppich über die Luke geschoben wurde, hüllte sie alle eine dermaßen tiefe, undurchdringliche Schwärze ein, dass jeder Muskel in ihrem Körper Jordan den Dienst versagte.

»Entzünden wir eine Kerze und beten wir«, drang Pater Benedicts Stimme aus der Dunkelheit zu ihr und löste sie aus ihrer Erstarrung.

Ungelenk setzte sie Miguel ab, um der Finsternis ein Ende zu bereiten, was in Anbetracht ihrer zitternden Hände jedoch praktisch unmöglich war. Im flackernden Licht des Zündholzes waren die blassen Gesichter ihrer erwachsenen Begleiter und vier Paar glänzender Kinderaugen zu erkennen. Sie starrten auf den Docht und blickten sich um, als die Kerze endlich brannte.

Ihr Versteck maß etwa zehn mal sieben Schritte, war von Spinnweben überzogen und überall befanden sich Nischen, in denen flaschenweise Messwein lagerte. *Zu trinken haben wir jedenfalls genug*, dachte Jordan und verkniff sich ein hysterisches Glucksen.

Der Priester setzte sich und zog seine langen Beine an, um den anderen Platz zu machen. Jordan suchte nach einer Abstellmöglichkeit für die Kerze, die außerhalb der Reichweite der Kinder war. Als sie einen Spalt in der Wand entdeckte, klemmte sie die Kerze wie eine Fackel hinein. »Setzt euch«, wies sie die Kleinen an und machte es ihnen vor.

Miguel kroch auf seinen Lieblingsplatz – ihren Schoß – und seine Haare kitzelten sie in der Nase. Vor Bedauern darüber, dass sie ihn nicht besser beschützen konnte, brannten Jordan Tränen in den Augen.

»Lieber Gott«, begann der Priester in einem leisen, grimmigen, aber erstaunlich ruhigen Tonfall, »wir beten zu dir, sieh auf uns herab und halte deine schützende Hand über uns …«

Beim Klang seiner tiefen Stimme schweifte Jordan in Gedanken ab. Sie bedeutete Fatima, die sich ängstlich wimmernd an sie schmiegte, leise zu sein. Gebete konnten nicht schaden, fand Jordan, aber helfen würden sie auch nicht unbedingt. Gott wusste, wie häufig sie als werdende Mutter darum gebetet hatte, ihr Kind nicht zu verlieren und ihre Ehe retten zu können.

Anders als der Priester und die Nonne war Jordan nicht in Venezuela, um Seelen zu retten. Vielmehr wollte sie einen Heilungsprozess beenden, der im letzten Sommer begonnen hatte, dann jedoch unterbrochen worden war, weil sie wegen ihrer Anstellung als Lehrerin hatte zurück nach Hause reisen müssen.

Diesen Sommer war sie zurückgekommen – nicht, um sich weiter zu erholen, sondern um die Adoption abzuschließen, die sie vor neun Monaten beantragt hatte. Die Warnungen ihrer Regierung vor der unsicheren politischen Lage waren bei ihr auf taube Ohren gestoßen. Und nun würde ihre Weigerung, sich das Risiko einzugestehen, womöglich zu ihrem Tod führen.

Eine Gewehrsalve unterbrach Pater Benedicts Gebet. Alle lauschten und hielten gemeinsam die Luft an. Hatten die Guerillas einen der Dorfbewohner getötet, die La Misión besuchten? Oder kündigten sie bloß auf Furcht einflößende Weise ihr Erscheinen an?

Obwohl die Zeitungen seit Wochen vor einem Aufstand der Populisten gewarnt hatten und alle Amerikaner dazu aufgefordert worden waren, das Land zu verlassen, hatten sie in dieser abgelegenen Mission im Urwald nicht mit einem Zwischenfall gerechnet.

Jordan interessierte sich nicht für Politik. Und die Kinder von Amazonas brauchten sie noch dringender als ihre Schüler zu Hause.

Sie berührte alle Kinder und strich ihnen tröstend über die schmalen Schultern. Falls nötig, würde sie ihr Leben für sie geben, vor allem für Miguel, der genau in dem Alter war, das ihr Kind jetzt gehabt hätte. Klein und schutzlos, wie er war, hatte er einen besonderen Platz in Jordans Herz erobert. Sie stand so kurz davor, ihn endlich mit nach Hause nehmen zu können. Komme, was wolle, sie würde ihn nicht im Stich lassen.

Suffolk, Virginia

Special Agent Rafael Valentino las das frisch gemalte Schild an der von Bäumen gesäumten Zufahrt.

SECOND CHANCE – PFERDETHERAPEUTISCHE RANCH

Mit einem Knopfdruck hielt er die schwermütige Arie aus der Oper *Carmen* an und fuhr, auf eine Enttäuschung gefasst, die Schotterstraße hinunter.

Die Jillian Sanders, die er kannte, arbeitete als Krankenschwester in Fairfax und nicht auf einer Pferderanch in Suffolk, Virginia. Trotzdem, als er auf einer Liste eingegangener Anrufe über den Namen gestolpert war, hatte er beschlossen, diesen Hausbesuch zu machen, um es selbst zu überprüfen.

Ausgewachsene Eichen gaben den Blick auf ein buttergelbes Farmhaus frei, das einen frischen Anstrich nötig hatte. Die Veranda fiel zu einer Seite hin ab, der Fußweg war von Sträuchern und Gestrüpp überwuchert. Fünfzig Meter weiter stand eine neue Scheune, rötlich gebeizt und mit einem frisch errichteten Zaun, dessen Holz noch grün wirkte.

Rafe hielt an und griff nach der Akte. Jillian Sanders hatte einunddreißig Mal beim FBI angerufen und um Hilfe gebeten.

Als er sich der Haustür näherte, spitzte er die Ohren, hörte aber nur den Wind und Vogelgezwitscher. Das Klappern der Absätze seiner Ferragamo-Schuhe auf der schiefen Veranda klang deplatziert.

Bevor er anklopfen konnte, wurde die Tür aufgerissen. »Ja?«, fragte ein vielleicht vierzehnjähriger Junge, in dessen grauen Augen Feindseligkeit lag.

»Special Agent Valentino vom FBI«, stellte Rafe sich vor, wobei er versuchte, das Krächzen in seiner Stimme, das durch seine verletzten Stimmbänder verursacht wurde, abzumildern. »Ich bin auf der Suche nach Jillian Sanders.«

»Sie ist in der Scheune«, antwortete der Junge und beäugte die Narbe an Rafes Hals.

»Wer sind Sie?«, fragte ein kleines Mädchen, das seinen Kopf unter dem Arm des Jungen hindurchsteckte.

»Der Butzemann«, meinte der Bruder.

»Nee, nee.«

»Tja, der könnte er aber sein. Geh wieder in deinem Zimmer spielen. Wir reden nicht mit Fremden.«

»Du hast mir gar nichts zu sagen.«

Rafe verzog das Gesicht und wich zurück. Wie lange war es her, dass er Geschwister zanken gehört hatte? Acht Jahre. Lange genug, um sich nicht mehr genau daran zu erinnern.

Er ging zu der offen stehenden Scheune und spähte in das Zwielicht im Inneren. Ein schwacher Geruch nach Pferdemist, vermischt mit dem Duft von frischem Stroh, schlug ihm entgegen. »Hallo?«, rief er und ging vorbei an leeren Stallboxen in die Richtung, aus der ein schlurfendes Geräusch kam. Ein Pferd reckte den Kopf über die Trennwand und wieherte. Dann glitt die Tür der Box auf und eine Frau schaute heraus.

»Rafael!«, stieß sie hervor. Das lange, goldblonde Haar hatte sie zu einem Pferdeschwanz zusammengebunden, ihre Shorts und das T-Shirt spannten über ihrem Schwangerschaftsbauch, doch er hätte sie trotzdem überall erkannt.

»Jillian.« Ihn überkam ein Gefühl absoluter Zufriedenheit.

»Du liebe Güte«, keuchte sie und legte sich eine ihrer in Handschuhen steckenden Hände aufs Herz. »Ich hatte nicht damit gerechnet, dich jemals wiederzusehen.«

»Ich auch nicht«, erklärte er. Er mochte das weiche Timbre ihrer Stimme und ihre grünblauen Augen.

»Was führt dich nach Suffolk?«, fragte sie erfreut.

»Ich wurde vor acht Monaten von Washington herversetzt«, antwortete er.

»Du bist wegen meiner Anrufe hier«, vermutete sie.

Er deutete auf die Akte. »Ich habe mich gefragt, ob du es bist.« Sie hatte ihn nicht nur beruhigt, als er in der Notaufnahme fast an seinem eigenen Blut erstickt war, sondern ihn in den Wochen bis zu seiner Genesung auch jeden Tag besucht.

»Ich bin so froh, dich wiederzusehen«, sagte sie, zog einen Handschuh aus und streckte ihm ihre Hand entgegen.

Während Rafe es genoss, wie warm und weich sich ihre Finger anfühlten, ging ihm auf, dass dies ihr erster Körperkontakt überhaupt war.

»Lebst du hier in Suffolk?«, erkundigte er sich und ließ sie widerstrebend los. »Ich dachte, dein Mann wäre Polizist in Fairfax.«

Sie wandte sich ab und legte die Handschuhe weg. »Ich bin hergezogen, um diese Therapieranch für Veteranen, die im Krieg Arme oder Beine verloren haben, aufzuziehen. Reiten fördert den Muskelaufbau und trainiert den Gleichgewichtssinn.«

»Ich hatte ja keine Ahnung«, gestand er verblüfft. Dann schaute er fragend auf ihren Bauch.

»Du hast mich beim Stallausmisten überrascht«, entschuldigte sie sich, seinen Blick ignorierend. »Komm mit ins Büro. Ich habe dir so viel zu erzählen.«

Zehn Minuten später, nachdem er ihr versichert hatte, dass das FBI alles in seiner Macht Stehende tun würde, um ihre Schwester zu finden, beobachtete Jillian, wie Rafael sich wieder auf den Weg machte.

Geschmeidig stieg er in seinen Oldsmobile Cutlass und legte den Sicherheitsgurt an. Sie hatte ihn noch nie in anderer Kleidung als einem Pyjama gesehen, trotzdem überraschte es sie nicht, dass er einen stahlgrauen Designeranzug aus Seide und ein schneeweißes Hemd ohne Krawatte trug. Schließlich hatte er selbst im Pyjama irgendwie elegant gewirkt.

Als er ihr zulächelte, wurde ihr leichter ums Herz und der Kummer, der sie sonst permanent bedrückte, schien gelindert. Es war schön, diesem Freund wiederbegegnet zu sein, den sie lieb gewonnen, aber dann aus den Augen verloren hatte – besonders, weil sie in jüngster Zeit so vieles verloren hatte.

Dann setzte er zurück, eine Hand fest am Lenkrad, und fuhr los, woraufhin ihre Sorgen auf der Stelle zurückkehrten.

Sie hatte ihm noch nicht einmal vom Tod ihres Mannes erzählt. Jeden Morgen wachte sie panisch mit der Erkenntnis auf, dass das Wohlergehen ihrer Familie nun allein auf ihren schmalen Schultern lastete. Ihr Baby, Garys überraschendes Vermächtnis, würde schon in zwei Monaten zur Welt kommen, und bis dahin musste sie noch jede Menge erledigen, damit sie ihrem Kind die Aufmerksamkeit zukommen lassen konnte, die es verdiente.

Mit einem tiefen Seufzer wandte sich Jillian der Scheune zu. Sie musste verrückt gewesen sein, zu glauben, sie könnte ihren und Garys Traum allein verwirklichen. Doch da sie nun einmal begonnen hatte, blieb ihr nichts anderes übrig, als die Sache durchzuziehen.

Amazonas, Venezuela

»Wie gehen wir vor, Senior Chief?«, flüsterte Petty Officer Vinny DeInnocentis und schlug nach dem Moskito, der sich durch die in seinem Nacken verteilte Tarnfarbe arbeitete. Nach Einbruch der Dunkelheit schwärmten die Insekten in noch dichteren Wolken aus.

Solomon McGuire, alias Mako, wandte sich lange genug von der Misión de la Paz ab, die sich in der Hand von Rebellen befand, um Vinny einen eisigen Blick zuzuwerfen. Angesichts seiner hellgrauen, fast schon farblosen Augen musste er sich dafür aber auch nicht allzu sehr anstrengen.

»Was denn?«, fragte der junge SEAL mit der Großschnäuzigkeit eines Kinds aus der Großstadt. »Wir liegen hier jetzt seit ungefähr sechs Stunden und sehen zu, wie diese Arschgeigen die Einheimischen schikanieren. Wann schlagen wir endlich los?«

»Wir haben nicht hier *gelegen*«, verbesserte Solomon ihn. »Wir haben beobachtet.«

»Stimmt.« Vinny nickte, woraufhin Solomon kurz die Hoffnung schöpfte, der Petty Officer könnte es eines Tages zum Chief bringen, doch dann fügte dieser hinzu: »Ich habe beobachtet, dass so ein Riesenkäfer an meinem rechten Bein hoch und genau auf meine Klöten zukrabbelt, fünf Meter über uns baumelt eine giftige Schlange, und die Wurzeln, hinter denen wir uns verstecken, sehen mir ziemlich nach einer Gifteiche aus.«

»Das ist eine Trompetenblume«, widersprach Solomon, der sich immerhin an Vinnys Rastlosigkeit gewöhnt hatte. »Wir gehen um null einhundert rein. Sie, Teddy und Gus nehmen die Anlage ein, während ich die Leute lokalisiere, die wir mitnehmen wollen. Wir machen sie ausfindig, fesseln sie und bringen sie raus, dann stoßen wir am vereinbarten Treffpunkt zu Harley und Haiku.«

Vinnys weiße Zähne blitzten im Dämmerlicht auf. »Hooyah, Senior Chief. Ich muss bloß noch den Käfer aus meiner Hose kriegen«, gab er zurück und schüttelte, während er aus dem Unterholz hochkam, sein Bein, als wäre er Rumpelstilzchen.

Solomon aktivierte den Teamfunk, um Kontakt mit den Scharfschützen aufzunehmen. »Vier Stunden bis zur Operation Extraction«, informierte er Aufklärer und Schützen.

»Verstanden«, gab Harley leise zurück. Nun, da die Nacht anbrach, begaben Haiku und er sich über die Außenmauer der Mission und das mit Tonschindeln gedeckte Dach der Küche in den Glockenturm der aus dem siebzehnten Jahrhundert stammenden Kapelle. Von dort aus würden sie optimale Sicht auf die Erstürmung der Misión durch ihr Team sowie die anschließende Suchaktion haben.

Solomon stellte auf seiner Uhr den Countdown ein.

2

Drei Stunden und fünfzig Minuten später beobachtete Solomon, wie der Sekundenzeiger seiner MTM-Extreme-Ops-Navy-Black-SEAL-Taucheruhr vorrückte. Er und seine Männer lagen nun hinter den duftenden Wurzeln einer Bougainvillea und waren voller Adrenalin. *Neun, acht, sieben ...* Sie führten schwere Ausrüstung mit sich und trugen Gasmasken. *Drei, zwei, eins.*

Auf sein Nicken hin ließ Teddy die Sprengladung hochgehen, und das uralte schmiedeeiserne Tor flog auf. Von ihrer Position unter den Bäumen aus schleuderten Vinny, Teddy und Gus Rauchgranaten auf den Hof. Sofort tauchten die vom Tumult und den zischenden Granaten alarmierten Rebellen auf und traten desorientiert und verwirrt den Rückzug an.

Harley ließ darauf vom Glockenturm aus die erste Garbe niederprasseln, während das Befreiungskommando wie maskierte Gespenster zur Mission vorrückte und dabei Schüsse aus den Maschinenpistolen abgab.

Unter ihrem Feuerschutz begann Solomon mit der Suche.

Ein kurzer Blick in die mittelalterlich anmutende Küche zeigte ihm, dass sich dort niemand aufhielt. Seine Männer schossen sich den Weg zur Kapelle frei, wobei sie ein halbes Dutzend Rebellen ausschalteten, die keine fünf Sekunden lang Widerstand leisteten.

Vinny und Teddy drückten sich flach gegen die Stuckmauer der Kirche, während Gus, ein Lieutenant, die Türflügel eintrat und eine Schockgranate hineinwarf. Wie bei einer Blendgranate sollte sie die Menschen im Gebäude verwirren und deren Evakuierung erleichtern. Gerade als Solomon hineinspähte, sah er durch sein Nachtsichtgerät die orangerote Silhouette eines Mannes, der sich hinter eine Balustrade warf.

Wird Zeit, einen Rebellen zu verhören, dachte er, da gab Gus ihm auch das Zeichen, hineinzugehen. Vinny und Teddy ließen sie zurück, um die Tür zu bewachen, während sie selbst an einer Außenwand entlang auf den Mann in seinem Versteck zuhielten. »Kommen Sie mit erhobenen Händen raus, dann passiert Ihnen nichts«, rief Solomon im Vorrücken auf Spanisch.

Als er seine Maske hochschob, bemerkte er, dass es sich bei der Gestalt, die da auftauchte, nur um einen Heranwachsenden handelte und vermutlich nicht um einen Rebellen, denn er trug das Gewand eines Geistlichen. Vom Kopf bis zu den Füßen schlotternd, streckte er die Arme in die Luft.

»Wir suchen Gringos«, sagte Solomon und beobachtete, wie der Junge reagierte.

Der sah panisch kurz nach rechts.

»Wo sind sie?«, hakte Solomon nach, der den Blick registriert hatte, und Gus hob drohend sein Gewehr.

»*Abajo*«, quiekte der Jugendliche.

»Unten?«, gab Solomon zurück.

»Ein Keller«, vermutete Gus.

»*Aqui*«, bestätigte der Junge, schlurfte zurück in den Alkoven und deutete auf den Fußboden.

»Zeig es uns«, befahl Solomon. »Schnell!«

Mit unsicheren Bewegungen, die vermuten ließen, dass dies nicht zu seinen üblichen Aufgaben gehörte, zog der Junge einen Schlüssel aus seinem Gewand, schob einen Teppich beiseite, schloss eine Falltür darunter auf und öffnete sie. »*Soy yo*«, gab er sich rufend zu erkennen und fügte dann hinzu, dass er in Begleitung amerikanischer Soldaten komme.

Nach dem von dort unten aufsteigenden Gestank zu schließen, harrten die Menschen seit Tagen in ihrem Versteck aus. Solomon kniete sich hin und zog seine Taschenlampe hervor. Gus blickte ihm über die Schulter, während sie den Kellerraum absuchten.

Am Fuß einiger wacklig aussehender Stufen entdeckten sie drei hellhäutige Erwachsene und vier einheimische Kinder. Alle blinzelten sie scheu ins Licht.

»Jordan Bliss?«, fragte Solomon, indem er den Lichtstrahl auf den einzigen Mann unter ihnen richtete.

»Nein, tut mir leid«, antwortete dieser, offenbar war er Engländer. »Ich bin Pater Benedict. Miss Bliss, unsere Lehrerin, sitzt da drüben.« Ein Nicken.

Miss? Das hätte er sich ja denken können.

Im Schein seiner Taschenlampe sah Solomon eine Frau Anfang dreißig mit rotbraunen Haaren und einem hübschen Gesicht, die dem blendenden Licht standhielt, um ihn misstrauisch zu beäugen. »Wer sind Sie?«, fragte sie mit durch mangelnden Gebrauch heiserer Stimme, während sie einen kleinen Jungen an ihre Brust drückte.

»Navy-SEALs«, erklärte er knapp. »Ich bin Senior Chief McGuire. Das ist Lieutenant Atwater. Wir sind hier, um Sie und die britischen Staatsbürger rauszuholen.«

»Gott sei Dank«, rief die ältere Frau neben ihr aus.

»Habt ihr das gehört, *niños*?«, flüsterte Jordan Bliss den Kleinen zu. »Diese Männer werden uns helfen.«

»Nur die Erwachsenen, Ma'am«, korrigierte Solomon sie barsch in einem Tonfall, der klarmachte, dass er keinen Widerspruch duldete. »Keine Kinder. Los jetzt!«

Sie sah ihn an, als hätte er sie mitten ins Herz getroffen. »Nein«, protestierte sie ebenso bestimmt wie er. »Wir können die Kinder *unmöglich* hier zurücklassen.«

Während er nach den Plastikfesseln in seiner Westentasche griff, warf Solomon Gus einen Blick über die Schulter zu. Es gehörte zu ihrer üblichen Vorgehensweise, Gefangene, zu deren Befreiung sie eingesetzt wurden, im Notfall zu fesseln und sogar zu knebeln, um zu verhindern, dass diese den Einsatz gefährdeten.

»Wir haben Befehl, *Sie* und die beiden britischen Staatsbürger mitzunehmen, Ma'am. Sonst niemanden«, nahm Gus Solomon den Ärger ab, das klarzustellen.

»Dann nehmen Sie die beiden mit«, erwiderte die Frau und ihre Knöchel traten weiß hervor, als sie zurückwich und die Kinder mit sich zog. »Ich muss sowieso nach Ayacucho.«

»Sie sind Waisen«, erklärte der Priester mit einem eindringlichen Blick zu Solomon. »Sie haben niemanden, der sich um sie kümmert. Und die Rebellen sind laut Pedro ein gemeiner Haufen.«

Solomon schaute auf seine Uhr, dann schaltete er sein Mikrofon ein. »Lagebericht.« Für so etwas hatte er keine Zeit.

»Auf dem Hof ist alles ruhig«, antwortete Haiku, »aber so, wie sich's anhört, ist Verstärkung auf dem Weg. Entfernung ein Kilometer. Verstanden.«

»Wir haben die Leute gefunden«, berichtete Solomon und überlegte, wie sie weiter vorgehen sollten. Gus war zwar Offizier, doch was Befreiungsaktionen anging, mangelte es ihm an Erfahrung. Also kam es auf Solomon an.

»Ohne die Kinder gehe ich nicht«, sagte Jordan Bliss noch einmal.

Er hätte am liebsten zurückgeblafft, dass er sie einfach mitschleppen würde, ob es ihr nun passte oder nicht, doch stattdessen hörte er sich unter dem erwartungsvollen Blick des Priesters sagen: »Wir nehmen die Kinder bis zur Landezone mit. Keinen Schritt weiter. Und jetzt alle raus hier!«

Nachdem er ihnen die Treppe hinaufgeholfen hatte, fesselte Gus die größeren Kinder aneinander, um das Risiko zu verringern, eins oder zwei von ihnen im Regenwald zu verlieren. Den Kleinen überließ er Jordan.

»Hören Sie mir zu«, brummelte Solomon, während er die Waisen rasch einer Musterung unterzog, »und sorgen Sie dafür, dass die Kinder alles mitbekommen. Wir haben sechs Meilen Eilmarsch zur Landezone vor uns und unter keinen Umständen Zeit für Ruhepausen. Sie dürfen nicht sprechen, Weinen oder Gejammer sind nicht drin. Habe ich mich klar ausgedrückt?«

»Sehr klar«, bestätigte Jordan nicht weniger hitzig.

Er starrte sie finster an. »Dann los«, sagte er.

»*Vayan con Dios*«, murmelte der Jugendliche, als sie durch das Mittelschiff der Kapelle auf die Tür zugingen.

Jordan taten die Arme weh, und die ganze Zeit schon plagte sie ihr Rücken. Trotzdem würde sie Miguel nicht in das dichte Laubwerk von Amazonas absetzen. Schon die älteren, aneinandergefesselten Kinder hatten Mühe, das Tempo mitzuhalten.

Senior Chief McGuire, Lieutenant Atwater und zwei schwer bewaffnete SEALs führten sie fast im Laufschritt aus La Misión in den unwegsamen Regenwald. Zwei weitere SEALs entlockten Jordan vor Schreck ein Keuchen, als sie wie aus dem Nichts auftauchten und sich ihnen anschlossen.

Auf ihr Ächzen hin gab Miguel ein verwirrtes Wimmern von sich.

»Psst, Baby, psst«, beruhigte sie ihn, da sie Angst hatte, der Chief könnte von ihr verlangen, die Kinder zurückzulassen. Selbst im Zwielicht des Urwalds bemerkte sie, wie er ihr einen finsteren Blick über die Schulter zuwarf.

Herzloser Kerl. Kümmerte es ihn denn gar nicht, dass sie dreißig Pfund zusätzlich trug? Der Schlamm saugte regelrecht an ihren Stiefeln und fühlte sich an wie Klebstoff. Die Luft war dermaßen feucht, dass sie kaum genug Sauerstoff in ihre schmerzenden Lungen bekam.

»Wie geht es Ihnen, Ma'am?«, erkundigte sich einer der neben ihr laufenden SEALs. Obwohl er schwer bewaffnet und mit Marschgepäck beladen war, schien er nicht außer Atem zu geraten. Im Unterschied zu den übrigen vier SEALs trug er kein Nachtsichtgerät, sondern spähte stattdessen durch das Infrarotzielfernrohr seines Gewehrs.

»Soll ich ihn für Sie tragen?«, bot er ihr freundlich an.

»Nein, danke«, antwortete sie und quälte sich weiter. »Miguel hat Angst vor Fremden.«

Und er tat gut daran. Seine Geschichte war anfangs vollkommen unklar gewesen und hatte sich erst gegen Ende des vergangenen Sommers geklärt – sechs Monate nachdem er von Pater Benedict in der Obhut älterer Straßenkinder entdeckt worden war. Für sein Alter klein, mit großen braunen Augen, aus denen unschuldige Verwirrung sprach, redete Miguel nur im Flüsterton mit seinen Kameraden. Durch ihre unermüdliche Hingabe hatte Jordan es inzwischen geschafft, ihm wenigstens ein Kichern zu entlocken. Das Letzte, was sie jetzt gebrauchen konnte, war ein dahergelaufener Fremder, der ihn unsanft herumschubste und ihn damit in sein Schneckenhaus zurücktrieb.

Den Kleinen im vergangenen Sommer in der Mission zurückzulassen hatte ihr fast das Herz gebrochen. Miguel war zu ihrer zweiten Chance geworden, Liebe zu geben und geliebt zu werden. Dank Venezuelas neuer Regierung hatte sie die Adoption sofort in die Wege leiten können. Doch nun, da die Gemäßigten sich mühsam zu halten versuchten, fürchtete sie, dass die Gesetze revidiert werden würden. Damit hätte der schmerzliche Prozess der Recherchen zu Hause und das

Zusammentragen aller erforderlichen Dokumente für Miguels Unterlagen vorzeitig ein Ende.

Sie musste diese SEALs glauben lassen, sie hätte Miguel längst adoptiert, auch wenn sie in Wahrheit noch darauf wartete, dass das Gericht in Ayacucho es bestätigte. Jordan betete, der Priester und die Nonne würden ihr die Notlüge nachsehen, und eilte an die Spitze des Trupps. Ein Farnwedel klatschte ihr ins Gesicht, dann stolperte sie über eine Wurzel. »Verzeihung«, rief sie, damit der Senior Chief sein Marschtempo drosselte.

Als er ihr sein maskiertes Gesicht zuwandte, musste sie an Darth Vader denken – samt böser Aura und allem. »Was ist jetzt wieder?«, erkundigte er sich barsch.

»Ich muss Ihnen etwas sagen«, keuchte sie. »Ich habe dieses Kind hier, Miguel, adoptiert«, log sie. »Er ist mein Sohn, und ich werde ihn nicht an der Landezone zurücklassen. Er fliegt mit mir nach Hause.«

»Zeigen Sie mir die Adoptionspapiere«, verlangte er.

»Die liegen bei der zuständigen Behörde in Ayacucho. Ich muss sie dort abholen«, teilte sie ihm die halbe Wahrheit mit.

Der SEAL schenkte ihr keine Beachtung. Stattdessen schaute er auf den Kompass seiner Uhr, passte ihre Marschrichtung an und lief weiter.

Jordan überliefen vor Angst kalte Schauer. »Ich lasse ihn nicht im Stich«, rief sie, während sie hinter dem Mann herhetzte. »Und hier geht es nicht nach Ayacucho. Ich muss Richtung Osten.«

»Wir besprechen Ihre Optionen, wenn wir die LZ erreicht haben.«

Er war unerbittlich. »Was stimmt eigentlich nicht mit Ihnen?«, warf sie sich wie eine Löwin für ihr Kind ins Zeug. »Sind Sie unter Wölfen aufgewachsen? Hatten Sie keine Mutter?«

Er drehte sich so plötzlich zu ihr um, dass die anderen gegen ihn prallten.

»Muss ich Sie erst fesseln und knebeln?«, drohte er und riss Miguel damit aus dem Schlaf. Der Junge gab ein ängstliches Wimmern von sich.

»Ruhig, Baby«, versuchte Jordan sofort, ihn zu beruhigen. »Alles ist gut.«

Doch vier Tage lang eingesperrt gewesen zu sein und nun mitten im Urwald so grob geweckt und von einem Wildfremden mit einer Maschinenpistole in Angst und Schrecken versetzt zu werden, war zu viel für Miguel. Sein Weinen wurde lauter, übertönte die Geräusche aus dem Dickicht des Dschungels und hallte unter dem Laubdach der Bäume wider.

Senior Chief McGuire erstarrte. »Bringen Sie ihn zum Schweigen!«, befahl er mit heiserer Stimme.

»Sie haben ihm mit Ihren Drohungen doch erst Angst gemacht!«, gab Jordan zurück. »Können Sie denn keinen höflichen Ton anschlagen?«

»Jordan.« Pater Benedict stellte sich zwischen sie beide. »Streiten Sie sich bitte nicht mit dem Senior Chief«, bat er eindringlich. »Ich habe vor, alle Kinder nach Puerto Ayacucho zu bringen. Dort kann ich Ihre Unterlagen bei der Behörde abholen und für Miguel sorgen, bis es Ihnen möglich ist, wieder bei ihm zu sein.«

Sie weigerte sich, sein Angebot zur Kenntnis zu nehmen, geschweige denn, ernsthaft darüber nachzudenken. Nein. Diesen Sommer würde sie ihr Kind mit nach Hause nehmen.

Als sie sich abwandte, folgten ihr die Kinder auf dem Fuße. Während sie weiterging, redete sie beruhigend auf Miguel ein. »Ruhig, Baby, ganz ruhig, du bist jetzt in Sicherheit. Niemand wird dir etwas tun.« Sie betete, dass sie recht hatte. Wenn sie ohne ihn fortginge, lief sie Gefahr, ihn in einem Land zu verlieren, das von den Rändern her zerfiel. Undenkbar. Erneut von ihm getrennt zu sein würde sie nicht überleben.

Urplötzlich erreichten sie die LZ, eine dem Urwald abgetrotzte Lichtung, auf der einmal wöchentlich ein Feuer gelegt wurde, damit Mutter Natur sich nicht zurückholte, was ihr rechtmäßig zustand. Vor dem inzwischen zinngrauen Himmel erkannte Solomon die Umrisse eines Chinook-Transporthubschraubers. Als sie näher kamen, begannen sich die Rotoren zu drehen und erzeugten Wind, der den Geruch von Morast und verfaulendem Obst zu ihnen trug.

Solomon sah auf die Uhr und schaltete sein Mikrofon ein. »Die Frauen in den Hubschrauber«, wandte er sich an seine Männer. »Die Kinder bleiben beim Priester.« Er sprach so laut, dass Jordan Bliss ihn hören konnte, die wie angewurzelt stehen blieb, woraufhin sich die Waisen hinter ihr versammelten.

»Nehmen Sie's nicht persönlich«, rief er und wandte sich ab, um ihrem entsetzten Blick zu entgehen. »Meine Befehle lassen mir keinen Spielraum, zusätzliche Passagiere mitzunehmen.« Durch sein wärmeempfindliches Nachtsichtgerät sah er die Frau mehr grün als rot leuchten, so als sei das Blut in ihren Adern zum Stillstand gekommen und ihre Körpertemperatur gegen null abgesunken.

»Ich lasse Miguel nicht allein«, beharrte sie mit bebender Stimme und drückte den Kleinen fest an sich. »Ich gehe mit Pater Benedict nach Ayacucho.«

Der Priester kam zu ihr und bemühte sich zu vermitteln. »Lassen Sie ihn bei mir, Jordan«, versuchte er sie zu überreden und streckte die Hände aus. »Sie müssen weg von hier. Sie hätten erst gar nicht so lange bleiben dürfen.«

Doch Jordan zog den Jungen nur noch fester an sich und schüttelte vehement den Kopf.

Solomon gab Vinny und Teddy unauffällig ein Zeichen, woraufhin die beiden auf Jordan zustürmten und ihr den Jungen entrissen.

»Nein!«, kreischte sie, trat um sich und wehrte sich gegen Teddy, der sie hochhob und unter die Rotoren des Hubschraubers trug. Vinny übergab das weinende Kind dem Priester, bevor er ihnen zum Helikopter folgte.

Mit einem bitteren Geschmack im Mund nickte Solomon Pater Benedict zu und drehte sich dann zum Gehen um. Verblüfft sah er, dass Jordan sich wie eine Katze in Teddys Armen wand und sich befreite. Im nächsten Augenblick rannte sie mit ausgestreckten Armen und seinen Namen rufend zu Miguel.

Der Junge erwiderte ihre Schreie mit tränennassem Gesicht, den Mund vor Verwirrung und Entsetzen weit aufgerissen, während er sich aus dem Griff des Priesters zu winden versuchte.

Solomon zischte einen Fluch und schnitt Jordan den Weg ab. Mit einem Satz war er bei ihr, schlang von hinten die Arme um sie und hielt sie so fest, dass sie sich weder durch Verbiegen noch durch Fußtritte befreien konnte. »Nein!« Ihre gequälten Schreie hallten in seinem Schädel wider und weckten Erinnerungen an das, was er selbst verloren hatte.

Sie kämpfte wie eine Löwin mit ihm, ließ die Fäuste seitlich auf seinen Helm niederprasseln, fuhr ihm mit den Fingernägeln durchs Gesicht und rammte immer wieder die Absätze ihrer Stiefel gegen seine Schienbeine, während sie sich in seinem Griff wand. Trotzdem gelang es ihm, sie zu dem dröhnenden Chinook zu schleppen, aus dem Vinny und Gus ihm helfend die Hände entgegenstreckten, um Jordan, die weiterhin schrie, hineinzuhieven.

Kaum waren sie drin, da startete der Helikopter auch schon, stieg höher und höher zum heller werdenden Himmel auf, an dem bereits die Sonne aufging. Das üppig bewachsene Gelände erstreckte sich bereits wie ein düsteres Meer unter ihnen, doch noch immer wehrte sich Jordan Bliss mit aller Kraft und versuchte, sich zur offenen Tür durchzuschlagen.

»Haltet sie fest!«, brüllte Solomon und schloss die Luke.

Unter dem nun gedämpften Knattern der Rotoren war es, als kämen die qualvollen Schreie der Frau aus seinem eigenen Kopf.

»Sie Scheißkerl!«, kreischte sie. Ihre Wut richtete sich gegen Solomon, obwohl sowohl Vinny als auch Gus sich abmühten, um zu verhindern, dass sie sich auf ihn stürzte. »Lassen Sie sie zurückfliegen!«, befahl sie mit vor Verzweiflung rauer Stimme. »Sie sollen zurückfliegen!«

Solomon legte Ausrüstung und Helm ab. »Lasst sie los«, sagte er, denn er hatte es satt, ihren sinnlosen Kampf mit anzusehen.

Als die beiden Männer sie losließen, fiel Jordan erschöpft auf Hände und Knie. Mit Tränen in den Augen starrte sie Solomon an. »Bitte, bringen Sie mich zurück«, flehte sie, nun unterwürfig.

»Das geht nicht«, sagte er und hasste jedes Wort, das aus seinem Mund kam. »Es steht nicht in meiner Macht.«

Unter einem verzweifelten Stöhnen ließ sie den Kopf auf den geriffelten Metallboden sinken, zog die Knie dicht an den Körper und schluchzte – es waren raue Schluchzer, die aus tiefster Seele kamen und Solomon ins Cockpit trieben, wo er sich mit der Besatzung besprach.

Als er zu seinen Männern zurückkam, lag Jordan an eine Bank gefesselt da, den Kopf zur Seite gerollt, Arme und Beine steif von sich gestreckt. Durch das Kanzelfenster schien die Sonne herein, sodass die Haarsträhnen, die ihr in das blasse, erschöpfte Gesicht hingen, rötlich schimmerten.

»Ich habe ihr Lorazepam gegeben«, beichtete Vinny, als er Solomons bestürzten Blick sah. »Ich konnt's nicht mehr ertragen, Senior Chief.«

Solomon nickte. Er machte Vinny nicht den leisesten Vorwurf.

Dann setzte er sich zwischen Jordan und die betende Nonne auf die Bank. Auf dem Platz rechts außen blätterte Gus in einem Handbuch. Haiku und Teddy überprüften ihre Waffen. Harley, der für das Bordgeschütz, ein M15-Maschinengewehr, zuständig war, schaute von seiner Position am Boden zu ihm hoch.

»Was?«, wollte Solomon wissen, als er den missbilligenden Gesichtsausdruck des glatzköpfigen Chiefs bemerkte. »Hätten Sie anders gehandelt?«

»Ja, hätte ich«, antwortete der Scharfschütze. Seine Miene und Stimme verrieten Geringschätzung.

»Dann hätten Sie auf der Stelle umkehren und den Kleinen wieder aussetzen müssen«, prophezeite Solomon.

»Vielleicht nicht«, meinte Harley mit einem herausfordernden Funkeln in den Augen. »Was meinen Sie, Sir?«, fragte er Gus, der daraufhin von dem Handbuch aufsah.

»Das liegt im Ermessen des Senior Chiefs«, erwiderte dieser neutral. »Im Leben ist nicht immer alles schwarz oder weiß.«

Solomon starrte düster aus dem Fenster. Er brauchte weder Harleys Missfallen noch Gus' Weisheiten. Bei seiner Entscheidung hatte er sowohl die Vorschriften und die zu erwartenden Entwicklungen berücksichtigt als auch die Disziplin gewahrt. Doch er wusste auch, wie es sich anfühlte, wenn einem ein Kind und die Zukunft genommen wurden. Deshalb hasste er, was er getan hatte.

3

Jordan zog sich innerlich noch tiefer in den behaglichen Kokon zurück, in dem sie dahintrieb, und versuchte, sich dem Sog des Bewusstseins zu entziehen. Sie hatte gute Gründe, nicht aufwachen zu wollen; das Vergessen war so viel süßer als die Wirklichkeit.

Ihr Kopf ruhte auf einer muskulösen Schulter, das Gesicht hatte sie an eine männlich riechende Halsbeuge geschmiegt. Hielt Doug sie so behutsam in den Armen? Ihr Exmann war ein großer, starker Footballtrainer einer Highschool. Während sie mit der Hand über seine feste Brust fuhr, fielen ihr seine Seitensprünge wieder ein, woraufhin sie protestierend aufschrie, den schweren Kopf hob und verlangte, er solle sie loslassen.

Der Anblick des mit Farbe beschmierten Gesichts über ihr holte sie in die Wirklichkeit zurück. Navy-SEAL Senior Chief McGuire trug sie über ein heißes, windiges Rollfeld auf ein Flughafenterminal zu. Zwei SEALs gingen vorneweg, hinter ihm liefen drei neben Schwester Madeline her.

»Lassen Sie mich runter!«, krächzte Jordan. Das Letzte, woran sie sich erinnerte, war, dass einer der SEALs ihr eine Nadel in den Oberschenkel gestochen hatte. Und dieser Mann hier – dieser Mistkerl – war es gewesen, der sie daran gehindert hatte, Miguel mitzunehmen. Sie begann zu strampeln.

»Sie werden nicht stehen können«, warnte er sie vor.

»Lassen Sie mich los!«, tobte sie. Der Gedanke, dass sie Miguel nun, genau wie ihr Baby, womöglich für immer verloren hatte, entfachte ihre Wut.

McGuire blieb abrupt stehen. »Sie wollen, dass ich Sie absetze?«, fragte er mit eisigem Blick.

»Ja.«

»Na schön.« Er ließ eine Hand sinken und gab damit ihre Beine frei. Ihre Stiefel trafen auf den von der Sonne aufgewärmten Zement. Sofort entwand sie sich ganz aus seinem Griff und sank – zu ihrer Verblüffung – einfach in sich zusammen. Blitzschnell schlang er einen Arm um sie, fing sie ab und stellte sie wieder auf die Füße.

»Fassen Sie mich nicht an«, fauchte sie und löste sich aus seiner Umklammerung, fest entschlossen, auf eigenen Beinen zu stehen.

Um ihr zu signalisieren, dass er es aufgab, hob er beide Hände und sah dabei zu, wie sie auf der Stelle umkippte. Diesmal machte er keine Anstalten, sie aufzufangen.

»Uff.« Jordan landete auf der Hüfte, Schmerz durchzuckte vom Becken ausgehend ihren ganzen Körper.

Der Senior Chief wandte sich kopfschüttelnd ab und ging weiter.

Zwei der anderen SEALs beeilten sich, ihr aufzuhelfen. »Alles klar, Ma'am?«, fragte der Dunkelhaarige mit den braunen Augen, der ihr eine Spritze mit wer weiß was darin verpasst hatte. Auf einmal gab er sich ganz besorgt.

Jordan konnte nicht antworten. Ob alles klar war? Für sie würde nie wieder alles klar sein.

Aus seinen blauen Augen funkelte der glatzköpfige SEAL den sich zurückziehenden Senior Chief missbilligend an. Die behutsame Art, wie er sie berührte, verriet Anteilnahme.

»Hoch mit Ihnen«, sagte der erste SEAL, und die beiden Männer halfen Jordan auf, sie in der Mitte. Automatisch bewegte sie die Beine, bemerkte jedoch verwundert, dass sie den Asphalt unter ihren Füßen nicht spürte. Seltsam.

Ein afroamerikanischer SEAL hielt ihnen die Tür auf und führte das Trio sowie Schwester Madeline aus Hitze und Wind hinein ins Gebäude.

Klimaanlage, registrierte der eigenständig arbeitende Teil von Jordans Verstand. Es war Monate her, dass ihr dieser Luxus zuteil geworden war. Von einer weiter hinten gelegenen Essensausgabe wehte der Duft von Kaffee und Ahornsirup zu ihr herüber.

Ihre beiden Begleiter setzten sie auf eins der sechs Sofas in einem Bereich, der offenbar ein Gate des Flughafens darstellte. Während der kahle SEAL umgehend davonstakste, ging der jüngere vor Jordan in die Hocke, um ihre Vitalwerte und Pupillen zu checken. »In ein paar Stunden werden Sie sich besser fühlen«, versicherte er ihr. »Wie wär's mit einem Becher Orangensaft?«, fragte er dann, als würde er ihr einen Jungbrunnen anbieten.

Sie schaute ihn nur stumm an. Wie sollte sie irgendetwas zu sich nehmen, wenn sie doch wusste, dass Miguel ohne sie vermutlich Hunger und Durst litt und schreckliche Angst hatte?

Der Mann verzog mitleidig das Gesicht, erhob sich und ging zu den anderen.

Jordan kippte auf dem mit einem Überwurf abgedeckten Sofa zur Seite und schloss die Augen. Sonnenlicht fiel warm auf ihr Gesicht.

Miguel. Sie hatte mit ihm gespielt, ihn gehalten und ihn zwei Sommer nacheinander aufblühen sehen. Er war ebenso Teil ihres Lebens geworden wie das Baby, das sie unter dem Herzen getragen hatte. Nun, da er fort war, fühlte sie sich genauso unvollständig wie nach ihrer Fehlgeburt.

Unter den geschlossenen Lidern stiegen ihr heiße Tränen in die Augen, traten zwischen ihren Wimpern hervor und benetzten das Kissen unter ihrem Kopf. Da fiel ein Schatten über sie und entzog ihrem Gesicht die Wärme.

Als sie blinzelnd hochschaute, sah sie Senior Chief McGuire über sich aufragen, in einer Hand hielt er einen Becher und in der anderen ein halb eingewickeltes Brötchen. Sie machte die Augen wieder zu. »Verschwinden Sie.«

»Hinsetzen«, sagte er, ohne auf sie einzugehen.

»Lassen Sie mich in Ruhe.«

Doch statt sie allein zu lassen, fasste er sie bei den Schultern und zerrte sie in eine aufrechte Sitzposition. »Sie müssen essen«, meinte er und ließ sich auf dem sonnenbeschienenen Teil des Sofas nieder, dort, wo sie mit dem Kopf gelegen hatte. Dann hob er ihr Frühstück vom Boden auf.

»Sagt wer?«

»Sage ich.« Damit drückte er ihr den Becher in die Hand.

Plötzlich fiel ihr auf, dass ihr Mund wie ausgedörrt war. Mit zitternden Fingern nahm sie den Becher entgegen. Das Gefühl, wie der Saft über ihre Zunge und kühl ihre Kehle hinabrann, veranlasste sie, erneut die Augen zu schließen.

Vorsichtig biss sie von dem Brötchen ab, das ihr in die Hand gedrückt wurde. Der Geruch von Essen hatte ihren Appetit geweckt, und nun bekam sie richtigen Heißhunger. »Wo sind wir?«, erkundigte sie sich mit vollem Mund. Der verkümmerte Kaktus draußen vor dem Fenster ließ keine großen Schlussfolgerungen zu.

»Auf den Niederländischen Antillen«, antwortete er schroff.

Also lag ein ganzer Ozean zwischen ihr und dem geliebten Kind. Bei dieser Erkenntnis verging ihr der Appetit, und sie begann, den Rest des Brötchens einzuwickeln.

»Aufessen«, sagte der SEAL.

Sie funkelte ihn mit brennenden Augen an. »Ich gehöre nicht zu Ihren Soldaten«, gab sie scharf zurück. Als ihre Blicke sich trafen und sie einander anstarrten, ging ihr schlagartig auf, wie unendlich männlich er war. Seine breiten Schultern und die kräftigen Oberarme machten ihr auf unangenehme Weise bewusst, dass sie eine Frau war – eine, die verdreckt neben ihm saß und dringend eine Dusche brauchte, während er es irgendwann in den letzten Minuten geschafft hatte, sich die Tarnfarbe aus dem Gesicht zu wischen.

»Jemand vom FBI wird Sie abholen«, erklärte er mit barscher, hallender Stimme, »und nach Hause bringen.«

»Egal.« Ihr Zuhause war da, wo Miguel sich befand.

»Sie müssen sich waschen«, fügte er hinzu.

Sein sauber gewaschenes Gesicht war seltsam faszinierend. Er besaß aristokratische Züge, trug einen dunklen Schnurrbart und hatte gepflegte schwarze Augenbrauen. All das zusammen ließ ihn gnadenlos gut aussehen. Seine silbrigen Augen wirkten beinahe hypnotisch. Sie betrachtete die Partie grauer Haare über seiner Stirn, die wie eine Flosse in seinen ansonsten dunklen Schopf überging.

Mako, fiel ihr der Name wieder ein. Kein Wunder, dass die anderen ihn so nannten. Er sah aus wie ein Hai.

»Wo ist der Waschraum?« Sie hatte Mühe, aufzustehen.

»Da drüben.« Auch er erhob sich und behielt sie im Auge, fasste sie jedoch nicht an, sondern wies mit einem Nicken auf eine Tür. »Ich habe Ihnen da drin eine Fliegermontur hingelegt, damit Sie sich umziehen können.« Die Art, wie er die Worte *da drin* und *Montur* aussprach, verriet ihr, dass er aus Neuengland stammte.

Auf dem Weg zur Damentoilette spürte sie, wie kribbelnd Gefühl in ihre Beine zurückkehrte. Während sie ungeschickt mit der Tür kämpfte und sie schließlich aufstieß, fühlte sie Makos Blick im Rücken.

Ihr Spiegelbild ließ sie zusammenzucken – wirres Haar, verschwollenes Gesicht, trauriger Blick. Dabei hatte doch alles besser und nicht schlechter werden sollen.

Ihr kamen erneut die Tränen, als sie den Wasserhahn aufdrehte und sich zu waschen begann. Sie schwor sich, nicht klein beizugeben. Wer oder was ihr auch in die Quere kommen mochte, sie würde erst Ruhe geben, wenn sie Miguel wieder in ihre Arme schließen konnte, wo er hingehörte.

Rafael Valentino musste sich auf Senior Chief McGuires Ansage verlassen, dass sich Jordan Bliss im Waschraum befinde. »Na dann, viel Glück«, hatte der SEAL gesagt und mehr als froh darüber gewirkt, die Frau jemand anderem aufs Auge drücken zu können.

Rafe setzte sich auf einen Stuhl und wartete. Dieser Flügel des Hato International Airport von Curaçao wurde ausschließlich von den Streitkräften der USA und der NATO genutzt. Im Moment hielt sich niemand in dem Bereich auf. Rafe hatte keine Ahnung, was ihn erwartete, als die Tür zur Damentoilette quietschend aufging. Er schnappte überrascht nach Luft, denn die Frau, die sich durch den Türspalt schob, war eine dunkelhaarigere Ausgabe von Jillian. Angesichts ihrer blassen, erschöpften Miene sprang er auf.

Sie sah aus, als hätte sie einen Ausflug in die Hölle hinter sich.

»Jordan Bliss?«, fragte er, während er ihr entgegeneilte.

In ihren tiefblauen Augen lag ein Ausdruck der Verwirrung. »Wer sind Sie?«

»Special Agent Valentino, FBI.«

»Wo sind die SEALs hin?« Sie ließ die Plastiktüte aus ihrer Hand auf den Boden plumpsen, als wäre sie ihr zu schwer.

»Auf dem Rückweg nach Venezuela. Dort erwarten sie ihre nächsten Befehle.«

Auf ihrer Nase hoben sich Sommersprossen deutlich von ihrer bleichen Haut ab. »Die fliegen zurück?« Sie ließ die Tüte liegen, stolperte zum Ausgang und drückte kraftlos die Tür auf.

Als sie den leeren Hubschrauberlandeplatz sah, stieß sie einen ungläubigen Schrei aus, ließ die Tür zufallen und lehnte sich erschöpft dagegen.

»Ich bin ein Freund Ihrer Schwester«, sagte Rafe und verspürte den Drang, sie in die Arme zu nehmen, bevor sie noch zusammenbrach. Ihre Verletzlichkeit erinnerte ihn an Jillian.

»Jillian?« Sie wandte den Kopf zu ihm.

»Ja, Jillian. Sie ist krank vor Sorge um Sie.«

»Geht es ihr gut? Und dem Baby?«, rief sie.

»Ihr geht's prima«, beruhigte er sie. »Hochschwanger, wie sie ist. Sie freut sich darauf, dass Sie nach Hause kommen.«

»Natürlich.« Jordan nickte matt.

»Auf uns wartet ein Flugzeug«, fügte er hinzu und deutete in Richtung der Privatmaschine auf dem Rollfeld. »Brauchen Sie noch etwas, bevor wir starten?«

»Nur meine Sachen.« Damit stieß sie sich von der Tür ab, um ihre Tüte zu holen.

Als die winzige zweimotorige Maschine über dem Golf von Mexiko durch die Luft brauste, spürte Jordan, wie die Wirkung des Beruhigungsmittels allmählich nachließ. Es mochte an den mit Puderzucker überzogenen Donuts liegen, die Valentino ihr nach dem Start hingestellt hatte –, als sie den amerikanischen Luftraum erreichten und sich weit unter ihnen der Mississippi durch die Landschaft schlängelte, fühlte sie sich jedenfalls so weit wiederhergestellt, dass sie fragte: »Und wie hat meine große Schwester sechs Navy-SEALs und einen FBI-Agenten dazu gekriegt, mich aus Venezuela rauszuholen?«

Der auf geheimnisvolle Art gut aussehende FBI-Mann deutete ein Lächeln an. »Die SEALs waren meine Idee«, erklärte er mit seiner seltsam rauen Stimme. »Aber Ihre Schwester war sehr hartnäckig. Sie hat einunddreißig Mal beim FBI angerufen.«

»Das überrascht mich nicht«, meinte Jordan trocken. »Woher kennen Sie Jillian? Durch Gary?« Ihre Schwester hatte nie einen Bekannten beim FBI erwähnt, einen vornehmen Gentleman ohne Ehering schon gar nicht.

»Sie hat als Krankenschwester in der Notaufnahme in Fairfax gearbeitet, als ich dort wegen einer Kugel im Hals behandelt wurde.« Er berührte die Narbe direkt über seinem Hemdkragen.

Jordan begriff, dass diese Verletzung der Grund für seine kratzige Stimme war. »Oh, dann …« Sie schob die Gedanken an Miguel beiseite, die es ihr so schwer machten, sich zu unterhalten. »Wie kommt Jillian denn zurecht? Steht die Scheune schon?«

»Ja, die ist fertig.« Er machte ein Eselsohr in die Seite und schloss das Magazin, in dem er gelesen hatte, um ihr seine volle Aufmerksamkeit zu schenken.

Ein Gentleman, dachte Jordan – anders als ein gewisser Navy-SEAL, dem sie unlängst begegnet war.

»Hat sie schon die Pferde gekauft, die sie für die Therapie braucht?«

»Soviel ich weiß, besitzt sie nur eins.«

»Das ist unsere alte Molly«, sagte Jordan und verschränkte ihre kalten Finger ineinander. »Sie müssen mich für eine schreckliche Schwester halten, weil ich Jillian in dieser schweren Zeit allein gelassen habe«, offenbarte sie ihm ihre Schuldgefühle.

»Es steht mir nicht zu, irgendetwas zu denken«, gab er taktvoll zurück.

»Ich musste zurück nach Venezuela«, erklärte sie. »Ich wollte Miguel mit nach Hause nehmen. Hat Jillie Ihnen von ihm erzählt?«

»Nein.«

»Er ist vier Jahre alt und ein Waisenkind. Ich habe ihn letztes Jahr während meiner Arbeit in der Mission dort kennengelernt, und ich …« Wie sollte sie ihm diese heftige Zuneigung erklären, die sie sofort für den Kleinen empfunden hatte? »Mir war schon damals klar, dass ich seine Mutter sein wollte.« Ihre Stimme bebte. »Also habe ich alle nötigen Formulare unterschrieben und abgeschickt, aber es dauert ewig, bis die Gerichte in Venezuela reagieren. Und jetzt kämpft die neue Regierung um ihre Macht …« Sie schluckte schwer. »Ich weiß nicht, ob ich ihn adoptieren kann oder ob ich ihn überhaupt jemals wiedersehen werde.«

Sie musste aus dem Fenster schauen, denn die Verzweiflung drohte sie zu überwältigen. »Trotzdem«, ergänzte sie mit rauer Stimme, »diesen Sommer wäre ich vermutlich besser bei Jillian geblieben. Ohne Garys Hilfe hat sie es dort bestimmt schwer.«

Auf ihr Bedauern hin trat langes Schweigen ein.

»Was war denn mit Gary?«, erkundigte sich Valentino schließlich vorsichtig.

Im selben Moment, als sie sich zu ihm umdrehte, ging ihr auf, dass er keine Ahnung hatte. »Hat Jillie Ihnen nichts gesagt?«

»Nein.« Vorsichtig ließ er das Magazin in ein Fach seines Aktenkoffers aus schwarzem Leder gleiten.

»Er ist bei einem Einsatz gegen Drogendealer ums Leben gekommen. Dass er bei der Polizei war, wussten Sie aber, oder?«

»Ja. Wann ist das denn passiert?«

»Im Januar, also – vor sieben Monaten. Jillian wusste damals nicht mal, dass sie schwanger war. Sie hat das Haus in Fairfax verkauft und ist wieder in unser Elternhaus gezogen. Sie und Gary wollten dort immer schon eine Pferdetherapieranch einrichten.«

Auf ihre Worte hin trat eine gespannte Stille ein. Jordan spürte, dass der FBI-Agent überrascht war, auch wenn seine gelassene Miene nichts verriet.

»Entschuldigen Sie«, sagte er, wobei er seinen Sicherheitsgurt öffnete. »Ich muss mit dem Piloten reden. Brauchen Sie irgendwas? Noch etwas Milch vielleicht?«

»Nein danke. Ich habe noch.« Angesichts seines höflichen Rückzugs fragte sie sich, ob er womöglich etwas für Jillian empfand. Ihre Schwester war eine schöne, mitten im Leben stehende Frau, aber welcher Junggeselle band sich schon die Familie eines anderen ans Bein?

Wieder musste sie an Miguel denken, gequält wandte sie das Gesicht dem Fenster zu und kämpfte gegen das schreckliche Gefühl an, ihn für immer verloren zu haben.

Solomon starrte auf die Stelle an der Decke, auf die Mondlicht fiel. Dass er nicht schlafen konnte, hatte weder mit den um die Baracke schwirrenden Insekten zu tun noch mit den gelegentlichen Gewehrsalven von den Soldaten der gemäßigten Regierung, die sich auf einen möglichen Staatsstreich vorbereiteten. Es lag an Jordan Bliss. Er bekam diese verfluchte Frau einfach nicht aus dem Kopf.

Vielmehr plagte ihn die Erinnerung an sie. Selbst mit verfilzten Haaren, verquollenen Augen und laufender Nase hatte er etwas an ihr ungemein schön gefunden. Sie sah auch gut aus, mit ihren herbstlich rotbraunen Haaren, den tiefblauen Augen und vollen Lippen. Doch beeindruckt war er vor allem von dem, was hinter ihrem Äußeren steckte, von ihrer Hingabe und ihrem Verantwortungsgefühl für ein Kind, das sie nicht einmal selbst zur Welt gebracht hatte.

Hatte Candace Silas jemals so geliebt?

Er schon. Stöhnend stellte er fest, dass der Schmerz darüber, ein Kind verloren zu haben, nie aufhörte. Er wurde zwar von alltäglichen Problemen überlagert, doch die tiefe Wunde darunter blieb.

Nun lag er hier und fragte sich, wie sein inzwischen sechs Jahre alter Sohn wohl aussehen und wo er sich aufhalten mochte. In den vergangenen fünf Jahren hatte kein Privatdetektiv irgendeine Spur von dem Jungen gefunden. Seit dem schicksalhaften Abend, an dem Solomon in sein leeres Haus zurückgekehrt war, hatte es kein Lebenszeichen mehr von Candace und Silas gegeben.

So nahm er jeden Tag, wie er kam, und suchte Trost, wo immer er welchen fand – in einem Buch, zwischen den Schenkeln einer Frau oder auf den sieben Weltmeeren. Niemals machte er Pläne für eine glückliche Zukunft.

Er hatte seine Befehle befolgt. Aber wenn er die einmal außen vor ließ, so war Jordan Bliss durch ihn in denselben Kreis der Hölle verbannt worden, in dem er selbst schmorte. Von nun an würde sie jeden Morgen beim Aufwachen als Erstes an ihren Verlust denken und sich schwer ums Herz fühlen. Manchmal mochte sie träumen, sie und ihr Kind wären wieder vereint, doch immer, wenn sie dann die Augen aufmachte, würde das widersinnig freudige Gefühl in ihrer Brust von der Wirklichkeit vertrieben.

Wie konnte er eine Mutter von ihrem Sohn trennen?

Dass ihr Blut nicht durch Miguels Adern floss, spielte keine Rolle. Er gehörte zu ihr, genauso wie Silas ein Teil von ihm gewesen war.

Solomon musste sie um Verzeihung bitten – nein, das genügte nicht. So aufrichtig seine Reue auch sein mochte, sie konnte ihn weder von seiner Schuld erlösen noch ihren Verlust mindern.

»Vergib mir«, flüsterte er mit Blick zur Zimmerdecke, die sich durch die Tränen in seinen Augen zu wellen schien. »Jordan.« Ihren Namen auszusprechen, fühlte sich seltsam vertraut an. Die Erinnerung an ihren geschmeidigen Körper und ihre windenden Bewegungen hatte sich ihm so tief eingeprägt, dass es ihn sexuell erregte. Er konnte sie sich unmöglich als Miss Bliss vorstellen. Diese Formalität war seit dem Moment überflüssig, als er in ihr Herz gesehen und erkannt hatte, wie selbstlos sie war.

Er verspürte das dringende Verlangen, sie wiederzusehen, sie im biblischen Sinn zu *erkennen*, eins mit ihr zu werden. »Jordan«, sagte er noch einmal und merkte selbst, wie sehnsüchtig sein heiseres Flüstern klang.

Da er ohnehin keinen Schlaf mehr finden würde, schwang er die Füße aus dem Bett, zog den Stuhl neben seinem Feldbett heran und setzte sich an den einfachen Schreibtisch aus Metall.

»Was ist los?«, brummte Harley auf seinem Feldbett an der Wand und hob den Kopf.

»Nichts. Schlafen Sie weiter.« Solomon knipste die Schreibtischlampe an. Eine Durchsuchung der Schublade förderte zwei knittrige Blatt Papier und einen Kugelschreiber aus Armeebeständen zutage.

Die Spitze des Stifts befand sich genau im Zentrum des Lichtkegels, als er begann, sich seine Gefühle in Versform von der Seele zu schreiben – ein Talent, von dem nur sehr wenige Menschen wussten, dass er es besaß.

Das Gedicht hieß »An meinen Sohn«.

Als er damit fertig war, benötigte er das Licht der Lampe bereits nicht mehr. Der Himmel hatte sich inzwischen zu dem

Blau von Jordans Augen aufgehellt. Das Gedicht wimmelte von durchgestrichenen und neu geschriebenen Zeilen. Nachdem er das Ergebnis sauber auf das zweite Blatt Papier übertragen hatte, empfand Solomon wider jede Vernunft eine tiefe Seelenverwandtschaft mit Jordan. Er wollte sie persönlich trösten.

Da Harley sich zu regen begann, schaltete er das Licht aus, legte den Stift weg und schob das Blatt Papier in die Schreibtischschublade, um es später abzuschicken.

Er hatte sich selbst von seinem Verbrechen freigesprochen. Aber wer konnte schon sagen, ob sein Gedicht Trost oder neuen Kummer bringen würde?

Mantachie, Mississippi

»Ich muss mal«, ließ sich eine leise Stimme vom Rücksitz des 1983er Chevy Impala vernehmen, den Ellie Stuart fuhr.

Wenn sie nicht so stocksauer gewesen wäre, weil ihr Göttergatte offenbar vergessen hatte, dass er Verantwortung für seine drei Söhne und seinen Neffen trug, die allesamt zu hungrig waren, um nachts um elf schlafen zu können, hätte sie vermutlich über Silas' vorhersehbare Äußerung gelacht. Der Sechsjährige hatte eine Mäuseblase.

»Wir sind gleich da, Schatz«, vertröstete sie ihn, während sie den Blinker nach links setzte. »Dann kannst du drinnen auf die Toilette gehen.«

Sie rumpelten auf einen vollen, nicht asphaltierten Parkplatz mit lauter Schlaglöchern. Ellie presste die Lippen aufeinander, als sie Carls Truck direkt hinter der Einfahrt entdeckte. Sie quetschte ihren Impala zwischen seinen Wagen und einen Telefonmasten, dann wies sie die Jungen an, alle auf einer Seite rauszuklettern und sich an den Händen zu halten, während sie das schlafende Baby aus dem Kindersitz nahm.

»Los!«, drängte sie die kleine im Gänsemarsch hinter ihr hertrottende Truppe.

Die Bar war finster und verraucht, erotische Musik hallte durch den Raum. Einige Gäste drehten neugierig die Köpfe zu ihr um, als Ellie die Jungen in den Waschraum scheuchte. »Christopher«, wandte sie sich an den Ältesten, »du passt auf, dass ihr euch alle mit Seife die Hände wascht. Ich bin da hinten …« Sie deutete auf die Bühne, auf der eine spärlich bekleidete Tänzerin die in der Mitte befestigte Stange umkreiste. »… und rede mal ein Wörtchen mit eurem Vater.«

»Ja, Mama.« Christopher war sehr verantwortungsbewusst.

Was man von Carl nicht behaupten konnte. Der starrte dermaßen hypnotisiert die sich verbiegende Tänzerin an, dass er nicht einmal bemerkte, wie Ellie auf ihn zukam. »Carl«, fuhr sie ihn an, woraufhin er nach Luft schnappte und sich zu ihr umdrehte. »Die Jungs können vor Hunger nicht einschlafen. Ich bin hier, weil ich Geld brauche, um ihnen was zu essen zu kaufen.«

Sofort wich seine Verblüffung Gleichgültigkeit. »Ich hab aber kein Geld«, protestierte er, wobei er einen Dollarschein in der linken Faust verbarg.

Den wollte er wohl der Tänzerin zustecken, dachte sich Ellie und geriet noch mehr in Rage.

»Carl Louis Stuart«, fauchte sie, während sie Baby Colton wütend an ihren Busen drückte, »wie kannst du deine Kinder so im Stich lassen?«, wollte sie wissen. In ihren Ohren rauschte das Blut.

»Wer sagt denn, dass das überhaupt meine sind?«, höhnte er, ohne zu bemerken, wie einige Männer in seiner Nähe missbilligend die Stirn runzelten.

»Drei Geburtsurkunden und der Bundesstaat Mississippi«, gab Ellie vor Zorn bebend zurück.

»Schön, aber dieser Silas ist nicht meiner«, sagte er, um sich zu verteidigen. »Dem schulde ich gar nichts. Hier hast du was.« Damit klatschte er den Dollar vor sich auf den Tresen, kramte in seiner Hosentasche und brachte schließlich noch eine Handvoll Kleingeld zum Vorschein. »Mehr hab ich nicht«, beharrte er.

Mit zitternden Fingern sammelte Ellie den Schein und das Kleingeld ein.

»Du suchst dir besser einen Job«, sagte Carl noch, ehe sie sich wegdrehen konnte. »Ich hab den Schrotthaufen von Wohnwagen, in dem du haust, nämlich an Eddie Levi weiter oben in der Straße verkauft. In zwei Wochen musst du da raus sein.«

»Was?« Sie spürte, wie ihr alles Blut aus dem Gesicht wich. »Das kannst du nicht machen.«

»Der ist die ganzen Jahre sowieso auf meinen Namen gelaufen«, entgegnete Carl hörbar selbstzufrieden. »Ich kann damit verdammt noch mal machen, was ich will.«

Seine schleppende Aussprache verriet Ellie, dass er getrunken hatte. In ihrer Wut griff sie nach seinem Bierkrug und schüttete ihm den Inhalt ins Gesicht, woraufhin er brüllend aufsprang und ihr an den Hals gehen wollte.

Doch links und rechts von ihm fuhren Männer hoch und hinderten ihn daran. Ellie biss die Zähne zusammen, um nicht zu schreien, und stolzierte von dannen. Es war Zeitverschwendung, sich mit Carl herumzustreiten, wenn er einen sitzen hatte. Bestimmt war das nur eine Stichelei gegen sie, beruhigte sie sich. Er konnte ihnen nicht einfach den Wohnwagen unter dem Hintern weg verkauft haben.

Sie sah, wie die Jungs aus dem Waschraum kamen und mit großen Augen die Tänzerin anstarrten, die gerade ihr Oberteil fallen ließ; sofort eilte Ellie zu ihnen, um sie allesamt aus der Bar zu drängen. »Gehen wir!«, rief sie.

»Wie viel hat er uns gegeben?«, wollte Christopher wissen, als sie dicht beieinander zurück zum Auto liefen.

»Steigt ein«, presste Ellie zwischen zusammengebissenen Zähnen hervor. Ihre Kehle schmerzte regelrecht, so groß war ihr Verlangen, ihre Wut herauszuschreien. Aber das würde sie nicht tun. Nicht vor den Kindern.

Während Christopher, Caleb und Silas mit ihren Sicherheitsgurten kämpften, schnallte sie das Baby fest. Dann setzte sie sich hinters Steuer und zählte das Geld in ihrer Faust. Ein Dollar und sechsundsiebzig Cent.

Ihre Augen brannten, und sie blinzelte die Tränen weg. Von dem Geld konnte sie eine Packung Makkaroni mit Käse kaufen, von der sie heute Abend alle satt bekäme. Und morgen? Wenn es so weiterging, würden die Kinder noch verhungern.

Du könntest bei der Fürsorge anrufen, riet ihr eine innere Stimme.

Im Leben nicht. Sie wusste aus eigener Erfahrung, was die Fürsorge des Staates Mississippi mit Familien machte. Sie riss sie auseinander. Aber ihre Jungen gehörten zusammen – und zu *ihr*. Da würde sie lieber erst einmal ihre Haare verkaufen, weitere Kinder in Pflege nehmen und alles unternehmen, was nötig war, um keine Almosen annehmen zu müssen und dafür auch noch mies behandelt zu werden.

Aber wie sollte es weitergehen, wenn Carl den Wohnwagen wirklich verkauft hatte? Dann würden sie in zwei Wochen auf der Straße sitzen. In dem Fall bliebe ihr vermutlich keine Wahl mehr.

4

Als das Telefon klingelte, hob Rafe Valentino erleichtert ab. Er konnte sich nicht lange genug auf seine Arbeit konzentrieren, um etwas zustande zu bringen. »Valentino«, krächzte er und hoffte innerlich auf eine richtige Ablenkung.

»Hi, hier ist Jillian.« Ihre leise und zarte Stimme hatte eine seltsam eindringliche Wirkung auf ihn.

»Ja, hallo.« Er wollte lieber nicht darüber nachdenken, warum sein Herz vor Freude schneller schlug. Es handelte sich um Jillian, die verwitwet war und nicht verheiratet. Daran, sie auf diese Weise zu sehen, hatte er sich noch nicht gewöhnt.

»Ich bin gestern nicht dazu gekommen, mich bei dir zu bedanken«, beschwerte sie sich. »Du bist einfach aus dem Flugzeug verschwunden.«

»Es gab im Büro einen Notfall«, sagte er ausweichend. »Außerdem warst du dort, um deine Schwester zu begrüßen und nicht mich.«

»Stimmt, aber es wäre schön gewesen, dir persönlich danken zu können.«

»Keine Ursache«, versicherte er. »Deine Schwester ist außergewöhnlich. Wie kommt sie zurecht?«

»Oh, nicht so gut. Sie sieht aus wie ein verwahrlostes Kind und benimmt sich auch so. Die ganze Zeit über sitzt sie vor dem Fernseher und guckt Nachrichten oder geht der Adoptionsagentur mit Nachfragen auf die Nerven, ob Miguels Unterlagen schon vom Gericht zurückgeschickt worden seien. Das

FBI kann nicht vielleicht etwas unternehmen, um die Angelegenheit zu beschleunigen?«

»Ich fürchte, das liegt nicht in unserer Macht«, antwortete er entschuldigend.

»Dachte ich mir schon«, sagte sie traurig.

Es entstand eine unangenehme Stille in der Leitung.

»Und wie geht es dir?«, fragte Rafe, um die Pause zu überbrücken, obwohl er die Antwort eigentlich gar nicht hören wollte. Ohne jeden Zweifel rackerte sie sich ab und konnte jede Hilfe gebrauchen, selbst seine.

»Na ja, ich schlag mich so durch«, antwortete sie mit einem Anflug von Verzweiflung in der Stimme. »In einer Woche kommen meine Therapiepferde, kurz danach dann die ersten Patienten.«

»Dann wirst du viel zu tun haben«, bemerkte er, während er sich fragte, wie sie auch noch Zeit für ihr Baby finden wollte.

»Ich habe überlegt, ob du nächsten Freitag gern zum Essen vorbeikommen würdest«, lud sie ihn überraschend ein. »Um Jordans Heimkehr zu feiern und zum Dank dafür, dass du sie zurückgebracht hast.«

»Da muss ich erst in meinem Terminkalender nachsehen«, gab er zurück, denn unerklärlicherweise erfasste ihn leichte Panik. Jillian war zu haben. *Zu haben.* »Kann ich dich zurückrufen?«

»Natürlich.« Wieder eine peinliche Pause. »Rafael?«

Die Art, wie sie seinen Namen aussprach, vermittelte ihm das Gefühl, sie säßen Seite an Seite nebeneinander. »Ja, Jillian?«

»Tut mir leid, dass ich dir das mit Gary nicht gesagt habe.«

Ihm stockte der Atem.

»Ich wollte … Ich wollte dich bloß nicht mit meiner Lage belasten, sonst nichts. Es ist so ermüdend, immer wieder zu erklären, was passiert ist, und dann zu hören, wie die Leute einem stotternd ihr Beileid aussprechen. Ich möchte einfach, dass alles wieder normal wird, und nicht immer bloß traurig sein, verstehst du?«

»Ja«, antwortete er, obwohl er damit nicht aufrichtig war. Da sie ihn praktisch um einen Grund anflehte, fröhlich zu sein, beschloss er, ihre Einladung zum Essen anzunehmen. »In meinem Kalender steht für Freitag noch nichts«, befand er. »Wann soll ich vorbeikommen?«

»So um sechs?«, schlug Jillian vor. Sie klang erleichtert und dankbar.

»Ich werde pünktlich da sein«, versprach er und legte leise auf. Er war zufrieden, ihr etwas gegeben zu haben, worauf sie sich freuen konnte.

Angesichts der rekordverdächtigen Spätjuli-Hitze rann Schweiß zwischen Jordans Schulterblättern hinunter; so war es ihr in Venezuela auch immer ergangen. Sie hätte alles dafür gegeben, wieder dort sein zu können, statt vor der Haustür ihrer Eigentumswohnung in Chesapeake, wo sie beladen mit Einkaufstüten und der Tagespost den Hausschlüssel ins Schloss zu stecken versuchte.

Endlich bekam sie die Tür auf und stolperte hinein. Das Apartment, das sie vor einem Jahr gekauft hatte, roch immer noch neu und unbewohnt. Als sie ihre Einkäufe auf dem Küchentresen abstellte, rutschte ihr die Post aus der Hand und landete verstreut auf dem Fußboden.

Jordan hatte vor Frust Tränen in den Augen, doch sie blinzelte sie weg und bückte sich, um die unzähligen Rechnungen aufzuheben. Sie hatte bisher noch nicht den Mut aufgebracht, sich einen Überblick über ihre Finanzen zu verschaffen, in die bereits der Flug nach Venezuela ein Loch gerissen hatte.

Da fiel ihr ein in schwungvoller Schrift an sie adressierter Umschlag ins Auge. Sie hob ihn auf, und ihr Herz schlug schneller, als sie die venezolanischen Briefmarken erkannte.

Sie legte die Rechnungen weg, setzte sich an ihren Esstisch, riss den Umschlag auf und betete, Pater Benedict möge ihr Neuigkeiten über Miguel schicken. Mit einem verwirrten Stirnrunzeln nahm sie ein kleines, zerknittertes Blatt Papier heraus. Offenbar hatte jemand ein Gedicht mit dem Titel »An meinen Sohn« daraufgeschrieben. Sie schaute auf die Unterschrift – Solomon McGuire –, und ihr blieb das Herz stehen.

McGuire. Mako. Der Senior Chief, dem sie die Schuld daran gab, von Miguel getrennt worden zu sein. Wer hätte gedacht, dass sein Name Solomon lautete?

Interessiert las sie das Gedicht, überflog es zuerst nur und las es dann noch einmal, unfähig, die zärtlichen, anrührenden Worte mit dem Mann in Einklang zu bringen, der sie zu Papier gebracht hatte. *Mein Junge*, schrieb er, *mein Schöner, mein Sohn*.

Ungläubig suchte sie nach der Absenderadresse, doch es war keine angegeben.

Sie konnte es kaum fassen. Er hatte ihre ganze Verzweiflung darüber, dass ihr Miguel weggenommen worden war, in Worte gefasst. Aber wie konnte das sein, wenn er nicht etwas Ähnliches durchgemacht hatte?

Mit nachdenklich gerunzelter Stirn überdachte Jordan ihre bisherigen Annahmen, kam immer weiter davon ab und gewann schließlich ein ganz neues Bild. Sie legte das Blatt Papier auf den Tisch und strich es glatt.

Vielleicht tat sie ihm unrecht. Womöglich war die Ruppigkeit des Senior Chiefs ja seine Art gewesen, mit der schrecklichen Aufgabe, die vor ihm lag, umzugehen. Nur ein sehr feinfühliger

Mann konnte schreiben: *Ist er mein entschwundenes irdisches Glück*?

Er bat auf diese Weise um Verzeihung. Nur war es ihr lieber, jemandem die Schuld geben und sich über ihn aufregen zu können, oder?

Seine Entschuldigung hatte jedoch etwas Bittersüßes und berührte sie unterschwellig auf eine so intime Weise, dass sie sich bloßgestellt fühlte, als hätte er eine Seite an ihr erkannt, die sie nie wieder einem Mann zeigen wollte.

Unschlüssig, was sie mit dem Gedicht anfangen sollte, schob sie es in den Umschlag zurück und legte diesen zu den Rechnungen, um sich später darum zu kümmern.

Als sie ihre Einkäufe verstaut hatte, rief sie wie jeden Tag um diese Zeit Jillian an, der sie zusagte, kommenden Freitag zum Essen vorbeizukommen. Anschließend machte sie sich Abendbrot und aß im Stehen, wobei sie nachdenklich den Blick zu dem Umschlag wandern ließ.

Auf dem Weg ins Bett nahm sie den Brief mit nach oben und ließ ihn auf dem Nachttisch liegen, während sie duschte und in ihre Schlafsachen schlüpfte. Nachdem sie das Licht ausgemacht hatte und unter die Decke gekrochen war, betrachtete sie den Umschlag, der im Dunkeln gespenstisch leuchtete.

Der Umstand, dass ein Fremder wie Solomon McGuire ihren Schmerz verstand, wirkte umso niederschmetternder auf sie. Schließlich kehrte sie seinem Brief den Rücken und beweinte ihren Verlust. Die Erinnerungen an Miguels Lächeln, seinen Duft, die Art, wie er seine dünnen Ärmchen um ihren Hals schlang, verfolgten sie bis in ihre Träume.

Eines von Solomons bestgehüteten Geheimnissen war, dass er es liebte, sich an seinem Schreibtisch im Büro der Special Operations zu beschäftigen. Eigentlich sollten Senior Chiefs es nicht mögen, im Büro herumzusitzen. Der Papierkram wurde für gewöhnlich von den unteren Dienstgraden erledigt und von Offizieren abgezeichnet.

Doch Solomon tat alles, was mit Lesen und Schreiben zu tun hatte, gern. Er wusste mit Sicherheit, dass er belesener war als sein Vorgesetzter. Lieutenant Commander Montgomery besaß zwar einen Master in Finanzwirtschaft, verfügte aber nicht über so eine umfangreiche Bibliothek wie die auf Solomons Hausboot. Harley, der für ihn die Einbauregale gebaut hatte, mochte ahnen, wie viele Bücher darin standen, doch nicht einmal er wusste, dass der Senior Chief sie auch alle gelesen hatte.

Nach seinem befristeten Einsatz in Venezuela freute sich Solomon darüber, an seinen unter Bergen von Papier verschwindenden Schreibtisch zurückkehren zu können. Also machte er die Tür hinter sich zu, ließ sich behaglich in seinem Bürostuhl aus Leder nieder und begann damit, alles durchzusehen. Nach einer Stunde stieß er auf einen handschriftlich adressierten Umschlag, der von seinem letzten Befehlsstand an das Spec-Ops-Hauptquartier weitergeleitet worden war.

Der Absender aus Mantachie in Mississippi sagte ihm nichts, ebenso wenig die säuberliche Schreibschrift. Als er den Umschlag mit seinem versilberten Brieföffner aufmachte, fand er darin zwei Seiten – eine handschriftliche Nachricht und die Kopie einer Sterbeurkunde. Candys Sterbeurkunde.

Starr vor Schreck und Fassungslosigkeit überflog er den Brief in der Hoffnung, etwas Neues über Silas zu erfahren.

Sie kennen mich nicht, Sir, aber Candy, die einmal meine Stiefschwester war, hat mir von Ihnen erzählt. Ihr Vater und meine Mutter sind Anfang der Neunziger miteinander verheiratet gewesen. Candy ist vor zwei Jahren auf dem Weg nach Vegas durch Mantachie gekommen. Sie hat Silas hier gelassen und versprochen, ihn später wieder abzuholen, doch sie kam nie wieder her. Letzten Monat habe ich erfahren, dass sie Anfang des Jahres bei einem Autounfall ums Leben gekommen ist. Sie hat immer schon so gelebt – war immer auf der Überholspur und hatte nur Flausen im Kopf. Ich habe Silas zu mir genommen – Gott weiß, dass ich ihn wie mein eigen Fleisch und Blut liebe. Aber die Wahrheit ist, dass ich es mir nicht länger leisten kann, ihn bei mir zu behalten, und ich habe auch nicht das Recht dazu. Er ist Ihr Junge, nicht meiner. Bitte holen Sie ihn, wenn möglich, innerhalb von einer Woche ab, denn ich muss von hier wegziehen.

Mit freundlichen Grüßen
Ellie Jean Stuart

»Verdammt«, schnaubte Solomon und sah sich die zweite Seite an. Die Sterbeurkunde. Candace war zweifellos tot. Er wartete, wie er auf diese Nachricht reagierte, doch er fühlte nichts. Seine Liebe zu ihr war schon vor langer Zeit gestorben.

Silas!

Er vertiefte sich wieder in den Brief, las ihn dieses Mal sorgfältiger, um sich über die Konsequenzen klar zu werden. Die Nachricht schien ehrlich gemeint zu sein und ließ auf eine Verfasserin schließen, die gesunden Menschenverstand und Verantwortungsgefühl besaß, was mehr war, als man von Candace hätte behaupten können.

Vor Aufregung bebte sein ganzer Körper.

Silas lebte! Sein Sohn, am Leben! Die Suche hatte ein Ende.

Er sprang so schnell auf, dass ihm kurz schwarz vor Augen wurde. Dann wankte er zur Tür hinaus und an Veronica vorbei. Die Sekretärin zog den Kopf ein, als er gegen die geschlossene Tür zum Büro des CO hämmerte. »Er … Er hat ein Meeting«, sagte sie zu ihrer eigenen Absicherung. Veronica war schon an guten Tagen vor Solomon auf der Hut.

Es hätte ihn nicht weniger kümmern können. Als er aufgefordert wurde einzutreten, stieß er die Tür auf und marschierte in das Büro. »Sir, ich brauche auf der Stelle Sonderurlaub«, erklärte er und salutierte dabei schnell vor den beiden Männern im Raum: Commander Montgomery und Admiral Johansen, den sein stürmischer Auftritt allerdings nicht sonderlich zu beeindrucken schien.

Joe Montgomery lehnte sich zurück und sah ihn an. Sein von Narben durchzogenes Gesicht, das die Frauen trotzdem attraktiv fanden, verriet nichts über seine Gedanken. »Was gibt es denn?«, fragte er.

»Ich habe meinen Sohn gefunden«, antwortete Solomon und staunte selbst über die Worte, die da aus seinem Mund kamen. »Er ist in Mantachie, Mississippi. Ich muss ihn dort abholen.« Während er sprach, wedelte er mit Ellie Stuarts Brief.

Der CO warf dem Admiral einen Blick zu, sah dann wieder Solomon an und entgegnete schlicht: »Nehmen Sie sich eine Woche frei.«

Solomon hatte nie etwas gegen Joe Montgomery gehabt. Sie waren zwei sehr unterschiedliche Charaktere, die allerdings ein brutal schlagkräftiges Team abgaben, wenn man sie zusammentat. Doch als ihre Blicke sich für einen kurzen Augenblick trafen und die Miene des CO so etwas wie Wohlwollen und Herzlichkeit widerspiegelte, fühlte Solomon sich dem Mann plötzlich verbunden.

»Ich danke Ihnen, Sir.«

»Wegtreten«, knurrte der CO.

»Jawohl, Sir!« Diesmal salutierte Solomon formvollendet. Er machte zackig kehrt, marschierte rasch zur Tür und verließ den Raum. Vor Freude breit grinsend eilte er zum Ausgang, vorbei an Veronica, die ihm hinterherstarrte, als wären ihm mit einem Mal zwei Köpfe gewachsen.

Im Westen von Atlanta, Georgia, zwang sich Solomon, seine Fahrt zu unterbrechen, ein günstiges Motel zu suchen und zu schlafen.

Doch er wurde von beunruhigenden Träumen heimgesucht, in denen er Silas geistig und emotional schwer angeschlagen vorfand oder der Junge gar nicht mehr da war, wenn er ankam. Schon im Morgengrauen stand Solomon auf, duschte und rasierte sich, denn er wollte vorzeigbar aussehen. In einem Diner schlang er ein Frühstück hinunter und fuhr dann acht weitere Stunden ohne Stopp durch bis nach Mantachie, Mississippi.

Da der Ort noch nicht einmal auf der Karte verzeichnet war, musste er zweimal anhalten und nach dem Weg fragen. Doch als die Nachmittagssonne auf das Dach seines Chevy Silverado brannte, stand er endlich vor Hickory Road Nummer neunhundertneun. Eine der Neunen war von dem windschiefen Briefkasten abgefallen.

Er bog in einen staubigen Feldweg mit spärlichem Baumbestand, rechts davon erstreckte sich ein tief liegender Sumpf. Kein Wunder, dass kein Privatdetektiv es geschafft hatte, Silas ausfindig zu machen. Der Junge war hier am Arsch der Welt ausgesetzt worden. Zorn erfasste Solomon, doch da Candace tot war, konnte er den gegen niemanden mehr richten.

Der Feldweg führte einen kleinen Hügel hinauf und oben auf der Kuppe stand ein blaues Wohnmobil. Dem Gefährt fehlte die Hälfte des Unterbaus, die Flanken rosteten, und ein Fenster war mit Brettern vernagelt, davor stand ein ziemlich traurig aussehender Impala Sedan.

Doch Solomon achtete kaum auf diese Kulisse. Seine Aufmerksamkeit war auf die drei Jungen gerichtet, die unter einem gewaltigen Hickorybaum spielten – zwei hatten helle Haare, einer dunkle. Als er mit seinem Truck langsamer wurde, stieß der Mittlere von ihnen den Dunkelhaarigen um und nahm ihm ein Spielzeug ab. Blassgraue Augen funkelten im Gesicht des Kleineren. *Silas!*, schoss es Solomon durch den Kopf, und er bremste abrupt.

Verwirrt beobachtete er, wie sein Sohn mit der Schnelligkeit einer Katze wieder auf die Beine kam, dem Blonden den Kopf in den Bauch rammte und sich sein Spielzeug zurückholte.

Das ist mein Junge, dachte Solomon bewundernd, während die drei schmutzigen Kinder bereits argwöhnisch zu ihm herübersahen und vorsichtshalber innehielten.

Da flog die Tür des Wohnmobils auf, und eine junge Frau mit einem Baby auf dem Arm kam heraus. Solomon stellte den Motor ab und begab sich aus seinem Wagen hinaus in die schwüle Hitze, um ihr Guten Tag zu sagen. Während Ellie Stuart auf ihn zukam, war sein erster Eindruck von ihr, dass sie viel zu jung schien, um die leibliche Mutter dieser Brut zu sein.

Ihre abgetragene, aber saubere Kleidung lag eng an ihrem schlanken, kräftigen Körper an und betonte ihre vollen Brüste, nach denen das Baby besitzergreifend grapschte. Ihr helles rotbraunes Haar fiel ihr in einem langen Zopf über den Rücken.

Auf Höhe der Stoßstange seines Wagens blieb sie stehen, um ihn in Augenschein zu nehmen. »Großer Gott, Sie sehen ja aus wie Silas!«, rief sie mit einer Altstimme aus und sprach dabei die Silben gedehnt.

Solomon nickte. Er wusste nicht, wie er die Frau ansprechen sollte. Schließlich war ihm Silas von ihr vorenthalten worden, seit Candy den Jungen vor zwei Jahren bei ihr zurückgelassen hatte.

»Ellie Stuart«, sagte sie, trat vor und streckte ihm ihre vom Arbeiten raue Hand hin.

»Solomon«, gab er zurück. In ihren Augen las er nichts als Aufrichtigkeit.

Nun war sie es, die nickte. »Silas«, rief sie dann, »komm und sag deinem Papa Guten Tag, sofort!«

Solomon wandte sich den drei näher kommenden schmutzigen Jungen zu. Angesichts der zermürbenden Hitze fühlte sich sein Mund staubtrocken an. Furcht und Unsicherheit ließen sein Herz schneller schlagen. Konnte der Junge, der ihm bis zur Taille reichte, wirklich derselbe sein wie das engelsgleiche Baby, das er in seinen Armen gehalten hatte? Und doch, die silberhellen Augen, die seinen so ähnelten, waren ohne jeden Zweifel dieselben, genau wie sein Mund und die hohe Stirn.

Aus drei Metern Entfernung sahen Vater und Sohn einander an.

»Gnade euch Gott, Jungs«, brummelte Ellie, marschierte zu ihnen und klopfte ihnen den Staub aus der Kleidung. »Man sollte nicht denken, dass ihr drei heute früh gebadet habt. Ab ins Haus, wascht euch den Dreck aus den Gesichtern.«

Die drei Jungen wandten sich folgsam dem Haus zu, dann rannte der Kleinste von ihnen, Silas, vorneweg und schlug die Tür hinter sich zu.

Ellie seufzte. »Ich habe ihm gesagt, dass Sie früher oder später kommen werden, um ihn mitzunehmen. Ich denke, er hat gehofft, ich würde ihn belügen.«

»Warum haben Sie ihn mir all die Jahre vorenthalten?«, fragte Solomon mit unverhohlenem Frust.

Statt auszuweichen, reckte Ellie das Kinn. »Candace hat mir von Ihnen erzählt – ich hoffe, nichts davon stimmt«, gab sie zurück und sah ihn dabei prüfend an.

Solomon schaute finster. »Das tut es nicht«, antwortete er scharf. »Dieser Junge war mein Leben«, ergänzte er heiser.

Das Misstrauen wich aus ihrem Blick. Stattdessen nickte sie verständnisvoll und lenkte ein. »Silas lebt bei uns, seit er vier Jahre alt ist. Er hat zu uns gehört«, erklärte sie mit belegter Stimme und verdächtig glänzenden Augen.

Solomon spürte, wie traurig sie die bevorstehende Trennung machte, doch im nächsten Moment hatte sie sich wieder gefasst und wandte sich dem Wohnmobil zu. »Kommen Sie rein«, forderte sie ihn auf.

Während er Ellie Stuart folgte, die mit großen Schritten auf ihr Zuhause zuging, ging ihm durch den Kopf, dass er ihre Offenheit bewunderte.

Im Innern des Trailers war es kaum kühler als draußen. Nirgendwo brannte Licht. Sofort kam ihm der Gedanke, dass der Strom abgeklemmt worden war.

So heruntergekommen er von außen wirkte, so spartanisch war das Wohnmobil auch eingerichtet, doch trotz der Rasselbande, die darin lebte, machte alles einen erstaunlich aufgeräumten Eindruck.

»Silas!«, rief Ellie. »Christopher, Caleb, ihr geht ihn suchen«, wies sie die Kinder an. »Dann macht ihr euch an den Abwasch.«

Sie legte das Baby in eine Schaukel und nahm ein Glas aus dem Geschirrschrank. »Ich kann Ihnen leider nur Wasser anbieten«, sagte sie schlicht.

Solomon ließ sich davon nicht täuschen. Er hatte längst erraten, dass der keinen Laut von sich gebende Kühlschrank leer stand. »Gern«, sagte er und wies mit einem Nicken auf das Glas.

Nachdem sie es an der Spüle gefüllt hatte, gab sie es ihm.

Solomon trank es in drei Zügen aus. »Hat sie Ihnen verraten, warum sie mich verlassen hat?« Er musste seinen Stolz herunterschlucken, um diese Frage zu stellen.

Ellie musterte ihn. »Eigentlich ist egal, was sie mir erzählt hat, schließlich ging es dabei um *ihre* Probleme und nicht um

Sie. Wie ich Ihnen schon geschrieben habe: Candace war nie mit dem zufrieden, was sie hatte. Geben Sie sich nicht die Schuld dafür«, erklärte sie offen. »Silas ist anders, er beklagt sich nie. Das muss er von Ihnen geerbt haben.«

Er fand ihre Ehrlichkeit erfrischend. Diese Frau hatte ein besseres Leben verdient. »In Ihrem Brief klang es, als machten Sie gerade eine harte Zeit durch«, hakte er nach und gab ihr damit Gelegenheit, ihm ihr Herz auszuschütten.

In ihren graublauen Augen stand ein zynischer Ausdruck. »Mein Mann ist mit einer Cocktailkellnerin aus Turley's Show Bar abgehauen«, erklärte sie. »Er hat festgestellt, dass Vater sein doch nichts für ihn ist.«

Obwohl sie gleichgültig den Kopf zurückwarf, wirkte sie dermaßen traurig und ernüchtert auf ihn, dass Solomon unwillkürlich nach seiner Brieftasche griff.

Sie schaute zuerst fragend und dann entrüstet, als er einen Hundertdollarschein herausnahm. »Ich will Ihr Geld nicht!«, rief sie aus und wich zurück. »Jungs! Zeit für den Abwasch.«

»Silas hat sich unterm Bett verkrochen und kommt nicht raus, Mama«, erklärte ihr Ältester, als er nervös im Türrahmen auftauchte, seinen Blick hielt er fest auf das Geld gerichtet.

»Ich werde ihn holen«, sagte sie und schob sich an Solomon vorbei in den Gang. »Pass auf das Baby auf, Christopher!«, wandte sie sich an ihren Jungen.

Solomon ging ihr nach. Von nun an war er für Silas verantwortlich. Er fand Ellie auf Händen und Knien in der Mitte eines unvorstellbar winzigen Schlafzimmers vor. »Silas, ich habe dir doch gesagt, dass es so kommen wird. Alles ist gut, glaub mir. Dein Papa wird sich gut um dich kümmern. Also, komm jetzt raus, sonst …«

Solomon wusste nicht, was für gewöhnlich auf dieses »sonst« folgte, aber es genügte, um Silas aus seinem Versteck zu locken.

Sofort schmiegte er sich an Ellie und barg sein Gesicht in ihrer Halsbeuge. »Schhht, Kleiner, alles ist gut«, sagte sie mit bebender Stimme. Solomon dachte an Jordan Bliss, und ihm wurde schwer ums Herz. Oh Gott, nicht schon wieder.

»Hören Sie«, sagte er, denn es widerstrebte ihm, erneut ein Kind aus den Armen der Person zu reißen, die für es sorgte, »ich stelle Ihnen einen Scheck aus.«

Da sie ihn wütend anfunkelte, fügte er hinzu: »Es liegt bei Ihnen, ob sie ihn einlösen oder nicht, jedenfalls steht meine Adresse darauf. So können Sie mich finden, wenn Sie Silas besuchen möchten.« Er trat an eine Kommode und schrieb eine Summe auf den Scheck, mit der Ellie und ihre Rasselbande zumindest die nächsten paar Monate auskommen würden.

Als er sich wieder umdrehte, hatte Ellie aus der zweiten Kommode im Raum Kindersachen genommen, die sie nun in eine Papiertüte stopfte. Anschließend griff sie achtlos nach dem Scheck und schob ihn in die Tasche ihrer Shorts. »Das ist alles, was ihm gehört«, sagte sie und gab Solomon die Tüte. »Okay, Silas, drück mich noch mal, und dann Abmarsch.« Mit ihrem barschen Ton versuchte sie zu überspielen, dass sie den Tränen nah war.

Als der Junge zitternd die Arme um sie schlang, wandte Solomon den Blick ab, denn er konnte den Schmerz, der Ellie ins Gesicht geschrieben stand, nicht ertragen. »Komm jetzt, mein Sohn«, forderte er den Kleinen möglichst behutsam auf und hielt ihm eine Hand hin.

Silas schaute sie mit ängstlichem Blick an, doch er nahm all seinen Mut zusammen und legte eine seiner kleinen Hände in die größere.

Bei der Berührung bekam Solomon weiche Knie. Eine Welle inniger Liebe erfasste ihn so heftig, dass er um ein Haar die Finger seines Sohnes zerquetscht hätte. Er wollte gern etwas

Beruhigendes sagen, aber da es ihm vor lauter Gefühlen die Kehle zuschnürte, konnte er nur gegen die Tränen anblinzeln und Ellie zunicken, während er Silas in Richtung Tür führte.

Das Esszimmer in dem Farmhaus aus dem neunzehnten Jahrhundert wurde nur an Feiertagen und zu besonderen Anlässen benutzt. Doch zu Jordans Überraschung hatte Jillian nicht nur die Anrichte aus Mahagoni abgestaubt, sondern sogar eine Spitzendecke auf dem Tisch ausgebreitet und das Porzellan sowie die Kristallgläser aus dem Schrank genommen, beides Erbstücke der Familie. Aus der Küche wehte der Duft von warmen Äpfeln herüber und verriet ihr, dass ihre Schwester sogar Kuchen nach dem Rezept ihrer Mutter gebacken hatte. Und das alles nur, um Jordans Heimkehr zu feiern?

Auch Graham und Agatha kamen in festlicher Kleidung die Treppe herunter. Irritiert und ein wenig neugierig hörte Jillian, dass Special Agent Valentino unterwegs sei, und wurde darum gebeten, doch bitte den Reis umzurühren, damit Jillian sich oben umziehen könne.

»Natürlich«, sagte Jordan und warf nüchtern einen Blick auf ihr schlichtes Sommerkleid. »Ich hatte ja keine Ahnung, dass heute ein besonderer Anlass ist.«

Valentino klopfte im selben Moment an die Haustür, als Jillian in einem hübschen roséfarbenen Kleid im Flur erschien. Da sie sah, wie sich die Miene ihrer Schwester aufhellte, kam Jordan ein Gedanke: Vielleicht ging es ja um mehr, als sich bei ihm zu bedanken.

Sie schaute zu, während Jillian ihre Kinder vorstellte – Graham gab Valentino widerwillig die Hand, und die sechs Jahre alte Agatha überraschte den FBI-Agenten damit, dass sie ihm überschwänglich um den Hals fiel. Lächelnd blickte der Mann anschließend zu Jordan. »Sie sehen viel besser aus«, meinte er freundlich.

»Danke«, murmelte sie, wohl wissend, dass sie in Wahrheit furchtbar aussah.

»Würdest du dir gerne das Haus ansehen?«, fragte Jillian.

»Na klar«, antwortete Rafael.

Agatha folgte ihnen dicht auf den Fersen, als sie die Treppe hinaufgingen. Während Graham sich schmollend aufs Sofa fläzte, ging Jordan zurück in die Küche, wo sie mit einem Ohr den Erzählungen ihrer Schwester und den freundlichen Entgegnungen des FBI-Agenten lauschte.

Jordan fand, dass sie wie alte Freunde miteinander redeten, nicht wie Bekannte. Freunde, die einander auf unvertrautem Territorium begegneten.

Als sie während des Essens die Unterhaltung der beiden mit anhörte, kam Jordan noch mehr ins Grübeln. Jillian hatte sich selbst übertroffen und als köstlichen ersten Gang Ente à l'orange zu Pilaw und gedämpftem Gemüse aufgetischt. Rafael ließ es sich schmecken und zeigte tadellose Tischmanieren.

»Graham wüsste gern, wie du die Navy-SEALs dazu gebracht hast, Jordan zu retten«, erkundigte sich Jillian, um ihren maulfaulen Sohn in das Gespräch miteinzubeziehen.

Rafe tupfte sich mit der Serviette den Mund ab. »Also, meine Kollegin Hannah Lindstrom ist mit einem SEAL-Offizier verheiratet«, erklärte er dem Teenager, der ihn daraufhin kurz ansah. »Sie hat Nachforschungen angestellt, und wie es der Zufall so wollte, waren sechs Mitglieder von Team 12 gerade in Caracas, um dort Elitesoldaten auszubilden.«

Graham brummte und piekste mit seiner Gabel in das Stück Fleisch auf seinem Teller.

Jillian versuchte es noch einmal. »Also bildet unser Militär dort Soldaten aus?«

»Nur Elitesoldaten«, antwortete Valentino. »Wir wollen der Regierung der Gemäßigten zum Erfolg verhelfen. Ihre Besten zu trainieren ist ein Weg, zu verhindern, dass die Populisten wieder an die Macht kommen.«

Bei der Erinnerung an die unsichere politische Lage in Venezuela verschlug es Jordan den Appetit.

»Wie wahrscheinlich ist es, dass das passiert?«, fragte Jillian und schaute kurz besorgt zu ihrer Schwester.

Rafael zuckte mit den Schultern. »Die Gemäßigten haben bei der Wahl eine hauchdünne Mehrheit erlangt«, erklärte er. »Wobei die arme Bevölkerungsschicht, die die Populisten unterstützt, vermutlich nicht mal wählen gegangen ist, was bedeutet, dass die Rebellen womöglich mehr Rückhalt haben, als den Gemäßigten lieb sein kann.«

Jordan wollte das nicht hören. Sie legte ihre Gabel neben den Teller. Wie sollte sie essen und über die Situation in Venezuela plaudern, während Miguel und die anderen auf Pater Benedict angewiesen waren, wenn es um ein Stück Brot ging oder darum, irgendwo Schutz zu finden? Sie hatte seit Wochen nichts von dem Priester gehört und wusste nicht einmal, ob Miguel überhaupt noch am Leben war.

Rafael, der von Jordans Stimmungsumschwung nichts mitbekam, sprach unterdessen weiter: »Kuba sowie der Iran statten sie mit Waffen aus, und die kolumbianischen Kartelle finanzieren ihren Wiederaufstieg. Die Lage ist angespannt.«

Jordan schob ihren Stuhl zurück. »Ich geh den Kuchen für den Nachtisch aufwärmen«, meldete sie sich freiwillig und mied dabei Jillians sorgenvollen Blick.

Als sie ins Esszimmer zurückkehrte, drehte sich die Unterhaltung um die Einzelheiten von Jordans Befreiung. »Jordan, Rafael sagt, die SEALs, die dich befreit haben, seien in Virginia Beach stationiert.«

»Ach, wirklich?«, gab Jordan zurück und registrierte voller Unbehagen, dass Solomon McGuire demnach nur einen Steinwurf entfernt lebte. Was würde er wohl denken, wenn er wüsste, dass sie jeden Abend sein Gedicht las, weil es sie auf abartige Weise tröstete, dass er selbst offenbar auch einmal ein Kind verloren hatte?

»Schreib ihnen doch einen Dankesbrief«, schlug Jillian vor, ohne zu bemerken, wie aufgebracht ihre Schwester war. »Rafaels Kollegin könnte ihn weiterleiten.«

Jordan sagte dazu nichts. Sie hatte keine Ahnung, was sie Senior Chief McGuire mitteilen sollte. Sicher, sein Gedicht gab ihr Trost, aber das änderte nichts an der Tatsache, dass er ihr Miguel weggenommen hatte – und das womöglich für immer.

»Darf ich aufstehen?«, fragte Graham unerwartet.

Erstaunt über seinen aggressiven Tonfall sahen ihn alle drei Erwachsenen an.

»Du hast so gut wie nichts gegessen, Schatz«, bemerkte Jillian.

»Weil ihr mich zu Tode langweilt«, blaffte ihr Sohn sie an. »Da häng ich lieber mit Cameron ab.«

Bei Cameron handelte es sich um den Nachbarsjungen – falls man das so sagen konnte, denn das nächste Haus war eine halbe Meile entfernt.

»Dann spül deinen Teller ab und stell ihn in die Spülmaschine«, antwortete Jillian enttäuscht. »Kuchen kriegst du dann aber auch keinen«, fügte sie etwas strenger hinzu. So etwas hätte Gary gesagt, wusste Jordan.

Sie konnte allerdings verstehen, dass ihr Neffe sich unwohl fühlte. Einen fremden Mann im Haus zu haben, zudem einen, den seine Mutter sehr gut zu kennen schien, musste ihm wie ein Verrat an seinem Vater vorkommen.

Wortlos schob Graham seinen Stuhl zurück und verzog sich.

Plötzlich zuckte Jillian zusammen und schnappte nach Luft.

»Jillie?«, fragte Jordan besorgt. »Alles okay?«

»Alles gut.« Ihre Schwester rang sich ein Lächeln ab. »Es war nur ein kleiner Stich. Lasst uns anstoßen«, sagte sie dann und griff nach ihrem Glas Wasser.

Jordan und Rafael taten ihr den Gefallen, woraufhin Agatha es ihnen begeistert nachmachte.

»Auf das FBI und seine wunderbaren Agenten. Gott segne sie alle, vor allem natürlich Rafael.«

»Auf Rafael«, echote Jordan und bemerkte, wie ihre Schwester wieder kaum merklich zu strahlen anfing. Den FBI-Mann schien diese Würdigung jedoch verlegen zu machen – oder war es noch etwas anderes? Es wirkte, als würden sich hinter seinem dunklen Blick schmerzliche Erinnerungen verbergen.

Er unternahm einen Versuch, sich zu verabschieden. »Das Essen war köstlich«, begann er. »Ich würde gern noch bleiben und einen Nachschlag nehmen, aber ich muss morgen in aller Frühe einen Flieger kriegen.«

»Oh.« Jillian klang enttäuscht. »Wo fliegst du denn hin?«

»Nur nach D. C. Nächsten Dienstag komme ich zurück.«

»Iss doch noch den Nachtisch mit uns«, bat sie ihn. Sie wirkte geknickt.

»Es gibt Omas Apfelkuchen!«, meldete sich Agatha zu Wort. »Ich hab Mommy beim Backen geholfen. Das hat fast den ganzen Tag gedauert!«

Der FBI-Agent schaute von der Mutter zur Tochter und verzog reumütig den Mund. »Na, wenn das so ist, bleibe ich natürlich noch«, beschloss er.

Angesichts von Jillians Lächeln stieg Jordans Stimmung. »Du bleibst sitzen«, wandte sie sich an ihre Schwester. »Ich hole den Kuchen.« Mehr als alles andere wünschte sie sich, Jillian wieder glücklich zu sehen, und wie durch ein Wunder schien Rafael Valentino dafür zu sorgen.

5

Solomon fuhr wie benommen in Richtung Anniston, Alabama. Während unter seinen Reifen die Meilen dahinflogen, warf er Silas immer wieder Seitenblicke zu und nahm die Gesichtszüge seines verlorenen Sohnes in allen Einzelheiten in sich auf.

Das blasse, schweigsame Kind, das sich gegen die Beifahrertür drückte, wirkte auf ihn zugleich vertraut und unbekannt. Solomon wusste nicht, was er zu dem Jungen sagen sollte. Im Grunde waren sie einander fremd. Er liebte seinen Sohn, doch das hieß noch lange nicht, dass der Kleine diese Zuneigung erwiderte. Vielmehr schien er sich zu fürchten.

Als unter Silas hervor ein Bach über die Polsterung rann, ließ sich dessen Angst nicht mehr bestreiten. Der Junge hatte sich in die Hose gemacht.

Solomon tastete hinter dem Sitz nach einer Rolle Küchentücher. »Warum hast du nicht gesagt, dass du mal musst?«, fragte er.

Silas antwortete nicht.

Mit zusammengepressten Zähnen steuerte Solomon die nächste Ausfahrt an. Zum Glück hatte Ellie ihm eine Tüte voll Klamotten mitgegeben.

Während er in einem am Straßenrand gelegenen McDonald's im Waschraum der Herrentoilette wartete, kam er sich vor, als wäre er im falschen Film.

Bei einem Baby wusste er, was er zu tun hatte: es füttern, Windeln wechseln, Schlaflieder singen. Aber Silas war schon eine eigenständige Persönlichkeit und in mancher Hinsicht bereits selbstständig, in manch anderer jedoch hilflos. Er hatte nicht die geringste Ahnung, wie er mit ihm umgehen sollte.

Kurz darauf kam sein Sohn in trockenen Sachen aus der Toilettenkabine. Solomon musterte ihn kurz, dann hob er die nassen Hosen vom Boden auf, fand eine Mülltüte aus Plastik und stopfte sie hinein. Der nächste Waschtag würde sicher interessant werden.

»Wasch dir die Hände«, wies er den Jungen an. »Hast du Hunger?«

Nebeneinander seiften sie sich ein. Silas' Finger wirkten im Vergleich zu Solomons klein und pummelig.

»Hör zu, Sohnemann«, unternahm Solomon einen neuen Versuch, als er Silas ein Papierhandtuch reichte. »Du musst schon mit mir reden«, drängte er. »Ich kann dir nicht von den Augen ablesen, was du willst.«

Zu seiner Bestürzung fing Silas' kleines Kinn zu zittern an, und die großen Augen des Kindes füllten sich mit Tränen.

Der Anblick brachte Solomon dazu, sich auf den Boden zu knien. Er zog die steife kleine Gestalt an sich und drückte sie fest. »Ich habe auch Angst«, krächzte er dem Jungen ins Ohr, froh darüber, dass niemand sonst Zeuge dieses peinlichen Moments wurde. »Als ich dich das letzte Mal gesehen habe, warst du noch ein Baby«, fügte er heiser hinzu, »da konnte ich dich noch in meinen Armen wiegen.«

Erleichtert merkte er, wie Silas sich an ihn schmiegte.

»Guck mal«, fuhr er fort, während er sich aufrichtete und den Jungen hochhob. »Guck in den Spiegel und sag mir, was du da siehst.« Er schmiegte seine Wange an die seines Sohnes.

Silas sagte kein Wort, betrachtete jedoch ihrer beider Spiegelbilder – das dunkle Haar, die hellgrauen, von dunklen Wimpern umrahmten Augen. »Wir gleichen uns«, antwortete

Solomon anstelle des Jungen. »Du stammst von mir ab, siehst du? Wir gehören zusammen.«

Silas suchte seinen Blick. »Hast du mir vorgesungen, als ich noch klein war?«, fragte er unvermittelt.

Solomon blieb für einen Moment das Herz stehen, als ihm klar wurde, dass er seinen Sohn gerade zum allerersten Mal sprechen gehört hatte – und zwar in einem breiten Südstaatendialekt und lispelnd, denn dem Kleinen fehlten die Schneidezähne.

Vor lauter Gefühlen verschlug es ihm die Sprache, sodass er nicht sofort antworten konnte. »Ja, hab ich«, krächzte er schließlich und verfiel dabei in den Dialekt seiner Heimat Maine.

»Was hast du denn gesungen?«, wollte Silas wissen.

»Das verrat ich dir später«, versprach Solomon, »wenn wir erst in Virginia sind.« Bis dahin würden sie noch zwölf Stunden unterwegs sein. Diesmal wollte Solomon keinen Zwischenstopp einlegen. Er konnte es nicht erwarten, mit seinem Sohn zu Hause anzukommen.

Bis zum nächsten Mittag hatte Solomon sich gedanklich bereits eine Liste der Dinge gemacht, die er in seinem Leben würde ändern müssen, um darin Platz für einen Sechsjährigen zu schaffen. Dass er auf einem Hausboot lebte und Silas nicht schwimmen konnte, machte die Sache nicht gerade leichter.

»Tante Ellie sagt, wir locken die Alligatoren an, wenn wir im Bach schwimmen«, hatte Silas am Morgen gemeint, als Solomon ihn zum ersten Mal den Pier entlang und zu seinem Zuhause führte. Das Marschland rings um die Bucht war von der aufgehenden Sonne in goldenes Licht getaucht worden.

»So weit oben im Norden gibt es keine Alligatoren«, hatte Solomon erklärt und sich als Erstes vorgenommen, seinem Sohn das Schwimmen beizubringen.

Erschöpft und emotional mitgenommen wie er war, hätte er sich am liebsten in sein Kapitänsbett fallen lassen und sich gründlich ausgeschlafen. Doch Silas, der die ganze Nacht im Truck geratzt hatte, war hellwach. Er hatte seine Schüchternheit ein wenig abgelegt und sich in einen scheinbar nie versiegenden Quell der Fragen verwandelt.

»Was ist das? Wie geht das?«

Das Hausboot war vollgestopft mit Kuriositäten, die Silas' Fantasie beflügelten, sodass Solomon es nicht wagte, sich in sein Schlafzimmer zurückzuziehen.

Jeder Winkel, jeder Kasten, jede Schublade und jeder Schrank wurden von Silas genauestens untersucht – und es gab Dutzende; Harley, der ein meisterlicher Handwerker war, hatte sie alle eigens angefertigt und eingebaut. Auch die zum Maschinenraum führende Bodenklappe hatte der Junge entdeckt. »Nein, nein, nicht da runter, das ist zu gefährlich.« Damit war ein weiterer Punkt auf Solomons Liste gekommen: *ein Vorhängeschloss besorgen.*

»Du musst mich finden!«, ließ sich nun Silas' gedämpfte Stimme vernehmen. Solomon stand gerade in der wie eine Kombüse gestalteten Küche und machte Sandwiches.

Also leckte er sich die Marmelade von den Fingern und ging auf die Suche.

Doch im Wohnbereich, aus dem die Aufforderung gekommen war, konnte er den Kleinen nicht finden. Mit wachsender Sorge sah Solomon sich um und betete, dass Silas nicht durch die Tür geschlüpft war und nun auf dem Kai dicht am todbringenden Wasser entlangtapste. »Wo steckst du?«, wollte er wissen, während sich in seinem Kopf die schrecklichsten Szenarien abspielten.

»Hier!«, hörte er die leise Stimme.

Entsetzt schaute Solomon zu dem Stauraum unter den eingebauten Bücherschränken. Dort bewahrte er seine SEAL-Ausrüstung auf, darunter eine geladene Fünf-Millimeter-Handfeuerwaffe.

»Silas!«, brüllte er, riss sich aber sofort wieder zusammen. Der Junge wusste es ja nicht besser, er machte nur, was jedes normale Kind tat – er spielte.

Mit einem gezwungenen Lächeln klappte Solomon den Deckel der glatt abgeschliffenen Holztruhe hoch. »Ich hab dich!«, sagte er, während ihm der kalte Schweiß auf der Stirn stand. »Komm jetzt raus, essen.«

Als er Silas herauszog, schob er heimlich die Waffe unter die Ausrüstung in der Truhe und setzte im Stillen mit auf seine Liste, dass er noch ein zweites Vorhängeschloss besorgen musste.

Kurz darauf saßen sie in der Essecke unter dem fünfeckigen Fenster, das auf die Bucht von Lynnhaven hinausging, und verdrückten ihre Sandwiches. In Gedanken versuchte Solomon, seine neuen Lebensumstände zu fassen.

Er musste jeden Tag um vier Uhr früh aufstehen, damit er pünktlich um 0500 in der Anlage der Special Operations war und das Training beaufsichtigen konnte. Wer sollte in Zukunft auf Silas aufpassen, während er seiner Arbeit nachging? Das Familienzentrum der Marine bot eine Kinderbetreuung vor und nach der Schule an, aber was, wenn er zu einem wochen- oder gar monatelangen Einsatz abberufen wurde? Vielleicht konnte er eine Sondererlaubnis bekommen, die es ihm gestattete, vor Ort zu bleiben, aber dann hätte er nicht die geringste Chance mehr, es noch bis zum Master Chief zu bringen.

»In welche Klasse gehst du, Silas?«, fragte er seinen Sohn.

Der sah ihn bloß stumm an.

»Du bist jetzt sechs, stimmt's? Warst du letztes Jahr im Kindergarten?«

Silas schüttelte den Kopf. »Christopher und Caleb sind in die Schule gegangen.«

Solomon kam ein furchtbarer Gedanke. »Aber lesen kannst du doch, oder?« Er hatte sich das Lesen mit vier selbst beigebracht.

Der Junge senkte das Kinn und warf ihm einen ängstlichen Blick zu. »Nein, Sir«, hauchte er dann.

Es schockierte Solomon, dass Silas diese unerschöpfliche Quelle der Unterhaltung nicht nutzen konnte. Dabei hätte der Junge längst lesen gelernt haben müssen, wenigstens kurze, einfache Wörter. Sofort fügte er seiner immer länger werdenden Liste hinzu: *Silas lesen beibringen*.

Aber wie in Gottes Namen sollte er das neben allen anderen Verpflichtungen, die er hatte, bewerkstelligen? Ihm blieben nur noch vier Tage Urlaub, und auch der Sommer würde in ein paar Wochen vorüber sein. Überfordert kratzte er sich am Kopf. Er brauchte Hilfe. Ein Kindermädchen musste her. Ein Hauslehrer. Jemand, der sich gut auf Kinder verstand.

Eine Idee drängte in sein Bewusstsein und manifestierte sich: *Jordan Bliss*. Der Bissen Sandwich mit Erdnussbutter, den er gerade geschluckt hatte, rutschte quälend langsam seine Speiseröhre hinunter. Jordan wüsste, wie man mit einem Sechsjährigen umging. Er hatte Nachforschungen angestellt – sie war Grundschullehrerin und wohnte nicht weit entfernt, sodass sie ihm helfen könnte.

Sein Atem ging schneller. Ja, und da sie gerade von einem kleinen Jungen getrennt worden war, hatte sie vielleicht Interesse daran, einem anderen zu helfen.

Seine rationalen Überlegungen schlugen in ein ganz primitives Bedürfnis um. Schon damals in Caracas, als er ihr das Gedicht geschrieben hatte, war er von dem Verlangen überwältigt worden, sich mit ihr zu verbinden. Und das hatte auch in den Tagen, die seitdem vergangen waren, kaum nachgelassen. Immer wieder musste er an ihre Entschlossenheit und Hingabe denken. Nun hatte er einen Anlass, sie endlich wiederzusehen.

Jordan schlug das Herz bis zum Hals, und sie hatte Tränen in den Augen, als sie Pater Benedicts E-Mail noch einmal las. Endlich erfuhr sie etwas über Miguel, auch wenn es nicht gerade gute Nachrichten waren:

Liebe Jordan, las sie, *ich schreibe Ihnen aus dem Britischen Konsulat in Ayacucho. Das Gebäude wird gerade geräumt, da die Truppen der Populisten den größten Teil des Amazonasgebiets besetzt haben und vermutlich noch heute in die Stadt einmarschieren werden. Ich hoffe, zusammen mit drei der Kinder Zuflucht in der Kathedrale Maria Auxiliadora zu finden. Leider hat Fatima seit gestern Fieber. Es schien mir deshalb das Beste zu sein, sie bei einer befreundeten Familie zu lassen. Ich bete darum, dass sie gut auf sie aufpassen und sie wie ihr eigen Fleisch und Blut behandeln werden. Miguel und den anderen geht es recht gut, auch wenn er noch kein Wort von sich gegeben hat, seit Sie fort sind, und fast nie von meiner Seite weicht.*

Antworten Sie mir nicht auf diese E-Mail, teilen Sie der Adoptionsagentur einfach mit, wo Miguel sich zurzeit aufhält, damit man dort weiß, wo er zu finden ist. Vielleicht lässt es sich ja irgendwie organisieren, ihn zu Ihnen zu schicken. Ich muss Sie allerdings nachdrücklich davor warnen, ihn selbst hier abzuholen, das wäre zu gefährlich.

Ich hoffe, meine Nachricht erreicht Sie wohlauf und trotz der unerfreulichen Umstände guten Mutes.

Herzliche Grüße
Timothy Benedict

Jordan sprang mit einem Schrei auf und suchte in ihrem Adressbuch nach der Telefonnummer der venezolanischen Adoptionsagentur. Dann wählte sie mit vor Erleichterung und Sorge zitternden Fingern.

»*Corazones Internacional*«, meldete sich eine Frau auf Spanisch.

»Señora Nuñez, hier spricht Jordan Bliss, ich weiß jetzt, wo Miguel ist«, verkündete sie atemlos.

»Ah, Señora Bliss«, sagte die Frau langsam. »Ich bin froh, dass Sie anrufen. Miguels Unterlagen wurden beglaubigt und heute an uns zurückgeschickt.«

Jordans Herz machte vor Freude einen Sprung. Wie lange hatte sie auf diese Worte gewartet? Und der Zeitpunkt hätte nicht besser sein können. »Das ist ja wunderbar! Ich habe gerade erfahren, dass er in Puerto Ayacucho ist, in der Kathedrale Maria Auxiliadora.«

Auf ihre Mitteilung folgte ein langes Schweigen, sodass Jordan schon dachte, die Verbindung wäre unterbrochen worden. »Señora Nuñez?«, fragte sie.

»Ja«, antwortete die Frau leise.

»Der Priester, der sich um ihn kümmert, heißt Pater Benedict«, sprach Jordan weiter, als sie den Widerwillen am anderen Ende der Leitung spürte. »Er hat mir geschrieben, er rechne damit, dass einer Ihrer Mitarbeiter Miguel abholen komme.«

Die Frau fiel ihr ins Wort. »Es tut mir leid, Señora«, sagte sie traurig. »Es tut mir wirklich leid, aber wir können unmöglich jemanden nach Ayacucho schicken. Rebellen haben die Stadt gestürmt, und in den Straßen wird gekämpft.«

»Nein«, erwiderte Jordan mit Nachdruck. »Ich weiß, dass es gefährlich ist, trotzdem müssen wir ihn da rausholen. Miguel braucht mich. Er spricht noch nicht mal mehr.« Vor Kummer versagte ihr die Stimme. »Lassen Sie mich jetzt bitte nicht im

Stich«, flehte sie, und in ihren Augen standen Tränen. »Es hat ein Jahr gedauert, seine Unterlagen beglaubigen zu lassen.«

»Sie müssen Geduld haben, Señora. Warten Sie ein paar Wochen oder Monate, bis sich die Lage wieder beruhigt hat.«

»In ein paar Wochen oder Monaten sind womöglich wieder die Populisten an der Macht«, konterte Jordan wütend. »Und die haben Auslandsadoptionen schon einmal verboten. Glauben Sie tatsächlich, dass Miguel dann noch ausreisen darf? Nein, ich muss ihn jetzt rausholen, bevor sich die Gesetze ändern!«

»Es tut mir leid, Señora. Wirklich. Wir können nichts weiter tun, als Ihre Information in den Akten festzuhalten.«

»Warten Sie!«, flehte Jordan und umklammerte das Telefon so fest, dass ihr die Handfläche davon wehtat. »Und wenn ich ihn selbst holen kommen würde? Sie könnten mir seine Unterlagen mit den genauen Anweisungen doch zuschicken. Ich gehe dann damit zu den richtigen Leuten, Sie müssten überhaupt nichts unternehmen.«

Ein mitfühlendes Seufzen drang an Jordans Ohr. »Das wäre gefährlich für Sie, Señora, sehr gefährlich.«

»Das weiß ich«, blieb Jordan fest. Es wäre noch viel gefährlicher für ihren seelischen und geistigen Zustand, wenn sie nichts für Miguel täte. »Aber es würde gehen, oder?«

Eine nachdenkliche Stille trat ein. »Ja, ich denke, es könnte gehen«, räumte Señora Nuñez schließlich zögerlich ein, »wenn Sie einen Anwalt finden, der die Papiere unterschreibt, und ihn dazu bevollmächtigen, die noch ausstehende Summe von zehntausend US-Dollar an uns zu überweisen. Anschließend müssten Sie Miguel nach Caracas in die US-Botschaft bringen und dort die letzten Formalitäten erledigen.«

Jordan machte sich klar, was für eine Herkulesaufgabe sie da erwartete. Sie würde Geld brauchen – nicht nur die Gebühr für Miguels Adoption, sondern genug, um die Flüge für sie beide zu bezahlen. »Das schaffe ich«, versprach sie, während der Schweiß, der ihr auf der Stirn stand, in ihrem klimatisierten Arbeitszimmer im Nu trocknete. »Schicken Sie die Unterlagen und die Anweisungen für das weitere Vorgehen einfach an meine Heimatadresse.«

»Wie Sie wünschen, Señora Bliss«, antwortete die Frau am anderen Ende der Leitung widerstrebend. »Die Papiere müssten in fünf bis zehn Tagen bei Ihnen sein.«

»Danke«, hauchte Jordan. Dann legte sie langsam auf. Angesichts der Verpflichtung, die sie sich gerade aufgeladen hatte, fühlte sie sich wie betäubt. Es war eine Sache, ein Kind über eine Agentur zu adoptieren, aber etwas ganz anderes, es aus einem vom Krieg erschütterten Land zu holen und es praktisch im Alleingang mit dem dortigen Rechtssystem aufzunehmen.

Ein kräftiges Klopfen an der Tür riss Jordan aus ihren sorgenvollen Gedanken. Das Geräusch beschwor unwillkürlich das Bild eines Mannes herauf, das sich ihr wie ein Splitter tief ins Gedächtnis gegraben hatte. *Das ist er nicht*, beruhigte sie sich und ging aufmachen.

Durch die schmale Scheibe neben der Tür entdeckte Jordan einen kleinen Jungen, der etwa im Alter ihrer Schüler war.

Wer um alles in der Welt …? Als sie die Tür öffnete und damit einen Schwall warme Sommerluft hereinließ, rutschte ihr das fragende Lächeln vom Gesicht.

»Sie!«, platzte sie heraus, erstaunt darüber, dass ihr sechster Sinn so gut funktioniert hatte. Solomon McGuires heller Blick traf sie wie ein Faustschlag, und sie bekam kaum Luft.

»Hallo auch«, sagte er. Beim Klang seiner Stimme stellten sich ihr die Nackenhaare auf.

»Was wollen Sie?«, fragte sie. Nach dem Telefonat fühlte sie sich ohnehin schon bis ins Mark erschüttert.

»Tja, um gleich zur Sache zu kommen: Jordan, das ist mein Sohn Silas«, erklärte er und bestätigte damit ihre Annahme. »Es ist eine lange Geschichte, aber ich habe ihn fünf Jahre lang nicht gesehen.«

War das der verlorene Sohn aus dem Gedicht? Aus der Miene des SEALs ließ sich nichts ablesen. »Hallo Silas«, sagte sie und schaute den Jungen an.

Das Kind blickte mit großen, quecksilbergrauen Augen zu ihr hoch, während es sich hinter seinem Vater versteckte.

»Sag auch Hallo«, soufflierte Solomon und schob Silas dabei zurück an seine Seite.

»Auch hallo«, flüsterte der Junge.

Jordans Mundwinkel zuckten. Dem Kleinen fehlten die beiden oberen Milchzähne. Er war zu niedlich, und das trotz seiner Ähnlichkeit mit Solomon McGuire. »Gratuliere«, wandte sie sich an den Mann, der sie von ihrem eigenen Kind getrennt hatte. Sie funkelte ihn an, wappnete sich gegen den Anblick seines breiten Oberkörpers, des muskulösen Halses und vor allem gegen seine Augen, die sie förmlich zwangen – nein, ihr *befahlen*, etwas zu unternehmen.

»Ich brauche jemanden, der sich um ihn kümmert«, ließ er die nächste unerwartete Neuigkeit vom Stapel. »Seine Mutter ist tot, und ich arbeite von morgens bis abends. Obwohl er bald in die Schule kommt, kann er noch nicht lesen.«

Und was geht mich das an?, hätte Jordan am liebsten zurückgegeben, doch ein Blick in Silas' unschuldiges, erwartungsvolles Gesicht brachte sie dazu, die Worte hinunterzuschlucken. So etwas wie Eifersucht überkam sie. »Es tut mir leid«, sagte sie, wobei sie aus Rücksicht auf den Jungen einen freundlicheren Ton anschlug. »Ich kann nichts für Sie tun.« Ihm musste doch klar sein, dass er Salz in eine offene Wunde streute.

Er sah sie mit zusammengekniffenen Augen an. »Sie sind doch Lehrerin, oder?«, wollte er wissen.

»Ja, bin ich. Was hat das damit zu tun?«

»Also haben Sie den Sommer über Urlaub.«

»Ich fliege zurück nach Venezuela«, zischte sie durch die Zähne. »Um *meinen* Sohn zu holen.«

Das machte ihn sichtlich fassungslos. »Was? Sind Sie noch ganz bei Trost? Nach allem, was meine Männer und ich getan haben, um Sie da rauszuholen?« Auf seiner Stirn trat eine v-förmige Ader hervor.

»Ich habe nicht darum gebeten«, konterte sie. »Worum ich Sie allerdings gebeten hatte, war, meinen Sohn mit nach Hause nehmen zu dürfen.« In ihrem körperlich wie emotional erschöpften Zustand und mit fast leerem Magen gelang es ihr nicht, das Zittern in ihrer Stimme zu verbergen.

»Das tut mir leid«, antwortete er und nahm sich in Anbetracht ihrer heftigen Reaktion zurück. »Ich hatte meine Befehle«, fügte er hinzu, um sein Handeln zu rechtfertigen.

»Ich verstehe. Trotzdem, ich werde zurück nach Venezuela gehen.«

»Dort ist es nicht sicher«, beharrte er und schaute sie finster an. Silas hatte sich ein Stück nach hinten verdrückt, wo er sich an das Verandageländer klammerte.

»Dieses Mal können Sie mich nicht aufhalten«, konnte sie sich nicht verkneifen festzustellen.

»Nein?« Während er sie abschätzig von oben bis unten musterte, huschte ein Ausdruck sexueller Begierde über sein Gesicht. Jordan hielt seiner unverhohlenen Musterung stand, merkte jedoch mit Unwillen, dass sich ihre Brustwarzen unter seinem durchdringenden Blick aufrichteten, was unter ihrem eng anliegenden Oberteil auch noch deutlich zu erkennen sein dürfte.

Sie zuckte zusammen, als Solomon seine Hand hob, doch er griff lediglich in die Brusttasche seines kurzärmeligen Hemds und nahm einen teuer aussehenden Kugelschreiber sowie einen Notizblock heraus. Dann schrieb er in seiner altmodischen Handschrift seinen Namen und einige Anweisungen auf. »Falls Sie es sich anders überlegen«, meinte er, riss das Blatt ab und drückte es ihr in die Hand, »steht hier, wo Sie mich finden können. Silas, sag Miss Bliss Auf Wiedersehen.«

»Wiedersehen, Miff Bliff«, lispelte der Kleine ihren Namen.

»Auf Wiedersehen, Silas«, gab sie zurück, und ihr fiel auf, dass es ihr nicht das Geringste ausmachte, ihm ein Lächeln zu schenken. Der Junge war einfach liebenswert.

Bei seinem Vater lagen die Dinge anders. Während sie zusah, wie er zu seinem großen schwarzen Truck zurückging, bemerkte sie, dass seine Khakishorts eng an seinen Hüften anlagen. Darunter zeichnete sich ein strammer Po ab, und der Mann besaß kräftige, behaarte Waden. Warum fand sie ihn bloß so anziehend? Er hob den Jungen auf den Beifahrersitz und ging, ohne sie aus den Augen zu lassen, um den Truck herum.

»Übrigens brauchen Sie einen Kindersitz für ihn«, rief Jordan ihm nach. »Den muss er benutzen, bis er acht ist und mindestens vierzig Kilo wiegt.«

»Was er braucht, ist eine Lehrerin«, schnauzte Solomon zurück, während er in den Truck kletterte. *Ich behalte dich im Auge*, schien sein Blick zu sagen.

Sie zwang sich wegzusehen und beobachtete, wie Silas seinen Gurt schloss. Als sein Vater den Motor anließ, schaute der Junge hoch und winkte ihr schüchtern zu. Jordan ertappte sich dabei, dass sie die Geste erwiderte.

Doch dann dachte sie an Miguel, dessen Hoffnung auf eine bessere Zukunft wie Sand in einer Sanduhr verrinnen musste.

Ich komme, Schatz, ich komme dich holen, versprach sie ihm in Gedanken und ging ins Haus zurück. Sie brauchte nur noch jemanden, der ihr half, das Geld aufzubringen.

Von einer der vielen Liegen rund um das Kinderbecken des Ocean Breeze Water Parks aus sah Jordan zu, wie Agatha im für sie kniehohen Wasser herumtollte. Graham und Cameron waren unterwegs, um die Wasserrutschen für die Großen in Angriff zu nehmen, während Jillian zu Hause einen wohlverdienten Ruhetag genoss.

Jordan hatte keine Lust, mit ihrer Nichte zu planschen. Sie saß im einzigen schattigen Eckchen des Parks und wartete ungeduldig auf den Rückruf ihrer Finanzberaterin.

Immer wieder brachte ihr Gehirn Erinnerungen an Miguel hervor, so unablässig wie der Springbrunnen, unter dem die kleine Agatha mit ihrem schmalen Körper stand.

Als ihr Handy klingelte, griff sie in ihre Strandtasche. »Anita!«, sagte sie, da sie die Nummer ihrer Bankberaterin erkannte. Vor gespannter Erwartung blieb ihr fast das Herz stehen.

»Also, Jordan, ich habe eine gute und eine schlechte Nachricht. Welche möchten Sie zuerst hören?«

Ihr brach der kalte Schweiß aus. »Die gute Nachricht«, bat sie inständig und umklammerte das Telefon noch fester.

»Also, Ihr Kredit wurde bewilligt. Sie können das Geld am Montagmorgen abheben.«

Sie atmete erleichtert aus, doch dann fiel es ihr wieder ein. »Und die schlechte Nachricht?«

»Ich konnte nur fünfundzwanzigtausend Dollar bewilligen. Das Verhältnis von Einkommen und Kreditverschuldung ist sonst einfach zu unausgeglichen, meine Liebe. Für einen größeren Kredit war der Marktwert Ihrer Eigentumswohnung schlicht nicht hoch genug. Ihre monatliche Tilgungsrate steigt damit um dreihundert Dollar. Sind Sie sicher, dass Sie das aufbringen können?«

Jordan schluckte schwer. Fünfundzwanzigtausend Dollar sollten für Miguels Adoption sowie den Hin- und Rückflug nach Venezuela genügen. Aber bei dem, was sie als Lehrerin verdiente, war eine Tilgungsrate, die zwei Drittel ihres Gehalts verschlang, geradezu absurd. »Ich habe keine andere Wahl«, gab sie zurück und beschloss, sich später mit diesem Problem zu befassen. Vielleicht konnte sie ja ihre Wohnung vermieten und zu ihrer Schwester ziehen.

»Na dann.« Ihre Finanzberaterin seufzte. »Kommen Sie morgen vorbei, dann schließen wir Ihren Kredit ab.«

»Danke, Anita.« Jordan rief auf der Stelle in ihrem Reisebüro an. »Hallo, Carol, hier ist Jordan. Erinnern Sie sich an den Flug, den Sie für mich heraussuchen sollten? Ich habe jetzt das Geld dafür.«

»Oh, sehr gut. Warten Sie, ich rufe die Daten auf. So, Ihr Flug geht am zehnten August ab Norfolk nach Mexiko-Stadt. Von dort aus geht es für Sie mit einer venezolanischen Airline weiter, und dann landen Sie am nächsten Morgen auf dem Internationalen Flughafen in Maiquetía. Sie wissen aber, dass Ihr Visum bald abläuft, oder?«

»Mein Visum?« Daran hatte Jordan gar keinen Gedanken verschwendet.

»Ja, es ist nach Ihrer Ankunft nur noch fünf Tage gültig, Ihnen bleibt also nicht viel Zeit für den Papierkram.«

Jordan rutschte fast das Telefon aus der Hand. Fünf Tage! Konnte sie alle Hürden in fünf Tagen nehmen? »Verstehe«, sagte sie, während sich ihr Magen zusammenkrampfte. Probleme mit den Behörden waren in praktisch jedem Land der Dritten Welt die Norm. »Haben Sie nicht einen früheren Hinflug für mich?«

»Hm, ich sehe mal nach.« Jordan lauschte gebannt, während die Frau auf der Tastatur herumtippte. »Sie könnten schon am sechsten auf derselben Route hinreisen. Also in zwei Wochen. Soll ich *den* Flug für Sie buchen?«

»Ja«, bestätigte Jordan und betete, dass Miguels Unterlagen bis dahin vorliegen würden. »Ich komme morgen ins Reisebüro, um das Ticket zu bezahlen.«

»Gut, Jordan, bis dann.«

Nachdem sie aufgelegt hatte, befiel sie eine ungute Vorahnung, sodass ihr schwer ums Herz wurde. Eigentlich konnte sie sich die Flugtickets überhaupt nicht leisten. Doch wenn sie erst einmal bezahlt wären, würde es kein Zurück mehr geben, ihre Entscheidung stünde unwiderruflich fest. Um Miguel aus Venezuela herauszuholen, setzte sie alles aufs Spiel.

Hilf mir, Gott, dachte sie. *Sonst hilft mir keiner*.

6

Sie war so gut wie pleite.

Später am Abend saß Jordan in ihrer Küche. Der Geruch von verbranntem Toast hing in der Luft, auf dem Esstisch ausgebreitet lagen ihre Rechnungen, und aus ihrem Füller tropfte Tinte auf ihr Scheckheft. Sie brauchte erheblich mehr Geld.

Als sie in Venezuela festgesessen hatte und mit ihren monatlichen Abschlagszahlungen in Rückstand geraten war, hatten die Versorgungsunternehmen ihr Mahngebühren aufgebrummt. Anscheinend kannten die schon alle möglichen Ausreden. Dass sie sich im Keller einer Mission im Ausland vor Rebellen versteckt gehalten hatte, glaubten sie ihr nicht – aber wer würde das auch schon? Sie konnte ihre Rechnungen noch nicht einmal ansatzweise begleichen, geschweige denn jeden Monat weitere dreihundert Dollar zur Tilgung ihres Kredits aufbringen.

Abgesehen davon aß und schlief sie auch nicht genug. Sie sah wie besessen fern und betete um möglichst aktuelle Nachrichten aus Venezuela, doch es wurde nur wenig berichtet. Die Tatsache, dass ihr das Geld ausging, schuf ein weiteres Hindernis zwischen ihr und Miguel. Sie näherte sich mit Höchstgeschwindigkeit einem Nervenzusammenbruch.

Mit einem seltsamen Gefühl fiel ihr wieder ein, wie zögerlich sich Silas McGuire von ihr verabschiedet hatte. Sie konnte seinen niedlichen, bittenden Blick einfach nicht vergessen. Aber jedes Mal, wenn sie an ihn dachte, beneidete sie seinen Vater, weil er seinen Jungen wiederhatte.

Wie viel ihr Solomon McGuire wohl dafür bezahlen würde, dass sie dem Kleinen Lesen beibrachte? Da sie ja vorhatte, schon in zwei Wochen nach Venezuela aufzubrechen, konnte es nicht viel Geld geben, aber im Moment brachte sie jede noch so geringe Summe weiter.

Würde er sie überhaupt für so kurze Zeit einstellen? Vielleicht sollte sie den Tag ihrer Abreise besser für sich behalten.

Sie stand auf und holte seinen Notizzettel, der am Kühlschrank klebte. Er hatte die Wegbeschreibung zu seinem Haus aufgeschrieben, aber natürlich keine Telefonnummer. Offenbar musste er ihr die Sache noch schwerer machen, noch demütigender.

Eine Stunde später fuhr sie, immer seinen Anweisungen folgend, in Richtung Virginia Beach. Die Sonne stand im Rückspiegel, und sie redete sich ein, ihre Entscheidung habe nichts mit dem Mann selbst zu tun. Sicher, er sah gut aus. Die Frau, die das nicht bemerkte, musste schon tot sein. Aber er war auch extrem nervig. Und er gefiel ihr längst nicht so gut, als dass sie ihr mühsam gekittetes Herz seinetwegen aufs Spiel setzen würde.

Mit ihrem Nissan bog sie in eine schicke Wohnsiedlung am Wasser ein und registrierte mürrisch die Eichen und Magnolien vor den großen Häusern zu beiden Seiten der Straße. Wenn er es sich leisten konnte, hier zu wohnen, konnte er doch auch ein Kindermädchen in Vollzeit anstellen, murrte sie im Stillen, während sie sich dem letzten Haus in einer Sackgasse näherte. *Fahren Sie zur Hinterseite*, hatte er geschrieben.

Was sollte denn dort sein, fragte sie sich, etwa ein Dienstboteneingang?

Dann entdeckte sie seinen Truck unter dem Carport, parkte ihren Wagen daneben und folgte einem Fußweg zum Hintereingang, wo sie anklopfte und wartete.

»Hallo?!«, kam ein Junge im Teenageralter fragend an die Tür.

»Ich suche Solomon McGuire«, antwortete Jordan, ärgerlich darüber, dass die Anweisungen nicht genauer waren.

»Oh, der wohnt unten am Hafen«, sagte der Junge.

Am Hafen.

»Er hat früher mal hier gewohnt, aber jetzt zahlt er nur noch die Miete für den Pier.«

Pier.

Mit wachsender Sorge nahm Jordan einen Fußweg den Hügel hinunter, weg vom Haus und auf einen Pier zu. Er ragte in einen Wasserarm hinein, der in der Abenddämmerung violett glitzerte. Flatternd landete ein Fischadler in den knorrigen Überresten eines Baumes, und im Sumpfgras zirpten Grillen. Die Wasseroberfläche kräuselte sich, als ein Fisch hochsprang.

Und da, am Kai vertäut, lag ein Hausboot namens *Camelot*. Es glänzte wie neu, obwohl das Design auf ein älteres Baujahr schließen ließ. In den unterschiedlich geformten Fenstern leuchtete warmes Licht.

Eine Schande, nun hatte sie den ganzen Weg umsonst zurückgelegt.

Jordan wandte sich ab. »Wo wollen Sie denn hin?«, hörte sie da eine Stimme, bei deren Klang sich ihr die Nackenhaare sträubten. Sie drehte sich wieder um und entdeckte ihn auf einem höher gelegenen Teil des Bootes, wo er an der Reling lehnte, als hätte er dort auf sie gewartet.

»Ich hab's nicht so mit dem Wasser«, rief sie und machte erneut kehrt.

Ein Rascheln, gefolgt von einem dumpfen Aufprall, verrieten ihr, dass er vom Boot gesprungen war und ihr nachkam. Sie musste gegen den Drang ankämpfen, die Beine in die Hand zu nehmen.

»Sie dürfen noch nicht gehen«, meinte er und schloss in einem Tempo zu ihr auf, bei dem ihr die Luft wegblieb. Im nächsten Moment fasste er sie beim Ellbogen und wirbelte sie herum. »Kommen Sie schon, das Boot wird nicht untergehen.«

»Ich werde seekrank«, fügte sie hinzu. Seine Berührung beunruhigte sie.

»Sehen Sie hier vielleicht irgendwelche Wellen? Sie werden nicht mal merken, dass Sie auf einem Boot sind.«

Sie riss ihren Arm aus seinem festen Griff los. An seine körperliche Stärke erinnert zu werden, machte sie unversehens wütend. »Wo ist Silas?«, presste sie zwischen zusammengebissenen Zähnen hervor. Schließlich war sie des Kindes wegen hergekommen – und in der Hoffnung, ihre Rechnungen bezahlen zu können.

»Er schläft.« Das sagte der Mann dermaßen erschöpft und erleichtert, dass ihre Wut auf der Stelle verflog. »Bitte, kommen Sie rein, dann besprechen wir, wie wir am besten zusammenkommen.«

Jordan spitzte in Anbetracht seiner merkwürdigen Wortwahl die Ohren. Dann beäugte sie das Hausboot. Es sah tatsächlich nicht so aus, als könnte es untergehen, und schaukelte im stillen Wasser der schmalen Bucht auch kein bisschen. »Gut«, meinte sie mit einem Nicken. »Aber wenn mir schlecht wird, gehe ich wieder.«

Er lief ihr voraus über den breiten Kai, stieg eine mit einer Reling versehene Gangway hinauf und streckte ihr hilfsbereit eine Hand hin. Da sie es lieber vermied, ihn zu berühren, ignorierte sie seine Geste und ging mit forschen Schritten an Bord. »Wieso dieser Name für Ihr Boot?« erkundigte sie sich. Das Deck glänzte sauber.

Er grinste spöttisch. »*Camelot*? Weil das hier meine Burg ist natürlich«, antwortete er, wobei er eine Tür mit einem Buntglasfenster in der Mitte öffnete.

Als Jordan sich hindurchgeschoben hatte, hielt sie den Atem an.

Die Innenausstattung war das Paradies eines Schreiners. Von den vertäfelten Wänden bis hin zu den Einbauschränken wurde jede noch so kleine Nische ausgenutzt. Dicke Läufer ließen den glänzenden Holzfußboden wohnlicher wirken. Einbauleuchten warfen warmes Licht auf einladende Sitzgruppen. »Wow«, hauchte Jordan, die sowohl einen Gang als auch eine ins Dunkel führende Treppe bemerkte. Das Boot ähnelte wirklich einer Burg, nur wo war Königin Guinevere? »Und wo schläft Silas?«, fragte sie.

»Fürs Erste in meinem Bett«, gab Solomon trocken zurück. »Er wollte nicht allein unter Deck schlafen. Kann ich Ihnen etwas zu trinken anbieten?«

Ihn an diesem gemütlichen Ort zu sehen machte sie nervös. »Wasser wäre schön.« Daraufhin ging sie zu einem Fensterplatz, um Abstand zwischen ihnen zu schaffen. »Sie haben da eine tolle Bibliothek«, bemerkte sie, als er ihr ein Glas Wasser brachte und sich ihre Finger streiften. Bei der Berührung verspürte sie ein Kribbeln.

»Ich weiß«, gab er mit einem stolzen Blick auf die vollgestellten Regale zurück. »Ich habe sie alle gelesen«, fügte er dann in nüchternem Ton hinzu.

»Wirklich?« Jordan sah sich die gebrochenen Buchrücken genauer an. »*Gullivers Reisen*?«, fragte sie. »*Moby Dick*?«

»Zwei meiner Favoriten«, antwortete er und setzte sich auf den stabilen Beistelltisch zu ihren Füßen.

Jordan widerstand dem Drang, die Knie anzuziehen. Etwas an diesem Mann irritierte sie – dabei war es nicht so, als befürchtete sie, er könnte ihr etwas antun. Ihr Unbehagen ging tiefer.

»Wie fanden Sie mein Gedicht?«, erkundigte er sich.

Sie trank einen Schluck Wasser. »Gut geschrieben«, antwortete sie, ohne zu verraten, wie sehr sein Gedicht sie berührte und dass sie nach dem erneuten Lesen einige Male in ihr Kissen geschluchzt hatte. »Wieso haben Sie Silas so lange nicht gesehen?«, wollte sie wissen.

»Meine verstorbene Exfrau ist mit ihm abgehauen«, erklärte er mit eisiger Stimme.

Aha, dachte Jordan, die nun auch die Antwort auf die Frage kannte, die sie sich beim Hereinkommen gestellt hatte.

»Ich habe fünf Jahre lang nach ihm gesucht«, fuhr Solomon im selben kühlen Tonfall fort. »Schließlich kam heraus, dass er bei seiner Tante irgendwo in Mississippi war. Seine Mutter hatte ihn dort zurückgelassen. Sie liebte sich selbst mehr als ihr Kind.«

Seine Miene verriet keine Spur von Bedauern oder Trauer, aber ihr war nicht entgangen, dass seine Guinevere nicht mehr lebte.

»Also«, begann sie, um wieder auf sein Angebot zu sprechen zu kommen, »wie dachten Sie, könnten wir *zusammenkommen*?«

Unter seinem schwarzen Schnurrbart verzog er die Lippen zu einem spöttischen Grinsen. »Ich zahle Ihnen dreißig Dollar die Stunde«, sagte er dann, wobei er den Blick auf ihre Brüste senkte.

Jordan holte unsicher Luft. Meinte er das ernst, oder gab er sich absichtlich so rüde? Dreißig Dollar Stundenlohn waren ein äußerst großzügiges Angebot, es sei denn, sein dreistes Starren sollte bedeuten, dass er mehr erwartete. So musste es sein. Sie wurde wütend. Mit einem Satz sprang sie auf und funkelte ihn von oben herab böse an. »Sie sagten, Sie bräuchten eine Lehrerin für Silas«, rief sie ihm vorwurfsvoll ins Gedächtnis und wollte an ihm vorbeistolzieren.

Schnell wie eine Falle, die zuschnappt, packte er ihr Handgelenk und stand ebenfalls auf. Nun lagen nur noch Millimeter zwischen ihrem bebenden Busen und seiner breiten Brust. Jordan wurde schwindelig, als der vertraute Moschusgeruch sie einhüllte. »Interessante Unterstellung«, murmelte er und ließ dabei den Blick zu ihrem Mund wandern. »Aber warum sollten Sie sich unter Wert verkaufen? Ich bin sicher, Ihr Marktwert ist um einiges höher.«

»Oh!«, platzte es aus ihr heraus, während ihr von Kopf bis Fuß ganz heiß wurde. »Sie …« Sie suchte nach einem Wort, um ihrem Ärger Ausdruck zu verleihen. »… Sie Arschloch.«

Angesichts des Schimpfworts zog er spöttisch eine Braue hoch, setzte dann jedoch eine ernste Miene auf. »Dass mein Sohn nicht lesen kann, nehme ich sehr ernst«, erklärte er. »Und ich schrecke auch nicht vor Bestechung zurück, um zu verhindern, dass Sie das Land verlassen.«

Bestechung? War das der einzige Grund für sein großzügiges Angebot? Er konnte nicht wissen, wie dringend sie Geld brauchte. Mit schamroten Wangen machte sie sich von ihm los und brachte ihr Glas in die Küche. »Nur zu Ihrer Information: Ich habe immer noch vor, in nächster Zeit nach Venezuela zu fahren.« Damit hatte sie ihn fairerweise gewarnt, ohne ihm jedoch zu verraten, wann genau sie abreisen würde.

Er war ihr gefolgt und versperrte ihr nun den Weg nach draußen. »Sie wollen weg, obwohl Sie für den Rest des Sommers dreißig Dollar pro Stunde verdienen könnten?«

»Ja«, gab sie zurück.

Er sah sie aus zusammengekniffenen Augen an. »Na, dann fangen Sie besser gleich morgen an«, riet er ihr. »Kommen Sie, so früh Sie wollen.«

»Ich kann aber nicht garantieren, dass Silas bis zur Einschulung lesen können wird.«

Sein Blick war unergründlich. »Tun Sie einfach Ihr Bestes.«

»Also gut, dann sehen wir uns morgen früh.« Sie griff nach den Autoschlüsseln in ihrer Rocktasche. »Haben Sie eine Handynummer, falls ich Sie anrufen muss?«

»Nein«, sagte er.

Sie sah ihn nur an. »Und wie steht's mit einem Festnetzanschluss?«

»Noch mal nein. Während der Arbeit habe ich einen Pager, sonst nichts. Falls Sie mich hängen lassen wollen, müssen Sie mir das schon persönlich mitteilen.«

Jordan ging auf, dass es ihm gefiel, sie zu provozieren. »Ich werde kommen«, sagte sie bestimmt. »Und da Sie Ihren Sohn jetzt wiederhaben, rate ich Ihnen, sich zur Sicherheit ein Handy anzuschaffen. Wenn Sie nun so freundlich wären, mich durchzulassen.«

Doch er rührte sich nicht. Ihr Herz machte einen Satz, als er noch näher an sie herantrat, die rechte Hand hob und ihr Kinn umfasste. Die Berührung elektrisierte sie. Behutsam zog er sie an sich, und sie gab hilflos, wie unter einem Bann, nach. Sie konnte ihn nur anstarren, als er den Kopf senkte, mit dem Daumen ihre Lippen teilte, und ihr verspätetes, empörtes Ächzen dämpfte, indem er seine Zunge in ihren Mund gleiten ließ.

Bei seinem innigen Zungenspiel musste sie sich an seinen Oberarmen festhalten, damit sie nicht ohnmächtig in die Knie ging.

Gott im Himmel! Er küsste sie, und sie reagierte darauf wie eine Frau, die seit drei Jahren nichts dergleichen erlebt hatte – was auch den Tatsachen entsprach. Das war die einzige Entschuldigung, die sie sich selbst durchgehen ließ.

Wie von allein wanderte eine ihrer Hände aufwärts und fasste in seinen kurzen, dichten Haarschopf, während sie ihm ihre Hüfte entgegenschob. Überwältigt von der unnachgiebigen, männlichen Art, mit der er sie bedrängte und ihre Seele zu rauben drohte, lehnte sie sich gegen ihn.

Zu ihrer Enttäuschung zog er sich zuerst zurück und holte sie wieder in die Realität zurück. »Gehen Sie jetzt besser, solange Sie noch können«, riet er ihr leise. »Es sei denn, Sie wollen sich doch hundert Dollar dazuverdienen.«

Jordan stieß ihn mit einem Wutschrei von sich und flüchtete zur Tür. Sie knallte sie hinter sich zu, hastete über den Anlegesteg und rannte beinahe zu ihrem Wagen.

»Wie viel können Sie mir dafür geben?«, fragte Ellie Stuart, wobei sie ihren und Carls Ehering über den Tresen der Pfandleihe schob.

Mrs Halliday, die den Laden führte, nahm die beiden goldenen Schmuckstücke, prüfte sie durch ihre Gleitsichtbrille, die sie an einer Kette um den Hals trug, und sah Ellie dann über die Gläser hinweg mitleidig an. »Wo stecken denn Ihre Jungs?«, erkundigte sie sich und schaute neugierig wie immer hinter ihre Kundin. »Man sieht Sie selten ohne die Kinder.«

»In der Baptistenkirche«, antwortete Ellie. »Heute ist der Erholungstag für Mütter.« Einmal in der Woche hatte sie zwei Stunden Zeit für sich, und die Jungen bekamen eine gesunde Mahlzeit.

»Ich hab gehört, Carl ist mit 'ner Stripperin durchgebrannt und hat Sie sitzen lassen«, sagte Mrs Halliday noch und bewies damit, dass der Buschfunk in Mantachie besser denn je funktionierte.

Ellie machte sich kerzengerade. Sie hatte keine Lust, Mrs Hallidays abartige Neugier zu bedienen, doch angesichts der Blicke, die sie überall erntete, wo sie hinkam, und des Getuschels, das dann losging, war Geheimniskrämerei sinnlos. »Cocktailkellnerin«, stellte sie klar und presste die Lippen zusammen.

»Haben Sie denn schon eine neue Bleibe gefunden?«, bohrte die Alte weiter und starrte sie, nach Einzelheiten gierend, mit leuchtenden Augen an.

»Noch nicht«, antwortete Ellie mit Nachdruck. Sie hatte Carls Drohung nicht wahrhaben wollen, war zu Eddie Levi gegangen und hatte verlangt, den Kaufvertrag zu sehen. Tatsächlich würde das Wohnmobil, in dem sie lebte, in wenigen Tagen ihm gehören. Gemäß ihrer Do-it-yourself-Scheidung konnte Carl mit seinem Besitz auch anfangen, was er wollte. Ellie war das egal gewesen, solange sie nur das Sorgerecht für die Kinder behielt.

»Tja, nur damit Sie's wissen«, begann Mrs Halliday und lehnte sich über den Tresen, um sie im Vertrauen an ihrer unmaßgeblichen Meinung teilhaben zu lassen. »Mir ist zu Ohren gekommen, dass Ihnen der Staat die Kinder wegnehmen will.«

Ellie brach der kalte Schweiß aus, doch sie ließ sich nichts anmerken. »Wie viel können Sie mir für die Ringe geben?«, wollte sie wissen, während ihr insgeheim die Knie zitterten.

Mrs Halliday beäugte die Ringe erneut. »Na ja, da ich sehe, wie dreckig es Ihnen momentan geht, gebe ich Ihnen zweihundert«, bot sie an.

Zweihundert Dollar. Das überstieg vermutlich ihren Wert, trotzdem würde sie Mrs Halliday nicht noch mehr Stoff für neue Gerüchte liefern und vor Dankbarkeit in Tränen ausbrechen. »Ich nehme das Geld«, sagte Ellie kühl und zwang sich, die Summe mit ruhiger Hand entgegenzunehmen.

Ihr Instinkt riet ihr, die Beine in die Hand zu nehmen und mit den Jungen, die Carl ohnehin niemals wiedersehen wollte, zu verschwinden. Raus aus dem Bundesstaat Mississippi, in dem das Sozialamt allmählich Wind von ihrer Notlage bekam.

Aber wo sollte sie mit zweihundert Dollar in der Tasche und drei Kindern, die sie versorgen musste, hin?

Solomon McGuires Scheck brannte förmlich ein Loch in ihr Portemonnaie. Er hatte ihr gesagt, sie könne sich jederzeit an ihn wenden. Seit Silas so plötzlich abgeholt worden war, schlichen sie und die Jungen herum, als wäre jemand gestorben. Sie brauchte einen Neuanfang an einem Ort, wo niemand ihre Geschichte oder ihre beschämenden Lebensumstände kannte. Und plötzlich wusste sie genau, welcher Ort das sein würde.

Ellie murmelte ein Dankeschön und packte das Geld ein, das Mrs Halliday ihr ausgehändigt hatte. Es wäre allerdings fast ein Wunder, wenn der Impala es noch von Mississippi bis nach Virginia schaffen sollte und sie mit dem Benzin und Essen auskommen würden, das für zweihundert Dollar zu haben war.

Die Sonne stand schon fast im Zenith und schien warm auf Jordans Schultern, während sie von dem großen Haus auf dem Hügel zu Solomons Boot hinunterspazierte. Als sie den SEAL entdeckte, der mit dem Rücken zu ihr stand und seinen nackten Oberkörper präsentierte, blieb sie wie angewurzelt stehen. Verlangen durchströmte sie, sodass sie ein Kribbeln in Armen und Beinen verspürte.

Ich bin nicht wegen Solomon McGuire hier, sagte sie sich.

Doch wie schon die ganze letzte Nacht, während der sie sich mit Wut im Bauch und voller Scham unruhig herumgewälzt hatte, musste sie an seine Annäherung am Abend zuvor denken.

Wie hatte sie nur zulassen können, dass er sie auf diese Weise küsste? Schlimmer noch, wieso war ihre Reaktion darauf derart leidenschaftlich gewesen? Schließlich hatte dieser Mann sie von Miguel getrennt. Er hatte mit ihr gespielt und ihr den Eindruck vermittelt, dass er sie für Sex bezahlen wolle. Sein Verhalten war plump und ungehobelt. Trotzdem bekam sie beim Gedanken an den Kuss weiche Knie und wünschte sich wider jede Vernunft mehr davon.

Dieses Arschloch. Oh ja, sie fand, dass dieses Wort sehr gut auf ihn passte. Festzustellen, dass sich unter seiner Kleidung ein durchtrainierter Oberkörper verbarg, dessen Muskeln hervortraten, als er sich auf dem Kai niederließ, machte es nicht besser. Seine Schultern waren förmlich dazu gemacht, sich daran festzuhalten. Um die Hüften hatte er kein Gramm Fett und seine seidig wirkende Haut besaß eine gesunde Bräune.

Ihr Blick fiel auf Silas, der in ausgefransten Shorts, ebenfalls ohne T-Shirt und ebenfalls braun gebrannt neben seinem Vater stand. Seinetwegen hatte sie sich nach langem Zögern entschlossen loszufahren, kam deshalb nun aber Stunden zu spät. Der mutterlose Junge brauchte sie genauso dringend, wie er Lesen lernen musste. Jordan konnte sich gut vorstellen, dass er sich verloren vorkam, nachdem seine Mama ihn im Stich gelassen hatte und er dann zu einem schroffen, mürrischen Fremden gegeben worden war.

Sie beobachtete, wie er zu allem nickte, was Solomon sagte.

Jordan hob ihren Picknickkorb hoch und setzte ihren Weg zu den beiden fort, denn sie war neugierig, was sie vorhatten. Im selben Moment stieß Solomon sich vom Kai ab und verschwand fast ohne jeden Spritzer im Wasser.

Silas ließ er allein zurück.

Jordan beschleunigte ihre Schritte, sodass ihre Sandalen gegen ihre Fußsolen schlappten, während sie zu dem Jungen eilte. Plötzlich stand ihr die Vergangenheit deutlich vor Augen, sie war wieder acht Jahre alt und spielte am Kuhteich. Sie erinnerte sich an den Schock, als sie ins Wasser gefallen war, spürte, wie es ihr in Nase und Ohren stieg, während sie an die Oberfläche zu gelangen versuchte. Alarmiert rief sie Silas eine Warnung zu, der sich vorsichtig dem Rand näherte, als wollte er jeden Augenblick selbst hineinspringen. »Silas, nein! Du brauchst eine Schwimmweste!«

Er sah sie über die Schulter hinweg an, wandte sich jedoch auf einen strengen Ruf hin wieder dem Wasser zu. Im nächsten Moment sprang er vom Kai und klatsche geräuschvoll ins Wasser.

Jordan ließ ihren Korb fallen und rannte los. Als sie sich dem Ende des Piers näherte, entdeckte sie Solomon, der ein paar Meter vom Kai entfernt Wasser trat, doch Silas war nirgends zu sehen.

»Wo ist er?«, rief sie besorgt, während sie das teefarbene Gewässer nach einem Zeichen von ihm absuchte. »Silas!«

Da tauchte Solomon unter. Er blieb mehrere Sekunden verschwunden, so lange, dass Jordan begann, die Hände zu ringen, und ein Stoßgebet zum Himmel schickte. Doch dann kam er mit dem prustenden, verängstigten Silas im Arm an die Oberfläche. Der Kleine hielt die Arme um seinen Vater geschlungen, als ginge es um sein Leben, schnappte nach Luft, hustete und rieb sich die Augen.

»Was machen Sie denn da?«, wetterte Jordan, der vor Erleichterung ganz schwindelig wurde. »Er wäre fast ertrunken.« Um die Schwere seiner Tat zu unterstreichen, warf sie anklagend die Arme in die Luft.

»Ich bringe ihm Schwimmen bei«, blaffte er mit einem eisigen Blick auf sie zurück. »Worin ich zufällig sehr viel Erfahrung habe. Damit, einem Kind das Lesen beizubringen, kenne ich mich im Gegensatz dazu überhaupt nicht aus. Das ist *Ihre* Aufgabe, und Sie sind spät dran!«

»Er soll schwimmen lernen, indem Sie ihn untergehen lassen? Was soll das? Macht man das so bei den SEALs?«

»Ja, das nennt man Unterwasserprüfung. Aber das würden Sie sowieso nicht verstehen.«

»Da haben Sie recht. Ich verstehe nicht, was es soll, ein Kind fast ertrinken zu lassen. Sie haben offenbar keine

Ahnung, welchen seelischen Schaden Sie ihm damit zufügen können!« Als sie sich selbst schreien hörte, hielt sie sofort den Mund.

Silas, der ihr Wortgefecht mit wachsendem Unbehagen verfolgte, schmiegte das Gesicht an Solomons Hals und brach in Tränen aus.

»Da haben Sie's!«, bemerkte Jordan. »Er ist traumatisiert!«

»Wenn ihn irgendetwas traumatisiert«, grollte Solomon leise, wobei erneut die v-förmige Ader an seiner Stirn hervortrat, »dann sind wir beide das.«

Jordan fühlte sich, als hätte er einen Eimer kaltes Wasser über ihr ausgekippt, und verstummte. Der verfluchte Kerl hatte ja recht. Der Junge hatte gar nicht so erschüttert gewirkt, als er von seinem Vater aus dem Wasser gezogen worden war. Ihre Selbstgerechtigkeit wich Beschämung darüber, dass sie ihre eigenen Ängste so zur Schau gestellt hatte.

»Stimmt«, gab sie zu und trat erst jetzt einen Schritt von der Kante zurück. »Wir streiten uns nicht, Silas, wir haben bloß unterschiedliche Vorstellungen darüber, wie dein Schwimmunterricht aussehen soll. Dein Vater hält sich auf dem Gebiet für einen Experten«, zwang sie sich hinzuzufügen, »also werde ich es ihm überlassen, dir das Schwimmen beizubringen.«

Dass das Wasser ringsum kleine Wellen schlug, begann ihr auf den Magen zu schlagen. »Kann ich drinnen auf euch warten?«, bat sie, als sie merkte, wie sie blass wurde.

»Nur zu«, antwortete Solomon und sah sie aufmerksam an.

»Ich habe Essen für ein Picknick mitgebracht. Für Silas und mich«, erklärte sie und schloss den SEAL damit bewusst aus. »Die Sachen halten nicht ewig«, warnte sie ihn.

Damit kehrte sie dem finster dreinblickenden Mann den Rücken zu und ging an Bord des Hausboots, um dort das Ende des Schwimmunterrichts abzuwarten.

Sie brachte den Korb in die Küche, die sie sauber gewischt vorfand, alles Geschirr war abgewaschen und eingeräumt. Als sie einen Blick in den Kühlschrank warf, stellte sie mit Erleichterung fest, dass sich Lebensmittel im Gefrierfach befanden und neben einem Sechserpack Bier auch mehrere Liter Milch standen. Silas würde wenigstens nicht verhungern.

Da sie auf den Rest von *Camelot* neugierig war, lugte sie in ein winziges Badezimmer auf der anderen Seite des Gangs. Es überraschte sie nicht, zu sehen, dass sogar der Toilettendeckel handgeschnitzt war und die Form eines Seeadlers hatte. Überall befanden sich Schränke und Schubfächer, sogar auf dem Gang. Sie schaute hier und da hinein, fand eine Muschelsammlung sowie eine Schublade voller Orden und Auszeichnungen. In einem Schrank hingen in Plastikhüllen eingepackte Uniformen, und es gab sogar ein ausklappbares Bügelbrett.

Der unverwechselbare Geruch des SEALs wurde stärker, als sie sich die Kapitänskajüte im Bug ansah. Sie lag drei Stufen höher als der Gang, nahm den gesamten vorderen Teil des Bootes ein und hatte vier sechseckige Fenster. Darin stand ein riesiges Kapitänsbett, unter dem sich weiterer Stauraum befand. Man konnte nur davon verzaubert sein.

Das Bett war noch nicht gemacht. Als sie die zerknitterten Laken und die Abdrücke auf den Kissen sah, hatte sie den SEAL und seinen Sohn vor Augen, wie sie sich den Platz teilten. Sie schmolz dahin, doch dann überkamen sie Kummer und Neid.

Wusste er überhaupt, wie glücklich er sich schätzen konnte, seinen Sohn wiederzuhaben? Sie hätte alles dafür gegeben, Miguel friedlich an ihrer Seite schlafen zu sehen. *Bald*, versprach sie sich.

Als eine Tür zuschlug, verzog sie sich rasch schuldbewusst wieder in den Wohnbereich.

»Ich hab's geschafft! Ich bin bis zum Dock geschwommen!«, verkündete Silas atemlos, der tropfnass und mit einem Handtuch im Arm hereingestürmt kam.

»Echt?!«, rief Jordan. »Toll für dich!«

»Ab unter die Dusche«, befahl sein Vater, als er hinter ihm eintrat. »Los!« Er schob Silas ins Bad. Nachdem die Tür zugefallen war, standen Jordan und Solomon sich allein gegenüber.

»Und, wie gefällt Ihnen mein Bett?«, fragte er. Offenbar hatte er sie erwischt. Während er sich den Rücken abtrocknete, zuckten seine kräftigen Brustmuskeln.

Sie versuchte, nicht auf die schwarzen Haare unter seinen Achseln und auf seiner festen Brust zu schauen. Die nasse Badehose klebte wie eine zweite Haut an seinen Oberschenkeln und ließ ihrer Fantasie nur wenig Spielraum. Wobei Jordans Vorstellungskraft nicht noch weiter hätte angeregt werden müssen. Ihr Mund war so trocken, dass sie unfähig war, seine Frage zu beantworten.

»Dreißig pro Stunde würden nicht mal annähernd genügen, was?«, stichelte Solomon einmal mehr mit einem boshaften Funkeln in den Augen.

Jordan klappte vor Wut die Kinnlade herunter. »Damit eins klar ist«, blaffte sie ihn an und stemmte die Hände in die Hüften. »Ich bin wegen Silas hier und nicht Ihretwegen.«

Sein träges, wölfisches Grinsen war unerträglich. »Wenn Sie sich das mal bloß selbst einreden könnten«, höhnte er.

»Sie sind wirklich ein Arschloch«, teilte sie ihm mit.

»Und was sind Sie dann?«, konterte er und zog eine seiner schwarzen Augenbrauen hoch. »Eine verzweifelte Exfrau?«

Fassungslos angesichts seiner unerwartet kränkenden Worte, schob sie sich an ihm vorbei. »Ich warte besser draußen auf Silas.« Damit nahm sie den Korb und wollte zur Tür gehen, doch Solomon fasste sie beim Ellbogen und wirbelte sie herum.

»Lassen Sie mich los!«, rief sie. Mit Entsetzen bemerkte sie, wie ihre Stimme zitterte.

»Das war selbst für meine Verhältnisse ein Schlag unter die Gürtellinie«, gab er nüchtern zu. »Verzeihung.«

Als sie mit Tränen in den Augen hochschaute, wirkte er ernst, aufrichtig, demütig … Vielleicht hatte er ja doch eine menschliche Seite.

»Ich überleg's mir«, antwortete sie steif, wobei ihr ärgerlich deutlich bewusst wurde, dass er fast nackt vor ihr stand. Sie war wegen Silas hier.

Auf ein dumpfes Geräusch und das Rauschen von Wasser hin ging Solomon nach seinem Sohn sehen.

»Ich warte auf dem Hügel«, beschloss Jordan und ging schnell zur Tür hinaus, da sie sich in seiner Gegenwart keinen Moment länger selbst über den Weg traute.

7

Solomon blickte blinzelnd über den Pier zu der Rasenfläche, die er regelmäßig mähte, und sah die Frau und seinen Kleinen dort auf einer Decke sitzen. Er fühlte sich ausgeschlossen. Klar, im Hausboot gab es jede Menge zu tun – Wäsche waschen, die Betten neu beziehen, das Deck fegen, die Maschine auftanken und ölen –, doch er schaute Jordan Bliss lieber bei der Arbeit zu.

Etwas an ihr gefiel ihm erstaunlich gut. Sie war nicht nur gut gebaut, hatte volle Brüste und schlanke Beine, sondern unter ihrer kratzbürstigen Art verbarg sich auch eine Leidenschaft, die sie so leicht entflammbar machte wie trockenes Holz.

Der Kuss am Abend zuvor und ihr Status als geschiedene Frau ließen vermuten, dass sie seit Monaten, wenn nicht Jahren keinen Sex gehabt hatte. Wenn er bedachte, wie rot sie wurde, wenn er sie auf eine gewisse Weise ansah, würde er wohl keine großen Überredungskünste brauchen, um sie herumzukriegen. Eine innere Stimme warnte ihn zwar, dass sie anders war als die Frauen, denen er sonst nachstellte – netter und verletzlicher –, doch er glaubte fest, dass er sein Herz nie wieder an jemanden verlieren würde.

Er musste sie haben. Anders konnte er seiner zunehmenden Besessenheit von ihr nicht Herr werden.

Minutenlang sah er zu den beiden herüber und wartete darauf, dass Silas' Unterricht endlich anfing. Mit seinen Luchsaugen schaute er, was sie für das Picknick mitgebracht hatte: eine Thermosflasche mit rosa Limonade, eine Plastikdose mit winzigen Butterbroten, eine weitere mit Rohkost sowie Obststücken darin und dazu Sprühsahne?

Solomon suchte nach einem Schulbuch oder einer Schiefertafel, entdeckte aber nichts dergleichen. Dann beobachtete er, wie Silas vier Butterbrote verschlang, während Jordan mit Möhrenschnitzen und Selleriestangen hantierte, die sie in unterschiedlichen Mustern auf den Deckel einer Plastikdose legte. Das Ganze ging eine Weile so weiter, wobei Silas sie nicht aus den Augen ließ.

Solomon, der auf eher ernsthaften Unterricht aus war und angesichts dieser Kinderspiele die Geduld verlor, wollte schon dazwischengehen, doch da nahm Jordan die Kappe von der Sprühsahne ab. Sofort fielen ihm lauter Möglichkeiten ein, den Inhalt sinnvoll zu verwenden.

Jordan gab ein schaumiges weißes Muster auf einen roten Pappteller und ließ Silas dann sein Stück Obst hineintauchen. Als Nächstes sprühte sie ein neues Muster – oh, Moment, es war der Buchstabe B –, gefolgt von einem dritten, und machte sich schließlich daran, sie miteinander zu kombinieren.

Irritiert ließ Solomon es vorerst bleiben, sich einzumischen. Unterdessen holte Jordan mehrere neue Pappteller hervor, die Silas mit Buchstaben versah – allerdings mit weit weniger überzeugenden Ergebnissen. Nun hatte Solomon genug gesehen. Er stand von seinem Liegestuhl auf, sprang erst über eine Reling, dann über die nächste, machte einen Satz auf den Pier und marschierte den Hügel hinauf, um ein Wörtchen mit Miss Bliss zu reden.

»Jordan!«, rief er, ohne zu verbergen, dass ihm etwas missfiel.

Das völlig in sein Tun vertiefte Pärchen schaute von den Tellern vor sich hoch, auf denen offenbar die Buchstaben K und L standen.

»Klar!«, verkündete Silas, der immer noch ganz in dem Spiel aufging.

»Richtig«, antwortete Jordan herzlich. Dann blickte sie argwöhnisch zu Solomon auf, dessen Schatten nun auf sie fiel. »Was wollen Sie?«, erkundigte sie sich.

Als er sah, dass sein Sohn ängstlich die Stirn runzelte, riss Solomon sich zusammen. »Silas, ich glaube, der Briefträger war da, lauf doch mal zur Auffahrt rauf und hol die Post, ja? Der unterste Briefkasten ist unserer.«

»Gut«, sagte der Junge und sprang auf. Mit einem zahnlosen Grinsen fügte er hinzu: »Willst du mal sehen, wie schnell ich laufen kann?«

»Ich nehme deine Zeit«, willigte Solomon ein und schaute auf seine Uhr. Sofort schoss der Junge wie ein junges Reh davon.

Solomon blieb damit weniger als eine Minute. »Was soll das?«, fragte er mit Blick auf die Teller. »Ich bezahle Sie nicht dafür, dass Sie mit ihm spielen. Er soll lesen lernen.«

»Ich versuche herauszufinden, wie viel er weiß, ohne dass er das Interesse verliert«, antwortete sie kühl.

»Na, das hier ist hoffentlich kein Ausblick auf Ihre Lehrmethoden«, grollte er.

Sie blickte gekränkt. »Wenn ich mich auf weitere Störungen dieser Art gefasst machen muss, suchen Sie sich besser eine andere Lehrerin.« Sie begann, die mit Sahne beschmierten Pappteller zu stapeln und in eine weiße Mülltüte zu stopfen. »Ich hätte mir ja denken können, dass Sie sich einmischen würden.«

»Moment mal«, unterbrach Solomon sie bestimmt. »Immerhin bezahle ich Sie, schon vergessen?«

»Passen Sie mal auf«, sagte Jordan wütend und sprang auf. Als sie sich vor ihm aufbaute, trat er vorsichtshalber einen Schritt zurück. »Sie waren der Fachmann beim Schwimmunterricht, stimmt's? Gut, und ich kenne mich damit aus, Kindern Lesen beizubringen. Entweder Sie lassen es mich auf meine Art machen, oder ich schmeiße hin. Also, wie hätten Sie's gern?«

Als er ihren hochroten Kopf sah und wie sie trotzig das Kinn reckte, vergaß er ihren Streit auf der Stelle. Sein Blick fiel auf ihren weichen, langen Hals und die Wölbung ihrer Brüste unter dem pfirsichfarbenen Tanktop. »Punkt für Sie«, pflichtete er ihr bei. *Genau genommen* zwei *gute Argumente*.

»Ja, und ob. Ich habe mich beim Schwimmunterricht herausgehalten, jetzt halten Sie sich aus allen zukünftigen Schulstunden heraus. Abgemacht?«

Er konnte es kaum erwarten, sie von der Taille aufwärts nackt zu sehen. »Abgemacht«, willigte er schließlich ein. »Vielleicht können Sie mir dafür ja das eine oder andere mit der Schlagsahne beibringen«, fügte er dann hinzu.

»Kann schon sein«, gab sie mit einem Funkeln in den Augen zurück. Plötzlich drehte sie sich herum, schnappte sich die Sprühdose und schüttelte sie bedrohlich.

Er hatte keine Ahnung, ob sie ihn tatsächlich mit dem Zeug vollspritzen würde, doch die Vorstellung war so verlockend, dass er ihre Hand packte, die Tülle auf sie richtete und einen Streifen Sahne über ihre Lippen sprühte.

Als sie entsetzt nach Luft schnappte, nutzte er schmunzelnd seinen Vorteil und stahl sich einen Kuss von ihren offenen Lippen, wobei er dieselbe explosive Reaktion wie schon am Abend zuvor erwartete. Doch zu seiner Freude schmeckte sie nun sogar noch süßer.

Sie stieß ein Schimpfwort aus, gab dann jedoch erschauernd nach, lehnte sich gegen ihn und öffnete den Mund, damit er sie kosten konnte.

Oh ja! Das Gras stach ihm in die Fußsohlen, und die Welt um ihn herum drehte sich. Das Blut rauschte so laut in seinen Ohren, dass er kaum mitbekam, wie Silas mit flatternden Umschlägen in einer Hand auf ihn zulief und rief: »Wie schnell war ich?«

Um auf seine Uhr zu schauen, musste er sich von Jordans Lippen lösen. »Eine Minute, zehn Sekunden«, krächzte er.

Sie wollte ihn, daran gab es keinen Zweifel.

Doch im nächsten Moment versteifte sie sich und befreite sich aus seiner Umarmung. Er beobachtete, wie sie wankte und sich eine rötlich schimmernde Haarsträhne aus dem Gesicht strich. »Silas, ich muss jetzt gehen«, verkündete sie zu seiner Enttäuschung. »Aber ich komme morgen wieder.«

Solomons Zuversicht kehrte zurück.

»Heute hast du dich wacker geschlagen«, sagte sie an den Kleinen gewandt und mied Solomons Blick. »Du bist ein schlauer großer Junge.«

Silas drückte seinem Vater mit einem stolzen Grinsen die Post in die Hand, während Jordan eilig die Plastikbehälter und die Thermosflasche in ihrem Picknickkorb verstaute.

»Darf ich auf den Baum da klettern?«, fragte der Junge und deutete dabei auf eine am Ufer stehende Virginia-Eiche.

Solomon nickte abwesend. »Ja, mach.« Während sein Sohn losstürmte, hob Jordan den Korb hoch und schnappte sich mit der freien Hand die Mülltüte. »Ich nehme das«, sagte Solomon schnell und entwand ihr beides. Während er neben ihr herging, erwartete er eine Bemerkung darüber, dass zwischen ihnen offensichtlich die Luft brannte.

Doch sie sagte nichts, sondern marschierte stattdessen den Hügel hinauf, als wäre er gar nicht da.

Also kam er wieder auf Silas zu sprechen. »Ist er wirklich schlau, oder haben Sie das nur so gesagt?«

Sie warf ihm einen genervten Blick zu. »Ich hatte zwar nur eine Stunde mit ihm, aber ich kann schon sagen, dass er wirklich aufgeweckt ist.«

»Gut«, sagte Solomon, der sich freute, seine Meinung von ihr bestätigt zu bekommen.

»Trotzdem kann ich nicht garantieren, dass er bis zur Einschulung lesen können wird«, wiederholte Jordan. »Hören Sie«, sagte sie dann, wobei sie neben ihm stehen blieb, während er den Müll in eine Tonne hinter dem Haus stopfte, »ich möchte nicht unhöflich klingen oder so, aber ich glaube, es ist besser, wenn ich mich an einem öffentlichen Ort mit Silas treffe. Zum Beispiel in einer Bücherei.«

Er senkte langsam den Deckel der Mülltonne. Damit hatte er nicht gerechnet. »Wieso?«, fragte er.

Sie wurde puterrot und schaffte es kaum, seinem Blick standzuhalten. »Ich habe keine Lust, mich durch Ihre Streiche von meinen Aufgaben abhalten zu lassen«, gab sie zurück.

»Streiche?« Er konnte sich nicht helfen, irgendwie war er ihr dankbar für ihre Wortwahl, auch wenn die Unterstellung, er allein sei der Schuldige, ihn ärgerte. »Ich wüsste nicht, dass Sie mich aufgefordert hätten, damit aufzuhören Sie zu küssen, Jordan. Wenn ich mich recht erinnere, haben *Sie* mir die Zunge in den Hals gesteckt«, stichelte er.

Wie erwartet schnappte sie wütend nach Luft. »Ich habe Ihnen meine Zunge nicht – oh! Sie sind so ein aufgeblasener, angeberischer Blödmann! Ich sag's Ihnen ein für alle Mal: Wenn Sie das Hausboot nicht verlassen, während ich da bin, werde ich Silas nicht länger unterrichten!«

»Warum geben Sie nicht einfach zu, dass es Sie angemacht hat?«, zog er sie auf. Allmählich geriet er selbst in Rage.

»Angemacht?«, höhnte sie und ballte die Fäuste. Zweifellos hätte sie ihm am liebsten eine gescheuert. »Ich kann Sie ja nicht mal leiden!«, versetzte sie bissig.

Komischerweise kränkte ihn ihre Entgegnung. Er stand stumm daneben, während sie die Fahrertür ihres Wagens öffnete, den Korb hineinwarf und einstieg. Dann ließ sie den Motor an und schaute wütend zu ihm hoch. »Sie haben mir meinen Sohn weggenommen«, sagte sie mit zitternder Stimme. In ihren blauen Augen schimmerten Tränen. »Ich weiß nicht, ob ich Ihnen das verzeihen kann.«

Ihre Ehrlichkeit machte ihn sprachlos. So sah er nur zu, wie sie zurücksetzte und scharf wendete.

Als sie losfuhr, fiel sein Blick auf ihr personalisiertes Nummernschild: 4 MIGUEL, also »für Miguel«. Vor Unbehagen zog sich ihm der Magen zusammen. Wie er sich eingestehen musste, war Jordan viel schwieriger als die Frauen, auf die er es bisher abgesehen hatte. Ihre tiefe Liebe zu einem verwaisten Straßenkind faszinierte ihn. Gleichzeitig verspürte er schmerzhafte Lust. Vielleicht sollte er es aufgeben, sie für sich haben zu wollen, und vergessen, dass er ihr jemals begegnet war oder dass er sie, während sie ihm Schimpfwörter ins Ohr schrie, in einen Hubschrauber gestoßen hatte.

Er seufzte unzufrieden, wandte sich ab und trottete den Hügel hinunter zu Silas, der ihm von hoch oben in der Eiche zuwinkte und schrie: »Guck mal!«

Miguel vernahm ein Geräusch von der Straße her, das er noch nie im Leben gehört hatte, ein Grollen, bei dem die Erde unter seinen Händen und Knien bebte. Mit großen Augen schaute er von dem in den Dreck gezeichneten Kreis auf und hielt die Murmel, die er gerade hatte werfen wollen, fest in der Faust. Die hohen Mauern rings um den Kirchhof versperrten ihm allerdings die Sicht. *¿Qué es?*

Raúl schüttelte den Kopf und ließ seine Murmel fallen. *»No sé«*, sagte er und sprang aufgeregt auf. *»¡Ven!«*

Komm, dachte Miguel. Das hätte Jordan gesagt.

Während er dem älteren Jungen zur Mauer folgte, wurde das

Grollen lauter. Er spürte es durch seine dünnen Schuhsolen. Das Geräusch erinnerte ihn an den großen Vogel, der Jordan mitgenommen hatte. *El hélicopter.*

»*Sube el árbol*«, befahl Raúl.

Auf den Baum.

Miguel war der beste Kletterer, doch er fürchtete sich. Also schüttelte er den Kopf.

Aber Raúl schubste ihn weiter, kommandierte ihn ungeduldig herum.

Die Angst lähmte Miguel. Trotzdem schlang er die Beine um den Bananenbaum und zog sich Stück für Stück an dem schlüpfrigen Stamm hoch. Unterdessen wurde das Grollen noch lauter. Er traute sich nicht, über den Rand der Mauer zu lugen, denn obenauf waren Glasscherben einzementiert, um böse Menschen abzuwehren.

Aber was, wenn das Brummen von Jordans Vogel kam, der sie zurückbrachte?

Miguel reckte den Hals, spähte über die glitzernden Glasstücke und riss unwillkürlich die Augen weit auf. Durch eine Staubwolke sah er riesige grüne Fahrzeuge vorbeirollen und den Platz vor der Kathedrale überqueren, in der sie sich mit dem Padre versteckten.

Erstarrt sah er ihnen nach, wie hypnotisiert von ihrem Getöse. Er wusste nicht, was ihr Kommen zu bedeuten hatte, doch sein Gefühl sagte ihm, sie würden verhindern, dass Jordan zurückkehrte.

»*¡Niños!*«, schallte der besorgte Ruf des Paters über den Hof. »Kommt jetzt rein, schnell!«, forderte er sie auf.

Miguel gehorchte. Er lockerte seinen Griff, glitt am Stamm hinab und landete mit dem Hintern auf der harten Erde. Weiter konnte er sich nicht bewegen, wollte es auch gar nicht.

Leise nach ihm rufend lief Pater Benedict zu ihm und hob ihn hoch.

In den tröstlichen Armen des Priesters barg Miguel sein Gesicht am steifen weißen Kragen des Mannes. Voller Sehnsucht erinnerte er sich an Jordans süßen, wohltuenden Duft.

Sofort wurde er wieder traurig, und Tränen traten ihm in die Augen. Was, wenn sie niemals zurückkommen würde?

Wie gewöhnlich wurde Rafe wach, als der erste Sonnenstrahl auf die Wand neben seinem Bett fiel. Um die Sonne hineinzulassen, ließ er die Vorhänge immer offen, und da er in einer Penthousewohnung über dem Elizabeth River wohnte, schien sie recht früh ins Zimmer. Der Sonnenaufgang erinnerte ihn daran, dass das Leben weiterging, ob es ihm gefiel oder nicht.

Als er die Augen aufmachte und auf die in Rot getauchte Wand blickte, war sein erster Gedanke: *Heute kommen Jillians Pferde*.

Ihr Sohn Graham und dessen Kumpel Cameron würden ihr dabei helfen, die Pferde aus dem Anhänger zu laden, sie in ihre neuen Ställe bringen, sie abbürsten und sie vorsichtig an die neue Umgebung heranführen.

Aber was, wenn eins der Tiere scheute? Bei der Vorstellung, wie Jillian ein Pferd zu bändigen versuchte, das sich auf die Hinterbeine stellen wollte, sog Rafe besorgt die Luft ein. Dabei könnte sie sich schlimm verletzen, von dem Kind in ihrem Bauch ganz zu schweigen.

Der Gedanke trieb ihn aus dem Bett und ins Bad, wo ihm Jillian auch unter der heißen Dusche nicht aus dem Kopf ging.

Selbst als er sich glatt rasierte, bedrückte ihn die Sorge um sie. Er überlegte, was es im Büro zu tun gab und ob die Arbeit dort dringend zu erledigen war.

Mit einem Handtuch um die Hüften ging er in seinen begehbaren Kleiderschrank und musterte die sauber auf der Kleiderstange hängenden Anzüge, manche steckten noch in den Plastikhüllen von der Reinigung. Er griff nach dem hellgrauen Zweiteiler von Christian Dior, den er immer freitags trug, berührte das Seide-Leinen-Gewebe und ließ los. Nein, heute konnte er unmöglich arbeiten gehen.

Jillian brauchte ihn. Deshalb brauchte er zwar nicht sein ganzes Leben auf den Kopf zu stellen, doch Jeans und ein Paar Arbeitsschuhe musste er schon auftreiben.

Er trat an die Schubladen im hinteren Teil des Schranks zu, wühlte darin und zog eine weiche Jeans von Abercrombie & Fitch heraus, die er erst einmal getragen hatte. Im Schuhregal stieß er auf ein Paar weiche, ausgelatschte Collegeschuhe, die er nur noch besaß, weil er sie als Hausschuhe anziehen wollte.

Da er nur solche T-Shirts besaß, die er unter seinen Hemden trug, entschied er sich für das königsblaue Poloshirt, das ihm seine Schwester vor zwei Jahren zu Weihnachten geschenkt hatte.

Als er sich im Spiegel betrachtete, erkannte er sich selbst kaum wieder. Er wirkte verwundbar und unerträglich menschlich.

Heute geht es nicht um mich, sagte er sich, während er mit den Händen über den weichen Stoff des Polohemds und die Jeans strich, *sondern um eine Freundin*. Schnell wandte er sich ab und ging in seine kleine Küche, um den erwartungsfrohen Gesichtsausdruck nicht zu sehen, den er bei der Aussicht auf einen Tag mit Jillian bekam.

Das Sumpfgras um Solomons Hausboot glänzte in der Morgensonne und Vögel saßen zwitschernd in den Bäumen. Es lag ein kräftiger Geruch in der kühlen Luft, der Jordan an den Dschungel im Morgengrauen erinnerte, wenn sie bei Miguel, der neben ihr auf seiner Pritsche geschlafen hatte, aufgewacht war und auf ihn heruntergeblickt hatte.

Doch dann entdeckte sie den faul an Deck herumliegenden Solomon, was sie sofort wieder in die Gegenwart zurückholte. Während er sie über den Rand seines Kaffeebechers hinweg beobachtete, verkrampfte sie sich vor lauter Verachtung und Selbstvorwürfen vollkommen.

Wenn er ihr nicht so viel Geld bezahlen würde, wäre sie heute niemals wiedergekommen. Doch ihn nun zu sehen, mit seinen breiten, sonnengebräunten Schultern und dem leisen, selbstsicheren Lächeln, freute sie insgeheim, während der stolze Teil von ihr weiterhin darauf beharrte, dass sie nur wegen Silas hier war.

Als sie einen Fuß auf den Pier setzte, warf Solomon einen Blick auf seine Uhr. Wehe, er würde behaupten, sie sei zu spät. Es war erst Viertel vor acht.

»Sie sind echt scharf drauf, Geld zu verdienen, was?«, rief er stattdessen.

Sie blieb angesichts seiner Stichelei zähneknirschend stehen. »Ich habe heute Nachmittag etwas vor, deshalb muss ich hier früh anfangen.«

Bei den Worten *etwas vor* kniff er die Augen zusammen. »Silas schläft noch«, erklärte er.

»Dann werd ich ihn wecken«, sagte sie und wollte zur Gangway.

»Nehmen Sie sich erst mal einen Kaffee und kommen Sie her«, widersprach er. »Wir müssen reden.«

Erneut hielt sie inne, denn seine plumpe Art ärgerte sie maßlos. »Ich habe es Ihnen schon einmal gesagt, *Mako*, ich bin nicht einer Ihrer Soldaten. Versuchen Sie's noch mal.«

Volle dreißig Sekunden verstrichen, ehe er kurz und bündig sagte: »Möchten Sie vorher nicht eine Tasse Kaffee?«

»Ja, gern«, antwortete sie und zeigte ihm lächelnd die Zähne. »Danke.« Dann betrat sie über die Gangway das Boot.

Ein paar Minuten später ließ sie sich ungelenk auf einem Liegestuhl ihm gegenüber nieder, trank einen Schluck aus dem Kaffeebecher, den sie mit nach oben gebracht hatte, und erschauerte. »Wie können Sie das nur trinken?«, fragte sie und wappnete sich gegen seine unverblümte Musterung und die Wärme in seinem Blick, als er auf ihre Beine schaute. »Ihr Kaffee ist ja wie Teer.«

»Ich stehe auf starke Getränke«, gab er zurück.

»Ich auch, aber lieber mit Milch und Zucker.« Sie stellte den Becher weg. »Worüber wollten Sie mit mir reden?«

»Ich wollte Ihnen nur sagen, dass ich Sie und Silas heute Vormittag allein lasse.«

»Oh«, machte sie, überrascht und insgeheim enttäuscht darüber, dass er sich an ihre Bedingung hielt. »Danke.«

»Außerdem habe ich auf Ihren Rat gehört und mir ein Handy gekauft. Schreiben Sie sich die Nummer auf«, schlug er vor und rasselte die Zahlen herunter.

Jordan kritzelte sie in ein Notizbuch, das sie aus ihrer Stofftasche nahm. »Sie werden noch froh sein, eins zu besitzen«, prophezeite sie ihm.

»Das bezweifle ich. Also, erzählen Sie mal, welche Methoden Sie heute anwenden wollen«, forderte er sie auf, und sie wusste, dass er dabei an die Schlagsahne auf ihren Lippen dachte.

Jordan schob die Erinnerung an den Kuss beiseite und tauschte das Notiz- gegen ein Übungsbuch. »Tja, sofern Silas drei Stunden lang still sitzen kann, machen wir heute mit Lautlehre weiter«, erklärte sie und reichte Solomon das Buch, damit er hineinschauen konnte. »Er lernt am besten über Bilder, deshalb wird er womöglich besser mit ganzen Wörtern und Sätzen zurechtkommen. Für den Fall habe ich altersgerechten Lesestoff mitgebracht.« Sie griff nicht noch einmal in ihre Tasche, denn sie wusste intuitiv, dass es besser war, ihm nicht zu zeigen, was sie da ausgesucht hatte.

»Gut, dann also bis heute Mittag«, meinte er und gab ihr das Übungsbuch zurück. »Soll ich Ihnen etwas zu essen mitbringen?«

Sie zuckte mit den Schultern. »Klar. Danke, das wäre nett.« Dann würde sie auf dem Weg zu ihrer Schwester kein Fast Food hinunterschlingen müssen.

»Was möchten Sie denn gern essen, Jordan?«, erkundigte er sich, und seine hellen Augen schienen sich zu verdunkeln, als er gespannt auf ihren Mund blickte.

Dabei kam ihr eine extrem laszive Vorstellung in den Sinn, die ihr die Röte in die Wangen trieb. »Egal«, knirschte sie, an ihrer gezwungenen Höflichkeit festhaltend. »Irgendetwas, das Ihnen keine Umstände macht.«

»Und wie wollen Sie Ihr Geld ausbezahlt haben, Jordan?«

Er musste doch wissen, dass es sie durcheinanderbrachte, ihn ihren Namen auf diese Weise sagen zu hören.

»Jeden Tag oder wöchentlich?«, ergänzte er hilfsbereit.

»Am besten täglich«, antwortete sie mit fester Stimme. Sie wollte nicht wie ein Wurm an seinem Haken zappeln. Er war auch nur ein Kerl, sagte sie sich, ein Kerl mit der heimlichen Gabe, anrührende Verse zu schreiben, der sie, warum auch immer, zum ersten Mal seit Jahren an Sex denken ließ – und das, obwohl sie ihn nicht ausstehen konnte.

Okay, sie hasste ihn auch nicht, aber sie fand ihn lästig.

»Na, dann gehe ich jetzt Silas wecken«, brummte er und lenkte ihre Aufmerksamkeit auf seinen straffen Bauch, als er aufstand und sich streckte. Schon war er mitsamt seinem Kaffeebecher verschwunden.

Jordan stieß unsicher die Luft aus. Vielleicht käme sie ja mit einer Beziehung klar, die nur auf Körperlichkeit beruhte. Schließlich war sie auch bloß ein Mensch und hatte ihre Bedürfnisse. Wenigstens stellte er keine Gefahr für ihr Herz dar. Er konnte sie unmöglich so fertigmachen wie Doug.

Mit diesem tröstlichen Gedanken nahm sie ihre Tasche und folgte ihm ins Innere des Hausboots.

Solomon kehrte wie versprochen am Nachmittag zurück. Jordan und Silas saßen in der Essecke und waren in einen Dragon-Ball-Z-Comic vertieft, als die Vordertür fast geräuschlos auf- und wieder zuging.

Jordan kam nicht mehr dazu, das Heft zu verstecken, bevor Solomon in die Küche marschierte. Er warf eine zusammengefaltete Zeitung auf den Comic. »Lesen Sie das!«, verlangte er.

Dass er so plötzlich aufgetaucht war, beunruhigte sie ebenso sehr wie seine kaum verhohlene Erregung. »Was soll ich lesen?«, fragte sie, auf schlechte Nachrichten gefasst.

»Das.« Er klopfte mit dem Zeigefinger auf den Artikel, der die untere Hälfte der Titelseite einnahm. STAATSSTREICH IN VENEZUELA FÜHRT ZU REVOLUTION. Er knallte eine Tüte Subway-Sandwiches auf den Küchentresen, wandte sich ab und begann, den Kühlschrank zu durchsuchen.

Während Silas das Comicheft unter der Zeitung hervorzuziehen versuchte, überflog Jordan, der es vor Angst die Brust zusammenschnürte, den Artikel. Schon die ganze Woche hatte sie die Berichte über Kämpfe im Süden von Venezuela aufmerksam verfolgt. Wie es aussah, hatten die Populisten im Süden gewonnen und die Streitkräfte der Gemäßigten aus Amazonas und Apure zurückgedrängt.

Vor Furcht zog sich ihr der Magen zusammen. Was bedeutete das für sie? Würde sie überhaupt nach Puerto Ayacucho kommen, oder war der gesamte Bundesstaat Amazonas damit womöglich für Ausländer unzugänglich?

»Wenn Sie das nicht davon überzeugt, dass es besser ist hierzubleiben, dann weiß ich nicht, was sonst noch passieren muss«, knurrte Solomon und öffnete schwungvoll eine Bierflasche.

Jordan spürte, wie es an ihrer rechten Schläfe puckerte, doch sie behielt ihre Meinung für sich.

Solomon trank einen Schluck und fixierte sie dann mit zusammengekniffenen Augen. »Sie sind bestimmt nicht so naiv zu glauben, Sie könnten einfach wieder ins Land reisen, ohne dass es irgendwem auffallen würde.«

Jordan drückte Silas' Handgelenk, um dem Jungen stumm zu bedeuten, er solle das Comicheft liegen lassen. »Falls Sie mir Angst einjagen wollen, Mako, muss ich Sie enttäuschen«, giftete sie zurück.

Daraufhin stellte er abrupt die Bierflasche weg, stützte die Hände auf den Tisch und beugte sich mit glühendem Blick weiter zu ihr vor. »Ich frage mich, womit man Ihnen Angst einjagen kann?«, überlegte er leise, während er an ihrem Körper heruntersah.

Jordan schaute ihn scharf an. »Drohen Sie mir?«, wollte sie wissen. Langsam wurde sie wütend.

»Ich kann lesen!«, meldete sich Silas zu Wort, womit er die angespannte Situation unterbrach und Solomons Blick auf sich lenkte.

»Stimmt das?«, wollte dieser wissen. Wieder sah er Jordan an und wartete darauf, dass sie es bestätigte.

»Er macht Fortschritte«, antwortete sie ausweichend, während sie Silas abermals daran hinderte, das Comicheft hervorzuziehen.

»Und was liest du?«, erkundigte sich sein Vater prompt.

»Das zeigen wir Ihnen, wenn er richtig gut ist.«

»Dragon Ball Z!«, rief Silas begeistert.

Solomon runzelte die Stirn. »Was ist das?«, fragte er Jordan.

»Ein Kinderbuch.«

»Cartoons!«, erklärte der Kleine breit grinsend. »Wie im Fernsehen.«

Nach einem aufmerksamen Blick auf die übereinanderliegenden Hände der beiden zog Solomon die Zeitung vom Tisch. Darunter lag das Comicheft in seiner ganzen Farbenpracht, aufgeschlagen bei einem Kampf zwischen Son Gohan und Freezer. Solomon riss ungläubig und entsetzt die Augen auf. »Damit also bringen Sie ihm das Lesen bei?«, grollte er leise, aber umso einschüchternder.

»Na ja, was dachten Sie denn, wie man einen Sechsjährigen dazu kriegt, stundenlang still zu sitzen?«, gab Jordan zurück. »Man macht, was ihm gefällt, und zufällig hat Silas gern mit Christopher und Caleb Dragon Ball Z geguckt. Sehen Sie, die Wörter hier hat er schon ganz allein gelesen.« Sie zeigte auf drei lautmalerische Ausdrücke. *Bamm. Kawumm. Zapp.* »Außerdem hat er diese acht schwierigen Wörter hier erkannt und eingekreist, um sie mit mir zu lesen.«

Solomon starrte stumm auf die Seite.

»Er ist erst sechs«, appellierte Jordan an seine Vernunft. »Sie können nicht von ihm erwarten, dass er nach drei Stunden schon perfekt lesen kann.«

Der Mann verschränkte die Arme vor der Brust. Er runzelte immer noch die Stirn, als müsste er eine Entscheidung auf Leben und Tod treffen. Jordan dagegen lief in ihrer Rolle als Silas' Verteidigerin erst richtig zur Hochform auf. »Und da wir gerade beim Thema sind«, setzte sie noch hinzu, »wer soll eigentlich auf Silas aufpassen, wenn ich nach Venezuela zurückgehe?

Sie müssen ihn in einer Kita anmelden. Ewig können Sie ihn ja nicht auf diesem Hausboot einsperren.« Was sie eigentlich sagen wollte, war: *Ich werde schließlich nicht immer hier sein*.

Ein unergründliches Glitzern trat in Solomons Augen. »Wer sagt, dass er hier eingesperrt ist?«, fragte er leise. »Das ist gerade das Schöne am Leben auf einem Hausboot: Man ist ungebunden. Essen Sie Ihr Sandwich«, fügte er knapp hinzu und wandte sich ab. »Im Kühlschrank steht Milch.«

Damit ging er hinaus.

»Er ist stinkig«, meinte Silas und guckte bekümmert drein.

Ja, und ob, dachte Jordan, *und noch dazu nicht ganz bei Trost*. »Er kommt ganz bestimmt drüber hinweg«, tröstete sie den Jungen. »Stell dir vor, wie stolz er sein wird, wenn du ihm das Heft laut vorlesen kannst. Wir essen jetzt was, und danach finden wir raus, wie die Geschichte zu Ende geht.«

Sie hatten halb aufgegessen, als das Boot leise zu tuckern begann und der Stuhl unter Jordan erbebte. »Was ist das?« Sie hob ruckartig den Kopf, um aus dem Fenster zu schauen. Draußen entdeckte sie Solomon, der die Gangway einholte. *Oh nein*, dachte sie. *Oh nein, nein, nein!*

8

Jordan ließ entsetzt ihr Sandwich fallen, schoss zur Tür und riss sie auf. Mit laut tuckerndem Motor verließ das Hausboot seinen Liegeplatz. »Halt!«, schrie sie panisch, und ihre Stimme hallte vom Wasser wider, doch Solomon antwortete ihr nicht. Wo steckte er bloß? Sie musste vernünftig mit ihm reden. Offenbar hatte er keine Ahnung, was er ihr damit antat.

Das Boot begann zu wenden. Von irgendwo musste er es doch steuern. Aber von wo?

Einige Metallstufen führten offenbar zu einem überdachten Ruderhaus hinauf. Als sie sich vorsichtig darauf zubewegte, entdeckte sie ihn endlich. »Was machen Sie denn?«, rief sie ihm zu, während sie aus Angst, der Reling zu nahe zu kommen, dicht an den Wänden des Hausboots entlangging.

»Ich beweise Ihnen nur, dass Ihre Behauptung, Silas sei hier eingesperrt, absolut nicht stimmt.«

Das Boot glitt leichthin über wogende kleine Wellen. Ihr Magen revoltierte. »Das können Sie doch nicht machen! Wir tragen nicht mal Schwimmwesten!«

Im nächsten Moment segelten zwei orangefarbene Schwimmwesten auf sie herunter. Eine für sie, eine kleinere für Silas. »Ich werde seekrank«, versuchte sie es erneut.

»Dann kotzen Sie mir nicht das Deck voll«, rief er zurück und gab Volldampf.

»Oh Gott!«, schrie Jordan, die in kalten Schweiß ausbrach. Panisch schaute sie auf das Brackwasser, sie konnte sich noch nicht einmal nach den Schwimmwesten bücken.

Da kam Silas an Deck und rief begeistert: »Wow! Wir fahren raus aufs Wasser!«

»S-Silas, zieh dir eine Schwimmweste an«, stammelte Jordan und überwand ihre Schockstarre lange genug, um die kleinere Schwimmweste aufzuheben und die Arme des Jungen hindurchzustecken.

»Wieso? Ich kann doch schwimmen.«

»Das ist Vorschrift«, beharrte sie und wollte im selben Moment Solomon am liebsten eine verpassen, damit ihm das spöttische Grinsen verging, das er mit Sicherheit gerade auf den Lippen hatte. Es machte ihm zweifellos einen Heidenspaß, ihr etwas zu beweisen. Mit zitternden Fingern schloss sie schließlich ihre eigene Schwimmweste. »Komm, lass uns reingehen.«

»Nein!«, entgegnete Silas, schlüpfte unter ihrem Arm hindurch und lief zum Heck, wo er sich über die Reling beugte.

»Großer Gott!«, schrie Jordan und folgte ihm mit wackligen Beinen. Unter sich spürte sie das Auf und Ab der Wellen – eine Katastrophe für ihren empfindlichen Magen. »Silas, bitte!«, rief sie und ließ sich auf eine Box mit Sitzpolster fallen. »Setz dich hin!«

»Schneller!« Der Junge schenkte ihr keinerlei Beachtung, sondern spornte stattdessen seinen Vater an. Zu Jordans Bestürzung rannte er ganz nach vorn, um zuzuschauen, wie der Bug durchs Wasser schnitt, während sie sich unter Volldampf der Stelle näherten, an der die kleine Bucht in die Chesapeake Bay mündete.

»Silas!« Jordan versuchte aufzustehen und ihm nachzulaufen, doch ihre Beine versagten ihr den Dienst. Sie kribbelten genauso wie ihre Hände und Füße. Schwarze Punkte tanzten ihr vor Augen, und entsetzt merkte sie, dass ihr die Galle in die Speiseröhre stieg.

Oh, Hilfe! Die Wellen wurden größer, und Silas ging grinsend wie ein Seeräuber mit jeder Woge mit, während der Wind seine Haare zerzauste. Er ahnte nicht, dass er auf dem von der Gischt nassen Deck ausrutschen und sich übel den Kopf stoßen konnte. So klein, wie er war, lief er sogar Gefahr, unter der Reling durchzurutschen und in die Dünung zu fallen.

Ihr Instinkt, ihm zu folgen, stand gegen ihre Angst. Wie hoch mochten die Wellen werden? Wie lange könnte Silas sich festhalten, bevor er fortgerissen würde? Mit schwitzigen Händen, an denen weiß die Knöchel hervortraten, klammerte sie sich an ihren dürftigen Sitz. Erschaudernd merkte sie, dass die schwarzen Punkte vor ihren Augen immer mehr wurden. In ihrem Mund sammelte sich Speichel, die Vorwarnung, dass sie gleich ihr Mittagessen von sich geben würde.

Um sich die Peinlichkeit zu ersparen, das Deck schrubben oder womöglich sogar Solomon dabei zuschauen zu müssen, schaffte sie es gerade noch, einen Tod durch Ertrinken zu riskieren und sich über die Reling zu lehnen.

Mit leerem Magen betete sie, die Übelkeit möge nachlassen, doch das tat sie nicht. Schweißgebadet ließ Jordan sich wieder auf die Box fallen. Sie fühlte sich wie ein Häufchen Elend in einer Schwimmweste, zu schwach, um sich zu rühren oder auch nur die Augen zu öffnen.

Solomon hörte Silas die Metallstufen zum Ruderhaus herauftrappeln. »Pass auf«, ermahnte er ihn. »Halt dich fest!«

»Miff Jordan reihert sich die Seele aus dem Leib«, berichtete Silas.

Solomon wandte den Blick von den Fahrwassermarkierungen ab und schaute zu Silas, der ihn erwartungsvoll ansah. Sofort schaltete er in den Leerlauf, sodass das Hausboot austrudelte. Um andere Schiffe in der Bucht brauchte er sich nicht zu sorgen, da waren keine in Sicht. Er ließ das Steuerrad los, um sich selbst ein Bild von Jordans Verfassung zu machen.

Er fand sie mit geschlossenen Augen und kalkweiß im Gesicht vor. Sie klammerte sich an die Reling hinter ihr, als würde sie, sobald sie losließe, haltlos übers Deck rutschen. »Jordan!«, rief er und tätschelte ihre kalten Wangen.

Ihre Lider flatterten, und sie schlug die blauen Augen auf, die einen starken Kontrast zu ihrer grünlichen Hautfarbe bildeten. »Beugen Sie sich vor und stecken Sie den Kopf zwischen die Knie«, wies er sie an, als er begriff, was mit ihr los war. »Silas, geh rein und hol einen feuchten Lappen. Langsam!«, fügte er hinzu, da der Junge losstürmte.

Jordans rotbraune Mähne hing seitlich bis aufs Deck herunter, sodass ihr Profil nicht zu sehen war. Solomon nahm die Haare nach hinten und genoss dabei, wie die seidigen Strähnen durch seine Hände glitten, als er sich hinhockte, um zu sehen, ob es ihr besser ging. »Holen Sie langsam und gleichmäßig durch die Nase Luft.«

»Warum?«, würgte sie hervor, nachdem sie eine Minute lang durchgeatmet hatte. »Warum tun Sie mir das an? Ich habe Ihnen doch gesagt, dass ich seekrank werde.«

Da er sich mies fühlte, nahm er Silas erst einmal das feuchte Papiertuch ab und wrang es aus, bevor er antwortete. »Setzen Sie sich aufrecht hin«, sagte er, tupfte Jordan das Gesicht ab und bemerkte erleichtert, dass ihre Wangen wieder ein wenig Farbe bekamen. »Ich wollte Ihnen etwas klarmachen, Jordan«, erklärte er, woraufhin sie ruckartig den Kopf zurückzog und ihn mit blitzenden Augen ansah.

»Was? Dass Silas nicht eingesperrt ist? Das hätten Sie weniger umständlich zeigen können.«

»Nein, es ging mir nicht nur darum. Ich wollte, dass Sie wissen, wie es sich anfühlt, hilflos zu sein. Denn wenn mich nicht alles täuscht, haben Sie immer noch vor, nach Venezuela zurückzufliegen, obwohl es gefährlich ist.«

Sie konnte ihn nur entrüstet ansehen, während ihr Magen noch immer revoltierte.

»In Ihrer Klasse mögen Sie ja die erste Geige spielen, Miss Bliss«, fuhr er grimmig fort, »aber die wirkliche Welt ist um einiges größer und um einiges furchterregender als eine Grundschule. Sie haben genauso wenig Kontrolle darüber wie über dieses Gewässer.«

Sie schloss die Augen und schüttelte den Kopf. Das wollte sie nicht hören. »Sie verschwenden Ihre Zeit.«

»Sie können nicht dorthin zurück«, begann er noch einmal, denn er wollte ihr unbedingt zu verstehen geben, welche Gefahren sie erwarteten. »Die Populisten nehmen überall US-Staatsbürger fest«, fügte er mit gesenkter Stimme hinzu, damit Silas ihn nicht hören konnte. »Wenn Sie in einem venezolanischen Gefängnis verschwinden, sehen Sie das Tageslicht vielleicht nie wieder. Sie haben nicht die leiseste Ahnung, durch was für eine Hölle eine Amerikanerin womöglich gehen muss, bevor sie das Glück hat, zu sterben«, ergänzte er und war selbst erschrocken über die Bilder, die er da heraufbeschwor.

Sie fixierte ihn mit demselben störrischen Blick, den er auch von jungen SEALs kannte. »Das ist mir gleich«, flüsterte sie aufgebracht. »Ich muss es trotzdem versuchen, denn wenn ich es nicht tue und die Populisten an die Macht kommen, werde ich Miguel *niemals* wiedersehen. Ich sterbe lieber, als noch ein Kind zu verlieren«, fügte sie mit brüchiger Stimme hinzu.

Noch ein Kind? Solomon verlagerte das Gewicht. Die Erkenntnis durchfuhr ihn, als hätte man ihm ein Messer ins Herz gestoßen. Gleichzeitig stellten sich Mitgefühl und Sorge ein. Doch er presste entschlossen die Lippen zusammen. »Kommen Sie«, sagte er, richtete sich auf und hielt ihr seine Hand hin.

Sie schaute misstrauisch darauf. »Wohin wollen Sie?«

»Hoch zum Ruderhaus. Sie werden uns jetzt zurückbringen.«

»Was?«, ächzte sie.

»Sie wollen sich in die richtige Welt hinauswagen?«, fragte er, ohne mehr Erbarmen mit ihr zu haben als mit seinen Männern. »Dann müssen Sie lernen, trotz Ihrer Angst zu funktionieren. Wir kehren nur zum Pier zurück, wenn Sie uns dort hinbringen.«

Sie sah ihn nur an, und alle Farbe wich aus ihrem Gesicht. »Das kann ich nicht.«

»Dieses Mal bleibe ich bei Ihnen«, versprach er verständnisvoll. »Gehen wir.« Er streckte erneut seine Hand aus und wartete beharrlich darauf, dass sie sie ergriff.

Zweifellos lag es an ihrem Bedürfnis, wieder festen Boden unter den Füßen zu haben, dass sie sich breitschlagen ließ. Als sie ihre feuchtkalte Hand in seine legte, zog er sie hoch. »Du auch, Silas!«, rief Solomon und führte die beiden die Stufen hinauf zum höchsten Teil des Bootes, wo das Schaukeln am heftigsten zu spüren war.

»Mir wird schlecht werden«, protestierte Jordan, die schon bei der Aussicht darauf weiche Knie bekam.

Er stützte sie ab, legte einen Arm um ihre Taille und positionierte sie vor dem Steuerrad. »Nein. Denken Sie, Jordan, denken Sie gegen die Panik an. Sie können mir vertrauen«, erklärte er und atmete den fruchtigen Duft ihres Shampoos ein, während er in ihr Ohr flüsterte. Mit seinen jungen SEALs sprach er nicht so einfühlsam. Aber sie gehörte ja auch nicht zu ihnen. Sie war bloß eine durchschnittliche Mittdreißigerin, die noch nie ein Überlebenstraining absolviert hatte und sich in ein vom Krieg zerrissenes Land wagen wollte, um dort einen kleinen Jungen aus dem Krisengebiet zu holen.

Und mittlerweile verstand er auch, warum. Mit Miguel war ihr bereits zum zweiten Mal ein geliebtes Kind genommen worden. Das hätte er nie gedacht. Ob der Verlust des ersten wohl der Grund für das Scheitern ihrer Ehe war?

»Hier«, sagte er und löste ihre geballten Fäuste, um ihre Hände auf das Steuerrad zu legen. »Silas, setz dich«, ermahnte er seinen Jungen, ehe er einen Gang einlegte.

Das Boot machte einen Ruck, bei dem Jordan rückwärts gegen ihn gedrückt wurde, und setzte sich dann in Bewegung.

»Oh Gott«, wimmerte sie und sank gegen ihn, als ihre Beine abermals nachgaben.

»Stehen geblieben«, drängte er und zog sie wieder hoch. Dabei wünschte er sich, sie würde die Schwimmweste nicht tragen, denn dann könnte er spüren, wie ihre Brüste gegen seinen Arm drückten. Er legte seine freie Hand auf ihre rechte und wies sie an, zu wenden.

Obwohl ihr Atem vor Panik stoßweise ging, steuerte sie das Boot in die Fahrrinne, in der sie hergekommen waren.

Nun hielten sie genau auf eine Fischerboje zu, die eine Krabbenfalle markierte. »Fahren Sie drum herum«, warnte er. Daraufhin korrigierte sie den Kurs etwas zu stark und schrie vor Angst auf, da das Boot ins Schlingern geriet.

»Ganz ruhig«, murmelte Solomon. Er brachte *Camelot* unter Kontrolle und drosselte dann die Geschwindigkeit, damit Jordan mehr Zeit zum Reagieren bekam. »Hören Sie auf Ihren Kopf und Ihren Bauch, aber nicht auf Ihre Angst. Die Angst ist Ihr Feind.«

Während er ihr Mut zusprach und weitere Anweisungen gab, überschlugen sich seine Gedanken vor Sorge. Das hier war nicht etwa viel Lärm um nichts. Jordan wollte um jeden Preis zurück nach Venezuela, dringender, als er geahnt hatte. Er wusste, wenn er sich einmischte, würde sie ihm das nie verzeihen.

Also musste er sich etwas anderes einfallen lassen – eine andere Möglichkeit, Miguel aus diesem Land herauszuholen. Hätte er den Jungen doch bloß gleich mitgenommen! Es war an ihm, alles in seiner Macht Stehende zu tun, um diesen Fehler wiedergutzumachen.

»Wenn ich *das* hinkriege«, rief Jordan aus und ließ sich neben Silas in die Kissen plumpsen, während Solomon das Boot an seinem Liegeplatz festmachte, »dann kannst du auch Lesen lernen.«

Silas schenkte ihr ein schelmisches Grinsen. »Los, wir fahren noch mal raus!«

»Oh nein, nicht heute«, sagte Jordan kläglich. »Ich muss meiner Schwester helfen. Sie bekommt heute Nachmittag fünf neue Pferde für ihre Therapieranch.«

»Echte Pferde?«

»Echt echte Pferde. Hättest du Lust, nächste Woche mitzukommen und sie dir anzusehen?«, fragte sie. »Du könntest mit meiner Nichte spielen. Sie ist sechs, genau wie du.«

»Ein Mädchen?« Der Kleine lachte und rümpfte die Nase.

Ein dumpfes Wummern unter ihren Füßen lenkte Jordans Aufmerksamkeit auf die Treppe. Solomon tauchte wieder auf, drückte noch ein paar Knöpfe und zog dann den Zündschlüssel ab. »Also, Schiffsmaat Bliss«, sagte er mit einem nachdenklichen Blick auf sie, »Sie kommen zwar nicht gerade an Captain Bligh ran, aber seefest sind Sie jetzt.«

»Dann kann ich ja so bald wie möglich an Land gehen, vielen Dank«, gab sie zurück, während sie sich daran zu erinnern versuchte, wer Captain Bligh war. Daraufhin stand sie auf und löste mit noch immer zitternden Händen die Verschlüsse ihrer Schwimmweste. »Sie haben Glück, dass ich kein nachtragender Mensch bin, Solomon«, teilte sie ihm mit, wobei sie ihn zum ersten Mal mit seinem Vornamen ansprach. Es gefiel ihr, wie ihr das Wort über die Lippen kam. »Beinahe hätten Sie sich eine neue Lehrerin suchen müssen.«

Damit warf sie ihm die Schwimmweste zu, lief die Treppe hinunter und rief: »Bis dann, Silas!«

»Jordan.«

Sie verdrehte angesichts von Solomons Befehlston die Augen, wandte sich dann aber fragend um. »Ja?«

Er guckte so ernst, dass seine Augen eher grau als silberfarben wirkten. »Geben Sie mir etwas Zeit«, bat er sie, »dann finde ich einen Weg, Miguel für Sie zu holen.«

Sein Angebot verblüffte sie. Einen Moment lang konnte sie nur überrascht zu ihm hochschauen. Wie aufmerksam von ihm, ihr ein solches Angebot zu machen! Wie ritterlich. Und wie … unerwartet. Doch sie hatte bereits die Flüge gebucht. Das Geld dafür war weg. Außerdem konnte sie sich den Luxus, zu warten, nicht leisten. Ihr Visum lief ab, und Miguel, der begonnen hatte, sich von seinem Trauma zu erholen, drohte wieder in sein altes Verhalten zurückzufallen.

»Werden Sie Silas am Wochenende unterrichten?«, fragte Solomon nachdrücklich.

»Wollen Sie denn, dass ich komme?« Mehr Geld konnte sie gut gebrauchen.

»Aye«, antwortete er leise, und sein Sex-Appeal traf sie wie eine Harpune.

Bildlich gesprochen zog er sie sich langsam, aber sicher an Land. Jordan wusste nicht recht, ob sie gegen seine Anziehungskraft ankämpfen oder sie genießen sollte. Emotional gesehen stellte er schließlich keine Gefahr für sie dar. Und ihre sexuellen Bedürfnisse zeigten nur, dass sie wieder ein ganzer Mensch war und den Trennungsschmerz überwunden hatte. »Nun, wenn das so ist, komme ich Samstag- und

Sonntagnachmittag her. Vormittags muss ich meiner Schwester helfen.«

Der neugierige Ausdruck in seinen Augen entging ihr nicht. Er fragte sich, was sie vorhatte, doch sie ließ ihn im Unklaren darüber. Ihre Wege mochten sich zwar an diesem kritischen Punkt ihres Lebens gekreuzt haben, auf lange Sicht jedoch wollte sie unabhängig bleiben – und damit vor Kummer oder schrecklichen Enttäuschungen gefeit.

Solange es Miguel gab, würde sie nie mehr allein sein.

Während Jillian ihre Schwester Jordan zum Auto brachte, musterte Rafe die im Dämmerlicht daliegende Veranda des Hauses und fragte sich, warum sie dermaßen zu einer Seite hin absackte. Die ländliche Stille wurde nur vom Summen der Insekten und dem Ruf einer Nachtschwalbe gestört. Als er sich bückte, um sich das Fundament der schiefen Konstruktion anzusehen, konnte er genau hören, worüber sich die beiden Frauen unterhielten.

»Danke, Jordan, du kannst immer noch so gut mit Tieren umgehen. Ohne dich hätten wir das heute nicht geschafft.«

»Na ja, die Pferde haben ihren Teil dazu beigetragen. Sie sind erstaunlich zahm.«

»Das sollten Therapiepferde auch sein. Trotzdem vielen Dank. Ich weiß, dass du eigentlich diesen Jungen unterrichten müsstest.«

»Die Familie geht vor«, erklärte Jordan. »Ich komme dann morgen und am Sonntag wieder.«

Aus dem Augenwinkel sah Rafe, wie die Schwestern einander umarmten. »Meine Güte, das Baby wächst ja«, meinte Jordan lachend und legte Jillian eine Hand auf den Bauch. »Hast du dich schon für einen Namen entschieden?«

»Nein, noch nicht.«

»Wie lange ist es noch hin? Sieben Wochen, oder? Wann willst du dir denn einen aussuchen?«

»Wenn ich *Zeit* dazu habe«, antwortete Jillian angespannt.

Zu Rafes Erleichterung schloss Jordan ihre Schwester noch einmal in die Arme. »Ich helfe, wo ich kann«, sagte sie tröstend. »Wenigstens noch eine Weile.«

Jillian wich zurück. »Was soll das heißen?«

»Das erzähl ich dir ein andermal«, antwortete Jordan, wobei sie zu ihm herübersah. »Du lässt Rafe warten. *Ciao*!« Damit stieg sie ins Auto und fuhr los.

»Ich mach mich jetzt auch besser auf den Weg«, sagte Rafe, als Jillian zu ihm zurückkam. Im Licht der untergehenden Sonne glänzte ihr Haar platinblond. Sie hatte es den ganzen Tag zum Zopf hochgebunden getragen und nun gelöst, sodass es in sanften Wellen über ihre Schultern fiel. Er spürte regelrecht, wie er mit allen Sinnen darauf ansprach, als sie näher trat und ihn ihr Lavendelduft umgab. Doch ehe sie etwas sagen konnte, flog die Haustür auf.

»Mommy! Darf ich mit dem Glas hier Glühwürmchen fangen?«, fragte Agatha und hielt ein leeres Gurkenglas hoch.

»Oh, klar, Schatz, aber halt es unten fest, damit es nicht runterfällt und zerbricht.«

»Gucken Sie mal, Mr Rafael, ich gehe Glühwürmchen fangen und mache eine Lampe!« Damit flitzte sie an ihnen vorbei auf den Hof und verfolgte die kleinen Käfer, die hier und da in der kühler werdenden Luft funkelten.

Rafe warf Jillian einen schiefen Blick zu. »Da sollte ich wohl besser noch eine Weile zuschauen.«

»Setzen wir uns auf die Verandaschaukel«, schlug sie ihm lächelnd vor.

»Hält die denn uns beide aus?« Er sorgte sich weniger darum, dass die Schaukel zusammenbrechen könnte, vielmehr machte ihn die Aussicht nervös, neben ihr zu sitzen. Als sie noch verheiratet gewesen war, hatte er nie groß darüber nachgedacht.

»Finden wir es heraus. Alles an diesem Haus ist marode. Mein Vater war zu sehr mit der Pflege meiner Mutter beschäftigt, um hier alles instand zu halten. Und dann ist er zwei Monate nach ihr gestorben.«

»Er muss sie sehr geliebt haben.« Rafe hielt die Schaukel fest, damit sie an einem Ende Platz nehmen konnte.

»Ja, das hat er«, bestätigte sie und ließ sich mit einem erleichterten Seufzen nieder.

»Du warst den ganzen Tag auf den Beinen«, stellte er fest und setzte sich vorsichtig neben sie. Die Ketten quietschten, hielten aber.

»Das ist nichts Neues.«

Er wusste, sie sollte am besten die Füße hochlegen. Das hatte Teresa während des dritten Trimesters ihrer Schwangerschaft immer getan. Bange davor, wohin sie das führen würde, brachte er den Gedanken krächzend heraus. »Warum legst du nicht die Beine hoch?«, sagte er und klopfte dabei auf seine Oberschenkel.

Als sie ihm einen überraschten Blick zuwarf, war er froh, dass sie im Halbdunkel seine Gesichtsfarbe nicht sehen konnte. »Eine Krankenschwester müsste es eigentlich besser wissen«, tadelte er sie, um seinem Vorschlag einen weniger persönlichen Anstrich zu geben.

»Tja, wenn du meinst.« Sie trat ihre Gartenschuhe von den Füßen, drehte die Knie zu ihm und schwang ihre Waden auf seine Oberschenkel. Die weiche, warme Last ihrer Beine verschlug ihm den Atem.

»Leg dir die in den Rücken«, riet er ihr, indem er eine Wolldecke von der Lehne nahm. »Du sitzt bestimmt oft hier draußen«, fügte er hinzu, während sie das Plaid hinter sich stopfte.

»Ja.« Ihre erschöpfte, heisere Stimme hüllte ihn förmlich ein. »Ich liebe diese Ruhe auf dem Land. Das Stadtleben war nichts für mich. Hier kann man die Sterne sehen, es riecht nach Erde, und die Blätter rascheln in den Bäumen. In der Stadt hat mir das alles gefehlt.«

Es juckte ihn in den Fingern, ihre Waden zu massieren, aber das wäre unangemessen gewesen.

Jillian gab ein Stöhnen von sich. »Ich hatte bis jetzt gar nicht bemerkt, wie sehr mir die Beine wehtun«, erklärte sie. »Sie kribbeln von oben bis unten.« Sie wollte sich über ihren runden Bauch beugen, um sich die Beine zu reiben.

Nun musste er ihr aushelfen.

»Oh, danke«, hauchte sie und lehnte sich seufzend zurück.

Abgesehen davon, dass ihm etwas die Übung fehlte, war es ihm nicht unangenehm, nein, ganz und gar nicht. Wie lange hatte er schon keine Frau mehr angefasst, geschweige denn weiche, glatte nackte Haut gestreichelt?

»Das tut gut«, erklärte sie mit einem ganz leisen Hinweis darauf in der Stimme, dass auch sie sich der Situation überaus bewusst war.

In der Abenddämmerung wechselten sie einen langen, nachdenklichen Blick, sie betrachteten einander in neuem Licht.

Rafe, der es beängstigend fand, in welche Richtung seine Gedanken gingen, brachte das Gespräch auf weniger gefährliches Terrain. »Du musst einen Gang runterschalten«, ermahnte er sie. »Du willst zu viel auf einmal.«

Sie lächelte fast schon bitter. »Meinst du denn, ich hätte eine andere Wahl?«, gab sie zurück. »Ich kann diese Ranch nicht mit einem Baby auf dem Arm aufbauen.«

Er spürte, wie sie traurig wurde. »Tut mir leid«, hörte er sich sagen.

Sie schüttelte den Kopf. »Nein, das muss es nicht. Ich wusste, worauf ich mich einließ, als ich Gary geheiratet habe. Er brauchte das Risiko, das man eingeht, wenn man zu einem SWAT-Team gehört. Es hat ihm das Gefühl gegeben, lebendig zu sein und etwas zu bewegen. Ich habe mein Glück auf eine Karte gesetzt und ihn trotzdem geliebt. Das gehört eben dazu, wenn man wirklich sein möchte.«

Er verstand nicht recht, was sie damit meinte, deshalb hielt er lieber den Mund.

»Hast du mal das Kinderbuch *Der kleine Kuschelhase* gelesen?«

»Nein, ich glaube nicht«, antwortete er nachdenklich. Es war Ewigkeiten her, dass er Gutenachtgeschichten vorgelesen hatte.

»Es geht darin um einen Stoffhasen, der ein echter Hase sein will. Er spricht mit dem alten Spielzeugpferd, das ihm erklärt, dass man nur wirklich werden kann, wenn man geliebt wird. Das Fell verschleißt, die Augen fallen einem aus oder baumeln nur noch lose. Aber wenn man erst einmal wirklich ist, kann einem nichts mehr etwas anhaben.«

Die Nachtluft war auf einmal zum Schneiden dick, und er hatte Mühe, zu atmen.

»Ich war fünfzehn Jahre lang mit Gary verheiratet. Er hat mich wirklich gemacht, und das ist manchmal sehr schmerzhaft. Trotzdem würde ich nichts von alldem, was geschehen ist, ändern wollen, außer dass es passierte, als meine Kinder noch sehr klein waren. Wenigstens wurde ich geliebt.«

Rafe schluckte. Sie war so viel stärker als er. Vor acht Jahren hatte er ein Horrorszenario vorgefunden, als er nach Hause gekommen war. Zur Vergeltung dafür, dass er mitgeholfen hatte, den Mafiaboss Tarantello und seine rechte Hand lebenslang hinter Gitter zu bringen, war seine ganze Familie hingerichtet worden. Beim Anblick der Leichen hatte Rafe sich an diesem Abend sein blutendes Herz aus der Brust gerissen und es später zusammen mit ihnen auf dem Friedhof St. Raymonds im Grab versenkt.

Er hatte nie wieder wirklich sein und irgendetwas empfinden wollen.

Doch was waren gerade Jillians Worte gewesen? *Wenn man erst einmal wirklich ist, kann einem nichts mehr etwas anhaben.*

Plötzlich geriet er in Panik. »Ich muss jetzt gehen, Jillian.« Damit löste er widerstrebend die Hände von ihren Knöcheln.

Für einen langen Moment schaute sie ihn einfach nur traurig an. »Na gut«, lenkte sie ein. »Gute Nacht, Rafael. Vielen Dank, dass du gekommen bist.« Sie schwang die Füße auf die Veranda, damit er aufstehen konnte.

»Halt!«, rief Agatha aus einer dunklen Ecke des Hofes. Dann kam die Kleine auf sie zugerannt und hielt dabei ihr Glas wie eine Trophäe hoch. »Sie müssen meine Lampe sehen.«

»Dann zeig mal«, forderte Rafe sie auf.

Sie stellte das Gefäß auf die Verandastufen und beugte sich vor, um hineinschauen zu können. »Sie müssen warten. Ich hab vier Stück da drin!«

Von ihrer Begeisterung verzaubert – sie erinnerte ihn ein kleines bisschen an seine Tochter Serena –, ging Rafe in die Hocke und harrte geduldig aus. Er spürte, wie Jillian, die sanft vor und zurück schaukelte, ihn von der Seite her ansah.

Im nächsten Augenblick glimmte ein goldenes Licht in dem Glas auf, gefolgt von einem zweiten und noch einem. »Sehen Sie!«, rief Agatha mit einem verzückten Lächeln aus. Rafe fühlte sich, als hätte ihn ein Sonnenstrahl ins Herz getroffen.

»Danke, dass du mir deine Lampe gezeigt hast«, sagte er und zauste ihr die Haare. Dann ging er rasch zu seinem Auto. »Gute Nacht, Jillian«, rief er noch, konnte sich jedoch nicht überwinden, sie anzuschauen.

»Gute Nacht, Rafael.«

Ihr Tonfall verriet ihm, dass sie wusste, was er dachte. So war das schon, seit sie sich angefreundet hatten. Sie teilten die unheimliche Gabe, die Gedanken des anderen lesen zu können.

Rafe glitt in den Wagen und fuhr davon. Ihr war bewusst, dass er floh. Vermutlich nahm sie sogar an, er würde nie wiederkommen.

9

Solomon wartete am Pier auf Jordan. »Sie können Silas erst später unterrichten«, verkündete er mir ernster Miene. »Wir müssen ins Krankenhaus.« Er hielt das Handgelenk des Jungen fest umklammert. »Ich will, dass Sie mitkommen.«

Donnergrollen kündigte ein heraufziehendes Gewitter an. Über den Bäumen brauten sich kohleschwarze Wolken zusammen, wie um Jordans plötzliche Besorgnis zu spiegeln. »Ist er krank?« Sie schaute Silas an, der sich käsig und ängstlich in Solomons Griff wand.

»Krank nicht«, antwortete Solomon. »Er muss geimpft werden.«

»Ich will aber nicht«, jammerte der Kleine, und seine Augen füllten sich mitleiderregend mit Tränen.

»Oh«, sagte Jordan, die zwei und zwei zusammenzählen konnte, »er kann ohne seine dritte Polioschutzimpfung nicht in die Schule.«

»Nicht nur das«, erwiderte Solomon. »Er braucht sie auch für die Kindertagesstätte. Insgesamt sind vier Impfungen notwendig.«

»Vier!«, rief Jordan erschrocken, riss sich dann aber Silas zuliebe zusammen. Der Junge hatte offensichtlich schon genug Angst. »Sie tun ihm weh«, stellte sie fest.

»Loslassen geht nicht. Er hat eben schon versucht, vor mir davonzurennen«, erklärte Solomon.

Jordan runzelte missbilligend die Stirn. »Man muss ihn beruhigen und nicht grob anfassen«, schimpfte Jordan. »Komm her, Schatz«, sagte sie, bückte sich und streckte ihre Arme nach dem Jungen aus.

Silas sah seinen Vater an, der ihn daraufhin widerwillig losließ. Dann lief der Kleine steif in Jordans Arme, er war zu stolz, um sich an ihr festzuklammern oder zu weinen, doch Jordan spürte genau, wie sehr er zitterte. »Ich nehme an, sein Impfpass ist verloren gegangen«, wandte sie sich an Solomon.

»Ich habe seine ersten Impfungen aufgeschrieben«, versetzte er. »Außerdem bin ich mir sicher, das Ellie ihn mit ihren Jungs hat impfen lassen, aber ich erreiche sie nur per Post, und dafür fehlt mir die Zeit.«

»Silas, Schatz«, sagte Jordan und schob ihn um Armeslänge von sich weg, um ihn streng, aber auch mitfühlend anzusehen, »du musst mitmachen und dich impfen lassen. Das tut auch gar nicht so doll weh. Wenn du ein braver Junge bist, geht dein Vater danach mit dir in den Spielzeugladen und kauft dir alles, was du haben möchtest.«

Sie blickte zu Solomon hoch, damit er es bestätigte, doch der sah sie nur verständnislos an. »Etwa nicht?«, hakte sie nach.

Er zögerte nur kurz. »Klar, alles, was du willst, Silas.«

»Gut?«, fragte sie Silas, der sich offensichtlich bereits die tollsten Dinge ausmalte.

»Gut«, hauchte er.

»In vernünftigem Maß«, ergänzte Solomon.

»Keine Sorge«, sagte Jordan gedehnt, richtete sich auf und nahm Silas' Hand. »Ein neues Auto wird er erst mit sechzehn haben wollen.«

Als sie mit dem Jungen vom Kai ging, schaute sie hoch zu den unheilvoll aufziehenden Wolken. »Meinen Sie wirklich, dass Sie mich brauchen werden?«, rief sie, während eine Windböe ihr den Rock und die Bluse an den Körper drückte. Sie drehte sich um und bemerkte gerade noch Solomons anerkennenden

Blick. »Schließlich bezahlen Sie mich dafür, dass ich Silas unterrichte, und nicht dafür, sein Kindermädchen zu spielen«, rief sie ihm ins Gedächtnis.

Er klimperte mit den Schlüsseln in seiner Hosentasche. »Kommen Sie mit«, sagte er nickend.

Jordan seufzte. »Wie heißt das Zauberwort, Solomon?«

»Kommen Sie *bitte* mit«, presste er zwischen zusammengebissenen Zähnen hervor.

Dass Silas fest ihre Hand drückte, erleichterte ihr die Entscheidung. »Schön«, willigte sie ein. »Dann unterrichte ich ihn heute Abend, wenn er dann noch fit genug dafür ist.«

Doch davon konnte keine Rede sein. Um sieben Uhr abends waren die Injektionsstellen an Silas' Armen und Po nicht nur geschwollen und heiß, sondern er bekam auch Fieber. Jordan ließ sich mit ihm auf Solomons Lesesofa nieder und zog ein Buch aus ihrer Handtasche. »Das ist *Der kleine Kuschelhase*«, verkündete sie. »Agatha hat gesagt, dass es dir bestimmt gefällt.«

Während der Regen auf das Bootsdeck und gegen die Fenster prasselte, schmiegte Silas seine Wange an ihre Schulter und hielt sein neues Spielzeug – eine Dragon-Ball-Z-Figur – im Schoß. Unterdessen merkte Jordan Solomon die Unruhe deutlich an. Im Lauf des Vorlesens kam er dreimal zu Silas, einmal, um Fieber zu messen, dann, um ihm das Paracetamol zu verabreichen, das der Doktor ihm mitgegeben hatte, und schließlich legte er ihm noch einen kalten Waschlappen auf die Stirn.

Als er zum vierten Mal auftauchte, hob Jordan ruckartig den Kopf. »Solomon! Es geht ihm gut. So etwas ist bei Impfungen ganz normal.«

»Er ist eingeschlafen«, bemerkte Solomon.

»Oh.« Silas war tatsächlich in ihrem Arm eingenickt.

»Ich bringe ihn ins Bett.«

Als sein Vater ihn vom Sofa hob, wachte der Kleine auf. »Jordan«, jammerte er und streckte eine Hand nach ihr aus.

Sie stand gerührt auf und strich ihm das Haar aus der verschwitzten Stirn. Das Fieber war gesunken. »Ruh dich aus, Großer, bis morgen.« Ihr wurde klar, dass sie, sobald Silas im Bett lag, mit Solomon allein sein würde. Und nach dessen bedächtigem Blick in ihre Richtung zu urteilen, dachte er dasselbe. Sie sollte sich wohl besser vom Acker machen, solange sie noch Gelegenheit dazu hatte. Also griff sie nach ihrer Tasche und ging zur Tür.

»Es gießt in Strömen. Warum warten Sie nicht, bis der Regen aufhört?« Mit diesen Worten wandte Solomon sich ab und trug Silas über den Flur ins Schlafzimmer.

Jordan schaute nach draußen, um zu sehen, ob stimmte, was er gesagt hatte. Tatsächlich kräuselten Regenschleier die Wasseroberfläche der kleinen Bucht und verdüsterten die Küste. Auf dem Weg zu ihrem Wagen würde sie klitschnass werden. Vielleicht konnte sie ja abwarten, bis der Schauer vorüber war.

Vielleicht wollte sie auch gar nicht weg. Allzu weit konnte Solomon ja nicht gehen, während Silas nebenan schlief.

Erregt und gleichzeitig erschrocken darüber, dass sie es auf ein Tête-à-Tête mit ihm ankommen lassen wollte, wandte sich Jordan von der Tür ab und dem Bücherschrank zu. Sie musterte die riesige Sammlung und nahm dann eine Ausgabe von Charlotte Brontës *Jane Eyre* aus dem Regal.

Als hinter ihr Solomons Stimme ertönte, zuckte sie zusammen. »Wieso stürzt ihr Frauen euch immer auf die Liebesromane?«, fragte er herablassend.

Ihr Herz klopfte wie wild, und sie versuchte, ihre plötzliche Nervosität in den Griff zu bekommen. »Dann glauben Sie wohl nicht an die Liebe«, giftete sie zurück.

»Liebe?« Er zog spöttisch eine Augenbraue hoch. »Liebe ist ein Märchen. Daran zu glauben heißt, der Enttäuschung Tür und Tor zu öffnen.«

Damit hatte er nicht ganz unrecht, fand sie. »Ja, manchmal«, bestätigte sie mit einem Anflug von Traurigkeit.

»Wir wären alle besser dran, wenn wir die Dinge beim Namen nennen würden: Es geht um Biologie«, fuhr Solomon fort und bedachte ihren Körper mit einem heißen Blick, während sie so tat, als würde sie den Text auf der Rückseite des Buches lesen. »Um den Arterhaltungstrieb«, ergänzte er leise.

Sofort stieg die bereits vertraute Hitze in ihr auf und machte sie schwindelig. »Das ist krass«, gab sie zurück, konnte aber nicht die Willenskraft aufbringen, einen Schritt zurückzuweichen – oder einfach zu gehen, obwohl es sich so anhörte, als hätte der Regen nachgelassen.

Plötzlich trat Solomon auf sie zu, nahm ihr das Buch aus der Hand und legte es weg. Jordan bekam Herzrasen. Sie wusste, was als Nächstes kommen würde, und wartete, ob sich auch nur das geringste Anzeichen von Widerwillen bei ihr einstellte, fühlte jedoch nichts als kribbelige Vorfreude.

Solomon legte seine kräftigen Arme um sie und zog ihre Hüften an sich, um ihr seine Absichten klarzumachen. *Er wollte sie ganz.*

Bei dieser besitzergreifenden Geste wurde sie ganz wuschig. Sie schlang einen Arm um seine unfassbar breiten Schultern und drückte ihren Busen gegen seine feste Brust, denn sie wollte ihn – was für eine Ironie – noch näher und intensiver spüren.

»Jordan«, brummte er, wobei er den Kopf senkte, sodass seine Lippen ihre berührten. »Nicht nachdenken«, riet er ihr. »Nur fühlen. Gib deinen Instinkten nach.«

Dazu musste er sie nicht lange überreden. Ihr Verstand war bereits komplett ausgeschaltet. Sie bestand nur noch aus

Verlangen. Diese ungestüme Begierde, die sie erfasst hatte, machte ihr regelrecht Angst, denn sie wollte nur noch hochspringen und die Beine um seine Mitte schlingen. Wie konnte sie nur einen Mann begehren, der sie derart auf die Palme brachte?

Sie blickte an sich hinab und sah, wie er ihr entschlossen die Bluse aufknöpfte, sodass der rote Seiden-BH darunter zum Vorschein kam, dessen Stoff über ihren harten Nippeln spannte. Es verschlug ihr den Atem, als er den Kopf senkte und ihren Oberkörper zurückbog, um sie zu liebkosen und sanft mit den Zähnen über ihre zarte Haut zu fahren.

Damit sie nicht fiel, klammerte sie sich an ihm fest.

Im nächsten Moment warf Solomon sie mit einem tiefen Brummen auf die Couch, ging in die Knie und befreite sie ganz von ihrer Bluse und dem BH. Ehe sie richtig wusste, wie ihr geschah, lag sie mit nacktem Oberkörper in den Sofakissen. Sie war wie elektrisiert. Er berührte sie, streichelte sie vom Hals bis zum Bauchnabel, beschrieb dann wieder einen Pfad hinauf und umfasste ihre Brüste. Dann senkte er seine Lippen über ihre Spitzen und saugte daran.

Oh Gott. Solches Verlangen hatte Jordan noch nie empfunden. Die Leidenschaft erfasste sie wie ein Hurrikan, dabei hatte sie bisher höchstens laue Frühlingslüftchen erlebt.

Sie wollte die Beine spreizen – *sofort* – doch ihr Rock war ihr noch im Weg. Sie wand sich und raffte den Stoff mit einem Ruck schamlos bis über ihre Hüfte hoch, während sie Solomon zwischen ihren Schenkeln gefangen hielt, damit er so nah bei ihr blieb.

Es geht nur um Biologie, redete sie sich ein. Nichts als animalische Instinkte. Sie hatte so lange keinen Sex mehr gehabt, dass sie vor Lust fast durchdrehte. Wie sonst ließ sich dieser Drang, sich die Finger zu verbrennen, erklären?

Er löste die Lippen von ihren harten, empfindlich gereizten Nippeln und widmete sich ihrem Mund, küsste sie, bis ihr der Kopf schwirrte. Ein raubtierhafter Ausdruck lag in seinen Augen, als er sich unvermittelt zurückzog, um zu beobachten, wie sie darauf reagierte, dass er die Hände auf ihre Oberschenkel legte und sie immer weiter nach oben gleiten ließ.

»Sag meinen Namen«, forderte er sie auf.

»Solomon«, flüsterte sie in glühendem Verlangen und konnte dabei kaum die Augen offen halten, so schwer waren ihre Lider.

Er umfasste ihre Knie, legte ihre Beine mit den Unterschenkeln auf seine Schultern und blickte dann auf sie hinunter. Sie folgte seinem Blick zu der Stelle, wo der Schritt ihres roten Höschens unter dem Saum des zerknitterten Rocks hervorschaute. Noch nie hatte sie etwas erotischer gefunden.

Solomon fuhr mit einem Daumen quälend zart über die Wölbung. Nun befand sich nur noch eine Schicht Seide zwischen ihnen. Sie verkniff sich ein Stöhnen, als der Stoff sofort feucht wurde.

Dann stellte er ihr eine so unanständige Frage, dass sie erschauerte und nur mit dem Kopf nicken konnte. *Ja. Oh bitte, ja.*

Erwartungsvoll lächelnd zog er ihr langsam das Höschen aus, wobei ihre Erregung ins Unermessliche stieg. Mit seinen heißen, weichen Lippen küsste er die Innenseiten ihrer Schenkel. Sein Schnurrbart kitzelte sie, als er tief Luft holte. »Du riechst so gut«, murmelte er. Und im nächsten Moment hatte er den Mund auf ihre Mitte gesenkt.

Jordan bog den Rücken durch und sank wieder zurück, als seine Attacke sich in träge Liebkosungen verwandelte, gefolgt von geschickten Zungenschlägen und zarten Bissen, bei denen sie die Fingernägel in die Kissen krallte. Alles um sie herum drehte sich, und das Blut rauschte ihr in den Ohren. Sie hörte jemanden seufzen, stöhnen und merkte erst dann, dass sie das selbst war.

Als sie kurz davor stand zu explodieren, erhob er sich unversehens.

Die Arme und Beine von sich gestreckt lag sie da, zu benommen, um noch Hemmungen zu haben, und sah unverhohlen dabei zu, wie Solomon sein Hemd auszog. Beim Anblick seines nackten Oberkörpers zog sich ihr Innerstes vor Verlangen zusammen. Dann löste er die Gürtelschnalle, öffnete den Reißverschluss seiner Jeans und schlüpfte auch aus der Hose. Jordan vergaß zu atmen. *Du meine Güte.*

Es war ihre letzte Chance, zu fliehen, doch statt sie wahrzunehmen, wollte sie ihn berühren. Er wich ihrer Hand jedoch aus.

Mit einer Leichtigkeit, die sie nach Luft schnappen ließ, legte er einen Arm um ihre Taille und drehte sie herum, sodass sie sich der Länge nach auf dem Sofa wiederfand. Mit angespannter Miene und durchdringendem Blick beugte er sich über sie.

Jordan hob die Arme. Ehrfürchtig und ein kleines bisschen verschüchtert fuhr sie mit den Handflächen an seinen muskulösen Armen hinauf, über seine gewölbte Brust und durch das dichte dunkle Haar in der Mitte. »Fass mich jetzt an«, ermutigte er sie heiser.

Ihr Herz klopfte heftig vor Erwartung, während sie mit den Fingerspitzen über seinen festen Bauch bis hinunter zu seiner Erektion wanderte. Er machte die Augen zu, als sie ihre Hände um sein Glied schloss und den Kontrast zwischen der seidig weichen Haut und seiner Härte genoss. Etwas brachte sie dazu, leicht zuzudrücken, sodass er erschauerte und einen kehligen Laut von sich gab.

Im nächsten Moment löste er ihre Hände, drückte sie zu beiden Seiten ihres Kopfes in die Kissen und brachte sich in

Position. Sein Gesicht war erwartungsvoll gerötet, als er ihr fest in die Augen sah. Entschlossen drang er in sie ein, zog sich dann zurück und schob sich erneut vor – immer tiefer, bis ihre Hüften gegeneinanderstießen. Sie wimmerte, hin und her gerissen zwischen dem Gefühl, bereits vollständig ausgefüllt zu sein, und dem Wunsch nach noch mehr.

An ihrer Brust spürte sie, wie sein Herz pochte. »Schau mich an«, raunte er leise. »ich will, dass du siehst, wer dich fickt.«

Sie riss geschockt die Augen auf. Er hätte auch sagen können »mit dir schläft« oder »Sex mit dir hat«, jedenfalls etwas weniger Derbes. Andererseits konzentrierte sich der Mann gerade allein auf den Akt und folgte einfach seinen Instinkten, getrieben von Lust und Leidenschaft. Mit ihm war sie so weit gegangen, dass ihr seine rüde Art sogar beinahe gefiel.

Wieder glitt er in sie, und Jordan wurde ganz schwindelig. Sie konnte nicht glauben, was gerade geschah, die Wucht der Empfindungen, die über sie hereinbrachen, war unfassbar. Grob oder nicht, was er tat, fühlte sich unglaublich an.

Er küsste sie, ahmte dabei mit der Zunge die Bewegungen seines Unterleibs nach. Seine stürmische Attacke brachte sie fast um den Verstand, sodass sie wimmerte und sich wand. Da er ihre Hände losließ, konnte sie mit den Fingernägeln über seine warmen Schultern fahren und ihn näher an sich ziehen, als ihr Rhythmus drängender und stürmischer wurde.

In ihren Ohren brauste es. Ihre Haut schien in Flammen zu stehen.

»Sieh mich an!«, verlangte Solomon.

Sie öffnete die Augen. Sein Befehlston bereitete ihr unerträgliche Lust, während ihr die Intensität des Höhepunkts, auf den sie zusteuerte, fast schon Angst einjagte. »Solomon!«, stöhnte sie. Er bedachte sie mit einem durchdringenden Blick aus seinen silberhellen Augen, als sie sich straffte, den Rücken durchbog, ihren Kopf zurückwarf und überwältigt von der Stärke ihres Orgasmus aufschrie.

Sie fühlte, wie er tief in ihr zuckte, bevor er sich stöhnend aus ihr zurückzog. Kurz darauf spürte sie etwas unverkennbar Warmes und Feuchtes auf ihren Schenkeln, als er mit eigener Hand beendete, was sie gemeinsam begonnen hatten.

Über Verhütung hatte sich Jordan überhaupt keine Gedanken gemacht. Solomon offenbar auch nicht – bis es fast vorbei gewesen war.

»Entschuldigung«, murmelte er, da er ihren irritierten Blick bemerkte. »Ich hole schnell ein Handtuch.«

Mit tanzenden Muskeln stand er auf und ging herrlich nackt, wie er war, den Flur hinunter. Jordan blickte derweil ungläubig an sich hinunter.

Der Rock hing ihr verdreht um die Taille und neben ihrem rotbraunen Schamhaar schimmerten Solomons Spermatropfen. Als sie das sah, überkam sie unerwartet eine Woge von Gefühlen. Sie hielt die Luft an, um nicht loszuweinen.

Da kam er mit einem Handtuch zurück. Mit hochrotem Gesicht sah sie dabei zu, wie er alle Spuren wegwischte. Er begegnete ihrem Blick, und obwohl sie es zu verbergen versuchte, bemerkte er wohl, dass etwas in ihr vorging. »Alles in Ordnung?«, fragte er schroff.

»Ja, aber ich muss jetzt gehen.« Schnell rutschte sie zur Sofakante, stand auf, bedeckte sich und sah sich hektisch nach ihrer Kleidung um.

Gefühle sollten hier doch eigentlich keine Rolle spielen.

Solomon blieb, wo er war, vollkommen unbefangen und offensichtlich unbeeindruckt. »Warum die Eile?«, fragte er schließlich.

Jordan antwortete nicht. Unter seinem wachsamen Blick würde es ihr nicht gelingen, sich über ihre Gefühle klar zu werden. Sie musste allein sein, um über die Macht, die er über sie ausübte, nachzudenken, genauso wie darüber, ob seine Wortwahl sie beleidigt hatte. Wenn Solomon ihre Schwäche bemerkte, würde er das nur ausnutzen.

Er versuchte es erneut. »Es regnet immer noch«, bemerkte er, während sie in ihre Sandalen schlüpfte und nach ihrer Handtasche griff.

»Ich weiß.«

»Jordan.«

Sie eilte zur Tür, denn sie wollte sich auf keinen Fall noch einmal umdrehen. Er sollte nicht mitbekommen, dass sie kurz davor war, durchzudrehen.

»Aber du kommst doch morgen wieder, oder?«

Sie hielt lange genug inne, um ihn wissen zu lassen, dass sie ihn gehört hatte. Es ließ sich noch gar nicht sagen, wie es ihr am nächsten Morgen gehen würde. Heute Abend wollte sie sich nur noch in ihr eigenes Bett verkriechen und sich aus Gründen, die sie nicht verstand, die Augen aus dem Kopf weinen.

Ohne zu antworten, schob sie sich durch die Tür und floh hinaus in den Regen. Sie verschwendete keinen Gedanken daran, dass sie stolpern und auf dem nassen Pier den Halt verlieren könnte. Doch zum Glück kam sie heil ans Ufer und lief dann durch das nasse Gras den Hügel hinauf, während ihre heißen Tränen sich mit kalten Regentropfen vermischten.

Der nächstgelegene Drugstore öffnete sonntags erst gegen Mittag. Solomon, der immer noch sauer auf sich selbst war, weil er ungeschützt Sex gehabt hatte, wollte Kondome besorgen, denn im Moment sah es nicht so aus, als ob er Jordan Bliss so bald überdrüssig werden würde.

Er hatte noch nie so guten Sex gehabt.

Also fand er sich am Sonntagmorgen um zehn in einem Wal-Mart wieder.

»Was ist das?«, fragte Silas, als Solomon eine Großpackung Kondome in seinen Einkaufskorb legte, dann an sein unersättliches Verlangen nach dieser Frau dachte und eine zweite Packung nahm. »Vitamine?«

»Sicherheit«, antwortete Solomon und schenkte dem Jungen einen Blick, der jeden weiteren Kommentar unterbinden sollte – zumindest solche zum Thema zukünftige Junior-SEALs.

Doch Silas verstand es nicht. »Die sehen aus wie die Ballons, die riesengroß werden, wenn man Wasser reintut«, meinte der Kleine ziemlich laut. »Christopher hatte mal welche. Wir haben Wasser reingefüllt und uns damit beworfen.«

Schon ernteten sie amüsierte Blicke eines Mitarbeiters.

»Du brauchst neue Klamotten für die Schule«, entschied Solomon und dirigierte seinen Sohn aus dem Gang mit den Verhütungsmitteln in Richtung der Abteilung mit Kinderbekleidung. Er spürte, wie ihm das Blut in die Wangen stieg.

Das war ihre Schuld. *Jordan Bliss*. Aus irgendeinem Grund brachte sie ihn ganz durcheinander, und beim Gedanken an sie bekam er Herzklopfen. Er war achtunddreißig Jahre alt und noch nie, NOCH NIE so scharf auf eine Frau gewesen, dass er vergessen hatte, sich zu schützen.

Wieso übte sie eine solche Macht über ihn aus – über ihn, den Kämpfer, der mit allen Wassern gewaschen war, den erfahrenen Liebhaber, der Frauen wachsam umkreiste, ab und an einmal zuschnappte, bekam, was er wollte, und dann ungerührt weiterzog?

Jordan war für ihn wie eine gefährliche Strömung.

Diese Erkenntnis ließ ihn kurz innehalten, während er Silas zu den Ständern mit Kleidung für kleine Jungen führte.

Eine solche Strömung konnte den Tod bringen. Mächtig und unsichtbar, zog sie ahnungslose Schwimmer aufs Meer hinaus.

Doch er war ein SEAL. Er wusste, wie man in dem Fall reagierte. Man ließ sich einfach von den Wellen davontragen und schwamm unterdessen parallel zum Ufer, sodass man sich in Sicherheit bringen konnte, wenn die Strömung schließlich nachließ.

Der Vergleich gefiel ihm. Wenn er es so betrachtete, konnte er sich dem Wahnsinnssex hingeben, während er sich andererseits immer noch einen Ausweg offen hielt.

Blieb nur noch die Frage, wie er sie dazu bringen würde, sich noch einmal mit ihm einzulassen.

Als er auf die riesige Auswahl an Kinderklamotten vor sich blickte, fühlte er sich von der Aufgabe, Silas für den Herbst neue Sachen zu kaufen, überfordert. Das konnte Jordan sicher besser, befand er, und verschob diese lästige Pflicht damit auf später.

Er wollte lieber gleich zum Hausboot zurückfahren – nur für den Fall, dass sie doch beschlossen hatte, schon am Morgen mit Silas' Unterricht zu beginnen. »Jordan kann heute Abend mit dir einkaufen fahren«, entschied er, wobei ihm aufging, dass er seinen Sohn schamlos dazu benutzte, sie in seiner Nähe zu behalten.

»Gut«, meinte der Kleine schulterzuckend. Dann bekam er ganz glänzende Augen. »Hey, wollen wir nach Hause fahren und die Ballons aufblasen?«

»Irgendwas stimmt nicht mit dir, Jordan«, bemerkte Jillian und lehnte den Rechen an die Scheunenwand. »Erzählst du mir, was los ist, oder muss ich dir alles aus der Nase ziehen?«

Jordan hängte ein Pferdehalfter an einen Haken und wagte es nicht, dem Blick ihrer Schwester zu begegnen, die ihr sonst womöglich etwas anmerken würde. »Ich habe Geldsorgen, weiter nichts«, murmelte sie überzeugend.

»Dann soll Doug dir was leihen«, schlug Jillian vor. »Gott weiß, dass der Schweinehund dir weit mehr Alimente schuldet, als er zahlt.«

»Nein«, gab Jordan lahm zurück. Sie wollte keinen Cent von Dougs Geld. »Ich habe beschlossen, meine Wohnung zu vermieten.« Sie hatte gestern einen Zettel im Briefkasten gefunden: *Paar im Militärdienst sucht möblierte Wohnung zur Zwischenmiete*. Da man eine so günstige Gelegenheit beim Schopf ergreifen musste, hatte sie angerufen und mit den beiden bereits die ersten Vereinbarungen getroffen.

»Und wo willst *du* dann wohnen?«, fragte Jillian alarmiert und besorgt. »Bei mir?«

Jordan riskierte es, sie anzusehen. Ja, genau das hatte sie geplant, da sie davon ausgegangen war, Jillian könnte ihre Hilfe gut gebrauchen. Ihre Schwester klang allerdings nicht gerade begeistert. »Nein«, hörte sie sich antworten. »Ich werde in ein billiges Motel ziehen oder mir eine Wohnung mit einer anderen Lehrerin teilen.«

Die Therapiepferde schnaubten in ihren Boxen, während Jordan damit fortfuhr, das wahllos in eine einzige Kiste gestopfte Zaumzeug zu sortieren. Sie hörte, dass Jillian die Schubkarre zum Ausgang rollte, doch anstatt die Tür aufzuschieben und die flirrende Hitze hereinzulassen, kam sie zurück und baute sich vor Jordan auf, bis diese von ihrer Arbeit aufschaute.

»Du hast dir mit diesem Miguel mehr zugemutet, als du verkraften kannst«, befand Jillian, ganz die besorgte Schwester. »Sieh dich doch an, Jordan, du gehst daran kaputt. Du siehst aus, als hättest du wochenlang nicht geschlafen, und jetzt sagst du mir auch noch, dass du pleite bist.«

»Ich bin nicht pleite«, widersprach Jordan empört. »Das Geld ist bloß gerade ein bisschen knapp, mehr nicht.«

»Hör zu, ich kann mich nicht um *alles und jeden* kümmern«, fiel Jillian ihr mit bebender Stimme ins Wort. »Ich habe schon genug um die Ohren, da will ich mich nicht auch noch um dich sorgen müssen.«

»Darum hab ich dich auch gar nicht gebeten«, gab Jordan zurück, schlug aus Mitgefühl dann jedoch einen milderen Ton an. »Vergiss einfach, was ich gesagt habe, ja?« Ihre Schwester würde wahrscheinlich tot umfallen, wenn sie wüsste, dass Jordan in wenigen Tagen zurück nach Venezuela wollte. War es besser, sie vorzuwarnen, oder sollte sie ihr den Kummer ersparen?

Ihr Handy klingelte und nahm ihr damit die Entscheidung ab. Als sie auf das Display schaute und die Nummer sah, machte ihr Herz einen Satz. *Solomon.* In diesem Moment bedauerte sie, dass sie ihm geraten hatte, sich ein Mobiltelefon zu kaufen.

Sie schob ihres in die Tasche zurück.

»Wer war das?«, fragte Jillian scharfsinnig wie immer.

»Niemand.« Bloß ein nervender Navy-SEAL, an den sie nicht denken konnte, ohne dass ihr ganz heiß wurde – und dann wieder eiskalt, sobald ihr wieder einfiel, wie hemmungslos sie am Abend zuvor gewesen war. Wie hatte sie nur mit ihm schlafen können? Und es war nicht einfach nur Sex gewesen, sondern explosiver, leidenschaftlicher, welterschütternder Sex, den er *ficken* genannt hatte.

Seine Grobheit stieß sie ab, dennoch – so wahr ihr Gott helfe – wollte sie es noch einmal mit ihm tun.

War das wirklich nur Biologie? Er hatte es behauptet, andererseits hatte sie so etwas noch nie erlebt – mit Doug nicht und mit keinem anderen Mann. Nur Solomon entfachte in ihr einen irrationalen Impuls, sich in die Flammen zu stürzen wie eine Motte ins Licht.

Jillian bohrte weiter. »Das war der Navy-SEAL, nicht wahr?«, rief sie verwundert und hocherfreut aus. »Und du drückst ihn weg!«

»Ich will nicht darüber reden«, blaffte Jordan und wandte sich ab, um erneut ein Zaumzeug aufzuhängen.

Ihre Schwester schnappte nach Luft. »Du hast mit ihm geschlafen«, erriet sie, da sie Jordan besser kannte als irgendwer sonst. »Oh Süße, ich freu mich ja so für dich!«

Jordan wirbelte fassungslos herum. »Du freust dich? Weil ich flachgelegt wurde?«

Jillian zuckte zusammen. »Nenn es nicht so. Ich freue mich, weil du mit deinem Leben weitermachst, das ist alles. Vielleicht merkst du ja, dass nicht alle Männer so sind wie Doug. Es gibt da draußen auch noch ein paar anständige Kerle.«

»Wie Rafe Valentino«, drehte Jordan den Spieß mit einem vielsagenden Blick um.

Jillian blinzelte, es war ihr deutlich anzumerken, dass sie innerlich zumachte. »Äh, ja, vermutlich«, räumte sie ein. »Nur weil Doug dich betrogen hat, heißt das noch lange nicht, dass alle Männer so sind. Vielleicht solltest du diesem Kerl eine Chance geben.«

Jordan fröstelte. Solomon eine Chance zu geben war in etwa so, als versuchte man, aus einem Hai einen Zierfisch zu machen. Erneut begann ihr Handy zu klingeln, und die fröhliche Melodie hallte von den Scheunenwänden wider.

»Geh ran«, drängte Jillian.

Jordan bekam einen trockenen Mund.

»Vielleicht ist er ja der Mann deiner Träume. Du magst doch seinen Sohn, nicht wahr, den kleinen Silas? Warum versuchst du nicht, ihm eine Mutter zu sein statt Miguel?«

Jordan legte eine Hand auf die Brust. »Wie kannst du so etwas sagen?!«, rief sie aus, denn Jillians Vorschlag kränkte sie.

»Als könnte ich ein Kind einfach so durch ein anderes ersetzen!«

»Tut mir leid«, entschuldigte sich ihre Schwester zerknirscht. »So hab ich das nicht gemeint, Süße. Ich mach mir bloß Sorgen um dich.« Das Handy hörte auf zu klingeln. »Warum bist du nicht mit dem zufrieden, was du haben kannst? Es bricht mir das Herz zu sehen, wie du wegen eines Kinds leidest, das so weit weg ist, und auch noch zu hören, dass du fast kein Geld mehr hast!«

Jordan traten bei diesem ehrlichen Geständnis Tränen in die Augen. Auch ihr brach es das Herz.

Wieder dudelte ihr Handy los. Verdammter Kerl! Warum konnte er sie nicht einfach in Ruhe lassen? Sie klappte es kampflustig auf. »Was willst du?«, giftete sie wütend.

Auf ihre Begrüßung folgte angespanntes Schweigen. »Wann hattest du vor, wieder herzukommen?«, erkundigte sich Solomon dann gereizt.

Schon allein seine Stimme löste ein Kribbeln in ihrem Bauch aus, und sie bekam weiche Knie. »Weiß ich noch nicht«, antwortete sie.

»Komisch, für einen Feigling hätte ich dich nicht gehalten«, spottete er.

Sie drehte sich empört von Jillian weg und marschierte zum Scheunentor. »Ich helfe meiner Schwester mit ihren neuen Pferden. Und hier gibt es noch einiges zu tun«, erklärte sie, während sie in die schwüle Hitze hinaustrat.

»Also, Silas geht ab morgen in die Kita, weil ich wieder zur Arbeit muss, und er braucht noch neue Klamotten.«

»Dann fahr mit ihm einkaufen«, schlug sie mit zusammengebissenen Zähne vor.

»Ich habe keine Ahnung, was ich ihm kaufen soll. Du bist seine Lehrerin.«

Sie warf die freie Hand in die Luft. Verdammt, er wusste, welche Knöpfe er drücken musste. In den lumpigen Shorts und T-Shirts, die Silas zurzeit besaß, konnte er ihn definitiv nicht in die Kita schicken. »Also gut«, knickte sie dem Kleinen zuliebe ein, »*wenn* ich Zeit habe, gehe ich heute Abend mit ihm einkaufen.«

»Das Einkaufszentrum macht um sechs zu«, stellte Solomon klar. »Und spätestens um sieben will ich ihn im Bett haben, weil er um vier mit mir aufstehen muss.«

»Vier Uhr? Du kannst ihn doch nicht um vier Uhr morgens wecken.«

»Wieso nicht? Die Kita macht auch schon so früh auf.«

Jordan stammelte: »Weil es unmenschlich ist, ein Kind aus dem Bett zu zerren, wenn draußen noch fast Nacht ist!«

»Und was würden Sie dann vorschlagen, Miss Bliss?«, wollte Solomon hörbar frustriert wissen.

Zu spät ging ihr auf, dass sie sich selbst ins Spiel brachte. »Du brauchst ein Kindermädchen«, sagte sie zähneknirschend, »und, nein, das war kein Angebot meinerseits. Ich verlasse das Land, schon vergessen?«

»Nicht, wenn ich eine andere Möglichkeit finde, Miguel rauszuholen.«

»Solomon.« Sie seufzte und stampfte mit dem Stiefelabsatz auf. »Du weißt doch selbst ganz genau, dass daraus nichts wird.«

»Unterschätz mich nicht, Jordan«, gab er zurück. »Ich habe Beziehungen. Es muss einen Weg geben.«

Einen Moment lang erlaubte sie sich die Hoffnung auf ein Wunder. Falls Solomon das schaffte, müsste sie ihm auf ewig dankbar sein. Dabei war sie sich gar nicht sicher, ob ihr diese Vorstellung gefiel.

»Hör mal«, fügte er mit tiefer, verführerischer Stimme hinzu. »Mir fällt da gerade was ein. Warum schläfst du nicht hier auf dem Hausboot? Du könntest in einer der Kojen unten bei Silas übernachten.«

»Nein«, bremste sie ihn entschieden aus.

»Nicht meinetwegen.« Er ließ nicht locker. »Wegen Silas. Dann müsste ich ihn nicht, wie du meintest, in aller Frühe wecken. Du könntest ihn unterrichten, mit ihm einkaufen gehen und ihn auf die Schule vorbereiten.«

Und sie könnte ihre Wohnung an das Paar vermieten, das sie so gern haben wollte.

»Nein«, wiederholte sie. Doch irgendwie passte alles zusammen. Sie wäre dann in der Lage, von der ersten Monatsmiete ihre Rechnungen zu bezahlen und damit ihr Konto auszugleichen.

»Jordan, ich werde dich nicht drängen, mit mir zu schlafen, wenn es das ist, was du hören willst«, fügte er überraschend hinzu.

Sie runzelte die Stirn, vermutete eine Falle. »Ach was?«, bemerkte sie spöttisch.

»Versprochen.« Das klang viel zu selbstgewiss.

Ihr wurde klar, dass er glaubte, sie würde ihrem Verlangen nachgeben und ihn darum anflehen. Nun, vielleicht konnte sie seinem Ego einen Dämpfer verpassen, indem sie seine Erwartungen enttäuschte.

Du lieber Himmel, zog sie es gerade ernsthaft in Betracht, auf einem Hausboot zu wohnen?

»Ich denk drüber nach«, lenkte sie ein, ohne sich endgültig festzulegen. »Aber jetzt braucht mich meine Schwester, und die Familie geht vor.«

Es war ihr eine Genugtuung, einfach aufzulegen.

10

Die Sonne versank rasch hinter dem Haus und warf lange Schatten auf den Hügel, als Jordan hinunter zum Hausboot ging. Sie entdeckte Solomon auf dem Vorderdeck, wo er sich über einen qualmenden Grill beugte. Sofort kamen ihr Zweifel, woraufhin sie den schweren Rollkoffer mit weniger Elan durch das dichte Gras zog. Dass sie selbst aus dieser Entfernung erkennen konnte, wie sich sein Schnurrbart hob, da er ein selbstzufriedenes Grinsen aufsetzte, machte die Sache keineswegs leichter.

»Du hast ganz schön lange gebraucht«, rief er, als sie den Pier betrat. Dann fiel sein Blick auf den riesigen Koffer, in den sie all ihre Habseligkeiten hineingestopft hatte. Ihre Untermieter würden morgen in ihre Wohnung ziehen.

Jordan fand es nicht nötig, darauf etwas zu erwidern. Stattdessen schleppte sie ihr Gepäck über die Planken und machte dabei so viel Lärm wie ein Güterzug, bis Solomon ihr an der Gangway entgegenkam, ihr den Koffer abnahm und ihn mühelos an Bord hob.

Silas stand grinsend in der Tür. »Hi, Jordan!«, rief er. »Bleibst du über Nacht?«

Jordan zog sich vor Unbehagen der Magen zusammen. Sie hatte keine Ahnung, ob sie tatsächlich auf dem Wasser *schlafen* können würde. »Ja, genau.«

Solomon trug ihren Koffer die Treppe hinunter, offenbar wollte er seinen Teil der Vereinbarung einhalten und sie zu nichts drängen. Als er zurückkam, warf er ihr einen unschuldigen Blick zu und fragte: »Hast du Hunger?«

Sie hätte einen Bären verschlingen können. »Ja.«

»Gut.« Er ging, um die Burger vom Grill zu nehmen.

Kurz darauf saßen sie zu dritt in der gemütlichen Essecke und stopften sich voll.

Jordan war die ganze Zeit über hellwach und misstrauisch, welche Absichten Solomon wirklich verfolgte, was sie dementsprechend nervös machte. An dieses Arrangement würden sie sich eindeutig alle erst noch gewöhnen müssen.

»Ich spüle ab«, bot sie sich an, als Solomon sagte, dass er Silas ein Bad einlassen müsse.

»Nicht nötig«, entgegnete er. »Du bist der Gast.«

»Nein«, verbesserte sie ihn. »Bin ich nicht.«

»Was denn dann?«, fragte er sie mit diesem Blick, der sie auf die Palme brachte.

Gab es auf diese Frage eine richtige und eine falsche Antwort? »Ich … Ich bin eine Angestellte«, antwortete sie, eine Falle witternd. »Und ich verdiene mir meinen Lebensunterhalt, indem ich den Abwasch übernehme.«

»Aha«, sagte er mit glänzenden Augen. »Willst du dir deine Unterkunft auch noch auf andere Weise verdienen?«, erkundigte er sich mit unschuldigem Tonfall.

»Schluss damit, Solomon«, ermahnte sie ihn, wobei sie unbehaglich zu Silas schaute.

Solomon stand glucksend auf und zerzauste seinem Sohn die Haare. »Dann komm mal mit, Kaulquappe, es ist Zeit für die Wanne.«

Sobald Silas gebadet war und in einem aufgetragenen Schlafanzug steckte, fragte Solomon Jordan mit seinem typisch höflichen Lächeln und einem Blitzen in den Augen: »Möchtest du jetzt sehen, wo du schlafen wirst?«

Sie folgte den beiden »Männern« die Stufen zu den Schlafkabinen im Bootsrumpf hinunter. Silas hatte sich bereits eine Koje ausgesucht. Jordan entschied sich für den unteren Schlafplatz ihm gegenüber. Nachdem sie ordentlich zusammengelegte Bettwäsche aus dem Schrank geholt und ihre Betten bezogen hatten, kletterte Silas in seine Koje und Solomon schlug eine eselsohrige Ausgabe der *Schatzinsel* auf. Offenbar war das Teil ihres allabendlichen Rituals. Mit einer Schulter an Silas' Koje gelehnt begann er vorzulesen.

Jordan zog die Schuhe aus und quetschte sich rasch in ihre Koje, um zuzuhören. Solomons rauer Bariton, seine Intonation und die kuriose Aussprache nahmen sie gefangen. Während er völlig in der Geschichte aufging – die er als Kind angeblich Dutzende Male gelesen hatte –, wurde sein Dialekt immer deutlicher.

Sie stellte sich vor, wie er damals wohl ausgesehen hatte – vermutlich wie Silas, allerdings nicht so niedlich. Wo waren seine Eltern?, fragte sie sich. Hatte er noch Familie in Neuengland? Und wie war aus ihm ein so kluger und auch noch starker Mann geworden?

Als ihr klar wurde, wie neugierig sie war, beschloss sie, nicht weiter über ihn nachzudenken, und wälzte sich aus ihrer Koje. Solomon näher kennenzulernen, würde zweifellos zu Herzschmerz führen.

Sie nahm ihren Schlafanzug aus dem Koffer und schlich sich unter Solomons wachsamem Blick weg. »Gute Nacht, Silas, ich gehe duschen und leg mich dann nachher wieder hier zu dir«, unterbrach sie das Vorlesen.

»Gut.«

Sie huschte die Treppe hinauf und ins Bad. Unter der Dusche rutschte ihr die Seife aus den Fingern, so linkisch hantierte sie damit. Es war erst acht Uhr abends. Würde Solomon es ihr durchgehen lassen, wenn sie so früh ins Bett ging? Oder musste sie damit rechnen, dass er sie überreden würde, noch mit ihm aufzubleiben? Sein Bett, ging es ihr unwillkürlich durch den Kopf, stand ihnen frei zur Verfügung.

Der Wasserstrahl massierte ihre plötzlich ganz empfindliche Haut und schärfte alle ihre Sinne. Wie war sie bloß von einer Geschiedenen ohne Verlangen zu einer freien Frau mit dem sexuellen Hunger einer Zwanzigjährigen geworden?

Das musste an Solomon liegen. Mit seinem hypnotisierenden Blick und der verführerischen Reibeisenstimme weckte er Begierden in ihr, von denen sie gar nichts geahnt hatte.

Wenn sie sicher gewesen wäre, dass sich dieses Verlangen tatsächlich nur mit Biologie erklären ließ, hätte sie ihm sofort wieder nachgegeben. Oh ja, sie wollte Solomon noch einmal – in jeder erdenklichen Stellung und so lange, wie sie es aushalten konnte.

Doch wenn es nur um Biologie ginge, würde sie sich im Nachhinein nicht so verwirrt fühlen und solche Reue empfinden, ganz zu schweigen von dem Gefühl großer Leere, das ebenso Furcht einflößend war wie die Emotionen, die sie kurz nach ihrer Scheidung empfunden hatte.

Gott bewahre, dass sie die Dummheit ihres Lebens beging und sich in einen herzlosen Kerl verknallte, einen, der nicht einmal an Liebe glaubte!

Nur war das nicht völlig unmöglich. Schließlich hatte sie auch Doug geliebt, obwohl er ein Schürzenjäger gewesen war. Solomon McGuire wirkte forsch und grob. Allerdings kannte sie auch eine andere Seite an ihm – er hatte das Gedicht verfasst und ging so liebevoll mit seinem Sohn um. Diese Seite von ihm jagte ihr mehr Angst ein als die Rebellenarmee.

Nachdem Jordan sich die Zähne geputzt hatte, ging sie mit noch feuchten Haaren in Schlafsachen aus dem Bad. Vor der Tür blieb sie wie angewurzelt stehen, denn sie lief dem Gegenstand ihrer Begierde praktisch in die Arme. Ihr Puls beschleunigte, als sie bei seinem einladenden Blick einen Moment lang ins Wanken geriet. Ihr Körper sehnte sich regelrecht danach, von ihm in Besitz genommen zu werden, ihre Haut fühlte sich glühend heiß an. »Ich gehe schlafen«, verkündete sie mit wenig überzeugendem Tonfall.

Er schaute an ihrem Körper herunter auf ihre Nippel, die sich unter dem Stoff ihres Tanktops abzeichneten. »Wenn du willst«, sagte er, und bei seinem Tonfall bekam sie Gänsehaut.

»Ja«, hauchte sie. Vor Verlangen und Bedauern zog sich ihr Innerstes zusammen, während ihre Füße am Boden festgewachsen zu sein schienen.

Er deutete auf die Treppe. »Dann träum was Schönes.«

Das war ihr Stichwort, zu gehen, was sie nicht tat, ohne vorher noch einen sehnsüchtigen Blick zum anderen Ende des Flurs zu werfen, wo einladend das riesige Kapitänsbett wartete. »Gute Nacht.«

Sie folgte den winzigen in den Fußboden eingelassenen Lämpchen zu ihrer Koje, warf die Klamotten, die sie tagsüber getragen hatte, neben ihren Koffer und kroch unter die Bettdecke. Silas schlief schon, sein leises Schnarchen war Balsam für ihre Nerven.

Sie zog sich die Decke unters Kinn und hörte, dass Solomon leise im Wohnzimmer herumging und die Lampen ausmachte. Dann lauschte sie dem gegen den Rumpf plätschernden Wasser, von dem sie nur wenige Zentimeter Stahl und Holz trennten. Oh Mann, wie sollte sie da nur schlafen können?

Als sich Solomon kurz darauf ins Schlafzimmer begab, stellte sie sich vor, wie er sich auszog. Er schien ihr der Typ Mann zu sein, der nackt schlief. Bei dem Gedanken entfuhr ihr ein leises Stöhnen, doch ihr Stolz und Selbsterhaltungstrieb bewahrten sie davor, aufzustehen. In nur einer Woche – vorausgesetzt Miguels Unterlagen trafen rechtzeitig ein – würde sie fort sein, und Solomon hätte keine Gelegenheit mehr, sie in Versuchung zu bringen oder auf ihrem zerbrechlichen Herz herumzutrampeln.

Sie schloss fest die Augen und versuchte vergeblich, sich zu entspannen und ihre auf Hochtouren laufende Fantasie zu zügeln, indem sie regelmäßig ein- und aus-, ein- und wieder ausatmete.

Das würde eine unvorstellbar lange Nacht werden.

Pater Timothy Benedict wartete, bis Miguel eingeschlafen war, ehe er sich zur Hintertür der Kathedrale hinauszuschleichen versuchte. Er musste noch zu Fatima, die so hohes Fieber hatte, dass ihre Pflegefamilie fürchtete, die Kleine zu verlieren, und die Sterbesakramente für sie wünschte.

Angesichts der bevorstehenden Aufgabe ging Timothy schweren Herzens die Treppe zum Garten hinter der Kathedrale hoch. Er war bereits auf halbem Weg, als unter ihm die Tür aufging und er Miguel hinter sich die Stufen hinaufstürmen sah. Dem Kind stand das blanke Entsetzen ins Gesicht geschrieben.

»Ach, mein Junge!«, klagte Timothy frustriert, da Miguel ihm die dünnen Ärmchen um die Oberschenkel schlang und sich an ihn klammerte, als ginge es um das liebe Leben. »Du kannst jetzt nicht mitkommen«, erklärte er. Damit ließ er sich auf der obersten Stufe nieder, um mit dem stillen Kleinen zu reden. Da erst bemerkte er, dass Miguel am ganzen Leib zitterte.

Er zog ihn an sich, denn er wusste, dass sein Herzschlag das Kind trösten würde. Mit einem Seufzen strich er Miguel durch das weiche schwarze Haar. »Na ja, warum eigentlich nicht?«, fügte er hinzu, denn ihm war klar, dass der Junge lauthals schreien und schließlich die anderen aufwecken würde, wenn er ihn hier zurückließe.

Timothy erhob sich und nahm das Kind auf den Arm. Das Haus, in dem er Fatima untergebracht hatte, befand sich ganz in der Nähe. Allerdings herrschte ab Sonnenuntergang eine Ausgangssperre, und da es bereits seit Stunden dunkel war, durfte sich der Priester auf keinen Fall erwischen lassen.

Er entriegelte das Tor, spähte hinaus und wagte sich dann vorsichtig auf die verlassen daliegende Straße, wo er sich im Schatten der Häusermauern hielt. Die Wohngebäude lagen zum großen Teil verlassen da oder waren von den Populisten besetzt worden. In den furchtbaren Tagen nach ihrem Einmarsch hatten sie Anhänger der Gemäßigten niedergemetzelt und die Leichen als abschreckende Beispiele in den Straßen verwesen lassen.

Als Diener des Herrn legte Timothy sein Leben in Gottes Hände. Trotzdem war er so pragmatisch, sich leisen Schrittes über den rissigen Zement zu bewegen. Während er sich an den Betonsteinwänden und verputzten Mauern vorbeistahl, spitzte er die Ohren, um zu lauschen, ob neben dem Summen der Insekten und dem unablässigen Rauschen des Orinoko noch andere Geräusche zu hören waren. Miguel hatte ihm schläfrig den Kopf auf die Schulter gelegt.

Als er eine Gasse überquerte, hörte er Schüsse und beeilte sich daraufhin noch mehr. Er bog um die Ecke, hatte nun nur noch einen Block vor sich, doch da schoben sich zwei junge Männer aus einer Häusernische und stellten sich ihm in den Weg. »*Alto!*«, rief einer der beiden und richtete eine Pistole auf Timothys Brust. »Wo zum Teufel wollen Sie hin?«

Miguel erschrak und wachte auf.

»Zum Haus eines kranken Mädchens«, erklärte Timothy, tätschelte den Jungen und flüsterte ihm beschwichtigend ins Ohr.

Sein Akzent verriet ihn.

»Sie sind Nordamerikaner«, warf der zweite Mann ihm vor. »Zeigen Sie uns Ihren Pass.«

»Nein, ich bin Brite«, korrigierte Timothy ihn. Dann setzte er Miguel ab und schob ihn um Armeslänge von sich weg, während er nach seinem Ausweis tastete. »Wo hab ich ihn denn«, murmelte er, um Zeit zu schinden. Dabei spürte er, wie sein Herz schnell, aber gleichmäßig schlug.

Man hatte ihm im Priesterseminar beigebracht, die andere Wange hinzuhalten und passiv zu bleiben, wenn er in eine gefährliche Situation geraten sollte. Aber was würde aus Miguel werden, falls ihm selbst etwas zustieße?

Nur einer der beiden Männer trug eine Waffe.

Und lange bevor er zum Glauben gefunden hatte, war Timothy Söldner gewesen.

Er zog seinen Pass aus der Hosentasche, tat so, als wollte er ihn aushändigen, warf ihn dann jedoch weit von sich. Die Männer verfolgten die Flugbahn des Dokuments und wandten sich dabei ab. Im selben Moment trat Timothy nach der Pistole, die klappernd irgendwo in der Dunkelheit landete.

Als Reaktion darauf zeigten die beiden Kerle die Zähne und stürzten sich mit geballten Fäusten auf ihn, doch schon Sekunden später lagen sie stöhnend und verletzt auf dem Asphalt.

Timothy bückte sich nach seinem Pass. Während er das Dokument wieder einsteckte, hielt er Miguel, der mit dem Rücken an der Wand stand und fassungslos die beiden Soldaten anstarrte, die andere Hand hin.

»Komm, mein Junge«, drängte er. »Tut mir leid, dass du das mitansehen musstest.« Doch der Kleine schenkte ihm einen zufriedenen Blick, bevor er sich ihm in die Arme warf.

Timothy drückte das Kind an sich und rannte los. Was er an diesem Abend noch zu erledigen hatte, drohte schon ohne Vergeltungsmaßnahmen unangenehm genug zu werden.

Er war der einzige weiße Priester in der Stadt. Die Populisten würden nicht lange nach ihm suchen müssen.

Jordan nuckelte an dem Strohhalm in ihrem Erdbeer-Smoothie und sah Silas nachdenklich an. »Bist du glücklich, Silas?«, fragte sie spontan. Sie saßen im Schutz eines Sonnenschirms vor dem Eiscafé und genossen eine wohlverdiente Pause vom Vormittagsunterricht.

»Ja«, antwortete der Kleine und produzierte laute Sauggeräusche, als er einen Schluck trank.

»Macht es dir was aus, dass du nicht bei deinem Vater schläfst, sondern bei mir?«

»Nee. Früher hab ich bei Christopher und Caleb geschlafen«, antwortete er und fast sofort verdüsterte sich seine Miene.

»Du vermisst sie sehr, was?«

»Hm, Baby Colton auch«, erklärte er mit belegter Stimme. »Und Tante Ellie.« Während er durch seinen Strohhalm spähte, runzelte er auf eine Weise die Stirn, die sie an Solomon erinnerte. »Ich weiß gar nich' mehr, wie sie aussieht.«

Der Junge tat Jordan leid. »Vielleicht können sie dich ja mal besuchen kommen«, schlug sie vor.

Er schüttelte den Kopf. »Nein, das schafft ihr altes Auto im Leben nich'.«

Sie mochte seinen Provinzdialekt. »Ich sag dir was«, begann sie und war versucht, ihm die abstehenden Haare um den Wirbel an seinem Hinterkopf glatt zu streichen, doch sie wusste, dass er das nicht mochte. »Morgen nehme ich dich mit auf die Ranch von meiner Schwester, dann kannst du mit Agatha spielen und dir die Pferde anschauen.«

Er sah sie nachdenklich an. »Wie groß sind die denn?«, wollte er wissen. »So groß wie mein Daddy?«

Wie Jordan irritiert feststellte, hatte sie es noch nie gehört, dass Silas seinen Vater *Daddy* nannte. »Sogar noch größer«, antwortete sie und freute sich für Solomon, der bestimmt überglücklich sein würde, wenn er das zum ersten Mal erlebte. Doch dann dachte sie sehnsüchtig an Miguel. »Wart's ab.«

Silas' traurige Miene wich einem freudigen Grinsen.

Jordan erwiderte sein Lächeln, wurde jedoch sofort wieder ernst. Du liebe Güte, wer sollte sich um den Kleinen kümmern, wenn sie nach Venezuela aufbrach?

Vermutlich würde er dann doch um vier Uhr morgens in die Kita müssen.

Solomon war froh, Jordan und Silas nicht auf dem Hausboot anzutreffen, als er von der Arbeit kam. Dass die beiden ihn dermaßen übellaunig erlebten, wollte er auf keinen Fall.

Er machte sich eine Flasche Bier auf und trank sie in wenigen Zügen aus.

Die Elitegarde, die er und sein Zug für die Regierung der Gemäßigten in Venezuela ausgebildet hatten, war zu den Populisten übergelaufen. Bei den Special Operations hatte es heute praktisch kein anderes Thema gegeben.

Wann immer Solomon darüber nachdachte, wurde er stinkwütend. Er hatte persönlich mit Dutzenden dieser jungen Venezolaner gearbeitet und sie für überzeugte Verfechter der Demokratie gehalten. Doch jetzt unterstützten sie die verdammten Rebellen!

Und Jordan glaubte, sie könnte einfach so in das Land zurückgehen und Miguel aus diesen Unruhen herausholen. Nur über seine Leiche.

Zu frustriert, um etwas Essbares hinunterzubekommen, und mit so viel Testosteron im Blut, dass er damit einen ganzen Tanklastzug hätte befüllen können, tigerte er grübelnd auf seinem Hausboot umher. Dann ging er an Deck, kippte noch ein Bier und versuchte sich zu beruhigen.

Eine halbe Stunde später sah er Jordan und Silas, deren Körper bereits lange Schatten warfen, munter den Hügel herunterkommen. Sofort verspürte er ein vertrautes Kribbeln in den Lenden. Jordans schlanke Beine, die Art, wie ihr die Haare über die Schultern fielen, und ihr wachsamer Blick, als sie zu ihm herüberschaute, machten ihn unglaublich an.

Wenn sie nicht bald von sich aus in sein Bett kommen würde, könnte er für nichts garantieren.

»Ich hab auf einem Pferd gesessen!«, rief Silas, wobei er über den Steg hüpfte, als galoppierte er auf einem Wallach. »Agatha hat mich mit ihr reiten lassen.«

»Wer ist Agatha?«, fragte Solomon vom Deck aus, während Jordan sich der Gangway näherte.

»Meine Nichte. Sie ist sechs. Wie Silas.«

»Du hast zwei Sechsjährige auf ein Pferd gesetzt?«, hakte er nach.

»War ja klar, dass von dir eine bissige Bemerkung dazu kommt«, blaffte sie und blickte finster zu ihm herauf. »Wie wäre es, wenn du mir stattdessen danken würdest, weil ich deinem Sohn ein einmaliges Erlebnis ermöglicht habe? Ich bin sicher, in einer Kindertagesstätte bekäme er so was nicht geboten.« Nach ihrem Ausbruch zu schließen, hatte sie letzte Nacht ebenso wenig geschlafen wie er. Offenbar waren sie beide zum Streiten aufgelegt. Reizend.

»Vielen Dank«, knurrte er.

Jordan verharrte, wo sie war. Schließlich streckte sie ihm die Plastiktüte entgegen, die sie in der Hand hielt. »Wir haben bei meiner Schwester gegessen, aber sie hat mir noch was davon für dich mitgegeben. Es ist gebratener Seewolf.«

Sein Magen knurrte. »Ich komme runter.«

Nachdem Solomon gierig sein Essen verschlungen hatte, fühlte er sich nicht mehr ganz so unberechenbar. Er gesellte sich zu Jordan und Silas ins Wohnzimmer, fläzte sich aufs Sofa und sah ihnen bei ihrer Partie Mühle zu. Jordan lag bäuchlings auf dem Teppich. Solomons Blick fiel auf ihren hübschen Hintern, und er genoss die Aussicht.

Silas schlug Jordan dreimal in Folge. Es war natürlich gut möglich, dass sie ihn gewinnen ließ, andererseits unterdrückte sie mehrmals ein herzhaftes Gähnen. Als sie Solomon dann doch eines Blickes würdigte, was ihn endlich von ihrem Po ablenkte, wirkten ihre Lider schwer.

»Was ist mit dir los?«, wollte sie wissen. »Du siehst aus wie ein Brummbär.«

Silas kicherte.

Solomon überlegte, ob er es ihr erzählen sollte. Vielleicht würde die Neuigkeit sie ja zur Vernunft bringen. »Die Soldaten, die ich in Venezuela ausgebildet habe, sind zu den Populisten übergelaufen«, verkündete er, ohne sie aus den Augen zu lassen.

Sie verzog keine Miene, doch es war ihr von den blauen Augen abzulesen, dass irgendetwas in ihr vorging. »Sollst du dagegen vorgehen?«, fragte sie vorsichtig.

»Nein. Jedenfalls noch nicht. Aber jetzt wird es umso schwerer werden, jemanden zu finden, der Miguel abholt.«

»Verstehe«, sagte sie. Sonderlich enttäuscht klang sie allerdings nicht.

Solomon betrachtete sie genau. Ihr Stirnrunzeln verriet Besorgnis, und die war auch durchaus berechtigt, aber er hatte mit einer heftigeren Reaktion gerechnet.

»Ich hoffe, du hast jetzt nicht mehr vor, dort hinzufliegen«, mahnte er sie leise, um Silas nicht zu verängstigen. Der Junge schaute beunruhigt zwischen ihnen beiden hin und her.

Jordan antwortete nicht, sah ihn nicht einmal an.

Solomons Sorge wuchs noch mehr. »Jordan«, sagte er mit Nachdruck, »wenn die Elitegarde den früheren Präsidenten stützt, sind die Populisten nicht mehr aufzuhalten. Ist dir das klar?«

Endlich schaute sie ihn an, ihr Blick spiegelte Kränkung und Zorn wider. »Ich bin nicht blöd, Solomon«, entgegnete sie. Röte stieg ihr ins Gesicht, und ihre Augen funkelten.

»Das habe ich auch nicht behauptet«, sagte er in einem sanfteren Tonfall. »Ich will dir nur klarmachen, dass du das nicht allein hinkriegst. Ich werde dir helfen. Dazu brauche ich bloß etwas Zeit.«

»Die habe ich aber nicht!«, schrie sie, was alle, einschließlich sie selbst, erschreckte. Sie sprang auf. »Es tut mir leid, Silas, ich kann jetzt nicht weiterspielen«, entschuldigte sie sich heiser. Daraufhin lief sie ins Bad, schlug die Tür hinter sich zu und schloss ab.

»Verdammt«, brummte Solomon, dem bewusst war, dass Silas ihn mit großen Augen anschaute. Er holte tief Luft, um seinen Sohn dann aufgesetzt fröhlich zu fragen: »Möchtest du mit mir weiterspielen?«

Silas' Bestürzung verflog sofort. »Klar!«, antwortete er begeistert.

Solomon setzte sich auf den Teppich, der an der Stelle, wo Jordan gelegen hatte, noch warm war. Während er seine Mühlesteine aufstellte, lauschte er mit einem Ohr auf die Geräusche aus dem Bad. Außer dem Plätschern der Dusche war nichts zu hören, doch er wusste, dass sie dort drin war und sich nach Miguel sehnte. Sie litt, und er konnte nichts dagegen tun – außer Berge zu versetzen, damit sie bald wieder lächeln konnte.

Bei dem Gedanken hielt er inne. Er zögerte seinen Spielzug hinaus und tat, als müsste er zuerst die Folgen bedenken, während er sich fragte, wieso Jordans Gemütszustand ihm überhaupt etwas ausmachte.

Plagte ihn bloß ein schlechtes Gewissen, weil sie in erster Linie seinetwegen von Miguel getrennt worden war?

Oder ging es dabei um mehr? Um etwas, das mit ihr selbst zu tun hatte und mit seinen Gefühlen für sie?

Er schluckte schwer und schob den erschreckenden Gedanken beiseite, dass er drohte, sein Herz an Jordan zu verlieren.

Vier Tage vor ihrem Abflug fuhr Jordan bei ihrer Wohnung vorbei, um in den Briefkasten zu schauen. Wenn Miguels Unterlagen nicht pünktlich ankamen, konnte sie ihre Pläne vergessen.

Sie leckte sich winzige Schweißperlen von der Oberlippe, schob den Schlüssel in ihres von den zahlreichen Postfächern, flüsterte ein Gebet und machte langsam auf.

Den meisten Platz beanspruchte ein dicker Umschlag.

Mit einem erleichterten Aufschrei zog sie ihn heraus, um einen Blick auf den Absender zu werfen. Dann drückte sie ihn ans Herz. Als ihr vor lauter Freude und Reue die Tränen kamen, schloss sie die Augen, damit Silas, der draußen in ihrem klimatisierten Wagen saß, nichts davon mitbekam.

Auf diese Unterlagen hatte sie ein Jahr lang gewartet. Nun, da sie sie endlich in den Händen hielt, kostete sie den Gedanken aus, auch Miguel bald in die Arme schließen zu können, denn so sollte es sein – vorausgesetzt, sie konnte die Adoption wie geplant abschließen.

Mit zitternden Fingern riss sie den Umschlag auf und ging den Inhalt durch. Obenauf lagen, in nicht ganz richtigem Englisch, aber sauber getippt, Señora Muñoz' Anweisungen. Während sie sie überflog, bekam sie einen ganz trockenen Mund.

Schlagen Sie sich nach der Ankunft mit jedem verfügbaren Verkehrsmittel bis Puerto Ayacucho durch. Große Auswahl werden Sie nicht haben. Darunter stand die Nummer eines Anwalts mit Namen Lorenzo. *Er lebt in Puerto Ayacucho und hat sich bereit erklärt, sich mit Ihnen in der Kathedrale Maria Auxiliadora zu treffen. Sobald er Ihren Scheck erhalten hat und sein Teil der Unterlagen unterschrieben ist, müssen Sie mit dem Jungen nach Caracas. Dort wird das Einwanderungsbüro Ihrer Botschaft die Papiere abzeichnen. Erst dann lässt eine Fluggesellschaft Miguel mit Ihnen ausreisen.*

Vor einem Jahr wäre das noch ein Klacks gewesen, befand Jordan. Doch angesichts der schlechten Nachrichten, die sie am Abend zuvor von Solomon gehört hatte, lief es ihr beim Gedanken an die bevorstehende Reise kalt über den Rücken. Miguel in der kurzen Zeit, die ihr Visum ihr ließ, nach Hause zu holen, würde ihre Entschlossenheit auf eine harte Probe stellen.

Sie schob die Unterlagen zurück in den Umschlag, ging mit ihrer Post zum Wagen und versteckte sie unter dem Fahrersitz, damit Silas, der hinten saß, sie nicht sah.

Wie würde Solomon reagieren, wenn er dahinterkam, dass sie ihre Pläne trotz allem nicht aufgegeben hatte? Ob er ihr verzeihen könnte, dass sie ihn und Silas im Stich ließ? Aber warum, verflixt noch mal, fragte sie sich das überhaupt?

»Morgen, Jordan!« Silas' munterer Ruf weckte Jordan nach einer Nacht voller Albträume, in denen sie und Miguel während der Flucht aus Venezuela von Soldaten verfolgt worden waren. Stöhnend stützte sie sich auf einen Ellbogen und rieb sich den Schlaf aus den brennenden Augen.

Sicher zu wissen, dass sie bald abreisen würde, hatte ihre Angst beflügelt. Sie empfand sowohl Bedauern und Furcht, als auch – ja – vage Hoffnung.

Da es draußen in Strömen goss und Silas sich nur durch den Unterricht quälte, gab Jordan ihrer Zerstreutheit nach und ging mit ihm ins Kino.

Als sie und Silas am Nachmittag pitschnass das Bootshaus betraten, nachdem sie durch den Regen gerannt waren, sehnte sie sich danach, in ihre Koje zu kriechen und zu schlafen. Inzwischen hatte sie sich sogar daran gewöhnt, dass das Wasser beständig gegen den Bug plätscherte.

Doch Solomon war bereits von der Arbeit zurück und offenbar bestens drauf. »Lass uns was unternehmen«, schlug er mit einem Blick auf sie vor, der ihr mehr verriet, als ihr lieb war. »Ich möchte mit Silas ins Aquarium.«

Jordan wollte nur noch das Gesicht in die Kissen drücken und die beängstigende Aufgabe vergessen, die vor ihr lag. »Ich bleibe hier«, sagte sie. »Geh du ruhig mit Silas los.«

»Aber du sollst mitkommen!«, protestierte der Junge, schob dabei seine Hand in ihre und zerrte sie zum Ausgang.

Jordan plagten Schuldgefühle. Es kam ihr vor, als würde sie Silas im Stich lassen, wenn sie zu Miguel flog. Und sie hatte diesen Tag sowieso schon abgehakt. Nicht einmal Solomon konnte den noch schlimmer machen.

Doch zu ihrer Überraschung gab er ihm noch eine positive Wendung. In den folgenden drei Stunden beobachtete Jordan mit Erstaunen, wie sich der mürrische Senior Chief in einen gut gelaunten Begleiter und Vater verwandelte. Er und Silas lachten über die Otter in dem Wasserbecken vor dem Aquarium. Drinnen lotste er den Jungen vorbei an den Tieren der Sumpflandschaft direkt zu dem großen Becken voller Fische.

Silas kreischte, als ein großer Weißer Hai dicht am Glas vorüberglitt. Dann beobachteten sie begeistert, wie das Tier einen kleineren Fisch verschlang. Jordan ertappte sich dabei, dass sie schief grinste.

Der Kleine bettelte darum, die kleinen Stachelrochen streicheln zu dürfen. Eine Dreiviertelstunde lang schaute er zu, wie sie unter seinen Händen hindurchtauchten.

»Bist du sicher, dass nichts passieren kann?«, fragte Jordan, die den Biestern misstraute.

»Sie haben ihnen die Stachel entfernt«, beruhigte Solomon sie. Dann trat er hinter sie und kniff ihr heimlich in die Brustwarze. »In etwa so.«

Sie schnappte nach Luft und fuhr herum, um ihn in die Seite zu knuffen, doch er wich ihr mit einem jungenhaften Grinsen aus.

Sein Lächeln brachte sie ins Schwanken. Wer hätte gedacht, dass Solomon auch verspielt sein konnte? Dass er ihr neue, anziehende Seiten von sich zeigte, war das Letzte, was sie im Moment brauchte. Ihr Verlangen nach ihm lenkte sie so schon genug ab.

Sie zogen weiter, um sich eine Dokumentation über Haie anzuschauen. Im Dunkeln. Da es in dem Raum keine Stühle gab, mussten sie stehen. Silas' blickte gebannt auf die sich drehende Leinwand und den Mako, der sie umkreiste. »Der Mako ist eine warmblütige Haiart, die auch in arktischen Gewässern vorkommt«, verkündete der Erzähler.

So, so, dachte Jordan, die immer noch auf ihre Chance wartete, sich zu rächen. Als der Raubfisch sein Maul zum Angriff öffnete, kniff sie Solomon – fest – in die Stelle, wo Platz für Hüftspeck gewesen wäre. Doch bevor sie ihre Finger zurückziehen konnte, packte er ihr Handgelenk, zog sie an sich und hielt sie fest an seinen größeren Körper gepresst. Jordan, der das insgeheim gefiel, tat, als würde sie sich wehren.

Seine Zähne blitzten im Dunkeln auf, als er grinste. »Reize nie einen Hai«, flüsterte er.

»Loslassen«, zischte sie zurück und schubste ihn halbherzig

von sich. Seine festen Muskeln und der unverwechselbare Moschusgeruch weckten ihr Verlangen. Seltsamerweise schien der Tagesstress ihre Lust auf Sex noch gesteigert zu haben.

Sie konnte nicht anders, als sich gegen ihn zu lehnen und an seine festen Oberschenkel zu schmiegen. Als er eine Hand hob und ihre rechte Brust umfasste, schnappte sie vor Wonne nach Luft. Solomon blieb mit ihr im Schatten stehen und befummelte sie, während er das Gesicht abwandte, um davon abzulenken, was er gerade tat. Jordan erschauerte. Ihre geheime Erregung verriet sich dadurch, dass ihr Nippel hart wurde und gegen seine Handfläche drückte.

In den nächsten zehn Minuten massierte er sie von den Schultern bis zum Po, knetete sämtliche Verspannungen einfach weg, bis sie wie Wachs in seinen Händen war und vor Verlangen nach ihm fast verging.

Am Ende des Films ließ er sie los, fasste sich und setzte ein schiefes Grinsen auf. Mit weichen Knien stand sie da, während er Silas holen ging.

Als sie zum Hausboot zurückkehrten, waren Jordans Sorgen wegen ihrer Abreise nach Venezuela dem Gedanken gewichen, dass sie und Solomon an diesem Abend noch Sex haben würden. Alles lief darauf hinaus. Er hatte keine Zweifel an seinen Absichten gelassen, und sie besaß nicht die Willenskraft, um ihm zu widerstehen.

In dieser Nacht würde sie ihren Instinkten folgen. Warum auch nicht? Immerhin könnte sie in ein paar Tagen tot sein.

Während Solomon Silas ins Bett brachte und ihm die *Schatzinsel* vorlas, nahm Jordan eine Dusche und schlüpfte danach in ihre Schlafsachen. Dann ging sie kurz hinunter, um dem Jungen einen Gutenachtkuss zu geben. »Wir sehen uns oben«, teilte sie seinem Vater forsch mit.

Der stechende Blick, mit dem Solomon ihr nachsah, erfüllte sie mit kribbeliger Vorfreude. Sie hielt es nicht aus, im Wohnzimmer auf ihn zu warten, und überlegte, sich schon einmal in sein Bett zu legen, fand das jedoch allzu offensichtlich. Also begab sie sich nach draußen, um ihre vor Hitze prickelnde Haut abzukühlen.

11

Das Sommergewitter war vorüber, doch die Luft noch immer erfüllt vom Duft nassen Laubs. Jordan näherte sich der Reling, um den zunehmenden Mond zu betrachten. Ein Käuzchen gab einen hoffnungsvollen Schrei von sich, in einiger Entfernung antwortete ein zweites.

Von dem Gesang eines Chors aus Fröschen und Insekten begleitet, schlenderte sie zum Bootsheck. Die Bucht erinnerte sie daran, wie Solomon ihr beigebracht hatte, ihre Angst zu überwinden. Und sie wurde das ungute Gefühl nicht los, dass sie schon bald auf diese Lektion würde zurückgreifen müssen.

Sie ertappte sich dabei, die Metallstufen hinaufzusteigen, die im Zickzack zum Ruderhaus führten – oder der Brücke, wie Solomon es gerne nannte. Die Aussicht von dort oben war geradezu berauschend, und das Gefühl nahm zu, als sie Solomons gedämpfte Schritte hörte.

Sie wirbelte zu ihm herum, und sein Blick, während er die letzten Stufen erklomm, sorgte dafür, dass sie sich ans Steuerrad klammerte.

»Ich weiß nicht, was ich hier mache«, begrüßte sie ihn ausweichend, doch ihr Herz schlug schneller. Mit seiner in Mondlicht getauchten nackten Brust sah er aus wie der Meeresgott Poseidon höchstpersönlich. Er trug eine graue Trainingshose und, so hätte sie wetten können, nichts darunter.

Er schritt auf sie zu, und Jordan stockte der Atem, als er ihr Kinn anhob. »Auf mich warten«, erriet er und musterte ihr Gesicht. »Habe ich recht?«

Sie fuhr sich mit der Zunge über die Oberlippe. »Ja«, gab sie zu.

Solomon schenkte ihr ein flüchtiges triumphierendes Lächeln, senkte den Kopf und küsste sie.

Mit einem Wimmern, das nach Erleichterung klang, schlang Jordan die Arme um ihn und gab dem zunehmenden Verlangen nach, das sie beide erfasste.

Er zog sie leidenschaftlich an sich, während sie, gestützt vom Steuerrad in ihrem Rücken, zuerst das eine, dann das andere Bein um seine Hüften legte.

»Sag es, Jordan!«, forderte Solomon sie zwischen intensiven, gierigen Küssen auf.

»Sag was?«, fragte sie, unbeherrscht zitternd.

»Sag mir, dass du mich willst«, fügte er hinzu und stupste sie leicht an der Stelle an, wo sie es am meisten wollte.

»Ich will dich«, gab sie zurück, spürte jedoch einen Stich im Herzen, als sie bestürzt feststellte, dass noch mehr dahintersteckte. Es ging hier nicht bloß um Arterhaltung. »Hier und jetzt«, ergänzte sie hilflos.

Sie zog ihr Tanktop aus und bemerkte, wie sein Herz unter ihrer Handfläche regelrecht hämmerte. Einen Moment lang sah er sie mit funkelnden Augen an, dann beugte er sich zu ihr hinunter und schmiegte sich an sie. Seine Berührungen waren besitzergreifend und zärtlich zugleich, als er ihr einen tiefen Zungenkuss gab und seine Hände unter den Bund ihrer Schlafanzughose gleiten ließ, um sie vom Schiffsruder wegzuziehen und vollständig zu entkleiden.

Mit einer einzigen ruckartigen Bewegung setzte er ihren Körper dem Mondschein und dem leisen Windhauch aus.

Was immer auch geschehen mochte, sie wollte es zulassen, erkannte Jordan und hoffte nur, dass sie am nächsten Morgen, wenn ihr Verlangen gestillt sein würde, noch dieselbe wäre.

Als er mit beiden Händen ihr Gesicht umfasste, schlug sie die Augen auf.

»Du bist so verflucht schön«, murmelte er. Seine romantischen Worte trafen sie vollkommen unvorbereitet. Unter seinem erwartungsvollen, bewundernden Blick fühlte sie sich exotisch, ein bisschen unsicher, aber verrucht und verführerisch.

Zu ihrer eigenen Überraschung ging sie anmutig in die Knie und zog ihm die Trainingshose herunter.

Das Bedürfnis, ihn zu vernaschen, ließ sie mit sanftem Druck seine Schwanzwurzel umfassen, sein bestes Stück in den Mund nehmen und mit den Lippen so weit daran hinuntergleiten, wie sie konnte. Solomon zischte einen archaisch klingenden Fluch und griff ihr mit zitternden Händen ins Haar. Jordan lächelte.

Wenn sie schon die Beherrschung verlor, nun, bei Gott, dann würde er es auch tun. Sie würde dieses riskante Spielchen nicht allein spielen.

Sie wiederholte ihre kleine Offensivaktion, bis er sie aufhielt und sie, um Gnade bittend, zu sich hinaufzog. Dann drehte er sie energisch herum, sodass sich ihr runder Hintern gegen seine Hüften schmiegte. Er atmete rau in ihr Ohr, als er sich die Freiheit herausnahm, seine Hände über ihren Körper wandern zu lassen. Sein Verlangen war so groß, dass die Luft zwischen ihnen zu brennen schien.

Er legte den Arm um ihre Taille, glitt mit seinen Fingern zwischen ihre Beine und fing an, sie dort zu streicheln, wobei er genau darauf achtete, was ihr gefiel. Jedes Mal, wenn ihre Beckenbodenmuskeln sich zusammenzogen, hielt er kurz inne, um dann mit einem seiner Finger in sie zu stoßen.

»Sag mir, was du willst, Jordan«, flüsterte er, als sie sich gegen seine Hand presste und nach mehr verlangte.

»Dich«, keuchte sie.

»Und was soll ich tun?« Sie spürte, wie die glatte Spitze seiner Erektion gegen ihren Schritt drückte. »Sag es!«

Zitternd vor Lust und dem Verlangen, ihn in sich zu spüren, flüsterte sie, was er hören wollte.

Aber im Innersten wusste sie, dass sie sich mehr wünschte als das.

Sie schreckte jedoch davor zurück, zu ergründen, wie sehr, und konzentrierte sich stattdessen auf das Gefühl, wenn er in sie glitt und sich wieder zurückzog, sie streichelte und erkundete. Nach und nach drang er immer tiefer in sie ein, packte mit der einen Hand ihre Hüfte, während er mit der anderen eine ihrer Brüste umfasst hielt, und bewegte sich derart leidenschaftlich, dass sie darin dasselbe irrationale Verlangen sah, vor Lust zu vergehen, das sie selbst längst erfasst hatte.

Diese Erkenntnis brachte den Höhepunkt. Hinter ihren Lidern schienen Sterne zu explodieren, als die süßesten, lustvollsten Empfindungen ihr Innerstes erfassten. Hätte Solomon, der an ihrem Hals leise stöhnte, ihr nicht Halt gegeben, wäre sie mit großer Sicherheit einfach in sich zusammengesackt.

Sie hielten einander umschlungen, während sie allmählich wieder zu Atem kamen. Jordans Herz schlug so heftig, dass er es an seiner Hand, mit der er noch immer ihre Brust umfasste, spüren musste. Da ihr die Kraft fehlte, sich von ihm zu lösen, verließ sie sich darauf, von seinem starken Körper aufrechtgehalten zu werden, und blickte zu den am kobaltblauen Himmel funkelnden Sternen hinauf. *Bitte, lass es nicht aufhören*, flüsterte etwas in ihr, während sie die Nachbeben genoss, die ihren Körper erschauern ließen.

Bei dem Gedanken an die große Lust, die sie verspürt hatte, zogen sich ihre Beckenbodenmuskeln zusammen, was Solomon ein weiteres Stöhnen entlockte. Er blieb, wo er war, tief in ihr, und hatte es offenbar ebenso wenig eilig, sich zurückzuziehen, wie sie selbst.

»Jordan«, flüsterte er ihr schließlich ins Ohr. »Komm mit mir ins Bett.« Er wagte einen Vorstoß, der ihr Verlangen aufs Neue entfachte. »Sag Ja«, drängte er sie. Er klang ebenso überzeugend, wie seine erneut anschwellende Erektion sich anfühlte, und weckte ihre Lust.

Doch seine Neigung, die Führung zu übernehmen, widerstrebte ihr. Sie brauchte das Gefühl, selbst das Ruder in der Hand zu behalten und heil aus der Sache herauszukommen. Kein Mann würde sie jemals wieder zum Narren halten. Doch für den Moment überwog das Verlangen und schaltete alle Bedenken aus.

Die Wirklichkeit holte Solomon in dem Moment ein, da er ins Innere des dunklen Hausboots trat. Er hatte vergessen, ein Kondom zu verwenden – schon wieder! Dabei lagen vierundsechzig Präservative neben seinem Bett. Und dennoch hatte er nicht daran gedacht, auch nur eines davon mitzunehmen, als er zu Jordan auf das Bootsdeck gegangen war, was bedeutete, dass sie nun schon zweimal ungeschützten Sex gehabt hatten.

Er blieb vor der Badezimmertür stehen. »Möchtest du zuerst duschen?«, fragte er, ohne zu wissen, ob sich das überhaupt lohnte. Schaden konnte es jedenfalls nicht.

Sie sah ihn an und zuckte mit den Schultern. »Meinetwegen.«

Er legte ihre Sachen auf den Spülkasten der Toilette, drehte das Wasser auf, schaltete das Licht an und drehte am Dimmer, um seine plötzliche Beunruhigung zu verbergen. Doch er konnte Jordan, die ihn nun aufmerksam musterte, nichts vormachen.

»Du musst dir keine Sorgen machen, weil wir nicht verhütet haben«, sagte sie und schien damit seine Gedanken zu erraten, »ich kann auf normalem Weg nicht schwanger werden.«

Er ließ seinen Blick neugierig zu ihren sanft geschwungenen Hüften schweifen. Für ihn war sie ganz gut ausgestattet. »Was stimmt denn nicht mit dir?«

Seine Taktlosigkeit ließ sie zusammenzucken und schnell hinter dem Duschvorhang verschwinden.

Solomon folgte ihr etwas zeitversetzt und hätte sich am liebsten selbst geohrfeigt. »Ich wollte eigentlich sagen: Für mich siehst du absolut perfekt aus«, ergänzte er schließlich.

»Als ich jünger war, hatte ich Endometriose«, erklärte sie mit gedämpfter Stimme, während sie sich nach der Seife bückte.

»Aber … du hast doch angedeutet, dass du schon einmal schwanger gewesen bist.« Und zwar an jenem Tag, an dem sie das Boot gesteuert hatte.

»Ja, das war ich auch. Aber nur mithilfe eines Spezialisten«, sprach sie weiter, wandte jedoch ihr Gesicht ab. »Ich musste die meiste Zeit über liegen, aber das Baby habe ich letztendlich trotzdem verloren.«

Als er das Beben in ihrer Stimme bemerkte, streckte er die Hand nach ihr aus. Er hätte die schmerzlichen Erinnerungen gerne ausgelöscht, doch alles, was er in diesem Moment tun konnte, war, ihren nassen Körper an sich zu ziehen und sie festzuhalten. Jordan stand zuerst nur stocksteif da, entspannte sich dann jedoch in seinen Armen, während das Duschwasser weiter auf sie herunterprasselte.

Zu seiner eigenen Bestürzung merkte Solomon, wie Beschützerinstinkte und zärtliche Gefühle in ihm aufkamen, und er fragte sich, warum das so sein mochte. Ließ er sich bei Jordan so weit auf offene See hinaustreiben, dass ihm das rettende

Ufer schon egal war? Er ermahnte sich, auf Distanz zu ihr zu gehen, bevor er noch eine Enttäuschung erlebte.

Nicht, dass Jordan wie Candace gewesen wäre, eine Frau, bei der sich alles um sie selbst drehte und der ein Mann nicht genügte. Jordan war bestimmt treu, keine Frage, solange ihr Mann sie nur gut behandelte. Für einen kurzen Moment sah Solomon sich selbst in dieser Rolle. Silas hätte dann Mutter und Vater, vielleicht sogar einen Bruder, falls die Sache mit Miguels Adoption klappte.

Doch sofort verbat er sich derlei Vorstellungen wieder. Liebe gab es nur im Märchen. Das hatte er selbst immer wieder unter Beweis gestellt und seine Freundinnen sang- und klanglos verlassen, ohne noch einmal zurückzublicken und froh darüber, sie wieder los zu sein. Auch bei Jordan würde das nicht anders sein, sobald sein Verlangen nach ihr nachließe. Und wenn es erst einmal so weit wäre, würde er derjenige sein, der Schluss machte und dafür sorgte, dass ihm nicht das Herz gebrochen wurde.

»Erzähl mir von deiner Kindheit, Solomon«, flüsterte Jordan Stunden später, als sie, eng miteinander verschlungen, in seinem Kapitänsbett lagen, dessen Laken nach geteilter Leidenschaft dufteten.

Er brummte ausweichend. »Das ist keine sehr schöne Geschichte.«

Das hatte sie sich bereits gedacht. »Erzähl schon«, drängte sie ihn trotzdem.

Seufzend drehte er sich um, sodass sich ihre Hüften und Nasen fast berührten.

»Mein Vater war Fischer, und da er vor allem Makrelen vor der Küste fing, die meiste Zeit über nicht da. Meine Mutter arbeitete als Lehrerin und liebte besonders die Epoche der

Romantik. Während wir darauf warteten, dass mein Vater vom Fischen heimkam, las sie mir immer aus Büchern vor. Und eines Winters dann kehrte er nicht nach Hause zurück.«

»Wie alt warst du damals?«, flüsterte Jordan.

»Acht. Meine Mutter hat ihn sehr vermisst und ist infolgedessen mit der Zeit verrückt geworden.«

»Willst du damit sagen, dass sie den Verstand verloren hat?«

»Aye.«

»Oh, Solomon!« Jordan stellte ihn sich vor und entdeckte Parallelen zu Silas. Solomon musste sich wie eine Waise vorgekommen sein, als hätte er beide Elternteile verloren. »Was ist dann mit ihr geschehen?«

»Sie hat schließlich zu viel Valium genommen«, antwortete er mit ausdruckslosem Tonfall.

»Oh nein!« Sie legte einen Arm um ihn und stellte überrascht fest, dass er ihre tröstende Geste widerspruchslos zuließ.

»Ich bin dann zu meinen Großeltern gekommen«, fuhr er kurz darauf fort. »Sie betrieben in Camden ein Geschäft, in dem ich vom ersten Tag an nach der Schule gearbeitet und zum Beispiel die Regale aufgefüllt oder den Boden gefegt habe. Wenn ich lesen wollte, musste ich mich wegschleichen. Sie hielten so etwas für Zeitverschwendung. Außerdem bin ich geschwommen«, erinnerte er sich. »Das Wasser war so kalt, dass sich die Bucht von Coronado dagegen wie eine Badewanne angefühlt hat.«

»Liegt das in Kalifornien?«

»Ja, dort bin ich zum SEAL ausgebildet worden«, bestätigte er. »Ich war damals ein verweichlichter Bücherwurm, der die strengste Auslese der Welt überstehen wollte. Das Einzige, was für mich sprach, war die Tatsache, dass ich gut schwimmen und bei den Übungen im Wasser glänzen konnte. Alles andere musste ich mir hart erarbeiten.«

Sie drückte mit den Fingern auf seinem muskulösen Oberarm herum. »Fühlt sich so an, als hättest du sehr hart gearbeitet.«

»Aye«, nickte er. »Erkennst du die Ironie?«, fügte er hinzu.

»Welche Ironie?«

»Dass meine Stärke deine Schwäche ist. Du hast Angst vor Wasser«, stellte er fest.

»Ich wäre ja auch fast ertrunken«, erklärte sie. »Und das auch noch in einem so flachen Teich, dass ich eigentlich darin hätte stehen können. Aber ich bin total in Panik geraten. Als meine Schwester mich schließlich aus dem Wasser zog, habe ich nicht einmal mehr geatmet. Also musste sie Mund-zu-Mund-Beatmung machen, woraufhin ich mich auf sie erbrochen habe.«

Er knurrte belustigt. »Ist das die Schwester, der die Pferderanch gehört?«

»Jillian, ja, ich mache mir Sorgen um sie.« Jordan klang nachdenklich. »Sie ist mit zwei Kindern und schwanger Witwe geworden. Ich wünschte, ich wäre ihr eine größere Stütze.«

»Jeder tut, was er kann«, murmelte er schläfrig.

So war es wohl, dachte Jordan, der aufgrund der vielen ihnen noch bevorstehenden Hürden ganz schwer ums Herz wurde. Jillian wollte sich selbstständig machen und erwartete ein Kind, und das, ohne einen Mann an ihrer Seite zu haben. Rafael Valentino hatte sich in letzter Zeit ziemlich rar gemacht. Und sie selbst erwarteten bei ihrem Vorhaben, Miguel aus einem von der Revolution zerrissenen Land zu retten, noch viel größere Hindernisse.

Nun, in Solomons Armen verspürte sie den Drang, sich von dieser seelischen Last zu befreien und dem Soldaten ihre Pläne zu offenbaren. Denn wenn sie jetzt einen Rückzieher machte, konnte das bedeuten, dass sie Miguel nie wiedersehen würde. Sie öffnete den Mund, um das Thema anzuschneiden, hielt jedoch inne, als sie sein leises Schnarchen hörte.

Ein andermal vielleicht.

Oder auch nicht.

Ihre schlichte fleischliche Vereinigung zog wohl keine emotionale Nähe nach sich. Womöglich war es deshalb doch besser, ihm nicht zu erzählen, was sie vorhatte, damit er keine Möglichkeit fand, sie daran zu hindern. »Gute Nacht«, flüsterte sie und hauchte einen Kuss auf seine Schulter, ehe sie der Müdigkeit nachgab.

Ellie blickte panisch zwischen den Hinweisschildern hin und her, welche die Gabelung des dunkel vor ihr liegenden Highways ankündigten. *Wohin jetzt*?

»Christopher«, raunte sie, darauf bedacht, das Baby und Caleb nicht zu wecken, die beide auf der Rückbank schliefen. »Christopher!«

Doch ihr kleiner zehnjähriger Navigator war fest eingeschlafen.

Ellie setzte den Blinker und lenkte den Wagen auf den Standstreifen. Als die Reifen den raueren Asphalt berührten, quoll auf einmal Dampf unter der Motorhaube hervor und vernebelte ihr die Sicht durch die Windschutzscheibe. Reflexartig stieg Ellie auf die Bremse, da sie befürchtete, gegen die Leitplanke zu prallen, die den Highway von einem Waldstück trennte.

Das Auto kam ruckelnd zum Stehen. Und während die heiße, feuchte Luft weiter aufstieg und sich allmählich verflüchtigte, fand sich Ellie eingekeilt zwischen Bäumen und der zwar spärlich, aber mit schnellen Autos befahrenen Straße wieder.

Erleichtert atmete sie aus, löste die Hände, deren Knöchel weiß hervorgetreten waren, vom Steuer und warf einen Blick auf die Jungen, nur um festzustellen, dass sie alle noch immer schliefen. Dann ließ sie sich vom Fahrersitz gleiten, stieg aus und ging um die dampfende Motorhaube herum. Sie wäre im

Dunkeln nicht einmal dann dazu in der Lage gewesen, den Motor zu reparieren, wenn sie die passenden Ersatzteile dabeigehabt hätte.

Lieber Gott, bitte hilf mir!, dachte sie und blickte mit vor Müdigkeit brennenden Augen in den klaren Nachthimmel. Sie hatte kaum achtunddreißig Dollar in der Tasche und noch etliche Meilen vor sich, bevor sie sich endlich entspannen konnte – wenn sie überhaupt dazu in der Lage sein würde.

Aber wie sollte sie bloß ihre Familie nach Virginia bringen, wenn nun ihr Wagen den Geist aufgab?

Plötzlich knackte ein Zweig und etwas im Gehölz raschelte. Ellie stürzte zum Wagen, sprang hinein, verriegelte die Fahrertür und spähte mit Herzrasen und in banger Erwartung in den Lichtkegel der Scheinwerfer.

Doch nichts geschah, sodass sie sich wegen ihrer Angst blöde vorkam. Immerhin lebte sie auf dem Land und wusste daher, welcher Viehkram im Wald lebte. Mit Bedauern zog sie den Schlüssel aus dem Zündschloss. Niemand konnte sagen, ob ihr Auto am nächsten Morgen anspringen würde.

Die Stille, die sie nun umgab, wirkte schier erdrückend. Ellie öffnete das Seitenfenster ein Stück weit, womit milde Sommerluft und gleichzeitig auch das Zirpen der Grillen zu ihr hereindrangen. Hier, am Rand des Highways, im Auto sitzen zu bleiben, war alles andere als sicher, aber was sollte sie machen – ihre drei schlafenden Schützlinge im feuchten Straßengraben übernachten lassen?

Sie beugte sich über den Beifahrersitz, legte einen Arm um ihren Ältesten und unterdrückte den Drang, sich an ihm festzuhalten. Gegen die Kopfstütze gelehnt, schloss sie die Augen, riss sie jedoch sofort wieder auf, als ein Wagen auf der Straße an ihnen vorbeibrauste.

Das wird wohl die längste Nacht meines Lebens, dachte Ellie.

Als er durch den ersten Silberstreif am Himmel wach wurde, öffnete Solomon die Augen und sah den Traum von einer Frau in seinem Bett liegen.

Einer außergewöhnlichen Frau …

Jordans Haare waren wie ein rotblonder Schal über seinen Arm ausgebreitet. Ihr üppiger weißer Busen berührte bei jedem ihrer Atemzüge seine Brust. Er ließ seinen Blick weiter nach oben über ihr sanft geschwungenes Kinn schweifen, musterte ihre weiche, volle Unterlippe. Als er sich an ihre leidenschaftliche Art erinnerte, zeigte sein Körper gleich eine Reaktion darauf.

Und was, wenn es nicht bloß etwas Körperliches war?

Er hätte diese unerfreuliche Frage am liebsten verdrängt. Doch seit dem Abend kam es ihm so vor, als dringe Jordan mit jedem Wort, das sie an ihn richtete, und jeder zärtlichen Geste weiter in sein Innerstes vor, was vor Candace noch keine andere Frau geschafft hatte. Wie war es Jordan bloß gelungen, die unnachgiebigen Festungsmauern, die er zu seinem Schutz errichtet hatte, zu durchbrechen?

Immerhin verhielt es sich ja nicht so, dass sie es darauf angelegt hatte, ihn zu verführen. Im Gegenteil, vielmehr schien sie sich gegen die magnetische Anziehungskraft gewehrt zu haben, von der sie dann schließlich doch beide überwältigt worden waren. Und nun wurde er von seinen Gefühlen regelrecht überrollt und seine Abwehrhaltung zunichtegemacht. Er brauchte sie nur anzusehen, schon spürte er, wie die inneren Mauern einstürzten.

Er musste sich schützen. Bloß wie?

Was an Jordan fürchtete er am meisten? Ihr unbändiges Streben nach Unabhängigkeit oder ihre Entschlossenheit, Miguel entgegen die stetig wachsende Anzahl an Widerständen dennoch zu adoptieren? Er spürte, dass sie ihm etwas verheimlichte. Sie hatte etwas vor, etwas, das sie in Gefahr bringen und die wunderbare Nähe, die sie beide genossen, ein für alle Mal zerstören würde.

Solomon konnte seine Ängste generell nur überwinden, wenn er sich mit ihnen auseinandersetzte. Und deshalb würde er noch an diesem Tag jemanden ausfindig machen, eine dritte Partei, die dazu in der Lage wäre, Miguel zu befreien, damit Jordan hier, in seinem Bett, in seinem Leben, dort, wo sie hingehörte, bliebe und sich in Sicherheit befände.

Jordan nahm eine Gallone Milch aus dem Lebensmittelregal und stellte erschreckt fest, dass diese am achten August ablief, genau an Jillians Geburtstag. Jordan wäre zu diesem Zeitpunkt bereits seit drei Tagen außer Landes und würde den fünfunddreißigsten ihrer Schwester versäumen.

Du liebe Güte! Dabei hatte Jillian bereits anklingen lassen, dass sie plante, an dem Tag im Waterside Shopping- und Freizeitzentrum am Hafen von Norfolk essen zu gehen. Und Graham wollte als Geschenk für seine Mutter auf seine kleine Schwester aufpassen.

Ich werde für immer unten durch sein, dachte Jordan, und stellte die Milch in ihren Einkaufswagen, während Silas ihre zeitweilige Ablenkung nutzte, um eine Packung Eis dazuzulegen. Würde Jillian ihr jemals verzeihen?

Sie musste sich etwas ausdenken und bei ihr gut Wetter machen.

Eine gute halbe Stunde später, als sie Solomons Kühlschrank mit nahrhaften Snacks sowie Essen, das ein Sechsjähriger mochte, auffüllte, fiel ihr auch etwas ein. Wenn sie Rafael Valentino dazu überredete, ihre Schwester zum Essen auszuführen, würde Jillian ihr ganz sicher vergeben.

Und glücklicherweise hatte der FBI-Agent ihr an jenem Tag,

als sie von ihm in Curaçao abgeholt worden war, seine Visitenkarte gegeben. Sie steckte noch immer in ihrem Pass in der Handtasche.

Während sie Silas im Auge behielt, der auf dem Kai saß und sein Eis aß, wählte sie die Nummer des Agenten.

Nach dem dritten Läuten nahm er ab. »Special Agent Valentino.«

»Rafael?«

Schweigen.

»Jordan hier. Jordan Bliss.«

»Oh, Jordan. Wie geht es Ihnen? Ist alles in Ordnung?«

»Ja, ich habe gerade Ihre Visitenkarte in meinem Pass wiedergefunden«, erklärte sie. »Und da ich in Kürze das Land verlasse und mir eingefallen ist, dass ich an Jillians Geburtstag nicht da sein werde, hoffe ich, Sie können mir einen Gefallen erweisen.«

»Was für einen denn?«, erkundigte er sich entgegenkommend.

»Na ja, eigentlich wollte ich mit Jillian zur Feier des Tages im Waterside essen gehen. Aber kann ich Sie vielleicht überreden, für mich einzuspringen?«

»Und was sagt Ihre Schwester dazu?«

»Sie weiß nichts davon. Ich möchte auch gar nicht, dass sie davon erfährt, sie würde nur versuchen, mir meine Reise auszureden.«

»Verstehe.« Was folgte, war langes, nachdenkliches Schweigen. »Es ist wirklich gefährlich für Sie, nach Venezuela zurückzukehren«, gab der Agent zu Bedenken, der Jordans Reiseziel punktgenau erraten hatte.

»Weiß ich. Ich werde mich auch nur fünf Tage im Land aufhalten. Bitte!« Sie fing direkt zu betteln an. »Das ist etwas, das ich unbedingt tun muss. Für mich und für Miguel. Aber Jillian liebe ich auch, und deshalb möchte ich nicht, dass sie an ihrem Geburtstag traurig ist.«

Ein tiefes Seufzen war zu hören. »Wann soll ich sie denn abholen?«, fragte er mit resigniertem Tonfall.

»Oh, ich danke Ihnen! So gegen sechs«, antwortete Jordan. »Sie wird nicht lange brauchen, bis sie dahinterkommt, warum sie an meiner Stelle auftauchen, also … versuchen Sie sie aufzumuntern, ja?«

Er schimpfte etwas auf Italienisch.

»Ich weiß«, entgegnete Jordan mitfühlend, obwohl sie überhaupt nicht wusste, was er gesagt hatte. »Ich stehe auch für den Rest meines Lebens in Ihrer Schuld. Und nur fürs Protokoll: Ich hoffe sehr, dass wir so lange Kontakt haben werden.«

Sie legte schnell auf, ehe er es sich noch einmal anders überlegen konnte. *Oh bitte mach, dass etwas Gutes dabei herauskommt!*, betete sie und schob seine Visitenkarte in ihre Tasche.

Dann nahm sie sich ein Eis aus dem Gefrierfach und gesellte sich zu Silas auf den Kai.

»Du bist furchtbar still«, bemerkte Solomon am nächsten Abend, als sie in der Löffelchenstellung in seinem Bett lagen und der Mond fahl durch das achteckige Fenster schien. Zwar fühlte sich Jordan rein körperlich entspannt und befriedigt, dennoch konnte sie aufgrund der bevorstehenden Abreise nicht schlafen und mochte nicht reden. »Woran denkst du?«, fragte er sie.

»An nichts.« Sie blickte über die Schulter und schenkte ihm ein gequältes Lächeln.

Er kniff die Augen zusammen, stützte sich ab, drehte sie auf den Rücken und beugte sich über sie. »Jordan«, brummte er und senkte den Kopf, bis sie einander in die Augen schauten. »Ich hoffe, du schmiedest keine heimlichen Pläne«, sagte er mit eindringlichem Tonfall.

Ihr Herz begann schneller zu schlagen, was ihm sicher nicht entging. Dafür kannte er ihren Körper bereits viel zu gut.

»Die Lage in Venezuela ist explosiv«, erklärte er mit tonloser und furchtbar ernster Stimme. »Die Populisten marschieren in diesem Augenblick Richtung Caracas. Du bist Amerikanerin – ihr Feind – und noch dazu eine Frau. Das macht dich doppelt angreifbar. Also versprich mir bitte, dass du nichts hinter meinem Rücken planst.«

Hinter meinem Rücken … Worte wie diese erinnerten ihn an Candace. Zudem zeigten sie ihm, wie wenig er ihr noch vertraute.

Von Schuldgefühlen und Angst erfüllt, schluckte sie schwer, denn sie hatte plötzlich eine ganz trockene Kehle. »Es tut mir leid, Solomon, aber ich kann dir das nicht versprechen«, flüsterte sie schließlich.

Mit verdammt festem Griff packte er sie an den Schultern und schüttelte sie leicht. »Jordan«, fluchte er leise, »wieso bist du immer so verdammt stur?«

»Weil ich zu meinem Kind zurück muss«, entgegnete sie, während ihr Tränen aus den Augen liefen.

»Nein, das musst du nicht«, beharrte er weiter, aber mit sanfterem Tonfall. »Schatz, ich habe das überprüft. Solange Miguels Papiere vollständig sind, kann *jeder* US-Amerikaner ihn ins Land holen. Ich habe Erkundigungen eingeholt, Jordan. Ich werde dort jemanden auftreiben, der ihn hierher bringt. Du würdest lediglich seinen Flug bezahlen müssen.«

Sowohl sein Angebot als auch die unerwartete Zärtlichkeit, die er ihr entgegenbrachte, schienen zu schön, um wahr zu sein. Solange sie die Unterlagen hatte und ein Anwalt namens Lorenzo auf ihren Scheck wartete, wäre ein Unbekannter wohl nicht so einfach dazu in der Lage, das Kind nach Hause zu bringen. »Miguel würde nur Angst haben, wenn ihn ein Fremder abholen käme«, widersprach sie ihm und ging damit über den Kosenamen *Schatz* hinweg, um später in Ruhe darüber nachdenken zu können. »Du hast ja keine Ahnung, wie traumatisiert er jetzt schon ist. Er braucht *mich*, nicht irgendeinen Unbekannten.«

»Und wenn man ihm sagen würde, dass er zu dir gebracht wird?«, beharrte Solomon weiter.

Jordan schüttelte den Kopf. Zwar wünschte sie sich von ganzem Herzen, dass es so einfach wäre, wie es sich aus seinem Mund anhörte, aber das war es nicht. Sie konnte ihren Flug unmöglich stornieren. Um die Tickets zu kaufen, hatte sie sich sogar verschuldet. Und damit nicht genug, da ihr Visum nur noch wenige Tage gültig war, durfte sie ihre Abreise nicht in der vagen Hoffnung verschieben, dass vielleicht jemand anders an ihre Stelle trat. »Du kannst es versuchen, Solomon.« Mehr konnte sie ihm nicht entgegenkommen.

Er schloss die Augen und lehnte mit einem langen, aus tiefster Seele kommenden Seufzer seine Stirn gegen ihre. »Jordan«, krächzte er. Sie spürte, dass er nach Worten suchte. »Ich werde jemanden finden«, schwor er schließlich. »Aber, bitte, flieg nicht!«

Vor lauter Bedauern und weil sie ein schlechtes Gewissen hatte, brachte sie kein Wort heraus. Wie gerne hätte sie ihm die Wahrheit gesagt – dass sie schon in drei Tagen aufbräche. Doch sie befürchtete, dass er sie aufhalten könnte, sie womöglich entführen und mit ihr aufs offene Meer hinausfahren würde – dass er alles Mögliche unternähme, damit sie ihr Flugzeug verpasste.

Nein. Sie durfte ihm nichts erzählen.

Solomon küsste sie zärtlich, dann ließ er sich wieder neben ihr nieder, wobei er mit einem Arm ihre Taille umschlungen hielt, als wäre er auf diese Weise dazu in der Lage, sie fester an sich zu binden. Kurz darauf drang sein leises Schnarchen an ihre Ohren.

Hin und her gerissen zwischen Angst und Schuldgefühlen, erkannte Jordan, dass sie in dieser Nacht wahrscheinlich keinen Schlaf finden würde.

12

Schritte auf dem Kai und eine Frau, die mit strengem Tonfall eine Anweisung rief, ließen Jordan und Silas von dem Comicheft aufblicken, in dem sie gerade lasen. »Wer mag das sein?«, fragte sich Jordan laut selbst.

Silas richtete sich auf den Knien auf und spähte aus dem Fenster. Auf einmal klappte ihm sprichwörtlich die Kinnlade herunter, und er schnappte begeistert nach Luft. »Es ist Tante Ellie mit Christopher, Caleb und dem kleinen Colton!«, rief er und kletterte, um seinen Platz zu verlassen, über Jordans Schoß.

»Langsam«, bremste sie ihn und versuchte, auf dem Weg zur Tür mit seinem halsbrecherischen Tempo mitzuhalten.

Silas schloss auf, riss an der Klinke und jagte der Frau, die gerade hatte anklopfen wollen, einen Riesenschrecken ein. Mit dem Baby auf dem Arm und erhobener Faust blickte sie zu ihm hinunter, lächelte dann aber und ließ, augenscheinlich erleichtert, die Schultern hängen. »Silas!«, rief sie.

Der Junge stürzte ihr entgegen. Seine inbrünstige Umarmung warf sie fast um, doch sie verbarg ihre Erschöpfung, indem sie ihm einen Kuss auf den Scheitel drückte.

»Du bist da!«, sagte Silas staunend und grinste zu ihr hinauf. »Ich habe es mir von einer Sternschnuppe gewünscht, und es ist wahr geworden!« Damit wand er sich aus ihrer Umarmung, passierte die Gangway und rannte über den Steg auf Christopher und Caleb zu, die offenbar angewiesen worden waren, dort zu warten.

»Vorsichtig!«, rief Ellie besorgt und stützte sich dabei am Türrahmen ab.

»Er kann inzwischen schwimmen«, beruhigte Jordan sie.

Zwei Paar Augen waren auf sie gerichtet – die graublauen der Frau, in denen ein wachsamer Ausdruck lag, und strahlend blaue Babyaugen. Die junge Mutter schien nicht älter als fünfundzwanzig zu sein, doch ihre in Falten gelegte Stirn und die Haarsträhnen, die sich aus ihren langen Zöpfen gelöst hatten, ließen sie von Sorgen gezeichnet und müde wirken. Die Schatten unter ihren Augen und ihre gebeugte Haltung zeugten von großer Erschöpfung.

»Sie müssen Ellie sein«, vermutete Jordan und lächelte herzlich. »Silas spricht ständig von Ihnen und seinen Cousins. Ich bin Jordan«, ergänzte sie. »Seine Lehrerin.«

»Freut mich, Sie kennenzulernen.« Ellie warf einen Blick zu den Jungen herüber, die sich bereits balgten und wie Welpen auf dem Hügel herumtollten. »Ich hatte gehofft, ich könnte mit Solomon sprechen«, fügte sie mit einer gewissen Anspannung in der Stimme hinzu und wurde rot, was auf Verlegenheit schließen ließ.

Jordan hatte noch keine Frau Solomon bei seinem Vornamen nennen hören. »Er arbeitet bis fünf oder so«, antwortete sie und bemerkte überrascht einen Anflug von Eifersucht in sich aufsteigen.

»Natürlich.« Ellie hievte ruckartig das Baby höher, das ihr aufgrund ihrer Erschöpfung wohl zu schwer wurde.

»Wollen Sie nicht reinkommen?«, bot Jordan ihr mitfühlend an. »Silas könnte den Jungs alles zeigen.«

Die Falten auf Ellies Stirn schienen tiefer zu werden. »Oh, ich möchte mich nicht aufdrängen«, entgegnete sie.

»Bitte.« Jordan hielt ihr die Tür auf. »Sie sind so weit gefahren, da können Sie doch nicht einfach wieder gehen. Ich wollte gerade Hühnersuppe mit Nudeln aufwärmen. Davon ist jede Menge da, und ich bin mir sicher, Ihre Jungs würden gerne etwas essen.«

Als die Sprache auf Suppe kam, glätteten sich Ellies Gesichtszüge wieder. »Danke«, antwortete sie entschlossen und packte das Baby auf die andere Hüfte. »Jungs!«, rief sie dann, »kommt hier runter, aber bleibt in der Mitte vom Pier und fallt nicht ins Wasser!«

Mit lautem Fußgetrappel kam das Trio zum Boot gestürmt, breit grinsend, mit Gras in den Haaren und aufgeregt schwatzend.

Die beiden Frauen sahen einander gequält lächelnd an. »Jungs«, murmelte Jordan.

»Kann man wohl laut sagen«, erwiderte Ellie müde.

Als Solomon nach Hause kam, hatte Jordan Ellie dazu überredet, mit Colton in einer der Kojen unter Deck ein Nickerchen zu machen, während sie selbst die Jungen beaufsichtigte. Da Ellie anfangs weniger begeistert davon gewesen war, hatte es einiger Überzeugungskunst bedurft, doch Jordan, die einen Blick für geistige und seelische Erschöpfung besaß, wenn sie damit konfrontiert wurde, war hart geblieben, sodass Ellie, während die Jungs sich vor einem Dragon-Ball-Z-Video niedergelassen hatten, schließlich doch mit dem Baby unter Deck verschwunden war, um sich die dringend benötigte Ruhe zu gönnen.

Nur kurze Zeit später kam Solomon an Bord. Jordan hatte ihn bereits auf seinem Handy angerufen und ihn vorgewarnt. Wie immer griff er sich zuerst Silas, zerzauste dessen Haare und fragte ihn, wie sein Tag gewesen sei. Dann drängte er Jordan in eine Ecke und küsste sie ausgiebig. Auf den Luxus, ein wenig über die Stränge zu schlagen, musste er an diesem Tag leider verzichten.

»Wo ist Ellie?«, fragte er schließlich, ohne sich vollends von ihren Lippen zu lösen.

»Ruht sich unten aus«, antwortete Jordan. »Sie ist total fertig. Ich glaube, sie hat auf dem Weg hierher nicht ein Mal angehalten.«

»Ich bin überrascht, dass ihre alte Rostlaube das mitgemacht hat«, wunderte sich Solomon. »Hat sie dir verraten, was sie möchte?«

»Jedenfalls keine Almosen«, vermutete Jordan mit gedämpfter Stimme. »Aber ich glaube, ihre Lage ist ziemlich aussichtslos.«

Wie aufs Stichwort wurde die Tür zur Treppe aufgestoßen, und Ellie stand da. Ihre Zöpfe sahen mittlerweile noch unordentlicher aus, und ihre Augen waren blutunterlaufen, während das Baby dagegen quicklebendig wirkte. »Ich dachte, ich hätte Sie gehört«, begann sie und wandte sich Solomon zu.

Mit nur einem Blick hatte der die Lage erfasst, trat näher und nahm ihr das Baby aus den Armen. »Schön, Sie wiederzusehen«, entgegnete er, auf seinem attraktiven Gesicht spiegelte sich Sorge wider. »Ich freue mich, dass Sie hier sind.«

Jordan überkam in diesem Augenblick ein Gefühl von Stolz. Solomon war ein guter Mann.

Ellie holte zittrig Luft und starrte auf den Teppich. »Die Jungs und ich haben Silas vermisst«, erklärte sie mit rauer Stimme. »Hier ist Ihr Scheck«, fügte sie dann hinzu, zog ein Stück Papier aus ihren Shorts und hielt es ihm hin, bis er es annahm. »Ich brauche keine wohltätige Geste, nur ein bisschen Hilfe.«

Durch Ellies niedergeschlagene, aber dennoch stolze Haltung fühlte Jordan sich sofort seelenverwandt mit ihr.

»Tja«, entgegnete Solomon schroff, während er dem Baby den Rücken tätschelte, »da sind Sie bei mir genau richtig.«

Ellie zog einen Kamm durch ihre frisch gewaschenen, verworrenen Haare und spitzte die Ohren, um die Unterhaltung im Wohnbereich des Hausboots mitzubekommen. Die Stimme des Unbekannten war wie dunkler Honig, vor allem wenn er lachte. Das schien Solomons SEAL-Kamerad zu sein, der Häuser instand setzte und vermietete. Er hatte Solomon auch bei seinem Boot geholfen.

Als Ellie ihr verschwommenes Spiegelbild betrachtete, musste sie sich eingestehen, ebenso alt und müde auszusehen, wie sie sich fühlte. Carls letzte Worte hallten noch in ihr nach: *Nur zu*, war seine höhnische Reaktion gewesen, als sie ihm gesagt hatte, dass sie ihn verlassen wolle, *häng dich einem anderen an den Hals*.

Sie holte tief Luft und fuhr mit dem Kamm weiter durch ihr Haar.

Niemals würde sie Solomon oder einem anderen Mann zur Last fallen. *Sie* war diejenige, die Fehler gemacht, die jung geheiratet und gedacht hatte, Carl wäre ihre Fahrkarte aus der Fürsorge. Sie würde also alles tun, was für einen Neustart erforderlich war, um ihren Kindern das bieten zu können, was sie verdienten. Und wenn sie sich dafür die Finger wund schuften musste, um Solomon die erste Monatsmiete zurückzahlen zu können.

Mit hämmerndem Herzen schlüpfte sie schließlich aus dem Bad und fuhr jäh zusammen, als die drei größeren Jungs an ihr vorbei zu den Kojen hinunterflitzten. Solomon, der Colton auf dem Arm hatte, drehte sich zu ihr herum, während sie einen raschen Blick auf seinen Gast warf, einen kahlköpfigen, muskulösen Mann Anfang dreißig, der sofort respektvoll aufstand.

»Da ist sie ja«, sagte Solomon und winkte sie heran. »Ellie Stuart, das ist Chief Sean Harlan. Harley, das ist Ellie.«

Harleys Lächeln in Kombination mit dem offenen Blick aus seinen unglaublich blauen Augen haute sie sprichwörtlich um. Er erinnerte sie ein wenig an Meister Proper – war zwar nicht ganz so groß, aber genauso muskulös. Er streckte eine Hand aus, und sie kam nicht umhin, sie zu ergreifen.

»Freut mich, Sie kennenzulernen«, murmelte sie, verwirrt über den festen, warmen Händedruck.

»Ganz meinerseits«, sagte er gedehnt und musterte sie anerkennend von oben bis unten.

Ellie nahm Solomon das Baby ab und verwendete es quasi als Schutzschild.

»Sean meint, er habe ein Haus für Sie«, verkündete Solomon.

»Na ja, wenn es Ihnen nichts ausmacht, dass es noch nicht ganz fertig ist«, entschuldigte sich der jüngere SEAL mit leicht schleppendem Akzent. »Auf der Rückseite muss noch das Dach gedeckt werden, außerdem fehlen die Stufen zur Haustür. Und drinnen ist noch nicht gestrichen.«

»Es ist bestimmt toll«, entgegnete Ellie, der bei dem Gedanken, in einem richtigen Haus und nicht mehr in einem Wohnwagen zu leben, der Kopf schwirrte. »Wie hoch ist denn die Miete?«, fragte sie und machte sich auf alles gefasst.

»Wie wäre es mit fünfhundert im Monat?«, schlug der SEAL vor und schaute sie aufmerksam an.

Sie versuchte, sich nichts anmerken zu lassen. Fünfhundert … So viel Geld hatte sie lange nicht mehr in den Händen gehalten. Andererseits stellte das für ein Haus einen ziemlich guten Preis dar. »Wie viele Schlafzimmer?«, fragte sie, als wäre sie in der Position, das Angebot abzulehnen.

»Zweieinhalb«, antwortete der SEAL. »Das dritte Schlafzimmer ist eher ein Wandschrank«, räumte er ein und kam näher, um dem Baby die Wange zu tätscheln. »Aber das macht dir nichts aus, was, mein Kleiner«, wandte er sich an Colton.

Der Geruch von Zitronen stieg Ellie in die Nase. Der Mann sah nicht nur unglaublich aus, er roch auch noch köstlich. Beunruhigt, dass er eine solche Wirkung auf sie hatte, wich sie einen Schritt zurück.

»Möchten Sie es sich anschauen?«, fügte er unversehens hinzu. »Ich habe gerade nichts anderes vor. Ich könnte Sie hinfahren, damit Sie sich mal umsehen können.«

Sein Enthusiasmus wirkte ansteckend und ließ ihre Müdigkeit schnell verfliegen. Das Angebot war wie der Mann selbst: zu schön, um wahr zu sein. *Nimm dich bloß in Acht*, dachte sie. Sie warf einen Blick zu Solomon und Jordan herüber, um zu ergründen, wie die beiden über die Angelegenheit dachten.

»Wir passen so lange auf die Jungs auf«, bot Jordan ihr an.

»Oh nein«, protestierte Harley. »Die wollen das Haus sicher auch sehen. Nehmen wir sie doch einfach mit, in meinem Truck ist Platz genug für alle, sogar für einen Kindersitz.«

Es gab bestimmt einen Haken an der Sache. »Wenn Sie meinen«, antwortete Ellie ausweichend, die seine zunehmende Anziehungskraft beunruhigend fand. Er mochte sogar Kinder.

»Klar meine ich das«, antwortete er grinsend. »Nehmen Sie die Kinder mit.«

Jordan war bereits an der Treppe, um die Jungen zu rufen.

»Wie ich höre, kommen Sie aus Mississippi.« Harley lächelte, was Ellies Aufmerksamkeit auf seinen Mund lenkte. »Ich bin auch am Mississippi groß geworden, in Cape Girardeau, Missouri. Schon mal davon gehört?«

Sie schämte sich, zugeben zu müssen, dass sie keine Ahnung hatte, wo das lag.

Als die Jungen die Stufen heraufgepoltert kamen, riss sie schließlich ihren Blick los, legte Christopher eine Hand auf die Schulter und teilte den Kindern mit, dass sie sich nun gemeinsam ein Haus anschauen würden. »Und ihr werdet euch anständig verhalten«, ermahnte sie alle und bedachte sie mit einem strengen Blick. »Sonst …«

»Ja, Ma'am!«, antworteten die Jungen im Chor und wirkten erwartungsvoll und aufgeregt zugleich.

Der SEAL zog seine rotbraunen Augenbrauen hoch. »Na, dann«, sagte er knapp, doch sein Tonfall verriet Respekt. »Auf geht's!«

Als sie zur Tür marschierten, warf Ellie Solomon erleichtert einen Blick zu, während sie den Apfelsaft annahm, mit dem Jordan das Fläschchen des Babys aufgefüllt hatte. Trotz der Fülle an Gefühlen in ihrem Herzen gelang es ihr, sich zu bedanken.

Entweder war sie gestorben und befand sich gerade im Himmel oder aber ihr Leben wendete sich endlich zum Besseren.

Solomon blickte auf, als es energisch an seiner Bürotür klopfte.

Im Türrahmen stand Second Lieutenant James Augustus Atwater III, der vor drei Monaten aus Afghanistan zurückgekehrt war.

»Treten Sie ein, Sir«, begrüßte ihn Solomon und erwies dem jungen Offizier damit den gebührenden Respekt, ohne sich jedoch zu erheben. Dann machte er noch kurz eine Notiz in den Trainingsplänen, die er gerade erstellte, und ließ den Junior-SEAL einen Moment lang warten. »Was kann ich für Sie tun?«, fragte er schließlich und legte den Bleistift beiseite.

Gus' blickte ihn aus seinen karamellfarbenen Augen undurchdringlich an. Der Soldat redete nicht viel, beobachtete lediglich, wie Dinge funktionierten, und imitierte die Abläufe auf kompetente Weise. Er entstammte einer wohlhabenden Familie aus Rhode Island und hatte seinen Abschluss am MIT, dem Massachusetts Institute of Technology, gemacht. Doch davon mal abgesehen, wusste Solomon nicht viel über ihn.

»Ich bin wegen Ihrer Team-Mitteilung von gestern hier, in

der Sie angefragt haben, ob jemand noch Kontakte in Caracas unterhält.«

Solomon richtete sich auf. »Kennen Sie dort jemanden?«, fragte er hoffnungsvoll.

»Vielleicht«, räumte der jüngere SEAL ein. »Ich hatte auf dem College eine Kommilitonin namens Lucy Donovan. Ich glaube, sie ist jetzt Sekretärin in der Botschaft in Caracas.«

Solomon verließ der Mut. »Nein, ich brauche für diese Aufgabe einen Mann. Für eine Frau ist es viel zu gefährlich.«

»Sie kennen Lucy Donovan nicht«, entgegnete Gus, ohne zu blinzeln.

Solomon trommelte mit den Fingerspitzen auf der Schreibtischplatte herum. »Meinen Sie, sie könnte in Puerto Ayacucho einen kleinen Jungen abholen und in die Vereinigten Staaten begleiten? Die Stadt wird gegenwärtig von den Populisten gehalten«, erkundigte er sich skeptisch.

»Sicher«, antwortete Gus.

Solomon gefiel seine prägnante und artikulierte Ausdrucksweise.

»Ich habe Ihnen ihre E-Mail-Adresse herausgesucht«, ergänzte der Lieutenant und reichte Solomon ein Blatt Papier mit allen Angaben.

Solomon nahm den Notizzettel entgegen, warf einen Blick darauf und betete, dass er gerade über die Lösung gestolpert war, die Jordan davon abhalten würde, das Land zu verlassen. »Danke, Sir«, murmelte er.

»Gern geschehen, Senior Chief.« Und damit machte Gus Atwater auf den Absätzen seiner frisch geputzten Schuhe kehrt und ging lautlos hinaus.

Silas konnte es kaum erwarten, war ganz zappelig und reckte den Hals, um vom Rücksitz aus durch die Windschutzscheibe zu spähen, so sehr freute er sich darauf, seine Cousins in ihrem neuen Haus zu besuchen. In Wahrheit handelte es sich dabei um ein etwas betagteres Gebäude aus den 1950er-Jahren, das der unglaublich begabte Chief Harlan komplett entkernt und restauriert hatte.

»Da sind wir«, sagte Jordan, als sie die dritte Einfahrt auf der rechten Straßenseite nahm. Silas war schon einmal an diesem Ort gewesen, Jordan dagegen bisher noch nicht. Der kleine weiße Bungalow stand auf einem großzügigen Grundstück mit Eichen und wurde rechts und links von ebenso großen und alten Häusern flankiert. Im Gegensatz zu den Nachbargebäuden wies er jedoch eine Kunststoffverkleidung auf, besaß moderne Fenster und eine nagelneue Haustür. Lediglich die Stufen vor der Tür waren erst teilweise fertiggestellt. Stattdessen betrat man das Haus über Bretter auf einer behelfsmäßigen Rampe.

Bevor Jordan ihn aufhalten konnte, sprang Silas aus dem Auto, rannte den Aufgang hinauf und hämmerte an die Tür. Sie umrundete ihren Nissan und öffnete den mit allerlei Haushaltswaren beladenen Kofferraum. Sean hatte Solomon gesteckt, dass Ellie außer ein paar persönlichen Dingen praktisch nichts besaß, mit dem sie ihr Haus hätte ausstatten können.

Also schnappte sie sich einen Karton mit Porzellan, das sie in einem Secondhandladen gekauft hatte, und folgte dem Jungen Richtung Haus. Silas war längst hineingelaufen und begrüßte seine Tante, die ihn aufforderte, ruhig zu sein, da das Baby schlief.

Ellie stand in der Tür und hielt diese auf. Jordan fiel auf, dass die junge Mutter ein wenig ausgeruhter wirkte als noch am Tag zuvor. Die offen getragenen Haare fielen ihr auf den Rücken. Als sie den Karton unter Jordans Arm erblickte, versteifte sie sich jedoch sofort misstrauisch.

»Das ist nicht umsonst«, betonte Jordan rasch, da sie die Frau nicht beleidigen wollte. »Ich muss Sie um einen Gefallen bitten.«

»Kommen Sie herein«, lud Ellie sie ein. »Was ist da drin?«

»Geschirr«, antwortete Jordan.

»Die Küche ist hier hinten.« Ellie ging voraus und führte Jordan durch einen großen, leeren Wohnbereich in eine kleine, mit neuen Elektronikgeräten ausgestattete Küche.

Jordan stellte den Karton auf dem nagelneuen Küchentresen ab. Der Geruch von frisch zugeschnittenem Holz und neuem Linoleum stieg ihr in die Nase. »Das Haus ist perfekt«, sagte sie freundlich und ließ den Blick umherschweifen.

»Ja, das ist es«, stimmte ihr Ellie eifrig nickend zu. »Um was für einen Gefallen geht es denn?«

Jordan trat näher und senkte ihre Stimme. »Sie müssen für mich auf Silas aufpassen«, erklärte sie und schluckte schwer vor Nervosität. »Aber Sie dürfen weder Solomon noch Silas etwas davon erzählen. Ich werde morgen nach Venezuela fliegen, um den kleinen Jungen abzuholen, den ich adoptiert habe.«

Ellie schaute sie lange forschend an. »Dann wird er aber auf uns beide stinksauer sein«, erriet sie mit Bezug auf Solomon.

Jordan zuckte zusammen. »Ja, ich weiß. Es tut mir leid, aber ich habe wirklich keine andere Wahl. Ich darf es ihm nicht sagen, sonst wird er versuchen, mich aufzuhalten. Aber machen Sie sich keine Sorgen«, fügte sie noch zur Beruhigung hinzu, »er wird Ihnen nicht die Schuld daran geben. Ich bin diejenige, auf die er wütend sein wird.«

»Ich passe sehr gerne auf Silas auf«, meinte Ellie mit skeptischem Blick und schien dabei mehr zu erfassen, als Jordan eigentlich preisgeben wollte. »Seien Sie bloß vorsichtig«, ergänzte sie besorgt. »Ich habe die Nachrichten über Venezuela im Radio gehört.«

Als sie auf diese Art die Gefahren ins Gedächtnis gerufen bekam, die sie dort erwarten würden, begann Jordans Herz schneller schlagen. »Mache ich«, versprach sie. »Ich hole noch die anderen Kartons aus dem Auto.«

Jordan konnte nicht schlafen. Die Gedanken an ihre bevorstehende Abreise hielten sie wach und weckten erschreckende Vorstellungen von Soldaten, die sie gefangen nahmen, verhörten, einkerkerten und auf ewig in einem finsteren Verlies versauern ließen. Sie schmiegte sich an Solomon, um durch seine Wärme und Stärke Trost zu finden.

Er schlang schläfrig brummend einen Arm um sie und zog sie an sich. »Ich habe vergessen, dir zu erzählen«, sagte er im Halbschlaf, »dass ich eine Frau aufgetan habe, die bei der Botschaft in Caracas arbeitet und mir versichert hat, dass sie Miguel für dich holen könne.«

Jordans Herz setzte für einen Moment lang aus, um dann schnell und unregelmäßig weiterzuschlagen. »Was? Das würde sie tun? Wann denn?«

»Keine Ahnung. Aber sie meinte, dass er das Land mit den Amerikanern verlassen könne, die noch dort seien, wenn beziehungsweise falls die Botschaft evakuiert wird.«

Unvermittelt hatte Jordan Bilder vor Augen, wie schockiert Miguel wäre, sollte er einer völlig Fremden gegenüberstehen, wenn das Gebäude in letzter Sekunde geräumt würde.

Sie wandte den Kopf und betrachtete Solomons im Dunkeln verborgen liegendes Profil, sein markantes, gut aussehendes Gesicht. Es brach ihr fast das Herz, als sie mit großem Bedauern feststellte, dass sie ihn vermissen würde – viel schlimmer, als sie es sich jemals hätte träumen lassen. »Danke«, sagte sie schließlich, legte eine Hand auf seine Brust und spielte mit den störrischen Härchen dort. *Danke, aber es ist bereits zu spät*, hätte sie gerne noch hinzugefügt. *Ich fliege schon morgen. Man muss alles richtig machen, und ich bin die Einzige, die das kann.*

Hatte sie Solomon wirklich einmal für gefühllos gehalten? Seine Liebe zu Silas und seine Großzügigkeit Ellie gegenüber stellten ein für alle Mal klar, dass er unter seiner harten Schale ebenso romantisch veranlagt war wie seine Mutter. Kein Wunder also, dass Candace seinen Glauben an die Liebe so leicht hatte erschüttern können.

Jordan selbst wollte nie wieder zärtliche Gefühle für einen Mann hegen und keinem anderen Menschen Macht über ihr Herz einräumen, so hatte sie es sich geschworen. Und dennoch erinnerte sie das, was sie tief in ihrem Inneren empfand, nur allzu sehr an Liebe.

Neulich Abend erst hatte er sie *Süße* genannt. Bedeutete das, dass er ihre Gefühle erwiderte? Und spielte es überhaupt eine Rolle? Sie konnte an nichts anderes als die kommenden, wahrscheinlich furchtbaren Tagen denken. Miguel ging vor. Er stand an erster Stelle. Erst wenn es ihr gelänge, ihn nach Hause zu holen, und Solomon sich dann noch dazu herabließe, mit ihr zu sprechen, würde sie herausfinden, was genau *Süße* zu sagen hatte.

Unvermittelt verspürte sie das Verlangen, sich noch ein letztes Mal körperlich mit ihm zu vereinigen.

Sie ließ ihre Hand abwärts gleiten, über den kleinen Haarstreifen auf seinem Bauch und noch tiefer, umfasste seinen Schwanz und streichelte ihn. Zwar hatten sie sich bereits früher am Tag geliebt, doch da war es eher darum gegangen, die Spannung zwischen ihnen abzubauen. Das Knistern hatte eingesetzt, kaum dass Solomon zur Haustür hereingekommen war. Zudem hatten sie nicht viel Zeit gehabt, da Silas in der Küche mit seinem Pudding beschäftigt gewesen war.

Doch angesichts der Möglichkeit, dass sie bald nicht mehr imstande sein könnte, Solomon zu lieben, brauchte Jordan eine Erinnerung, die sie mitnehmen konnte. Also kniete sie sich hin und schob den Kopf unter die Bettdecke, wobei sie bemerkte, dass er die Augen ein Stück weit aufmachte. Mehr als sein Knurren benötigte sie nicht als Ermutigung.

»Verflixtes Weib«, flüsterte er mit rauer Stimme, während er mit den Fingern durch ihr Haar fuhr.

Nach einer Weile stieg sie schließlich auf ihn und nahm ihn langsam und vollends in sich auf, genoss es, wie er sie ausfüllte, das tolle Gefühl, ihn in sich zu spüren. Während sie begierig und hingebungsvoll auf und ab glitt, ohne schnell zum Höhepunkt kommen zu wollen, schienen seine Hände überall zu sein, auf ihren Hüften, ihren Brüsten, an ihrem Hals und ihren Lippen.

Was, wenn er mir nicht verzeiht?, fragte sie sich und holte tief Luft, als sie Verlustangst in sich aufsteigen spürte. *Was, wenn er mich nie wieder sehen will?* Tränen traten ihr in die Augen, während sich in ihrem restlichen Körper zugleich der Orgasmus ankündigte.

Sie schluchzte auf, was Solomon irrtümlich für den Wunsch hielt, er möge nun die Initiative ergreifen. Also strich er mit den Händen ihre Oberschenkel hinauf und begann, sie mit dem Daumen zu stimulieren, um Jordan die ersehnte Erlösung zu verschaffen.

Sie versuchte, sich so lange wie möglich zusammenzureißen, um den Höhepunkt hinauszuzögern, wurde jedoch von ihrem Orgasmus übermannt und schwelgte zum wohl allerletzten Mal in diesen überwältigenden Gefühlen. Solomon kam mit ihr, zog sie leidenschaftlich an sich und erschauerte, als sie in Lust vereint waren.

Immer noch eins und eng ineinander verschlugen, sanken sie gemeinsam zurück. Damit er die Tränen in ihren Augen nicht sah, barg Jordan ihr Gesicht an seinem Hals. Trotzdem war sie überzeugt davon, dass er spürte, wie schwer ihr das Herz wurde.

»Wenn ich gewusst hätte, dass du mir so danken würdest«, murmelte er, während er ihr über den Kopf strich, »hätte ich dir früher davon erzählt.« Offenbar missdeutete er ihre Signale.

Seine Selbstzufriedenheit ließ sie lächeln. »Für einen kaltblütigen Hai bist du ganz schön aufmerksam«, entgegnete sie.

»Makos sind Warmblüter, schon vergessen?«

»Oh, ja, stimmt«, murmelte sie und dachte an das, was sie im Aquarium über diese Tiere gelernt hatte. Ihre Einschätzung von ihm war vollkommen falsch gewesen. Aber würde er auch warmherzig genug sein, ihr zu verzeihen, wenn er herausfände, dass sie ungeachtet seiner Anstrengungen abgereist war?

Solomons sechster Sinn hatte ihm den ganzen Tag lang zugesetzt. Irgendwas stimmte nicht, er wusste bloß nicht, was. Im Büro ging alles seinen gewohnten Gang. Die Männer hatten ihre Tauglichkeitsprüfung abgelegt. Alle Waffen waren samt Munition einsatzbereit und entsprechend erfasst. Und Lucy Donovan hatte ihn per E-Mail darüber informiert, dass sie ihr kleines Unterfangen noch diese Woche in Angriff nehmen würde. Bei den Special Operations befand sich also alles in bester Ordnung.

Demnach musste es irgendetwas an der Heimatfront sein, das ihn in Alarmbereitschaft versetzte, obwohl er sich absolut nicht vorstellen konnte, was das sein mochte. Silas hatte schon über hundertfünfzig Wörter gelernt und zeigte sich überglücklich, dass seine Cousins nun ganz bei ihm in der Nähe wohnten. Und dann gab es ja noch Jordan …

Solomon schwelgte in der Erinnerung an ihre süße, leidenschaftliche Art. Er hatte bisher noch keine Frau gekannt, die ihn ganz und gar wahrhaftig befriedigte. Vielleicht war sie ihm aber auch nur dankbar, weil er ihr half, Miguel zu retten, andererseits wiederum hatten ihre Berührungen in der vergangenen Nacht etwas Verzweifeltes gehabt.

Er grübelte bereits den ganzen Tag lang darüber nach, ohne das Gefühl loszuwerden, dass ihm offenbar irgendetwas entgangen sein musste.

Das Erste, was ihm auffiel, als er den Truck auf den Stellplatz neben dem großen Haus lenkte, war, dass Jordans Wagen fehlte. Er versuchte seine Besorgnis zu verdrängen, indem er sich selbst beruhigte, dass sie schon bald zurück sein und den grünen Hügel zu seinem Hausboot hinuntergelaufen kommen werde. Über ihm rauschten Blätter im Wind. Fernes Donnergrollen war zu hören, was das ungute Gefühl in seinem Bauch verstärkte. Abermals meldete sich sein sechster Sinn.

Solomon stakste an Bord und ging ins Innere des Boots, wo eine scheinbar ohrenbetäubende Stille zu herrschen schien. Bereits nach wenigen Schritten entdeckte er die mit einem Magneten am Kühlschrank befestigte Nachricht.

Eine dunkle Vorahnung ließ ihm sprichwörtlich das Blut in den Adern gefrieren. Dennoch trat er näher und begann zu lesen:

Lieber Solomon,

ich hoffe, du wirst mir irgendwann vergeben können, aber ich bin heute Morgen nach Venezuela geflogen. Silas ist bei Ellie, die sich dazu bereit erklärt hat, für mich auf ihn aufzupassen. Ich werde in fünf Tagen mit Miguel zurückkommen.

Pass auf dich auf
Jordan

»Nein!«, schrie Solomon, riss die Nachricht vom Kühlschrank und zerknüllte sie in der Hand, bevor er rasend vor Wut und Hilflosigkeit herumwirbelte und mit der Faust auf den Küchentresen schlug. »Verdammt noch mal, Jordan!«, fluchte er und glättete die Botschaft wieder, um sie noch einmal zu lesen. Wie konnte sie ihm das bloß antun? Er hatte ihr doch unmissverständlich zu verstehen gegeben, dass sie ihr Leben riskierte und andere Leute Miguel in die Staaten bringen konnten, ohne dass sie selbst auch nur einen Fuß außer Landes setzen musste.

Doch Jordan hatte nichts davon angenommen. Wie Candace dachte sie nur an sich selbst und verließ ihn, ohne sich auch nur mit einem Wort zu erklären. In ihm kam das furchtbare, nur allzu vertraute Gefühl auf, verraten worden zu sein.

Er schnappte sich seine Schlüssel und lief wieder nach draußen in die unglaublich schwüle Hitze, um seinen Sohn abzuholen. Wie vom Teufel gejagt, fuhr er zu Ellies Haus, schnitt andere Fahrzeuge und hupte sie an, bis er schließlich die Auffahrt hinaufraste und abrupt abbremste.

Sean Harlan, der vor der Veranda gerade Backsteine zu Stufen aufschichtete, blickte von seiner Arbeit auf. Als er Solomon aus seinem Truck springen und die Fahrertür zuschlagen sah, legte er seine Maurerkelle beiseite und stand auf, um diesem den Weg zur Tür zu versperren.

»Der Junge ist da drin«, sagte er in seinem tiefen, leicht schleppenden sonoren Akzent, »und es geht ihm gut.«

Solomon schaute seinen Kollegen ungläubig an, der dem Blick mit wachsamen blauen Augen standhielt. »Sie wissen, was hier gespielt wird?«, fragte er schließlich.

»Ich weiß bloß«, entgegnete der Chief im selben beruhigenden Tonfall, »dass Miss Stuart für Sie auf Silas aufpasst. Aber sie sorgt sich, dass Sie darüber wütend sein könnten.«

»Da hat sie verdammt recht, ich bin wütend. Ist Ihnen klar, wo Jordan hin ist?«

»Zurück nach Venezuela«, antwortete Sean. »Jetzt holen Sie erst einmal tief Luft, Mako, und kommen Sie ja nicht auf die Idee, diesen Ton gegenüber Miss Stuart anzuschlagen. Sie wissen ganz genau, dass es niemals so weit gekommen wäre, wenn Sie Jordan den Jungen gleich hätten mitnehmen lassen.«

Solomon bemerkte, dass etwas bei ihm aussetzte. Schnell drehte er sich um und ging, sonst hätte er Sean Harlan noch eine seiner Fäuste in den Bauch gerammt. Mit pochenden Schläfen ließ er die Heckklappe seines Trucks herunter und setzte sich darauf. Dann zwang er sich zähneknirschend, wieder runterzukommen.

Sean kam auf ihn zu gelaufen, blieb vor ihm stehen, verschränkte die Arme vor der Brust und wartete.

»Frauen«, sagte Solomon mit giftigem Tonfall und spie das Wort förmlich aus. »Ohne Sinn und Verstand. Glaubt sie wirklich, sie könnte in ein Kriegsgebiet gondeln, sich den Jungen schnappen und einfach so wieder mit ihm nach Hause fliegen?«

»Sie wird alles tun, um ihn hierherzubringen. Das hätte Ihnen klar sein müssen.«

Solomon funkelte ihn wütend an. »Lecken Sie mich doch am Arsch! Überlegen Sie lieber mit mir, wie wir Jordan schützen können, anstatt Partei für sie zu ergreifen«, knurrte er.

»Gut«, gab sich Sean schulterzuckend geschlagen und strich sich über das markante, rasierte Kinn. »Wen kennen wir, der dazu in der Lage wäre, uns zu helfen?«

»Niemanden«, grollte Solomon, »weil die Soldaten, die von uns ausgebildet wurden, sich auf die Seite der verdammten Populisten geschlagen haben.«

»Dann gibt es vielleicht jemanden in unserer Botschaft.«

Solomon kam Lucy Donovan in den Sinn. Aber eine Frau

loszuschicken, um einer anderen zu helfen, war für ihn, als würde man einen Blinden bitten, einen anderen Blinden zu führen. Andererseits verfügte Lucy bestimmt über Beziehungen. »Ich weiß, wo wir anfangen müssen«, sagte er schließlich, glitt von der Heckklappe und schloss sie wieder. »Gut, und jetzt lassen Sie mich erst einmal meinen Jungen holen gehen. Ich verspreche Ihnen auch, nett zu sein«, ergänzte er brummig.

Drei Stunden später betrat Solomon sein Hausboot allein. Jordans Protest noch im Ohr – *du kannst ihn doch nicht um vier Uhr morgens wecken* –, hatte er dann doch Ellie gebeten, für ihn auf Silas aufzupassen.

Der SEAL schloss sich ein und lauschte dem Regen, durch den er durchnässt und gründlich abgekühlt worden war. Stille umgab ihn und ließ ein Gefühl der Einsamkeit in ihm aufsteigen, das ihn an jenen Abend erinnerte, an dem er aus dem Irak zurückgekommen war und festgestellt hatte, von seiner Frau und seinem Sohn verlassen worden zu sein.

Und nun verriet Jordan ihn, indem sie ihn ebenfalls verließ. Auch wenn er zugeben musste, dass sie es nicht so wie Candace tat. Immerhin hatte sie eine Nachricht geschrieben und Silas dagelassen, sich sogar von ihm verabschiedet, wie ihm später aufging. Das war es also, was ihm seine Intuition schon den ganzen Tag über verraten hatte – dass Jordans leidenschaftlicher Übergriff ihre Art gewesen war, ihm Lebewohl zu sagen.

»Ich soll verdammt sein, dass ich so ein blinder Narr war«, knurrte Solomon, lehnte sich mit dem Rücken gegen die Tür und vergrub das Gesicht in den Händen. Wenn ihr etwas zustieße, würde er allein die Schuld dafür tragen. Er atmete zittrig ein und ließ die Hände sinken, straffte die Schultern und stieß sich von der Tür ab.

Er musste sich so schnell wie möglich mit Lucy Donovan in Verbindung setzen.

13

Jordan stieg mit weichen Knien aus dem Wagen. Ein vom Wind gezeichnetes zweisitziges Flugzeug mit einem absoluten Amateurpiloten war das einzig verfügbare Transportmittel vom Maiquetía International, dem Flughafen in Caracas, in den von Rebellen besetzten Bundesstaat Amazonas gewesen. An der winzigen Landebahn am Rand von Puerto Ayacucho hatte sie zum Glück ein Taxi erwischt. Und nun befand sie sich durch Gottes Gnade endlich an diesem Ort und damit näher bei Miguel als irgendwann sonst in den letzten Wochen.

Sie war versucht, sich zu kneifen, so oft hatte sie davon geträumt, wieder zurückzukehren. Doch der markante Geruch der Erde verriet ihr, dass sie sicher sein konnte, in der Wirklichkeit angekommen zu sein.

Die Stadt war aus einem Handelsposten an den Stromschnellen des Orinoco hervorgegangen. Auf schwarzem Granitfels gebaut, umgeben von mit dichtem Urwald bewachsenen Tafelbergen, *tepuis* genannt, beherbergte sie nun über siebzigtausend Seelen, darunter Mischlinge und Angehörige von ansässigen Stämmen, die noch vor fünfzig Jahren keine Weißen zu Gesicht bekommen hatten.

Die Stadt sah noch genauso aus wie früher in diesem Sommer, war eine ausufernde und unüberschaubare Ansammlung von Gebäuden, von baufälligen Hütten bis hin zu Wolkenkratzern, die sich im Dunst, der aus dem umliegenden Urwald aufstieg, verloren. Doch es gab einen entscheidenden Unterschied: und zwar die Präsenz bewaffneter Soldaten an jeder

Straßenecke sowie gepanzerter Fahrzeuge, wohin sie auch sah.

Jordan zog den Schirm ihrer Baseballkappe tiefer und eilte vom Taxi aus zu der Kathedrale auf der anderen Straßenseite, wobei sie die neugierigen Blicke zweier Soldaten ignorierte, die in ihrer Nähe standen. Schnell sauste sie die Stufen zum Eingang hinauf und zerrte an den Türen. Doch sie waren verschlossen. Ihr schlug das Herz bis zum Hals, als sie energisch gegen das massive Holz klopfte. »Beeilung, bitte!«, flehte sie, als sie aus den Augenwinkeln beobachtete, wie die Soldaten sich in Bewegung setzten.

Die Männer hatten sie fast schon erreicht, als ein in die größere Tür eingelassenes Fenster aufging und das Gesicht von Pater Benedict zu erkennen war. »Jordan!«, rief er und warf einen Blick über ihre Schulter. Beim Anblick der Soldaten machte der Priester die schwere knarrende Tür auf, zog Jordan ins Innere der Kirche, schlug das Portal wieder zu und legte einen Riegel davor.

»Jordan«, wiederholte er noch einmal, »was machen Sie denn hier?« Sein Gesicht wirkte in dem düsteren Vorraum ziemlich fahl.

»Ich bin natürlich wegen Miguel hier.«

»Miguel? Aber –«

»Aber was?«, fragte sie, und ihre Stimme klang vor Schreck ganz schrill.

»Erst heute Morgen war eine Dame von der US-Botschaft hier«, verkündete der Pater verwirrt. »Sie hat mir ein Schriftstück gezeigt, in dem stand, dass sie Miguel zu Ihnen nach Hause begleiten würde.«

Plötzlich schien sich alles um sie herum zu drehen. Bei der Frau musste es sich um Solomons Kontaktperson handeln, die sich dazu bereit erklärt hatte, Miguel bei der Evakuierung der Botschaft mitzunehmen. »Nein!«, platzte Jordan heraus, dermaßen tief enttäuscht, dass sie umgekippt wäre, hätte der Priester sie nicht aufgefangen.

Als jemand gegen die Tür polterte, schreckten sie zusammen. »Sie werden es nicht wagen, die Tür aufzubrechen«, flüsterte Pater Benedict zuversichtlich, während er sie tiefer in das Kirchenschiff zog. »Kommen Sie herein, dann besprechen wir die Lage.«

»Aber ich muss zu Miguel«, protestierte Jordan.

»Das wird nicht möglich sein«, gab er grimmig zurück.

Der Lärm am Portal hatte aufgehört. Als sie schließlich im Altarraum stehen blieben, wurde das Priestergewand in das durch die Buntglasfenster fallende Licht getaucht.

»Die Frau, die heute Morgen kam – Lucy Donovan –, wusste nicht, ob sie in die Stadt würde zurückkehren können. Die Populisten marschieren augenblicklich in Caracas ein.«

Noch mehr schlechte Nachrichten. »Aber ich muss Miguel holen. Ich habe Schriftstücke, die von einem Anwalt unterzeichnet werden müssen. Und ich habe das Geld, um ihn zu bezahlen.«

Sie zuckte zusammen, als der Priester sie umarmte. »Friede, Jordan«, murmelte er inbrünstig. »Wir müssen beten und uns Ihren nächsten Schritt überlegen. Gott hat Sie bis hierher geführt. Er wird Ihnen auch weiterhin beistehen«, versprach er.

Jordan schluckte schwer. *Schön*, dachte sie, *aber weiß Gott auch, dass mein Visum in vier Tagen abläuft*?

Sechs Stunden später hatte Pater Benedict Señor Lorenzo, den Anwalt, der das Geld für Miguel entgegennehmen sollte, in die Kathedrale zitiert. Er beschaffte Jordan einen Platz im Bus nach Caracas und erklärte sich sogar dazu bereit, sie zum Bahnhof zu begleiten.

Traurig sagte Jordan dem Priester Lebewohl, da sie nicht wusste, ob sie ihn jemals wiedersehen würde.

»Es tut mir leid, dass ich nicht zum Busbahnhof mitkommen kann«, entschuldigte dieser sich. »Ich bin dort draußen ein ziemlich begehrter Mann«, ergänzte er spöttisch lächelnd.

»Danke für alles, vor allem dafür, dass Sie auf Miguel aufgepasst haben.«

»Das Vergnügen war ganz meinerseits, Jordan. Gehen Sie jetzt. Und passen Sie gut auf sich auf.«

Am Busbahnhof harrte sie bis zum allerletzten Moment im Wagen des Anwalts aus, wodurch sie den letzten freien Platz bekam und zwischen einem offenen Fenster und einer Frau, die ein Schwein auf dem Schoß hatte, saß. Dankbar ließ sie sich nieder, zog sich die Kappe über die Augen und versuchte zu schlafen. Vor ihr lagen viele lange Stunden Fahrt.

Doch das Schwein zappelte ohne Unterlass, und der Bus rumpelte durch etliche Schlaglöcher, sodass Jordan mit der Schläfe gegen das Fenster prallte und aus ihrem leichten Dösen hochschreckte. Gelegentliche Gewehrsalven in der Ferne ließen sie vor Angst die Mütze aus der Stirn schieben.

Es war genau so, wie Solomon es vorhergesagt hatte. Jordan gefror das Blut in den Adern: Venezuelas Streben nach Demokratie war zum Scheitern verurteilt. Würde sie Miguel überhaupt hier herausbringen können, bevor die Populisten die Herrschaft ganz an sich rissen?

Der Nachmittag ging in den Abend über. Ein orangeroter Sonnenuntergang lenkte Jordans Aufmerksamkeit auf die weiten Ebenen im Westen. Bei der wilden, rauen Anmut des unerschlossenen Landes musste sie an Solomon denken und Bedauern überkam sie. Sie spürte einen Stich im Herzen, gefolgt von einem schmerzlichen Gefühl der Leere. Er und Silas schienen so weit weg zu sein.

Miguel war ihr einziger Trost – *falls* sie ihn finden würde und *falls* sie ihn rechtzeitig fortbringen könnte.

Die Sonne versank, und es wurde dunkel. Jordan schloss erschöpft die Augen und verlor sich in Träumen, in denen Solomon sie in seinen Armen hielt und ihr beruhigend zuflüsterte, dass es Miguel gut gehe.

Als sie bemerkte, dass der Bus anhielt, wachte sie abrupt auf. Sie drückte den Beleuchtungsknopf ihrer Armbanduhr, und wie sie feststellte, war es bereits nach Mitternacht. Das leise Murmeln der Passagiere sorgte für eine angespannte Atmosphäre im Bus. »Was ist los?«, fragte sie die Frau neben sich.

Mit einem spanischen Redeschwall in einem schwer verständlichen Dialekt klärte sie diese über die Situation auf. Es gab eine Straßensperre.

Jordan spähte ängstlich den Mittelgang entlang. Das Licht der Scheinwerfer vor dem Bus ließ vermuten, dass sich vor ihnen der Verkehr staute. Doch dann erkannte sie mit einem Schaudern die Umrisse von Panzern, die so am Straßenrand geparkt worden waren, dass sie allen anderen Fahrzeugen den Weg versperrten. Soldaten beugten sich in die Seitenfenster der Wagen, sprachen mit den Fahrern und winkten diese schließlich durch.

Jordan bekam einen ganz trockenen Mund und schluckte schwer. Ihr Ausweis samt Visum befand sich gut verstaut in ihrem Rucksack. Sie hielt sich also nicht illegal in diesem Land auf, und dennoch hatte Pater Benedict sie davor gewarnt, dass Amerikaner aufgegriffen, verhört und jene, die man für Unterstützer der Regierung der Gemäßigten hielt, nicht wieder laufen gelassen würden. Und da ihr Visum nur noch vier Tage lang gültig war, konnte sie sich nicht die geringste Verzögerung leisten.

»Wissen Sie, wo wir sind?«, fragte sie ihre Reisegefährtin, ihr Puls raste förmlich vor Angst und Verzweiflung.

»Kurz vor Caracas«, gab die Frau zurück.

Jordan hielt jenseits der Straßensperre nach Hinweisen Ausschau, wo genau sie sich gerade befanden. Sie konnte einen bewaldeten Hügel ausmachen, auf dem viele Lichter zu erkennen waren, die auf Gebäude und Zivilisation schließen ließen. »Ich muss aussteigen«, sagte sie laut.

Die Frau neben ihr flüsterte ihrem Mann etwas zu, der auf der anderen Seite des Mittelgangs saß. Dann wandte sie sich wieder an Jordan. »Benutzen Sie die hintere Tür«, riet sie ihr. »Dann sehen die Soldaten Sie vielleicht nicht.«

»Danke«, entgegnete Jordan und tätschelte, während sie aufstand und sich an ihrer Sitznachbarin vorbeiwand, den Kopf des Schweins. Da sie annahm, dass die Ärmsten des Landes zum Großteil die Populisten unterstützten, war sie heilfroh darüber, dass das Ehepaar sie nicht festhielt und auslieferte.

Die Verriegelung des Notausstiegs klemmte. Mit wachsender Panik rüttelte Jordan daran, bis ihr der alte Mann auf dem nächsten Platz seine Hilfe anbot. Endlich gab die Verriegelung quietschend nach. Jordan krächzte ein Danke, stieß leise die Tür auf und sprang ins Freie. Um nicht auf sich aufmerksam zu machen, schloss sie sie danach ebenso leise wieder.

Als sie sich noch einmal nach der Straßensperre umschaute und zu ermessen versuchte, ob sie, ohne entdeckt zu werden, die niedrige Mauer am Straßenrand überwinden könnte, stiegen ihr die Abgase des Busses in die Nase. Solomon würde es schaffen, dachte sie und zurrte die Träger ihres Rucksacks fester.

Plötzlich setzte sich der Bus ohne Vorwarnung in Bewegung, sodass Jordan keine andere Wahl blieb, als sich im Laufschritt aus dem fließenden Verkehr zu entfernen.

Das Herz schlug ihr bis zum Hals, während sie auf die Mauer zusteuerte, daran hochkletterte und sich dabei die Knie aufschürfte.

Jäh wurde das Brummen der Motoren von einem Warnruf übertönt, und schon im nächsten Moment zerriss Gewehrfeuer die Luft. Eine der Kugeln pfiff direkt an ihrem Kopf vorbei. Auf allen vieren kroch Jordan auf das Dickicht am Fuße des Hügels zu.

Oh mein Gott! Sie konnte die Angst regelrecht schmecken. *Man hatte auf sie geschossen! Sie hätte dabei ums Leben kommen können!*

Lautes Stimmengewirr und der Lichtkegel eines grellen Scheinwerfers warnten sie, dass die Verfolger ihr auf den Fersen waren. Also zwang sie sich, auch wenn diese sich wie Gummi anfühlten, die Beine in die Hand zu nehmen und loszurennen. An dieser Stelle des Hügels ging es jedoch fast senkrecht hinauf. Obwohl das Entsetzen sie lähmte und die Schwerkraft sie wieder nach unten zog, griff sie verzweifelt nach den Ästen und Zweigen, die sie nunmehr erkennen konnte, weil der Scheinwerfer sie voll erfasst hatte, und wuchtete sich daran hoch.

Der Pflanzenwuchs wurde spärlicher, dann stieß sie auf ein Geländer. Sie stieg darüber hinweg und fand sich auf einer über der Autobahn verlaufenden Straße wieder, wo ihr Blick auf einen Hohlweg fiel. Panisch stürzte sie sich in die willkommene Dunkelheit und vergrößerte so den Abstand zu ihren unüberhörbaren Verfolgern.

Nach einem Höllensprint hatte sie vier Häuserblocks geschafft, ehe Seitenstiche sie zwangen, stehen zu bleiben und wieder zu Atem zu kommen. Nach Luft schnappend und am ganzen Körper zitternd, stand sie nun mutterseelenallein vor einer unverschlossenen Fabrik. Ein Auto fuhr vorbei, und Jordan drückte sich in die Schatten der Außenwand.

Und jetzt?, dachte sie, während sie ihren Rucksack nach ihrem Handy durchwühlte. In Puerto Ayacucho hatte das blöde

Ding zwar keinen Empfang gehabt, aber vielleicht würde es hier, in der modernen Stadt, ja funktionieren.

Jordan schaute auf das Display herab und schaltete schnell mit zittrigen Händen den Klingelton aus, der den Eingang einer neuen Nachricht ankündigte.

Solomon hatte sie angerufen.

Sie presste sich mit dem Rücken gegen die Wand und hörte mit klopfendem Herzen, was er ihr wohl zu sagen hatte, seine Nachricht ab. Als seine Stimme an ihr Ohr drang, schloss sie die Augen. Er klang wütend.

»Jordan«, sagte er mit einem Tonfall, bei dem sie eine Gänsehaut bekam und ihr Tränen in die Augen stiegen, »wenn du noch einen letzten Rest Verstand besitzt, setzt du dich auf der Stelle mit Lucy Donovan in Verbindung. Ich lese dir jetzt ihre Handynummer vor.«

Jordan bekam vor Erleichterung weiche Knie. Solomon warf ihr einen Rettungsanker zu und gab ihr die Hoffnung, dass er sie nicht für immer aus seinem Leben verbannt hatte. Sie prägte sich die Nummer ein, indem sie sie immer wieder leise vor sich hin murmelte, und wählte sie dann mit dermaßen zitternden Fingern, dass sie diese »Wahnsinnstat« gerade so bewältigen konnte.

Lucy Donovan hatte Jordan angewiesen, nach einem silberfarbenen Hummer mit getönten Scheiben Ausschau zu halten. Als ein auf diese Beschreibung passendes Fahrzeug in die Gasse einbog und auf den verabredeten Treffpunkt zusteuerte, hielt Jordan es zunächst für einen Panzer und drückte sich mit dem Rücken gegen eine Schlackensteinmauer.

Während der Wagen immer näher kam, lief es ihr eiskalt den Rücken herunter. Doch dann fiel plötzlich ein Lichtstrahl auf den silbernen Kotflügel und Jordan ging auf, dass es sich um

Lucy handeln musste, die sie, ungeachtet Jordans ungenauer Schilderung, wo sie sich gerade aufhielt, offenbar binnen einer Stunde nach ihrem Anruf gefunden hatte.

Jordan rannte zu dem wartenden Fahrzeug und riss die Beifahrertür auf.

»Beeilen Sie sich«, forderte die Frau hinter dem Lenkrad sie auf. »Es gibt eine Ausgangssperre.«

Jordan kletterte auf den Ledersitz, schloss die Tür und kämpfte mit dem Sicherheitsgurt, während Lucy losfuhr, eine scharfe Kurve nahm und den Wagen einen Hügel hinaufrollen ließ.

Keine Spur von Miguel in dem Auto, Jordan entdeckte lediglich eine Schaufel auf dem Boden vor dem Sitz hinter sich. »Wo ist mein Sohn?«, wandte sie sich an die Frau.

»In Sicherheit«, antwortete die Botschaftsangestellte. »Sie werden ihn bald sehen.«

Obwohl es in dem Fahrzeug dunkel war, konnte Jordan erkennen, dass Lucy Donovan jünger zu sein schien, als sie angenommen hatte. Die Frau trug ihr dunkles Haar zu einem Pferdeschwanz gebunden, war komplett schwarz gekleidet und an ihrer rechten Wange prangte ein dunkler Fleck, ein Hinweis darauf, dass sie die Schaufel erst vor Kurzem benutzt hatte. Aber wofür um alles in der Welt?

Die Sekretärin warf ihr einen kurzen Blick zu und schaute anschließend in den Rückspiegel, bevor sie unversehens nach links abbog. »Sie sind entweder ganz besonders mutig«, meinte sie mit kühlem Tonfall, »oder ziemlich naiv.«

Jordan erstarrte. »Wo ist Miguel?«, fragte sie noch einmal, da sie beschloss, diese spitze Bemerkung einfach zu ignorieren, immerhin nahm die Frau einiges für sie auf sich.

»Es geht ihm gut«, antwortete Lucy bestimmt. »Er wird sich freuen, Sie zu sehen.«

»Ich bin bis nach Puerto Ayacucho gefahren, doch er war nicht dort«, entgegnete Jordan leise, aber vorwurfsvoll.

Lucys Griff um das Lenkrad wurde fester. »Sie hätten gar nicht erst nach Venezuela kommen dürfen«, meinte sie. »Der Flughafen wird gegenwärtig besetzt. Außer DEA-Agenten, abgebrühten Militärattachés und Dechiffrierexperten haben alle das Land längst verlassen.«

Jordans Herz setzte für einen kurzen Moment lang aus. Wie sollte sie bloß wieder aus dem Land gelangen, wenn der Flughafen geschlossen wurde? »Ich brauche jemanden in der Botschaft, der die Adoptionspapiere unterschreibt«, sagte sie schließlich und beschloss, sich später mit diesem Problem zu befassen.

»Dafür ist es nun ein wenig spät«, entgegnete ihre Fahrerin leise.

»Aber die Botschaft ist doch noch nicht evakuiert worden«, stellte Jordan fest.

»Ich sagte doch eben gerade, dass das Personal die Botschaft größtenteils bereits verlassen hat.«

»Aber jemand könnte die Papiere unterschreiben«, beharrte Jordan.

Lucy presste die Lippen aufeinander. »Wir werden sehen«, sagte sie, zeigte sich jedoch nicht zuversichtlich.

Wie aufs Stichwort zuckten Blitze über den Nachthimmel, und die Druckwelle einer Explosion erschütterte die Karosserie des SUV, sodass Jordan instinktiv nach der Armstütze griff, das Herz schlug ihr bis zum Hals.

»Das kam vom Flughafen«, teilte Lucy ihr mit. »Die wenigen Mitarbeiter, die sich noch in der Botschaft befinden, werden diese wohl in Kürze verlassen. Sie können mit ihnen fahren.«

Lucy schaute zu Jordan herüber, die sie nachdenklich ansah. Schweigend schaltete die Botschaftsangestellte einen Gang herunter, und sie fuhren die nächste steile, enge Straße hinauf, anscheinend auf dem Weg zum Berggipfel, auf dem vor dem nächtlichen Sternenhimmel Hochhäuser aufragten.

»Danke, dass Sie mich abgeholt haben«, wandte sich Jordan nun an Lucy Donovan. Die Gesellschaft einer Landsmännin war ihr allemal lieber, als allein und auf sich selbst gestellt zu sein.

»Gern geschehen«, antwortete diese nüchtern.

In Jordans Kopf hallten die Worte der Sekretärin nach: *Sie können mit ihnen fahren*. »Verlassen *Sie* das Land denn nicht?«, fragte sie die Frau daraufhin.

»Irgendwann.«

Die vage Antwort weckte Jordans Neugier, andererseits war sie momentan voll und ganz mit ihren eigenen Sorgen beschäftigt – zum Beispiel ob Miguel sie dieses Mal würde begleiten können. Bei der Erinnerung an die letzte Evakuierung überkam sie eine düstere Vorahnung.

Was, wenn die Machthaber Miguel nicht gehen lassen wollten? Schließlich konnte sie nicht auf unbestimmte Zeit in Venezuela bleiben, sich vor ihren Verfolgern verstecken und sich gleichzeitig auch noch um ihn kümmern.

Oh Solomon, dachte sie, und das Herz wurde ihr schwer, *vielleicht hattest du ja recht, und ich hätte das Ganze Lucy überlassen sollen*.

Lucy Donovan wohnte in einem streng gesicherten Apartment in einem Hochhaus. Mit einer Schlüsselkarte und einem getippten Code für die Alarmanlage gelangten sie ins Parkhaus, ein Aufzug brachte sie ins oberste Stockwerk, wo Lucy eine weitere Kombination eingab, welche die Tür zu ihrem Penthaus freigab. Durch die riesige Fensterfront war das Panorama von Caracas zu sehen.

Doch Jordan zeigte sich weniger von der tollen Aussicht begeistert als von der Erkenntnis, dass Miguel sich irgendwo in dieser modernen, relativ unpersönlich eingerichteten Wohnung aufhielt.

»*Gracias*, Julieta«, verabschiedete Lucy das auf dem Sofa eingeschlafene und offensichtlich auf ihre Rückkehr wartende Dienstmädchen.

Nach einem Knicks und einem gemurmelten »Gute Nacht« verließ das Mädchen die Wohnung. Lucy zog ihre schlammigen Stiefel aus und stellte sie neben die Tür. »Haben Sie Hunger oder Durst?«, fragte sie, ging mit großen Schritten in die Küche und knipste das Licht an. Jordan folgte ihr und begutachtete die modernen Küchengeräte auf der Arbeitsplatte aus Grafit. »Ich habe Bier und Pizza«, sagte Lucy und öffnete den Kühlschrank.

Jordan musterte sie. Mit ihrem schwarzen Halfter und den Leggings, die ihre schlanke, athletische Figur betonten, sah Lucy Donovan aus wie Lara Croft.

»Nein, danke, ich habe keinen Hunger. Wo ist Miguel?«, fragte sie abermals, da sie darauf brannte, endlich wieder mit dem Jungen vereint zu sein.

»Im Gästezimmer am Ende des Gangs«, entgegnete Lucy und blickte sie aus ihren hellgrünen Augen an. »Es hat ein eigenes Bad«, ergänzte sie. »Nehmen Sie sich einfach, was Sie brauchen.«

»Vielen, vielen Dank«, antwortete Jordan, drehte sich um und eilte den kurzen Flur hinunter.

Als sie die geschlossene Tür aufstieß, fiel ihr Blick sofort auf das kleine, unter der Decke des riesigen Bettes zusammengerollte Bündel. Sie schaltete die Nachttischlampe an, weil sie Miguel sehen und sich davon überzeugen musste, dass er tatsächlich da war.

Kaum hatte sie eine Ecke der Bettdecke von seiner Wange gezogen, schreckte er aus dem Schlaf hoch und wich schreiend vor ihr zurück.

»Miguel«, redete sie sanft auf ihn ein und nahm die Baseballkappe ab. »Ich bin es, Schatz.«

Eine für sie furchtbare Sekunde lang schien er sie nicht zu erkennen, doch dann füllten sich seine großen dunklen Augen mit Tränen, und er stürzte sich auf sie, klammerte sich so sehr an ihr fest, dass sie kaum noch Luft bekam.

»Ich habe dich auch vermisst, Kleiner«, sagte sie mit erstickter Stimme, während sie vor Erschöpfung und Freude weinte. »Ich bin weit gereist, um dich mitzunehmen.« Beruhigend wiegte sie ihn in den Armen, während er sich weiter an sie klammerte, und strich ihm mit einer Hand über den schmalen Rücken. Er war zwar gut genährt, hatte aber offenbar nicht allzu viel Appetit gehabt.

»Erinnerst du dich noch an die englischen Worte?«, fragte sie, als er immer noch nichts sagte, und hielt erwartungsvoll den Atem an, in der Hoffnung, dass er, so wie früher, mit ihr sprechen würde.

»Ja«, antwortete er schließlich zögerlich.

»Ich nehme dich mit zu mir«, teilte sie ihm mit. »Dieses Mal werde ich dich nicht im Stich lassen. Verstehst du mich?«

Er blickte sie mit großen, für einen Jungen von nur vier Jahren viel zu traurigen Augen an. Eine Antwort bekam sie jedoch nicht. Schmerzlich wurde ihr bewusst, dass er ihr nicht glaubte, obwohl er es eigentlich tun sollte. Nur die Hölle oder eine Sintflut hätten es vermocht, sie nun noch einmal zu trennen.

Aha, da kommt sie, dachte Jillian, als sie das Geräusch von Schotter unter den Reifen eines sich nähernden Wagens hörte. Sie legte den zweiten Ohrring an, zog sich die für ihre geschwollenen Füße viel zu engen Sandalen an und schnappte sich die dazu passende Handtasche. Dabei war sie sich nicht einmal sicher gewesen, ob Jordan an diesem Abend überhaupt aufkreuzen würde, zumal sie ihre Schwester nun schon seit zwei Tagen zu erreichen versuchte, um ihre gemeinsame Verabredung unter Dach und Fach zu bringen.

»Graham«, rief Jillian am oberen Treppenabsatz, »Tante Jordan ist da, ich fahre dann jetzt.«

»Alles klar«, antwortete ihr Sohn aus seinem Zimmer.

»Das heißt, dass du den Computer ausschalten und mit Agatha spielen musst«, erinnerte Jillian ihn. »Mach ihr ein Sandwich mit Schinken und Käse und lass sie keinen Moment aus den Augen.«

Graham erschien mit einem spöttischen Grinsen im Gesicht in seiner Zimmertür. »Wieso kommt denn dieser FBI-Typ die Veranda herauf, wenn du mit Tante Jordan ausgehst?«

»Echt?« Jillian war gar nicht auf die Idee gekommen, aus dem Fenster zu schauen, da sie gedacht hatte, dass es Jordan sei. »Du liebe Güte.«

Misstrauisch und besorgt lief sie die Treppe hinunter, wobei sie mit den Absätzen ihrer engen Sandalen hängen blieb, stolperte und mehrere Stufen hinabpolterte, bevor sie sich mit einer Hand am Geländer festhalten und mit der anderen an einer Stufe über sich abstützen konnte.

»Mom!«, schrie Graham und kam hinter ihr die Stufen hinuntergestürmt. »Geht's dir gut?«

»Alles in Ordnung«, antwortete Jillian, obwohl ihr der Knöchel und ein Handgelenk wehtaten. Dann spürte sie ein Ziehen im Bauch, das sie für Vorwehen hielt, die sie neuerdings regelmäßig hatte. »Geh, mach die Tür auf, Schatz.«

Mit finsterem Blick schob sich Graham an ihr vorbei und lief Richtung Haustür, während Jillian wieder aufstand und sich ziemlich durcheinander und ungelenk fühlte. Als die Tür aufging, durchbohrte sie Rafe förmlich mit seinem dunklen Blick. »Bist du gerade die Treppe heruntergefallen?«, fragte er und sah dabei unfassbar gut aus in seinem schwarzen Anzug und dem gestärkten weißen Hemd, wenngleich er ein wenig blass wirkte.

»Ich habe nur ein paar Stufen auf einmal genommen. Mir geht's gut. Was gibt's denn?«, wollte sie wissen und kam vorsichtig weiter zu ihm herunter.

Er musterte sie immer noch besorgt. »Bist du sicher, dass es dir gut geht?«

»Ja, alles prima. Was führt dich her?«

Er holte tief Luft. »Jordan hat mich hierhergeschickt, damit ich heute Abend mit dir essen gehe. Sie ist außer Landes«, verkündete er.

»Oh mein Gott!« Jillian lehnte sich entsetzt gegen die Tür. »Ich hatte schon so ein mieses Gefühl, als ich sie nicht erreichen konnte«, erklärte sie.

»Ich habe sie gebeten, nicht zu fliegen«, fuhr Rafe düster fort. »In Caracas gibt es zurzeit einen Putsch.«

Jillian brachte kein Wort heraus, schloss nur die Augen und schüttelte den Kopf. Die Neuigkeit ließ sie schaudern, und sie bekam weiche Knie. »Graham, such Agatha!« Sie spürte, dass ihr Sohn direkt hinter ihr stand. Auf ihre Aufforderung hin drehte er sich um und ging.

»Du siehst blass aus, Jillian«, meinte Rafe, der noch immer auf der Fußmatte stand. »Komm, setzen wir uns raus.« Er nahm sie an die Hand, zog sie behutsam ins Freie und half ihr, sich auf der Verandaschaukel niederzulassen. Dann setzte er selbst sich elegant neben sie und schaute sie von der Seite an. Bei seinem Blick wurde ihr ganz warm ums Herz. »Sie ist bestimmt so klug, in der US-Botschaft Zuflucht zu suchen«, tröstete er sie.

»Meinst du?«, gab Jillian zurück. »War es etwa auch klug von ihr, in dieses Land zurückzukehren? Beim letzten Mal konnte sie nur ein Trupp SEALs dort herausholen, Rafael. Was wird dieses Mal nötig sein?«

»Sie lebt ihr eigenes Leben«, stellte er vorsichtig fest. »Der kleine Junge, den sie adoptieren möchte, muss ihr Ein und Alles sein.«

»Ich hoffe nur, sie kommt bei dem Versuch, ihn hierher zu holen, nicht um«, entgegnete sie und versuchte, an ihrer Wut festzuhalten, doch Schuldgefühle und Angst gewannen die Oberhand. Und mit einem Mal musste sie weinen, wobei sie schnell wegschaute, da sie nicht wollte, dass Rafe es mitbekam.

Äußerst vorsichtig setzte er die Schaukel in Bewegung, während sie versuchte, die Tränen wegzublinzeln, und sich energisch die Augen wischte. »Es ist dein Geburtstag«, erinnerte er sie freundlich.

Sie sah ihn schniefend an und rang sich ein Lächeln ab. »Ja.«

Er ließ seinen Blick an ihr herunterschweifen, musterte ihren sommerlichen Hosenanzug, die dazu passenden Sandalen und die Handtasche auf ihrem Schoß. »Du siehst sehr hübsch aus.«

Sie hatte ihr langes, goldblondes Haar zu einem Chignon aufgesteckt, sich mit Parfum bestäubt und ein wenig Make-up aufgelegt. Noch kurz zuvor, bei einem kritischen Blick in den Spiegel, hatte sie sich für fett und überreif gehalten, doch nun vermittelte ihr sein anerkennender Blick etwas anderes.

»Ich könnte es verstehen, wenn du nun nicht mehr ausgehen wollen würdest«, fuhr er ein wenig unsicher fort.

»Oh doch, und ob ich will«, unterbrach sie ihn, bevor er noch einen Rückzieher machte. »Klar, ich weiß, dass Jordan sich an einem sehr gefährlichen Ort befindet und dass ihr Schreckliches widerfahren könnte. Aber solange es nicht so weit ist, werde ich meinen Geburtstag feiern, weil wir nämlich nie wieder so jung zusammenkommen werden.«

Rafael sah sie mit einem aufmerksamen Blick an, der Respekt verriet. »Also schön«, entgegnete er mit einem verschmitzten Lächeln. »Für Viertel nach sieben ist für uns ein Tisch im Waterside reserviert.«

»Ich verabschiede mich noch kurz von Graham und Agatha, dann können wir los.«

Sie bat Rafael aus gutem Grund nicht zu sich herein. Graham beugte sich gerade über die beiden Toastscheiben eines Schinken-Käse-Sandwichs und malträtierte diese, indem er sie recht grob bestrich und die Zutaten daraufklatschte.

»Aber ich mag keinen Senf«, jammerte Agatha, die ihm dabei zusah.

»Pech gehabt!«, giftete er zurück. »Man kriegt eben nicht immer, was man will.«

»Graham, Agatha, ich bin so um zehn herum zurück«, verkündete Jillian beiläufig. »Rafael geht statt Jordan mit mir aus.«

Graham erstarrte und funkelte sie von unten herauf an. »Du hast wieder Verabredungen?«, fragte er mit vorwurfsvollem Tonfall.

»Na und?«, fragte sie freundlich, aber bestimmt. »Ich gehe essen, weil ich heute Geburtstag habe«, fuhr Jillian fort und hielt dem finsteren Blick ihres Sohnes stand. »Ich denke, ich habe auch mal ein paar Stunden Auszeit verdient, oder?«

Graham senkte den Blick als Erstes. Ohne auf ihre Frage einzugehen, schraubte er das Senfglas zu.

»Darf ich mitkommen?«, bettelte Agatha. »Ich verspreche auch, brav zu sein.«

»Heute nicht, Schätzchen«, antwortete Jillian und drückte sie kurz. »Ihr beiden wolltet euch doch *Flicka* auf DVD anschauen.«

Ihre Miene hellte sich beträchtlich auf. »Au ja!«

»Im Notfall ruft ihr mich einfach auf dem Handy an«, wandte sich Jillian wieder an Graham und gab ihm einen Kuss auf die Wange. »Und du kannst, wenn ich wieder hier bin, noch rüber zu Cameron.« Damit hatte sie ihren Babysitter bestochen. »Bis später.« Sie ging zur Tür.

»Mom.«

Sie blieb stehen und sah sich noch einmal um. »Ja, Schatz?«

»Viel Spaß«, sagte er etwas widerstrebend.

»Danke«, gab sie zurück und erkannte damit an, wie viel Überwindung es ihn gekostet hatte, so etwas zu sagen. »Ich hoffe, du hast mit Agatha auch viel Spaß.«

»Ja, klar.« Und damit schob er seiner Schwester den Teller mit dem Sandwich zu.

14

Jillian stöhnte aufgrund ihrer wunden Füße, klappte dann jedoch mit einem Lachen den Ledersitz seines gepflegten schwarzen Lexus zurück, als sie an Rafes aus der Discoära stammenden Bewegungen auf der Tanzfläche dachte. »Gott, hat das Spaß gemacht«, erklärte sie seufzend und musste erneut losglucksen. »Ich hatte ja keine Ahnung, dass du so tanzen kannst.«

»Ich auch nicht«, gab er amüsiert zurück und fuhr los, um sie zügig nach Hause zu bringen.

Sie waren bereits über eine Stunde zu spät dran. Doch Graham hatte noch nicht angerufen, um sich zu beschweren, das musste man ihm lassen. »Ach, komm, sag die Wahrheit, du warst in deiner Jugend bestimmt total feierwütig und hast die Stadt, die niemals schläft, unsicher gemacht.«

In der Limousine breitete sich nachdenkliches Schweigen aus. »Eigentlich nicht.«

Jillian kniff die Augen zusammen und drehte den Kopf, um sein Profil zu bewundern. »Und wie warst du früher so?«, fragte sie und fühlte sich zu seinem früheren wie zu seinem jetzigen Ich gleichermaßen hingezogen.

Er seufzte. »Ein Streber«, gab er zu. »Ziemlich fleißig. Auf der Highschool habe ich davon geträumt, aufs College zu gehen und einen Abschluss zu machen, aber –« Er zuckte mit den Schultern.

»Aber was?«, drängte sie ihn behutsam.

»Meine Freundin ist schwanger geworden, also habe ich sie geheiratet.«

Jillian sah ihn verblüfft an. Sie war davon ausgegangen, dass er Teresa aus Liebe geheiratet hatte, so wie sie Gary. »Das hast du mir nie erzählt«, sagte sie vorwurfsvoll. Dabei hatten sie während seines Genesungsprozesses im St. John's Hospital vor zwei Jahren über fast alles gesprochen.

»Tagsüber war ich als frisch gebackener Polizist auf der Straße, und abends habe ich die Schule besucht«, bekannte er. »Deshalb konnte ich meinen Bachelor auch erst nach acht Jahren machen.«

Mit einem Mal verstummte er, sodass im Wagen nur noch die schwermütige Arie eines lyrischen Soprans zu hören war. Jillian spürte, dass sich Rafes Stimmung unversehens verschlechterte. Dabei hatte er früher am Abend noch alles Mögliche angestellt, um sie auf andere Gedanken zu bringen, sodass ihre Laune deutlich besser geworden war. Er hatte sie in eines der besten Restaurants im Waterside eingeladen, mit anregenden Gesprächen für Zerstreuung gesorgt und sie danach zu einem Spaziergang am Fluss animiert, bei dem sie sich bei ihm untergehakt hatte.

Dann war es Jillians Idee gewesen, einen Nachtklub aufzusuchen, aus dem ein mitreißender Rhythmus dröhnte. Ein teuflischer innerer Drang hatte sie dazu bewogen, Rafes Selbstbeherrschung auf die Probe zu stellen, indem sie ihn auf die Tanzfläche zerrte. Wenn sie im letzten Drittel ihrer Schwangerschaft noch tanzen konnte, dann konnte er ja wohl auch sein Jackett ausziehen und sich ihr anschließen.

Und er hatte mehr als das getan. Einen wilden, wundervollen Moment lang war er aus sich herausgegangen, hatte Spaß gehabt und war glücklich gewesen. Früher am Abend hatte er sich dafür entschuldigt, kein Geschenk für sie zu haben. Er bemerkte überhaupt nicht, dass seine zuvorkommende Art, seine Gesellschaft und sein Humor bereits Geschenk genug waren.

Nun jedoch, da sie mit ihrer Unterhaltung sprichwörtlich die Uhr zurückdrehten, spürte Jillian, wie er sich wieder in sein Schneckenhaus zurückzog. Also beugte sie sich zur Fahrerseite herüber und legte ihm freundschaftlich und voller Zuneigung eine Hand auf den Arm. Sie fühlte, wie er seine Muskeln anspannte, und ihr Herz machte einen Sprung. Er hatte einmal erwähnt, dass er in dem Fitnessstudio der FBI-Niederlassung trainierte, und der stahlharten Wölbung unter ihrer Hand nach zu urteilen, tat er dies mit religiöser Inbrunst. Die Frau in ihr war von dieser Feststellung schwer begeistert.

»Hast du sie geliebt, Rafael?«, hörte sie sich selbst fragen. Sie sehnte sich danach, ihn noch viel besser als bisher kennenzulernen – vertraulich, von Seele zu Seele. Er hatte Teresa in der Vergangenheit nur flüchtig erwähnt und es vorgezogen, in Erinnerungen an seine Kinder Tito, Serena und an das Baby Emanuel zu schwelgen.

»Natürlich«, antwortete er vage.

»Als deine Geliebte oder als Seelenverwandte«, hakte sie nach. »Oder als die Mutter deiner Kinder?« Warum in aller Welt legte sie plötzlich so großen Wert darauf, das zu wissen?

Er schwieg so lange, dass sie spürte, wie ihre Wangen heiß wurden und sie errötete. Sie hatte ganz sicher nicht ihre Freundschaft aufs Spiel setzen wollen.

»Als Mutter meiner Kinder«, antwortete er schließlich mit noch rauerer Stimme als gewöhnlich und starrte, das Lenkrad mit beiden Händen fest umschlossen, vor sich hin.

Jillian wurde seltsam leicht ums Herz, gleichzeitig überkam sie jedoch Trauer. Trauer darüber, dass er niemals verliebt gewesen war, zumindest nicht richtig. Kein Wunder also, dass er sich damit zufrieden gab, sich Tag für Tag voll und ganz dem unerbittlichen Kampf für Gerechtigkeit zu widmen und seine eigenen Bedürfnisse und Sehnsüchte hinten anzustellen, sodass er kaum wirklich lebte.

»Du verdienst so viel mehr als das«, sagte sie.

»Ich habe, was ich verdiene«, widersprach er tonlos.

»Oh nein, ganz sicher nicht«, beharrte sie, nahm ihre Hand von seinem Arm, strich mit atemloser Spannung über die leichten Bartstoppeln auf seinen Wangen und strich die markanten Konturen seines Kinns entlang. Sie genoss es zu hören, wie er tief Luft holte, wobei sich seine Brust hob und senkte. »Du verdienst Freude, Rafael. Freude und Leidenschaft«, fügte sie hinzu und kostete das intensive Gefühl aus, als sie ein Verlangen überkam, das ebenso berauschend wie unerwartet war. »Ich wünschte …« Sie fasste sich wieder und wog die Worte, die ihr auf der Zunge lagen, bedachtsam ab. »Ich wünschte, du würdest darauf vertrauen, dass ich dir zeige, woran es dir fehlt.«

»Jillian«, sagte er ebenso widerwillig wie skeptisch, »ich kann dir nicht geben, was du brauchst.«

Seine Antwort war als Zurückweisung gedacht, doch sie weigerte sich, sie auch als solche zu verstehen, da sein Körper ihr etwas ganz anderes verriet. Als sie ihre Hand langsam seinen Arm hinunter Richtung Oberschenkel gleiten ließ, konnte sie deutlich die Anspannung in seinem Körper spüren. Es lag nicht an seinen Selbstzweifeln, dass er sich dermaßen verkrampfte. Die Vorstellung daran, eine Bindung mit ihr einzugehen, erregte ihn ebenso sehr wie sie.

»Das tust du aber bereits«, teilte sie ihm unbeeindruckt mit, hielt sich aber dennoch zurück, bevor sie auf ihrer kleinen Entdeckungstour noch zu weit ging. »Du bist genau das, was ich brauche«, betonte sie noch einmal und schaute aus dem Fenster, als sie eine hohe, weit geschwungene Brücke überquerten. Am Himmel funkelten die Sterne, als wüssten sie von ihrer tiefen Überzeugung. »Ich danke dir für den wunderbaren Abend«, ergänzte sie noch. »Ich habe Jordan fast vergessen.«

Doch abermals stieg bei dem Gedanken an ihre Schwester Angst in ihr auf. Dass Jordan so weit weg war, schlug ihr auf den Magen.

Zu ihrer Befriedigung nahm Rafe plötzlich ihre Hand und verschränkte die Finger mit ihren. Wieder regte sich ganz unerwartet dieses Verlangen in ihr, und Jillian löste den Griff, um den FBI-Agenten an sich zu ziehen und ihn innig, beinahe schon verzweifelt umklammert zu halten. Ihr Herz raste, und in ihren Ohren rauschte es. »Bleibst du heute Nacht bei mir?«, hörte sie sich selbst fragen.

»Ich weiß nicht, ob das so eine gute Idee ist«, antwortete er unsicher.

»Falls es dich stört, dass ich schwanger bin, kann ich das verstehen«, begann sie und befeuchtete sich die mit einem Mal ganz trocken gewordenen Lippen. War sie sicher, das nun wirklich sagen zu wollen? »Aber wenn du Angst vor dem Leben hast und davor, so zu empfinden wie andere Menschen, dann glaube ich, ist es an der Zeit, dass du nachsichtig mit dir bist und dir verzeihst, was deiner Familie zugestoßen ist.«

Auf ihre Worte hin folgte ohrenbetäubende Stille. Rafael ließ langsam ihre Hand los. Sie wandte sich ihm zu und schaute ihn an. Als sie seine versteinerte Miene bemerkte, wurde ihr ganz schwer ums Herz. Trotzdem würde sie sich nicht dafür entschuldigen, ihm die Wahrheit gesagt zu haben. Wieder blickte sie aus dem Fenster auf die Autos, die sie hinter sich ließen, während Rafe über den Highway raste.

Beide schwiegen. Plötzlich klingelte Jillians Handy. Graham rief an, und sie brauchte eine Weile, bis sie ihrem Sohn entlockt hatte, wie sein Abend mit Agatha verlaufen war. »Ich bin in fünf Minuten zu Hause«, versprach sie ihrem Sohn und beendete das Gespräch, bevor sie das Telefon seufzend in ihre Handtasche gleiten ließ. »Mir ist bewusst, dass dir das, was ich gesagt habe, nicht besonders gefällt«, wandte sie sich wieder an Rafael, »aber denk bitte noch einmal darüber nach.«

Doch er reagierte nur mit einem Nicken. Mit einem entmutigten Seufzer schaute Jillian abermals aus dem Seitenfenster, als sie die Auffahrt zu ihrer Ranch erreichten.

Kurz darauf krochen sie die lange Schotterpiste entlang, und Jillian bemühte sich nach Kräften, den Abend auf angenehme Weise ausklingen zu lassen. Nachdem Rafael angehalten hatte, griff sie nach seinem Arm, damit er ihr nicht zuvorkommen konnte. »Ich kann alleine aussteigen«, teilte sie ihm mit. »Gute Nacht, Rafael, vielen Dank für das Essen und deine Gesellschaft. Aber das schönste Geschenk war, dich tanzen zu sehen.« Er saß noch immer eisern schweigend da, sodass sie sich schließlich zu ihm beugte und ihm einen Kuss auf die Wange drückte. Auch dieses Mal nutzte er die Gelegenheit nicht, doch als sie sich zurückzog, bemerkte sie, dass er die Augen geschlossen hatte.

»Gute Nacht, Jillian«, krächzte er, als sie die Beifahrertür öffnete und ausstieg.

Sie ging aufs Haus zu. Ein wieherndes Pferd erinnerte sie daran, dass sie am nächsten Tag ihre ersten Patienten empfangen würde, einen Querschnittgelähmten und zwei Menschen mit amputierten Gliedmaßen, die mit ihrer Hilfe nicht nur ihr Gleichgewicht, sondern auch ein Stück Selbstbestimmtheit zurückerlangen wollten.

Tun wir das nicht alle?, dachte Jillian mit einem wehmütigen Lächeln.

Sie betrat die Veranda, die übler durchzuhängen schien als jemals zuvor, und schloss die Tür auf, die dringend einmal gestrichen werden musste. Durch den Stress, den sie als Alleinerziehende hatte, wurde ihr bewusst, mit welchen Annehmlichkeiten sie bisher umgeben gewesen war. Als sie ins Haus gehen wollte, spürte sie ein heftiges, fast schon schmerzhaftes Ziehen im Bauch.

Jordan erwachte, als sie eine kleine Hand auf ihrem Gesicht spürte. Zuerst dachte sie an Silas, doch dann machte sie die Augen einen Spaltbreit auf und erkannte Miguel, dessen blauschwarzes Haar die Sonnenstrahlen, die an den Rändern der schweren Vorhänge vorbeischienen, reflektierte. Es war Morgen.

Mit einem Freudenschrei zog sie ihn in die Arme und genoss das vertraute Gefühl des kleinen an sie geschmiegten Körpers. *Mein Kind*, dachte sie und begann, von ihren Emotionen überwältigt und vor Erschöpfung, zu weinen. Und dennoch musste sie seltsamerweise auch an Silas und Solomon denken, deren Verlust sie bedrückte.

Sie wich zurück und musterte den Jungen. Dann hob sie eine ihrer Hände, ballte sie zur Faust und fragte ihn: »Erinnerst du dich an unser Spiel? Stein, Schere, Papier?« Sie spreizte zwei Finger, um eine Schere anzudeuten, die er mit seiner Faust umschloss. »Stein schlägt Schere, richtig.« Jordan war ganz aufgeregt, dass er sich daran erinnerte, obwohl sie das Spiel zum ersten Mal in ihrem Kellerversteck gespielt hatten. »Ich liebe dich«, sagte sie schließlich und strich über seine Wange. »*Te amo mucho*.«

Er drückte sie erneut, mit derselben entzückenden Zuneigung wie früher, und Jordan wünschte sich, er hätte ihr von seinen Erlebnissen und Ängsten berichten können. Doch diese würden vorerst allein Teil seiner Erinnerung bleiben, bis er fließend Englisch sprach und dazu in der Lage war, sie mit ihr zu teilen.

Ein fernes Grollen, gefolgt von prasselndem Gewehrfeuer lenkten Jordans Aufmerksamkeit abrupt auf die Lage außerhalb des Apartments. Sie rollte sich aus dem Bett, nahm Miguel auf den Arm, lief mit ihm zum Fenster und zog die Vorhänge zurück.

Wegen des flimmernden Morgenlichts musste sie blinzeln, dann erkannte sie, dass in einiger Entfernung, in Richtung des Flughafens Maiquetía Rauchschwaden aufstiegen. Sie kniff die Augen zusammen und sah im Häusergewirr Menschen rennen, die Waffen trugen und mit Steinen warfen. Abermals hörte sie Gewehrfeuer, wieder und wieder fielen Schüsse, und die Schützen kamen immer näher.

In den Straßen wurde gekämpft! Wie sollte sie Miguel in diesem Chaos bloß außer Landes schaffen?

»Hilf mir, Solomon«, hörte sie sich flüstern. Er hatte ihr in Gestalt von Lucy Donovan einen Rettungsanker zugeworfen. Und vielleicht war das auch alles, was er für sie tun konnte oder wollte, immerhin hatte er sie eindringlich davor gewarnt, an diesen Ort zu reisen.

Es klopfte an der Tür, die daraufhin sofort geöffnet wurde. »Wir müssen hier in fünf Minuten raus sein«, sagte ihre Gastgeberin mit ruhigem, aber ernstem Tonfall. »Kommen Sie, essen Sie etwas.«

Jordan stopfte Miguels Wechselklamotten eilig in ihren Rucksack, dann schob sie den kleinen Jungen in die Küche, wo sie ihn auf einen Hocker setzte und versuchte, ihn mit Brot und Ziegenkäse zum Essen zu bewegen. Als er nur einen symbolischen Bissen nahm, wickelte sie den Rest schließlich resignierend in eine Serviette und verstaute das kleine Paket ebenfalls in ihrem Reisegepäck.

Lucy Denovan kam in einer Flecktarnhose, einem grauen T-Shirt und mit einem Holster samt Handfeuerwaffe unter der linken Achsel zurück in die Küche, woraufhin Miguel sofort misstrauisch eine Hand nach Jordan ausstreckte.

»Keine Sorge, Kleiner, ich bin auf deiner Seite«, versicherte Lucy ihm, während sie sich einen Allzweckgürtel mit allerlei Nützlichem um ihre Taille schnallte. Dann zerrte sie einen Rucksack aus einem der Wandschränke und setzte ihn auf. »Fertig?«, fragte sie Jordan.

»Ja«, antwortete diese. Das Stück Brot, das sie kurz zuvor hinuntergewürgt hatte, schien ihr im Hals stecken geblieben zu sein.

Um lebend zur US-Botschaft zu gelangen, würde sie dieser GI-Jane vor sich vertrauen müssen. Aber was würde danach aus ihr und Miguel werden?

»Verdammt!«, fluchte Lucy Donovan und bremste ab. Sie waren direkt in einen Unruheherd vor einem Gebäude geraten, bei dem es sich um die US-Botschaft handeln musste.

Lucy schaltete in den Rückwärtsgang und trat aufs Gas. Jordan, die Miguel auf dem Rücksitz fest umklammert hielt, wurde nach vorn geschleudert, als die Sekretärin mit quietschenden Reifen losfuhr und vom Menschenauflauf weg in eine Gasse zurücksetzte.

»Gibt es noch einen anderen Weg hinein?«, fragte Jordan und versuchte, gegen die aufkommende Übelkeit anzuschlucken.

Mit einem lauten Knall zerbarst der Rückspiegel auf der Beifahrerseite. Lucy ließ den Motor aufjaulen. Der Hummer röhrte und machte einen Satz nach vorn, während sich Jordan tiefer in ihren Sitz sinken ließ und Miguel mit ihrem Körper abschirmte. »War das eine Kugel?«, kreischte sie.

Doch Lucy antwortete nicht, sondern bog stattdessen scharf in eine augenscheinlich verwaiste Straße ab, brauste durch ein offenes Tor, parkte den SUV vor einer Einfahrt hinter schützenden Mauern und zückte ihr Handy.

Mit rasendem Herzen schaute Jordan sich um. Miguel wand sich auf ihrem Schoß und presste sein Gesicht an ihre Brust. »Ruhig, mein Schatz, ich passe schon auf dich auf«, flüsterte sie ihm zu.

»Hey, Tommy«, sagte Lucy. Ihre Stimme zitterte nicht einmal. »Lucy hier. Sind Sie noch in der Botschaft?«

»Ja.« Jordan konnte seine dünne Stimme am anderen Ende der Leitung hören. »– zum Teufel sind Sie?«

»Sechs Blocks entfernt. Wann wollen Sie die Botschaft räumen?«

»Wir sind nicht mehr dazu in der Lage«, antwortete Tommy. »Die Aufständischen … alle Hauptstraßen der Stadt blockiert. Wir haben uns verbarrikadiert … verbrennen die Akten.«

»Verdammt!«, fluchte Lucy erneut, und dieses Mal klang sie deutlich gestresster. »Ich habe hier eine Amerikanerin und ihren Adoptivsohn, einen kleinen Jungen.«

Vermutlich tadelte Tommy Lucy, weil sie ihm nicht schon am Vorabend davon berichtet hatte.

»Ich hatte alle Hände voll damit zu tun, die Frau und den Kleinen abzuholen«, gab Lucy zurück.

Genau genommen war sie irgendwo unterwegs gewesen, um mit der Schaufel, die immer noch zu ihren Füßen lag, irgendwo ein Loch auszuheben, dachte Jordan.

»Ich weiß nicht, was ich Ihnen sagen soll«, entgegnete Tommy, dessen Stimme, nachdem Lucy beim Telefonieren das Ohr gewechselt hatte, nun deutlich zu verstehen war. »Fahren Sie in Ihre Wohnung zurück und verriegeln Sie sämtliche Türen. Versuchen Sie, sich aus der Schusslinie zu halten. Sobald die Botschaft evakuiert ist, werde ich dafür sorgen, dass jemand Sie aufsucht.«

»Machen wir«, bestätigte Lucy, doch Jordan konnte an ihrem Tonfall hören, dass sie nicht im Traum daran dachte, den Putsch in ihrem Hochhausapartment auszusitzen. »Bye, Tommy.«

»Passen Sie auf sich auf, Hot Shot.«

Lucy verzog das Gesicht, beendete das Gespräch und legte, weil sie zurücksetzen wollte, einen Ellbogen auf ihre Sitzlehne. Als sie sich umdrehte und Jordans Blick bemerkte, hielt sie kurz inne. »Hören Sie«, begann sie, und ihre hellgrünen Augen funkelten vor Entschlossenheit. »Ich werde Sie jetzt aus der Stadt schaffen und an die Küste bringen. Aber unterwegs muss ich noch etwas Wichtiges erledigen, ihr beiden müsst so lange die Füße stillhalten und euch gedulden.«

»Sie arbeiten gar nicht für die Botschaft, oder?«, gab Jordan zurück, und ihr brach der kalte Schweiß aus.

Lucy antwortete nicht, sondern trat stattdessen nur das Gaspedal des Hummers durch und ließ den Wagen aus seinem Versteck schießen. Keinen Augenblick später rasten sie durch Gassen, die für den ausladenden amerikanischen SUV viel zu eng schienen, und trafen auf eine Gruppe Protestierender. Es waren einfache Bürger Caracas', die aus ihren Läden und ärmlichen Behausungen strömten, um den in die Stadt zurückgekehrten ehemaligen Präsidenten willkommen zu heißen.

Die Ärmsten der Armen waren offenbar davon überzeugt, dass die Brotkrumen, welche die Populisten ihnen hinwarfen, ihr Leben zum Besseren verändern würden. Aus ihrer Sicht hatte es demnach keine Bedeutung, dass diese den Terroristen Tür und Tor öffneten.

»Ducken«, empfahl Lucy und stülpte sich einen Kevlar-Helm über den Kopf, während sie den Hummer geradewegs in die Menschenmenge lenkte.

Wütend hämmerten die Protestler mit ihren Fäusten auf den verstärkten Stahl und gegen die getönten Scheiben. Zwar

war es ihnen nicht möglich, ins Wageninnere zu blicken, doch aufgrund der Regierungsnummernschilder bestand für jene, die lesen konnten, kein Zweifel daran, dass es sich bei den Insassen nicht um Einheimische handelte. Zu Jordans Entsetzen sprangen zwei Männer auf den fahrenden SUV.

Lucy beschleunigte und trat plötzlich auf die Bremse, womit sie die ungebetenen Mitfahrer abschüttelte wie lästige Fliegen. Dann fuhr sie weiter und nahm Gassen und mit Schlaglöchern gespickte und von Hütten aus Pappe, Holzresten und Blechbüchsen gesäumte Straßen.

Das Dröhnen von Panzern wurde lauter, und als sie den Kamm eines Hügels erreichten und von einer ungepflasterten Gasse auf eine richtige Straße bogen, konnte Jordan zum ersten Mal einen Blick auf die Armee der Populisten werfen.

Eine mindestens eine Meile lange Schlange von Panzern kreuzte die Durchgangsstraße, dann trennte sich die Kolonne, wobei die Kettenfahrzeuge drei verschiedene Richtungen einschlugen und von jubelnden Bürgern begleitet wurden.

»Festhalten!«, rief Lucy.

Sie schossen über die Avenida Sucre hinweg und rasten durch die Höfe zwischen den baufälligen Stadthäusern. Wäscheleinen rissen. Mülleimer und Kartons flogen durch die Luft. Und kurz darauf scheuchten sie in einem öffentlichen Park die Tauben auf. Doch keine Menschenseele stellte sich ihnen in den Weg.

Jordan versuchte, sich zu entspannen, während Miguel am ganzen Leib zitterte. Nur mit Glück würde er sie nicht beide einnässen. Auch sie selbst hatte sprichwörtlich die Hosen voll, doch Lucy wusste offenbar, was sie tat. Wenn sie es schafften, sich von den Truppen abzusetzen und aus der Stadt zu gelangen, hätten sie es geschafft.

Jedenfalls hoffte Jordan das. Alles andere war viel zu schrecklich, um auch nur daran zu denken.

Im CIA-Hauptquartier in Langley, Virginia, wartete SIS Gordon Banks höflich darauf, dass Direktor John Hurley ihm seine ungeteilte Aufmerksamkeit schenkte. Hurley ging gerade die letzten Dokumente in dem Ordner durch, den Gordon ihm übergeben hatte, dann blätterte er noch einmal zu Lucy Donovans Foto auf der ersten Seite zurück. »Wo ist sie jetzt?«, fragte er.

»Dem GPS ihres Handys zufolge hat sie Caracas verlassen und steuert Maiquetía an.«

»Das ist aber nicht der Flughafen, von dem aus wir evakuieren«, stellte Hurley fest.

»Nein.«

»Warum zum Henker fährt sie dann dorthin? Die Populisten haben den Flughafen doch letzte Nacht besetzt.«

»Es gibt dort ein Lagerhaus, Sir, das sie unter die Lupe nehmen wollte, als wir ihr befahlen, ihre Ausrüstung zu vergraben und sich abzusetzen. Ich nehme stark an, dass sie dorthin möchte.«

»Mit anderen Worten, sie ignoriert den Befehl, sich zurückzuziehen.«

Gordon zögerte. Er wollte nicht, dass eine gute Außendienstlerin gefeuert wurde. »Offenbar glaubt sie, etwas gefunden zu haben, das für die Sicherheit der Vereinigten Staaten so wichtig ist, dass sie ihre Karriere dafür aufs Spiel setzt«, erwiderte er zu ihrer Verteidigung.

Hurley setzte eine säuerliche Miene auf. »Hören Sie, ich habe nicht vor, die Kleine in die Pfanne zu hauen. Schließlich entwickelt sie sich äußerst vielversprechend. Ich möchte sie lediglich in Sicherheit wissen. Wer holt unsere restlichen Leute aus der Botschaft?«

»Äh …« Gordon warf einen Blick auf das Memo in seiner Hand. »… SEAL-Team 12, Sir.«

»Zwölf?« Hurley wurde munter. »Soweit ich weiß, haben wir mindestens ein Mitglied dieses Teams ausgebildet – einen Burschen namens Atwater. Er wurde letztes Jahr in Afghanistan zu uns abkommandiert. Erkundigen Sie sich bitte beim CNO, ob die Marine ihn uns für eine Woche oder so ausleiht, damit er Lucy Donovan finden und heimholen kann.«

»Wird gemacht, Sir«, gab Gordon erleichtert zurück, ihm klebte bereits das Hemd am Rücken. »Guten Tag, Sir.«

Dann eilte er in sein Büro zurück, um über die sogenannte »green line« den Chief of Naval Operations zu kontaktieren.

Solomon drehte sich der Magen um. Sein Befehlshaber konnte ihm nicht sagen, ob sich Jordan unter den neun Amerikanern befand, die noch in der Botschaft in Caracas festsaßen. Doch wahrscheinlich sollte er dankbar dafür sein, dass man ausgerechnet Team 12, das erst vor Kurzem in Venezuela gewesen war, dazu auserkoren hatte, die restlichen Landsleute aus dem Krisengebiet zu holen. Trotzdem hätte er es gern gewusst.

»Wir wissen nicht, wer noch dort ist«, hatte Joe Montgomery vor Beginn der Besprechung gesagt.

Das Echo Platoon saß nun um den runden Tisch im Einsatzbesprechungsraum versammelt und ließ seinen Gedanken freien Lauf. Dies entsprach der üblichen Vorgehensweise, und jeder Mann vom Fähnrich bis hin zum CO selbst durfte sich einbringen, auch wenn es schließlich der Einsatzleiter, also Lieutenant Lindstrom, war, der mit dem Segen des CO das letzte Wort hatte.

»Ich meine, das schreit ja förmlich nach einer schnellen Evakuierung mit Helis und der Unterstützung durch Kampfhubschrauber«, gab Lieutenant Lindstrom den Einsatz zur Diskussion frei.

Alle außer Vinny zeigten sich damit einverstanden. Der Petty Officer wollte lieber mit einem U-Boot in venezolanische Gewässer vordringen und das Botschaftsgelände zu Fuß sichern. »Was, wenn die RPGs haben?«, gab er zu bedenken.

Raketenangetriebene Granaten stellten ein gravierendes Problem dar. »Um eine Stinger abzufeuern, braucht man ein freies Schussfeld plus ausreichend Zeit zum Laden und Zielen«, entgegnete Hurley. »Vermutlich würden sie danebenschießen.«

»Darauf dürfen wir es aber nicht ankommen lassen«, fiel ihm Lieutenant Commander Montgomery ins Wort. »Wir werden ein Ablenkungsmanöver inszenieren.«

»Nordwestlich der Stadt, nicht weit entfernt vom Flughafen, gibt es ein Munitionsdepot«, berichtete Lieutenant Lindstrom. »Angenommen, dort kracht es ordentlich, sollte dies den Feind dazu bewegen, einen Teil seiner Feuerkraft aus Caracas abzuziehen. Und wenn wir dann schnell und leise vorstoßen und alles ausschalten, was sie noch gegen uns aufzubieten haben, müssten wir es eigentlich schaffen.«

»Zuvor sorgen wir dafür, dass sich alle Amerikaner innerhalb der Botschaft an einem Ort versammeln«, schlug Teddy Brewbaker, der einzige Afroamerikaner im SEAL-Team, vor. »Auf die Art sind wir in weniger als fünf Minuten wieder draußen.«

»Dazu würden wir zwei Cobra- oder Blackhawk-Kampfhubschrauber zur Unterstützung und vier MH-60 benötigen.« Der Lieutenant nickte.

Als ihnen bewusst wurde, wie riskant dieser Einsatz war, verstummten die Männer schlagartig. Solomon wischte sich die feuchten Handflächen an den Hosenbeinen ab und versuchte, die aufsteigende Magensäure hinunterzuschlucken.

»Sie sind auffällig still, Senior Chief.« Commander Montgomery wirkte nachdenklich und richtete seinen Blick auf Solomon.

Dieser hatte keine Ahnung, wo er anfangen sollte. Er konnte nicht mal sagen, ob es Lucy Donovan gelungen war, Jordan und Miguel sicher in der Botschaft unterzubringen. Seinen letzten Informationen zufolge hielten sie sich in der Wohnung der Botschaftsangestellten auf, doch die Stadt wurde inzwischen belagert. »Wenn sich in der Botschaft«, begann er und wägte dabei jedes einzelne Wort ab, »eine Amerikanerin und ein einheimischer Junge aufhalten sollten, den sie adoptieren möchte, dann will ich, dass *beide* da rausgeholt und in die Vereinigten Staaten gebracht werden.«

Der Commander kniff die Augen zusammen. »Wer ist diese Frau?«, wollte er wissen.

»Jordan Bliss. Wir haben sie vor ein paar Wochen während eines Einsatzes im Urwald befreit.«

»Ah, die Frau, die Sie ruhigstellen mussten.« Der CO nickte, lehnte sich in seinem Stuhl zurück und verschränkte die Arme vor der Brust. »Und nun schlagen Sie vor, jemanden mitzunehmen, der kein Bürger der USA …«

»Jordan Bliss wäre jetzt nicht in Venezuela, wenn ich sie den Jungen hätte mitnehmen lassen.«

Joe Montgomery kniff die Augen noch mehr zusammen, sodass sie wie schmale Schlitze wirkten. »Hört sich so an, als würden Sie sich Vorwürfe machen, Senior Chief, obwohl Sie nur Befehle befolgt haben.«

»Zum Teufel mit den Befehlen. Ich möchte, dass wir dieses Mal beide heimholen!«

Beklommenes, ungemütliches Schweigen trat ein. Etwas flackerte im Blick des COs auf, der Solomon streng anschaute. »Der Rest von Ihnen, wegtreten«, befahl er leise.

Stuhlbeine schrammten über den Fußboden, als sechs Männer sich stumm erhoben und zum Ausgang eilten.

»Sir«, murmelte Gus Atwater, als er am CO vorbeilief. »Ich

muss mit Ihnen reden, wenn Sie eine Minute entbehren können.«

Joe Montgomery sah Gus an, schien sich an etwas zu erinnern und nickte. »Kommen Sie in zehn Minuten in mein Büro«, schlug er vor.

»Aye, Sir.«

Der Raum leerte sich in Rekordzeit. Solomon schluckte schwer. Der CO konnte seine Karriere mit einem Federstrich beenden. Und vermutlich erinnerte er sich noch ziemlich gut daran, dass sein Untergebener im vergangenen November in seinem Whirlpool seine Verlobte befummelt hatte. Dass Solomon mittlerweile Jordan begegnet war, sie geliebt und Himmel und Hölle zugleich erlebt hatte, schien plötzlich Lichtjahre zurückzuliegen.

»Reden Sie mit mir, Solomon«, forderte der CO ihn überraschenderweise auf. Er stützte die Ellenbogen auf die Tischplatte und beugte sich vor, um zu zeigen, dass er ganz Ohr war.

Solomon räusperte sich. »Es ist so, Sir, Jordan Bliss braucht Miguel in ihrem Leben wie die Luft zum Atmen. Sie hat alles Mögliche unternommen, um den Jungen rechtmäßig zu adoptieren, und nun setzt sie zum zweiten Mal ihr Leben aufs Spiel, um ihn außer Landes zu bringen. Entweder wir akzeptieren ihre Anstrengungen, oder ich muss die Teams leider verlassen.«

Der Commander zog überrascht die Augenbrauen hoch und lehnte sich auf seinem Stuhl zurück. »Nun, nun«, murmelte er, seine Mundwinkel zuckten, als hätte er am liebsten gegrinst. »Ich muss sagen, da bin ich wirklich platt, Solomon«, gab er offen zu.

»Wie das, Sir?«, grummelte Solomon, der sich darüber ärgerte, so emotional geworden zu sein, auch wenn er jedes Wort ernst gemeint hatte.

Der CO spreizte die Finger, um anzudeuten, dass dies wohl auf der Hand lag. »Sie sind verliebt«, stellte er verschmitzt und mit einem Funkeln in den Augen fest. »Ich hätte nicht gedacht, dass ich den Tag noch erleben würde.«

Das Wort *verliebt* ließ Solomon schockiert nach Luft schnappen.

Unmöglich! Er hatte sich geschworen, sich nie im Leben zu verlieben. Liebe war eine Illusion, der Ursprung allen Übels, das man erst nach Jahren verarbeitete. Allein bei dem Gedanken daran brach ihm der Angstschweiß aus.

Doch als er hörte, wie der CO es aussprach, musste er sich eingestehen, dass es *kein anderes Wort* gab, das seine Gefühle besser beschrieben hätte. Jordan hatte ihn offenbar an Haken, Leine und Senker. Er war verloren.

Nun blieb ihm nichts anderes übrig, als sein Herz vor dem Schmerz zu bewahren, der unausweichlich folgen würde, und das konnte er nur, wenn er Jordan selbst beschützte. »Verdammt«, krächzte er.

»Werden Sie dazu in der Lage sein, Ihre Arbeit zu erledigen, Solomon?«, wollte der Commander wissen. Hierbei verstand er keinen Spaß mehr. »Liebe kann das Urteilsvermögen eines Mannes beeinträchtigen, das wissen Sie.«

Solomons Gedanken überschlugen sich, doch er versuchte sich wieder zu fassen. Plötzlich funkelte er den CO herausfordernd an. »Oh, ich werde meine Arbeit erledigen, Sir«, antwortete er leise.

Der CO nickte skeptisch. »Freut mich zu hören. Um Ihre Frage wegen des Jungen zu beantworten – selbstverständlich bringen Sie ihn heim, wenn wir dadurch verhindern können, dass Sie uns verlassen.«

»Ja, Sir. Danke, Sir«, knurrte Solomon, der sich alle Mühe gab, seine Erleichterung zu überspielen.

»Gern geschehen«, entgegnete der CO, und Wärme lag in seiner Stimme. »Wegtreten«, fügte er nüchtern hinzu.

Doch Solomon war eh schon halb zur Tür hinaus.

Rafe erwachte wie üblich allein in seiner konventionell eingerichteten Hochhauswohnung. Durch die Fenster fiel das Licht der Morgenröte. Bei der Erinnerung an den vergangenen Abend wurde ihm ganz warm ums Herz. Noch einmal glaubte er Jillians zarte Berührung zu spüren, als sie ihn zum Bleiben aufgefordert und dabei eine Hand auf sein Bein gelegt hatte. Er streckte sich unter den Bettlaken und genoss das Gefühl, eine Morgenlatte zu haben.

Er fühlte sich so lebendig!

Aber auch wenn diese Empfindung nicht überraschend kam, war sie doch ebenso verstörend wie berauschend zugleich. Zum ersten Mal hatte er es bei ihrem Kennenlernen vor zwei Jahren gespürt. Allerdings war es zunächst nur ein Hauch von Emotionen gewesen, wie der zarte Flügelschlag eines Schmetterlings.

Doch an diesem Morgen war aus dem Hauch ein ganzer Gefühlssturm geworden. Er hatte Herzrasen und verging fast vor Sehnsucht, endlich aufzustehen und zu leben. Gleichzeitig hing er aber immer noch in der Luft und quälte sich mit seinen Erinnerungen an die Vergangenheit.

Ich glaube, es ist an der Zeit, dass du nachsichtig mit dir bist und dir verzeihst, was deiner Familie zugestoßen ist, musste er immer wieder an Jillians zartfühlenden Rat denken.

Als er zurückblickte, ergriff ihn jedoch Panik.

Hatte er sich wirklich ausreichend dafür kasteit, sie nicht beschützt zu haben? Acht Jahre des Einsiedlertums waren eine lange Zeit.

Nicht, dass er sich selbst eingesperrt hätte. In geistiger, emotionaler und sexueller Hinsicht jedoch schon. Da hatte er keine Gnade mit sich walten lassen.

Vielleicht war es an der Zeit, sich selbst zu verzeihen und wieder ein richtiges Leben zu führen.

Mit einem Schrei der Erleichterung warf Rafe die Bettdecke von sich und sprang aus dem Bett.

15

Der Geruch nach Pferden, Leder, Dung und Heu vermischte sich zu einem erdigen Bukett und stieg Rafe in die Nase, als er die Scheune durchquerte und durch die Hintertür zum Reitzirkel lief. Sein Blick fiel sofort auf Jillian, die einen amputierten Kriegsveteran gerade dazu ermutigte, eine weitere Runde auf dem Fuchs zu drehen. Schweißperlen bezeugten, wie sehr der junge Mann sich anstrengte, im Sattel zu bleiben. Doch Rafe sorgte sich mehr um Jillian, die sich den Bauch hielt, während sie mit dem Pferd und ihrem Patienten Schritt zu halten versuchte.

Als die Reitstunde sich dem Ende näherte, half ein stämmiger Assistent dem Veteran vom Pferd und in seinen Rollstuhl zurück. Der nächste Termin wurde vereinbart, dann waren Rafe und Jillian allein.

»Rafael!«, rief sie und kam freudig lächelnd auf ihn zugeeilt. Ihr Haar reflektierte das Sonnenlicht.

Jillians Schönheit blendete ihn, und er ertappte sich dabei, dass er seine Arme ausbreitete und das Gefühl ihrer Hände in seinen genoss.

»Wieso bist du nicht auf der Arbeit?«, fragte sie, während sie ihm tief in die Augen blickte.

»Ich habe mir heute frei genommen. Wo sind die Kinder?«

»Im Trauercamp für Kinder, die Familienangehörige verloren haben«, erklärte sie. »Die Kirche unten an der Straße bietet so etwas an.«

»Aha.« Sein Herzschlag beschleunigte sich, als ihm aufging, dass sie tatsächlich alleine waren.

»Ich musste damit drohen, Graham den Computer wegzunehmen, bevor er hingegangen ist«, erzählte sie weiter. »Agatha hat sich natürlich gefreut, den ganzen Tag über mit anderen Kindern zusammen sein zu dürfen. Und mein Nachmittagspatient hat abgesagt«, ergänzte sie noch schnell, wobei sie leicht rot wurde, »du hättest dir also keinen besseren Zeitpunkt für deinen Besuch aussuchen können.«

Sein Herz schlug schneller. Also waren sie nicht nur allein, sondern hatten auch noch Zeit. Es gab keinen Zweifel daran, was sie ihm mit dieser Aussage mitteilen wollte. Doch dann fielen ihm die dunklen Ränder unter ihren Augen sowie die feuchten Haarsträhnen auf, die ihr am Hals klebten. Sie wirkte bereits jetzt vollkommen fertig.

Also nahm er sich vor, seine Wünsche erst einmal zurückzustellen. Was Jillian momentan am meisten benötigte, war Ruhe.

Jillian fühlte sich wie ein gestrandeter Wal, als sie mit hochgelegten Füßen und rings um ihren gewölbten Bauch aufsteigenden Blasen in der Wanne lag. Kein Wunder also, dass Rafael sie nicht zum Sex gedrängt, sondern stattdessen ein Wannenbad vorgeschlagen und ihr sogar eigenhändig das Badewasser eingelassen hatte. Sie konnte ihn nun in ihrem Schlafzimmer hören, wo er sich behutsam mit ihrem Allerheiligsten vertraut machte.

Wenn das so weitergeht, werde ich ihn wohl verführen müssen, dachte Jillian und ging ein letztes Mal mit sich zurate. Da sie bisher nur mit Gary geschlafen hatte, war sie zugegebenermaßen ziemlich nervös. Sie horchte noch einmal tief in sich hinein, ob es auch nur die geringsten Anzeichen dafür gab, dass ihr Herz noch immer ihrem verstorbenen Ehemann gehörte, fand aber nichts. Was sie beide verbunden hatte, würde für immer Bestand haben, gehörte nun jedoch der Vergangenheit an.

Mit den Zehen angelte sie nach der Kette, zog den Stöpsel aus der antiken Wanne und ließ das Wasser ablaufen. Dann stemmte sie sich auf ihre schmerzenden Füße, stieg aus dem Bad und rubbelte sich trocken.

Wenn sie bloß in eines ihrer alten Nachthemden passen würde. Doch das einzige Kleidungsstück, das nicht über ihrem Bauch spannte, war ihr Frotteemorgenmantel. Deshalb zog sie ihn mit einem säuerlichen Lächeln an, machte die Tür einen Spaltbreit auf und spähte in ihr Schlafzimmer.

Sie konnte beobachten, wie Rafe die Kissen auf ihrem Bett aufschüttelte. Obwohl er ihre Seidenvorhänge zugezogen hatte, schien die Nachmittagssonne fast ungehindert ins Zimmer. Plötzlich wandte er sich ihr zu und sah sie mit einem zaghaften Lächeln an. »Komm, leg dich hin«, forderte er sie auf und klopfte einladend auf die Matratze. »Ich massiere dir die Füße.«

Doch Jillian wollte keine Fußmassage. Stattdessen ließ sie den Morgenmantel von den Schultern über die Arme heruntergleiten, bis er hinter ihr auf den Boden fiel. Fassungslos betrachtete er ihren üppigen Körper, als sie das Bett umrundete und langsam auf ihn zukam.

Ihn unter diesen Umständen zu verführen, würde keine ganz leichte Aufgabe sein.

Sie hob die Arme und schlang sie um seinen Hals. Ihr nackter Bauch berührte seinen Gürtel, doch er schien es nicht zu bemerken. Er konnte seinen Blick nicht von ihrem Gesicht lösen und hatte leicht gerötete Wangen. Sie fuhr mit einer Hand durch die makellosen schwarzen Wellen seiner Haare und zog seinen Kopf zu sich herab, um ihn zu küssen.

Seine Lippen fühlten sich an und schmeckten auch genau so, wie sie es sich vorgestellt hatte. Während sie sich innig küssten und ein leidenschaftliches Zungenspiel begannen, bemerkte sie genau, in welchem Augenblick er seine noblen Absichten ad acta legte. Seine zittrigen Finger, mit denen er ihr zärtlich über den Rücken strich, verrieten ihr, dass er sie wollte.

Als ihr Kuss immer inniger und heftiger wurde, entwickelte sich eine Art Eigendynamik. Rafe umfasste sanft ihre üppigen Brüste, neigte den Kopf zu ihnen herunter und küsste sie ehrfürchtig, während Jillian nach seinen Hemdknöpfen tastete und diese von Mal zu Mal weniger erfolgreich zu öffnen versuchte, da er mit seinen Händen weiter ihren Körper erkundete und mit unglaublich zärtlichen Berührungen ihre Hüften und Oberschenkel streichelte.

Sie lechzte förmlich nach seinen Liebkosungen, wollte mehr, doch seine Kleidung und ihr Bauch waren ihnen im Weg. Schließlich trat er einen Schritt zurück, knöpfte sein Hemd auf und schüttelte es ungeduldig von den Schultern. Dann zog er mit einer einzigen flüssigen Bewegung auch sein frisches weißes T-Shirt aus. Jillian nahm sich Rafaels Gürtel vor und genoss es, wie der FBI-Agent seine Bauchmuskeln anspannte, als sie über seine warme Haut strich. Er wand sich aus seiner Jeans, die er schon an ihrem ersten gemeinsamen Abend getragen hatte, und stand endlich ebenso nackt da wie sie selbst.

Jillian war von seiner von Kopf bis zu den Fußspitzen goldbraunen Haut fasziniert.

»Schau in den Spiegel.« Er ermutigte sie, sich der Frisierkommode zuzuwenden.

Sie sah ihrer beider Spiegelbilder. Vor seinem dunklen, viel größeren und massigeren Körper wirke sie trotz der üppigen Brüste und ihrer runden Kugel erstaunlich schlank und hübsch. Sie presste ihren Po gegen seine Hüften, und Rafael vergrub sein Gesicht in ihrem Nacken, während er mit einer Hand über ihren Babybauch streichelte. Eine Geste, die sie dermaßen berührte, dass ihr die Tränen kamen.

»Du bist so wunderbar, Jillian«, flüsterte er ihr mit heiserer

Stimme ins Ohr. »Ich möchte dir nicht wehtun. Sag mir bitte, wenn ich es tue, und ich werde sofort aufhören.«

»Du wirst mir nicht wehtun«, gab sie im Brustton der Überzeugung zurück und beobachtete, wie er sie voller Verlangen an ihrer empfindlichsten Stelle anfasste und ungeahnte Empfindungen bei ihr auslöste.

Sie musste sich anstrengen, die Augen offen zu halten, streckte die Hände nach hinten und erwiderte seine Berührungen, staunte über seine samtweiche Haut und gab ihm schließlich zu verstehen, dass sie zu mehr bereit war.

Er setzte sich auf den Bettrand und zog sie behutsam auf sich. Als er in sie eindrang, griff Jillian nach dem Bettpfosten. »Oh mein Gott«, stöhnte sie, entfesselt von seinem Anblick, den Zärtlichkeiten und ihrer stetig steigenden Lust.

Sie spürte sein Erschaudern, als er vorsichtig tiefer in sie glitt. Seine Hände, mit denen er ihre Brüste, ihren Hals und ihre Lippen streichelte, zitterten, so sehr versuchte Rafe, sich zurückzuhalten. Jillian nahm seine Fingerspitzen in den Mund und saugte daran. Sie schmeckten dermaßen gut, dass es kaum zu ertragen war.

Dann zog sie sich um ihn zusammen, ließ ihn teilhaben an ihrer viel zu lange gezügelten Leidenschaft. Er unterdrückte einen Schrei an ihrer Schulter und biss sie sanft, während er noch einmal tief in sie hineinstieß.

Jillian wurde schwindelig, in ihren Ohren rauschte es. Nur vage bemerkte sie, dass sie in sich zusammensackte, doch Rafe fing sie auf, legte sie aufs Bett und blickte richtig besorgt auf sie hinunter. »Jillian! Was ist los? Bist du in Ohnmacht gefallen?«

Sie sah ihn mit einem schwachen Lächeln an. »Es geht mir gut. Mir ist bloß alles Blut aus dem Kopf gewichen, weiter nichts.«

»Jag mir doch nicht solche Angst ein.«

Er klang wirklich erschüttert. Sie legte eine Hand an seine Wange. »Alles gut, Rafael. In Frankreich gibt es dafür einen Ausdruck: *la petite mort*. Sei lieber geschmeichelt, dass du *so etwas* in mir auslöst.«

Er betrachtete ihr Gesicht. Eine unerwartete, intensive Gefühlsregung ließ seine Züge für einen Moment lang weicher aussehen, wodurch er jünger und verletzlicher als gewöhnlich wirkte. »Ich könnte es nicht ertragen, wenn dir etwas zustoßen würde«, erklärte er mit belegter Stimme.

»Mir wird aber nichts zustoßen«, beruhigte sie ihn. Seine Ängste bewegten sie, da sie wusste, was es damit auf sich hatte.

Er schloss die Augen und vergrub sein Gesicht in ihrer Halsbeuge.

»Alles wird gut«, murmelte sie und strich ihm über das kurze, widerspenstige Haar. Auf einmal musste sie voller Angst an ihre Schwester denken. »Alles wird gut«, beharrte sie.

Die Luft in dem Hummer fühlte sich ungeachtet der sinkenden Außentemperatur heiß und stickig an – umso mehr, da Miguel gegen sie gesunken und fest eingeschlafen war. Jordan hätte so gerne ein Fenster geöffnet, doch Lucy hatte schon wieder die Autoschlüssel mitgenommen und sie angewiesen, unter gar keinen Umständen die Türen zu öffnen. Und Jordan war auch nicht gerade scharf darauf, ihr Glück auf die Probe zu stellen.

Sie hatten die Hauptstraßen der Stadt gemieden, auf dem Land den Vierradantrieb genutzt, den Flughafen Simón Bolívar umfahren und Caracas so schließlich in Richtung der Hafenstadt Maiquetía hinter sich gelassen. Als Lucy in ein Industriegebiet fuhr, vorbei an Lagerhäusern und auf einen Schrottplatz voller ausrangierter Eisenbahnwaggons, hatte es den Anschein, als würden sie direkt auf den Ursprung der Explosionen zuhalten, die den dunklen Himmel wie ein festliches Feuerwerk erhellten.

Sie parkte den Hummer zwischen zwei rostigen Wracks. »Nehmen Sie sich Essen aus dem Rucksack«, forderte sie Jordan auf, überprüfte ihre Pistole und zog sich den Schirm ihrer Tarnmütze tiefer in die Stirn. »Wahrscheinlich bin ich bis Tagesanbruch zurück.«

»Sie werden die ganze Nacht über weg sein?«

»Bleiben Sie im Wagen«, fuhr Lucy fort. Jordans bestürzter Einwand stieß auf taube Ohren. »Entfernen Sie sich nicht vom Auto, wenn Sie austreten müssen, und machen Sie die Tür leise wieder zu.«

Seitdem waren bereits Stunden vergangen. Jordans Magen knurrte und sie war müde, konnte aber nicht schlafen, da sie sich den Kopf darüber zerbrach, was Lucy wohl vorhatte. Musste sie unbedingt an diesem Ort herumschleichen und dabei Jordans und Miguels Zukunft aufs Spiel setzen, so nahe an den Explosionen, welche die nächtliche Stille durchbrachen und den Erdboden unter den Reifen des SUV erschütterten?

Bisher hatte Lucy zwar für ihre Sicherheit gesorgt, aber konnte man sich auch darauf verlassen, dass diese Frau sie beide außer Landes schaffte, da ihre Pläne sich so offensichtlich von ihren eigenen unterschieden?

Jordans Panik würde in diesem dunklen, muffigen Auto, an einem fremden Ort und umgeben von diesen ausgeschlachteten Waggons, die zwischendurch unheimlich quietschten, ganz bestimmt nicht nachlassen. Sie hatte ein flaues Gefühl im Magen, und auf ihren Schultern lastete eine tonnenschwere Verantwortung, was Miguels Sicherheit anging.

Sie durfte also nicht bloß hier herumsitzen und darauf hoffen, dass sie sich auf Lucy verlassen konnte. Besser, sie versuchte, Solomon zu kontaktieren.

Jordan kramte ihr Handy aus dem Rucksack und beäugte bestürzt das schwarze Display. Sie hatte nicht daran gedacht, den Akku aufzuladen.

Aber auch Lucy besaß ein Telefon. Hatte sie es mitgenommen?

Jordan rutschte zur Kante des Beifahrersitzes und fand Lucys ausgeschaltetes Handy in dem Fach zwischen den Vordersitzen.

Sie schaltete es ein und entdeckte Solomons Rufnummer mitsamt der internationalen Vorwahl in Lucys Adressenliste. Erwartungsvoll und mit klopfendem Herzen drückte sie die Sprechtaste. Zuerst klickte es, dann war die Leitung frei. Jordan bekam einen ganz trockenen Mund. Doch Solomon ging nicht ran. Enttäuscht musste sie ihm eine Nachricht auf der Mailbox hinterlassen.

»Solomon? Ich bin's. Hilf mir bitte, wenn du dies hier abhörst. Wir haben es nicht rechtzeitig in die Botschaft geschafft.« *Rums*! Eine Explosion hallte durch die Nacht und erschütterte den SUV. »Lucy bringt uns zum Evakuierungspunkt«, ergänzte sie und sprach lauter, »aber im Moment stehen wir vor einem Lagerhaus beim Flughafen. Sie macht irgendwas, keine Ahnung, was.« *Rums*! »Ich habe Angst, Solomon. Und es tut mir leid, dass ich nicht auf dich gehört habe. Du hattest recht. Es ist hier echt nicht sicher. Aber ich habe Miguel. Er schläft gerade – « Plötzlich brach die Verbindung ab. Jordan versuchte es wieder und wieder, doch keiner der Anrufe kam durch.

Um Lucys Akku zu schonen, schaltete Jordan das Handy schließlich wieder aus, legte es zurück in das Fach, glitt auf ihren Platz zurück und bettete Miguels Kopf an ihre Schulter.

Für einen kurzen Augenblick wurde sie von ihrer Erschöpfung übermannt, als jemand heftig an die Tür klopfte und sie hochschreckte. Adrenalin jagte durch ihre Adern. Außerhalb des Fahrzeugs stritten zwei Männer. Plötzlich fiel der Lichtstrahl einer Taschenlampe durch die getönte Fensterscheibe, und jemand presste sein Gesicht gegen das Glas. Einer der Männer spähte ins Wageninnere.

»Oh mein Gott!«, hauchte Jordan, drückte sich in den Beifahrersitz und versuchte, sich in der Dunkelheit zu verbergen. Doch man hatte sie bereits entdeckt.

»*¡Abre la puerta!*«, befahl der Mann hinter der Scheibe und hämmerte fester gegen die Tür.

Und was jetzt?, fragte sich Jordan und zog Miguel enger an sich. Wie durch ein Wunder schlief der Junge weiter.

Der Mann drückte etwas gegen das Fenster. Jordan erkannte die Umrisse einer Waffe. »Nein! Nicht schießen!«, schrie sie, rutschte zur Beifahrertür und machte diese widerstrebend auf. Ihr Mund war mittlerweile staubtrocken.

Nun erwachte auch Miguel und suchte zunächst wimmernd nach Orientierung, fing jedoch sofort an zu kreischen und verbarg den Kopf an Jordans Brust, als er die Fremden entdeckte.

Die Tür wurde aufgerissen. Zwei schwarz gekleidete Soldaten mit adretten Abzeichen am Arm beugten sich ins Wageninnere und strahlten die beiden Insassen mit ihren Taschenlampen an. Dann bombardierten sie Jordan mit Fragen, die viel zu schnell aufeinander folgten, als dass diese sie hätte beantworten können.

Einer der Männer öffnete die Fahrertür und schnappte sich Lucys Rucksack. Als er ihn durchwühlte, fand er die Regierungsausrüstung sowie die Fertignahrung und bestürmte sie erneut mit Fragen.

Jordan griff nach dem Pass in ihrem Rucksack, während die Männer eine Waffe auf sie gerichtet hielten. »*Mi pasaporte*«, erklärte sie.

Sie rissen ihr den Rucksack aus der Hand.

»Sie kommen aus den Vereinigten Staaten«, warf ihr der Größere der beiden Männer vor und zog seine buschigen Augenbrauen hoch.

»Ja, ich habe diesen kleinen Jungen hier adoptiert. Und nun möchte ich das Land verlassen, habe mich jedoch verirrt«, entgegnete sie und geriet vor Angst ins Schwimmen, sodass ihr Spanisch ziemlich abgehackt klang.

»Sie lügt. Sie arbeitet für die Regierung.«

»Nein, das … das ist nicht mein Auto. Ich habe es mir genommen.«

»Wieso sind Sie hier? Warum haben Sie hier geparkt?«

»Das sagte ich doch schon. Ich habe mich verfahren.«

»Steigen Sie aus!«

Jordan war sich sicher, verloren zu sein. Nun würden die Männer sie verschleppen und in ein venezolanisches Gefängnis werfen lassen, wo sie für immer verschwände. »Bitte«, flehte sie und begann zu weinen, »ich möchte doch bloß Miguel mit nach Hause nehmen.«

Die Tränen strömten nur so aus ihren Augen. An jenem Morgen, als sie von Solomon in den Hubschrauber gezwungen worden war, hatte sie noch geglaubt, dass nichts auf der Welt schlimmer sein könnte, als von Miguel getrennt zu sein. Doch sie hatte sich geirrt.

Ihr Betteln traf auf taube Ohren. Stattdessen wurde sie von den Männern gepackt und aus dem Fahrzeug gezerrt. Dann griffen sie sich ihren und Lucys Rucksack. Jordan versuchte um Miguels willen Ruhe zu bewahren. Er wimmerte ängstlich und klammerte sich an sie wie eine Katze an einen Baum.

»Los!«, befahl einer der beiden Soldaten und zwang sie mit Waffengewalt, vor ihnen herzulaufen.

Jordan riskierte es, einen Blick zurückzuwerfen. Sie konnte nur darauf hoffen, dass Lucy erkennen würde, dass sie und Miguel von Populisten verschleppt worden waren, und dass die Botschaftsangestellte einen Weg fände, sie zu retten.

16

Solomon wollte der erste SEAL sein, der aus einem der vier UH-60-Helikopter auf das Dach der US-Botschaft sprang. Die Maschinen hoben in Begleitung zweier bis unters Dach mit Waffen ausgestatteter Cobra-Kampfhubschrauber von einem Flugzeugträger in der Südkaribik in die böige Luft ab.

Im Gewässer weit unter ihnen zogen sich Gibbons und Teddy gerade in einem SDV, einem winzigen Unterseeboot, von der Hafenstadt Maiquetía zurück. Sie hatten berichtet, dass die Sprengsätze im Munitionsdepot gezündet worden seien und eine Kettenreaktion ausgelöst hätten. Und zwar mit dem von den SEALs erhofften Ergebnis: Ein Truppenkontingent der Populisten war aus Caracas abgezogen worden, um der Sache auf den Grund zu gehen, wodurch sie in der Lage sein würden, ein wenig sicherer zur Botschaft vorzustoßen und ihre Landsleute zu befreien.

Doch Solomon war schon lange genug bei den SEALs, um zu wissen, dass selbst ein perfekt vorbereiteter Einsatz in einem heillosen Durcheinander enden konnte.

Keiner von ihnen hatte zum Beispiel mit schlechter Witterung gerechnet. Zwar rieten die Piloten zur Verschiebung des Einsatzes, doch da das Weiße Haus Druck machte, erging der Befehl wie geplant.

Während sie also durch das Unwetter flogen, musterte Solomon seine Männer im Schein der Innenbeleuchtung. Nur Harley, der sich mit halb geschlossenen Augen auf die ihm gegenüberliegende Sitzbank gefläzt hatte, wirkte vollkommen entspannt.

Er beneidete den Scharfschützen um seine lässige Art. Andererseits war Harley, zumindest soweit er wusste, noch nie richtig verliebt gewesen – jedenfalls nicht so sehr wie Solomon. Nun, nachdem er sich seine Gefühle selbst eingestanden hatte, würde er alles daransetzen, dass die ganze Angelegenheit ein gutes Ende nahm. Wie würde er reagieren, wenn er Jordan endlich gegenüberstand? Würde er ihr einen stürmischen Kuss geben oder sie sich über die Schulter werfen und wie der Teufel losrennen? In diesem Fall müsste er natürlich auch Miguel mitnehmen, denn er war felsenfest davon überzeugt, dass Jordan nicht ohne den Jungen gehen würde.

Nicht nach allem, was sie unternommen hatte, um ihn wiederzubekommen.

Im Hauptbüro des Lagerhauses schob Lucy eine unbeschriebene CD in das Laufwerk des Zentralcomputers und sicherte die Dokumente, die sie sich kurz zuvor angesehen hatte. Die Informationen enthielten eine detaillierte Auflistung der in dem Depot aufbewahrten Waffen und ihrer Herkunft. Mehr benötigte sie nicht, um zu beweisen, dass eine schiitische Splittergruppe mit dem Namen *Partei der Befreiung* die Populisten mit Waffen ausrüstete und ihnen half, das Land zurückzuerobern.

Sie ersetzte die erste CD durch eine zweite und speicherte die Informationen erneut. Dann steckte sie beide CDs in feuer- und stoßfeste Hüllen, schob sie in eine große Tasche an ihrem Hosenbein und löschte ihre Aktivitäten aus dem Verlaufsprotokoll des Computers.

Zu guter Letzt versteckte sie noch ein Bündel Geldscheine für den Hausmeister – einen von der CIA als Informant angeworbenen Einheimischen – an einem vorher verabredeten Ort, wo er es am nächsten Morgen finden würde.

Ihre kleine Aktion hatte ganze vier Stunden in Anspruch genommen – weit mehr Zeit als erwartet. Schuld daran waren die beiden Wachen, die sie außer Gefecht setzen, fesseln, knebeln und quer über den Parkplatz zu einem schrottreifen Eisenbahnwaggon hatte schleppen müssen.

Als sie sich bückte, um den Computer auszuschalten, hörte Lucy einen Klagelaut, bei dem sich ihr die Nackenhaare sträubten. Hatte da nicht ein Kind geschrien?

Sie ging in die Hocke und lauschte. Da war es wieder, begleitet von dumpfem, einschüchterndem Stiefelgetrampel. Entschlossen kroch sie zum Ausgang des Büros, wobei sie mit dem Kopf unterhalb des zum Inneren des Lagerhauses gehenden Fensters blieb.

Ein Krachen kündigte das Erscheinen von Störenfrieden an. Lucy sprang auf und lief geduckt zur Treppe und über den rings um das Gebäude führenden erhöhten Laufsteg.

Doch es war zu spät für diesen Weg. Sie würde bei dem Versuch, die Treppe zu nehmen, sofort entdeckt werden.

Deshalb drückte sie sich klopfenden Herzens mit dem Rücken gegen die Wand und spähte zu den Ladetoren hinunter, die gerade rasselnd geöffnet wurden.

Als die Halogenlampen flackernd angingen, versuchte Lucy, förmlich mit der Mauer zu verschmelzen. *Verdammt*!

Ein Dutzend Soldaten in den Uniformen der Elitegarde schwärmte mit angelegten Maschinenpistolen ins Gebäude. Lucy schauderte frustriert. Wenn diese von den U.S. Navy-SEALs ausgebildeten Männer der Regierung der Gemäßigten nicht in den Rücken gefallen wären, würden sie nun die Guten sein, die ein den Populisten gehörendes und von Terroristen bestücktes Lagerhaus sicherten. Stattdessen waren sie nun vermutlich hier, um sich zu bewaffnen. Ihr Geschrei und die Kommandos verrieten ihr, dass sie nach jemandem suchten – wahrscheinlich nach ihr, denn plötzlich stolperte Jordan in die Szenerie, bleich wie ein Gespenst drückte sie aufgebracht den jammernden Miguel an sich.

Scheiße! *Scheiße*! *Scheiße*!, dachte Lucy, als sie sich ihre Chancen ausrechnete. In Anbetracht der angeknipsten Beleuchtung und der Soldaten, die nun ausschwärmten, um das Lagerhaus zu durchsuchen, war es nur eine Frage der Zeit, bis sie entdeckt werden würde. Und bevor es so weit war, musste sie dringend die CDs loswerden.

Auf der Suche nach einem Versteck für die Hüllen bewegte sie sich Zentimeter um Zentimeter an der Wand entlang.

Der erhöhte Laufsteg ruhte auf massiven vertikalen Trägern. Lucy ertastete einen Spalt zwischen einem der Stützpfeiler und der Wand aus Wellblech und verkeilte die beiden CDs darin. Anschließend markierte sie den Träger mit einem Stück Kreide, das sie immer bei sich in der Tasche trug.

Nachdem die Beweismittel also versteckt waren, zählte sie bis drei, betete, nicht erschossen zu werden, und rannte Richtung Ausgang.

Natürlich schaffte sie es nicht bis aus der Halle. Aber sie hatte auch nicht ernsthaft damit gerechnet.

»*¡Alto!*«, gellte eine Stimme durch das Lagerhaus. Lucy erstarrte und hob ihre Hände. Und schon im nächsten Augenblick wurde ihr die Waffe abgenommen, sie grob angefasst und gezwungen, sich in die Mitte des Lagerhauses zu bewegen. Dort saß Jordan auf einer Kiste und wiegte noch immer Miguel im Arm. Als sie sie bemerkte, schaute sie auf.

Ihr vorwurfsvoller Blick traf sie wie ein Hieb in die Magengrube. »Tut mir leid«, murmelte Lucy.

Jordan befand sich nicht unter den etwa zehn Amerikanern, die sie die Stufen zum Dach hinaufdrängten. Solomon packte den nächstbesten Botschaftsangestellten beim Kragen. »Wo ist Lucy Donovan?«, brüllte er, damit er über das Getöse der Rotoren von vier Helikoptern und die Feuerkraft von zwei Cobra-Kampfhubschraubern, die die Straßen rings um die Botschaft mit einem Kugelhagel eindeckten, verstanden wurde.

»Sie ist nicht hier«, schrie der Mann zurück. »Sie hat es nicht bis hierher geschafft. Ich habe ihr gesagt, sie solle in ihre Wohnung zurückkehren.«

Solomon fluchte. »Hat sie erwähnt, dass eine Frau bei ihr ist?«, fragte er und hielt den Mann fest, ehe er über die Treppe verschwinden konnte.

»Äh –« Der Angestellte musste überlegen. »Ja, tatsächlich, eine Amerikanerin und ein Kind waren bei ihr.«

Solomon warf Gus, der am Fuß der Treppe stand und die Zivilisten dazu anhielt, sich zügig hinauszubewegen, einen Blick zu. »Atwater«, knurrte er über den internen Funk. Eigentlich hatte er damit gerechnet, dass Jordan in der Botschaft sein würde, aber sie war noch bei Lucy – *Himmelherrgott noch einmal*!

»Senior Chief?«, antwortete der Lieutenant.

»Ich gehe mit Ihnen Lucy Donovan suchen. Verschwinden Sie bloß nicht ohne mich.«

Dem CO zufolge hatte Atwater vom Chief of Naval Operations persönlich den Befehl erhalten, Lucy Donovan zu finden und heimzuholen. Die Frau besaß entweder Verwandtschaft höheren Ranges, oder sie war mehr als bloß eine Botschaftssekretärin.

Gus kniff nur die Augen zusammen.

Solomon drehte sich um und drängte den letzten Zivilisten aus der Tür zum Dach in den Sturmwind der MH-60-Helikopter, während die 20-Millimeter-Gatling-Maschinengewehre der Cobra-Kampfhubschrauber weiterhin ohne Unterlass abgefeuert wurden und dabei einen ohrenbetäubenden Lärm machten.

»Noch zwanzig Sekunden bis zum Start«, brüllte Solomon in sein Mikro. »Echo Platoon, Rückzug.«

Acht SEALs lösten sich aus den Schatten, stürmten aus ihren unterschiedlichen Stellungen und stiegen wieder in ihre Helikopter.

Solomon machte gerade den Mund auf, um Harley mitzuteilen, dass er zurückbleiben würde, als er sah, dass Gus in einen der Hubschrauber sprang.

»Bleiben Sie nicht?«, fragte Solomon.

»Negativ, neue Befehle«, antwortete der Lieutenant und klopfte auf das an seiner Brust befestigte Satellitentelefon.

Solomons Stresslevel stieg. Er wollte bleiben und Jordan finden, für eine entspannte Unterhaltung hatte er jetzt keine Zeit, weshalb er dem Piloten mit ausgestrecktem Daumen signalisierte, dass er so weit war. Dann sprang er an Bord und schloss die Luke.

Die Männer hielten kollektiv den Atem an, bis sich die vier Hubschrauber außer Schussweite möglicher Stinger-Raketen befanden. Solomon riss sich den Helm vom Kopf und rückte näher an Gus heran, damit die anderen ihn nicht hören konnten. »Was zum Teufel geht hier vor?«

»Hab einen Anruf gekriegt«, sagte Gus ernst. »Lucy hat vor zwei Stunden mit ihrem Handy telefoniert. Sie konnte via GPS in Maiquetía, in der Nähe des Munitionsdepots lokalisiert werden.«

Solomon starrte ihn entsetzt an. »Großer Gott«, flüsterte er, als er sich vor Augen hielt, was das bedeutete. Die Streitkräfte der Populisten rückten aufgrund der von Gibbons und Teddy ausgelösten Explosionen gerade in großer Zahl nach Maiquetía vor. »Wir müssen sie da rausholen.«

Gus griff sich sein ICS-Headset. »Trident Actual, hier spricht Trident 1«, bellte er in das Mikrofon, das Funkrufzeichen der Kommandozentrale verwendend. »Erbitte dringend Umleitung Trident 1 und 2 zu GPS-Koordinaten 10 Grad, 36 Minuten Nord, 66 Grad, 58 Minuten West. Over.«

»Trident 2, hier ist Trident Actual«, kam die Antwort, doch die Stimme des CO klang zögerlich. »Zu welchem Zweck? Over.«

»Trident Actual, hier Trident 1. Zu dem Zweck, mein Ziel zu bergen, das nicht in der Botschaft war. Over.«

Auf Gus' Anfrage hin folgte langes Schweigen. Dann meldete sich der Commander erneut und wirkte mehr als verhalten. »Trident 1, wir haben einen AWACS-Aufklärer über den Koordinaten, der starke Feindkräfte meldet. Benutzen Sie die alternative Landezone. Trident 2, Sie kehren mit den Helis 3 und 4 zum Treffpunkt zurück.«

»Wird gemacht. Over.« Gus setzte das Headset ab und wechselte einen grimmigen Blick mit Solomon.

»Was zum Henker macht Lucy Donovan in Maiquetía?«, wollte dieser wissen. Ohne eine Antwort abzuwarten, wandte er sich den übrigen drei SEALs zu: Harley, Haiku und Vinny. »Unsere Pläne haben sich geändert, Gentlemen«, verkündete er. »Wir machen einen kleinen Umweg.«

Trotz aufgeplatzter, geschwollener Lippe und einer Rippe, die beim Luftholen schmerzte, war Jordan dankbar: Miguel musste ihr Verhör nicht mitansehen.

Wahrscheinlich lag es daran, dass er selbst aus Venezuela stammte. Auf jeden Fall hatten die Soldaten freundlich mit ihm gesprochen, ihn mit Schokolade geködert und fortgeführt, bevor sie aufgefordert worden war, aufzustehen. Er befand sich nun irgendwo im Gebäude, hatte jedoch aufgehört zu weinen. Jordan war sicher, dass ihm nichts passieren würde.

Für sie und Lucy sah die Situation allerdings anders aus.

Die Soldaten hatten sie getrennt und Lucy die Treppe hinauf in ein verglastes Büro gezerrt. Jordan waren die Handgelenke zusammengebunden worden. Dann hatte sie sich auf eine Holzkiste setzen müssen, von der sie sich Splitter in den Oberschenkeln zuzog. Aus Angst um ihr Leben bemühte sie sich nach Kräften, alle Fragen zu beantworten, die der drahtige *capitán* mit dem dichten Schnauzbart ihr stellte. Er schien ein besonnener Soldat zu sein, gebildet und mit durchaus höflichem Gebaren, sodass sie zunächst die Hoffnung hatte, ihn von ihrer Unschuld überzeugen zu können.

Doch als die Schikanen nicht aufhörten, erkannte Jordan bestürzt, dass ihre Antworten keine Wirkung zeigten. Offenbar glaubte er ihr nicht. Vor Entsetzen und Erschöpfung konnte sie keinen klaren Gedanken mehr fassen und begann sich zu verhaspeln. Plötzlich traf sie ein unerwarteter Hieb, bei dem ihr Herz einen Moment lang aussetzte. Dann hörte sie ein Fiepen in den Ohren.

Das passiert mir nicht wirklich …

»Erklären Sie mir noch einmal, wieso Sie in Maiquetía sind?«, wollte der Kommandant wissen. Nun sah sie den schlanken, ansprechenden Mann mit anderen Augen. Sie hatte es mit einem skrupellosen Mörder zu tun.

»Wir wollten zum Hafen, auf ein Boot«, flüsterte sie erschrocken.

»Aber Sie saßen in einem geparkten Fahrzeug«, stellte der Kommandant fest.

»Ich habe auf meine Freundin gewartet«, beharrte Jordan heiser, »die hier nach dem Weg fragen wollte.« Das war von

Anfang an ihre Geschichte gewesen: Dass sie und Lucy als Amerikanerinnen natürlich beabsichtigten, das Land zu verlassen, sich aber verfahren hätten und sich an diesem Ort nach der richtigen Route erkundigen wollten.

»Raus damit!«, blaffte der Mann und schlug ihr so hart ins Gesicht, dass ihre Zähne in die Oberlippe schnitten.

»Bitte«, flehte Jordan, als sie Blut schmeckte. »Ich sage die Wahrheit. Ich möchte doch nur Miguel adoptieren.«

»Sagen Sie mir, was Ihre Freundin hier gemacht hat, dann lasse ich Sie gehen.«

»Ich weiß es nicht!«, schrie Jordan.

»Sie lügen.« Er rammte ihr sein Knie in den Brustkorb, wandte sich dann jedoch ab und hob ihren Rucksack auf. Als er Miguels Adoptionspapiere herausholte, lähmte die Angst ihre Zunge. Sie schnappte nach Luft, weil sie fürchtete, er könnte die Unterlagen vernichten. Würde dies passieren, wäre alles umsonst gewesen – und das dank Lucy, die sie überhaupt erst in diese Lage gebracht hatte. *Gott verfluche sie!*

Aber obwohl sie wütend auf die Frau war, bangte Jordan dennoch um ihr Leben. Durch das verspiegelte Bürofenster konnte man nicht erkennen, was gerade mit der Botschaftsangestellten geschah, doch der Offizier, der Lucy verhörte, war zwischendurch mit blutigen Fingerknöcheln herausgekommen, um Wasser zu holen.

Der drahtige Soldat, von dem sie vernommen wurde, hockte sich unversehens neben Jordans Knie, griff in ihre Haare und riss ihren Kopf zurück. »Sagen Sie mir, wieso Sie wirklich hier sind«, drohte er erwartungsgemäß, »oder ich werde diese Papiere vernichten.«

Jordan geriet in Rage. Mit einem Aufschrei mütterlicher Wut versuchte sie, auf ihn loszugehen, und trat nach ihm. Sie traf ihn mit einer solchen Wucht, dass der Mann auf sein Hinterteil fiel. Dann sprang sie auf und setzte noch einmal nach, und zwar mit so viel Kraft, wie sie aufbringen konnte, und revanchierte sich für die angeknackste Rippe.

Aber sie hatte es natürlich mit einem ausgebildeten Kämpfer zu tun. Mit einer geschickten Bewegung zog er ihr die Beine unter dem Körper weg, sodass sie nach hinten umfiel und mit dem Kopf laut krachend auf dem Zementboden aufschlug.

Sie fanden die Kreide in Lucys Tasche.

»Wofür ist die?«, wollte der Offizier mit der kastenförmigen Brust wissen, der ihr gerade mächtig zusetzte. Er hielt ihr das Stück so dicht vors Gesicht, dass sie die Kreide riechen konnte, ohne ihr unversehrtes Auge öffnen zu müssen. Das andere war längst zugeschwollen, und der Duft der Kreide mischte sich mit dem metallischen Geruch ihres Blutes.

Als Lucy nicht sofort antwortete, riss er an ihrem Pferdeschwanz, bis ihr die Kopfhaut brannte. »Wozu ist die?«

»Damit spiele ich Himmel und Hölle«, gab Lucy zurück und fuhr in Anbetracht ihrer eher unwahrscheinlichen Erklärung innerlich zusammen. Doch etwas Besseres war ihr auf die Schnelle nicht eingefallen.

»Himmel und Hölle?«, spottete der Offizier.

»Mit Miguel.«

Die Antwort ließ ihn innehalten. »Fragen Sie den Jungen, ob er mit dieser Frau Himmel und Hölle gespielt hat.«

»Ja, Sir«, antwortete der zweite Soldat und schlüpfte zur Tür hinaus.

Der Lieutenant beugte sich über Lucy, hauchte ihr seinen stinkenden Atem ins Gesicht und zischte: »Ich werde Ihnen mit Vergnügen wehtun, wenn ich erfahren sollte, dass Sie mich angelogen haben.«

»Davon bin ich überzeugt«, gab sie zurück und kassierte dafür einen fiesen Hieb, der indes nichts war, verglichen mit dem, was er ihr antun würde, sollte er erfahren, dass sie ihn zu täuschen versucht hatte.

Bei dem Gedanken an den Kreidestrich, mit dem sie das Versteck der beiden CDs markiert hatte, brach ihr der kalte Schweiß aus. Wie wahrscheinlich war es, dass die Soldaten den dünnen rosafarbenen Strich entdeckten?

Bitte, lieber Gott, lass sie ihn nicht sehen. Solange die CDs gut versteckt waren – und solange sie am Leben blieb und sie holen konnte –, würde sie jede Bestrafung dafür in Kauf nehmen.

Die Bürotür wurde geöffnet. Lucy schluckte schwer.

»Der Junge sagt, sie spiele immer Himmel und Hölle mit ihm«, meldete der Soldat schulterzuckend.

Lucy blickte ihn verwundert an. Entweder Miguel dachte sich etwas aus – und sprach mit einem Mal, obwohl er sich sonst beharrlich geweigert hatte –, oder aber der Soldat verspürte Mitleid mit ihr. Er war jünger als sein Vorgesetzter, ein stiller und wachsamer Typ. Das angenähte Schild über seiner Brusttasche verriet, dass er *Santiago* hieß.

Der Lieutenant wirkte verärgert. »Sind Sie sicher?«

»Positiv«, antwortete Santiago, vermied es jedoch, Lucys Blick zu erwidern. »Er hat sogar die Kreide in ihrer Hosentasche erwähnt. Ich denke, sie sagt die Wahrheit.«

Gelobt sei der Herr, ein Verbündeter! Aber reichte das aus, um am Leben zu bleiben?

Der Offizier schüttelte den Kopf. »Nein«, sagte er dann mit bestimmtem Tonfall und verschränkte die Arme vor der Brust. »Hier ist mehr im Busch als das, was sie zugibt. Aber keine Sorge«, brüstete er sich vor dem jungen Soldaten, »sie wird schon noch mit der Wahrheit herausrücken. Dafür werde ich sorgen.«

Als sie das breite Grinsen sah, was nun auf seinem kantigen Gesicht erschien, während er nach seiner Gürtelschnalle griff, drehte sich Lucy der Magen um. Schnell schloss sie ihr unversehrtes Auge. Oh nein, vielleicht hätte sie doch auf ihren Vater hören und lieber zum FBI gehen sollen.

Der Pilot von Trident 1 hielt nach Raketenwerfern Ausschau, als er die fünf SEALs an einem verwaisten Streifen Strand vier Meilen oberhalb der Position absetzte, von der aus Lucy das letzte Mal telefoniert hatte. Kaum dass ihre Stiefel den Sand berührten, trieb Solomon die Soldaten zu einem zügigen Schleichgang an.

Was er durch sein Nachtsichtgerät hindurch sah, hätte man als »vom Regen in die Traufe« bezeichnen können. Zunächst würden sie mit ihren schweren Stiefeln in dem Sand hoher Dünen einsinken, danach müssten sie einen Maschendrahtzaun plus Stacheldrahtkrone passieren. Doch sie arbeiteten sich unbeirrt vor, erklommen die Umzäunung und durchschnitten den Stacheldraht.

Die von Gibbons und Teddy ausgelösten Explosionen tauchten das Gelände in gleißendes Licht, sodass die SEALs sich, als sie die Start-und-Lande-Bahn des Flughafens überquerten, mehr als einmal in den Dreck werfen mussten. Der Boden unter ihnen vibrierte. Kaum hatten sie den Flughafen hinter sich gelassen, trafen sie auf einen Konvoi aus Panzern und gepanzerten Fahrzeugen, der sich dem Munitionsdepot näherte.

Sie warteten eine gefühlte Ewigkeit, bis die Armee der Populisten an ihnen vorbeigerollt war.

Dann warfen die SEALs einen Blick auf ihre Kompasse und schwärmten aus. Es war Vinny, der schließlich auf einem Schrottplatz voller ausrangierter Eisenbahnwaggons Lucy Donovans mutmaßliches Auto entdeckte. Ganz in der Nähe stand ein Lagerhaus, in dem es hoch herging, Militärjeeps kamen und fuhren wieder ab, Männer brüllten Befehle.

Nachdem sie sich wieder gesammelt hatten, durchsuchten die SEALs in aller Stille den Hummer. Solomon zog Lucys Handy zwischen den Sitzen hervor, schaltete es ein und entdeckte – Großer Gott! –, dass er der letzte Mensch war, den die Botschaftsangestellte versucht hatte anzurufen.

Aber wo hielten sie, Jordan und Miguel sich nun auf? Eine böse Vorahnung kam in ihm auf, die ihm das Blut in den Adern gefrieren ließ.

»Wozu zum Henker mag die Schaufel hier gut sein?«, flüsterte Haiku, der mit dem Kopf unter die Rückbank abgetaucht war.

Niemand antwortete ihm. Auf einmal schaute Gus' abrupt auf. »Haben Sie das gehört?«

Auf der anderen Seite des Grundstücks stießen sie auf zwei Männer, beides Wachleute, die gefesselt und geknebelt gegen die Wände eines schrottreifen Waggons traten.

»Das war Lucy«, stellte Gus nach einem Blick auf die Fesseln der Männer fest. »Stellen Sie die zwei ruhig, Vinny«, fügte er hinzu, woraufhin der Sanitätssoldat nach seinen Spritzen griff.

»Lucy ist bestimmt in dem Lagerhaus«, vermutete der Lieutenant weiter, als die SEALs sich im Schatten eines rostigen Waggons berieten.

»Und wo stecken dann die anderen beiden?«, fragte Solomon, der befürchtete, dass sich seine schlimmen Vermutungen bestätigten, und die Zähne zusammenpresste, damit er nicht einen lauten Fluch Richtung Himmel ausstieß.

»Vielleicht hat sie die beiden irgendwo sicher zurückgelassen«, meinte Gus, doch die Anspannung in seiner Stimme verriet Solomon, dass sie dieselben Sorgen teilten.

»Was ist da drin?«, blaffte Solomon, während er das große metallene Gebäude beäugte, dessen Wellblechwände im ablandigen Wind bebten und ächzten. Eine weitere Explosion machte die Nacht zum Tag, abermals gingen die SEALs zu Boden.

»Ich bin mir nicht sicher«, gab Gus zu und spuckte Dreck aus. »Aber Lucy würde kaum solch ein Risiko eingehen, wenn es nicht wichtig wäre.«

Solomon schluckte eine Verwünschung hinunter. Für ihn gab es nichts Wichtigeres auf der Welt, als Jordans und Miguels Sicherheit zu gewährleisten. Er stellte sich vor, wie die beiden gegen ihren Willen in dem Lagerhaus festgehalten wurden, und zermalmte die lockere Erde des Bodens zwischen seinen Fingern. Was sollten er und Silas bloß ohne Jordan anfangen? Oh, warum hatte er sie Miguel nicht schon beim ersten Mal mitnehmen lassen? »Bringen wir den Scheiß endlich hier hinter uns«, bat er und stieß sich vom Boden ab.

»Langsam, Senior Chief«, sagte Gus mit einer Autorität in der Stimme, die Solomon bisher zwar erahnt, aber noch nie direkt erlebt hatte. »Wir machen das auf meine Art.«

Vor Wut zitternd holte Solomon Luft, riss sich jedoch zusammen. Schließlich waren sie ohnehin nur an diesem Ort, weil Gus seine Befehle vom CNO hatte.

Der Lieutenant bedeutete den anderen SEALs, das Gebäude zu umstellen, abzuwarten, die Augen offen zu halten und Bericht zu erstatten. Wenn es darum ging, Geiseln zu befreien, sondierte man normalerweise unter Einhaltung der SEAL-Routinen wie Schichtwechsel, Mahlzeiten und Ähnlichem rund achtundvierzig Stunden lang die Lage und beobachtete nur.

Bei der Aussicht, zur Untätigkeit verdammt zu sein, drehte sich Solomon der Magen um. Doch diese Vorgehensweise war natürlich notwendig, vor allem wenn das Verhältnis, so wie es aussah, fünf zu einem Dutzend Männern oder mehr betrug. Aber allein die bloße Annahme, dass sich Jordan in diesem Lagerhaus befand und vermutlich vor Angst fast verging, machte die intellektuelle Aufgabe taktischer Vorbereitungen praktisch unmöglich. Sein Befehlshaber hatte also gutes Recht gehabt, ihn zu fragen, ob seine Gefühle dem Einsatz im Weg stünden. Am liebsten wäre er, wild um sich schießend, in das Lagerhaus gestürmt, um Jordan, Lucy und Miguel zu befreien und sich selbst als Held des Tages zu erweisen.

Ihm drängte sich der Gedanke auf, dass es dafür bereits zu spät sein könnte.

Lucy war ausgebildet worden, auch eine Vergewaltigung zu überstehen. Überstehen im Sinne von »die Wahrheit für sich zu behalten und sich so weit in sich selbst zurückzuziehen, dass sie praktisch unverwundbar wurde und darüber nicht komplett den Verstand verlor«. Doch das Training auf der Farm hatte keine echte, physische Vergewaltigung beinhaltet, lediglich Belästigungen, mit denen sie bravourös umgegangen war, da sie gewusst hatte, dass ihr Ausbilder ihr nicht wirklich Schaden zufügen würde.

Nun konnte sie allerdings nicht sagen, ob dies auch für die Realität galt.

Der Lieutenant hatte bereits seinen Reißverschluss geöffnet und gewann die Oberhand, als sie sich entschlossen zur Wehr setzte, um ihre Kleider anzubehalten.

Lucy reckte den Hals, wollte dem jüngeren Offizier einen flehentlichen Blick zuwerfen. Doch Santiago stand weit hinten im Schatten an der Tür. *Bitte*, bat sie ihn stumm und biss die Zähne zusammen. Lautes Flehen würde den Lieutenant nur noch anstacheln, der, während er sie immer weiter entblößte, anstößige Äußerungen vor sich hin murmelte.

Er bekam gar nicht mit, wie der jüngere Soldat sich aus dem Büro schlich.

Lucy war machtlos. Also kniff sie das gesunde Auge zu und suchte diesen trügerischen Winkel in ihrem Kopf, an den sie sich zurückziehen konnte. Doch ihr Gehirn kam ihr wie ein Labyrinth vor, durch das sie nun rannte wie eine verängstigte Maus. Plötzlich riss der Lieutenant sie hoch, wirbelte sie herum und stieß sie mit dem Gesicht voran über einen der Schreibtische.

Erst als sie mit der Wange über die Arbeitsplatte schrammte und sich die Hüftknochen an der Kante aufschürfte, tauchte sie in schöne Erinnerungen an ihre Vergangenheit ein, erlebte noch einmal Szenen aus den beiden ersten Jahre auf dem College, als ihr die Welt noch wie ein wunderbarer Ort vorgekommen war, und versuchte sämtliche Gefühle vom Hals aus abwärts auszublenden. Und dennoch schossen ihr die Tränen in die Augen, als der Kerl hinter ihr »Aufstellung nahm«.

Ganz unvermittelt wurde der Raum plötzlich mit Licht geflutet. »Zurück, Lieutenant! Sie haben keine Befugnis, unsere Gefangenen zu demütigen«, bellte ein Mann mit Respekt einflößender Stimme aus Richtung der Tür.

Der Lieutenant reagierte bockig wie ein Kind, umfasste Lucys Taille und schleuderte sie quer durch den Raum. Da sie an den Fußknöcheln gefesselt war, stolperte sie und krachte in einen Aktenschrank aus Metall, wobei sie sich den Kopf an einem der Griffe aufschlug.

Was folgte, war ein heftiger Wortwechsel zwischen dem Hauptmann und seinem Offizier, den Santiago dazu nutzte, um wortlos zu Lucy zu gehen, ihr die Kleidung zu richten und ihr auf ihren Stuhl zurückzuhelfen. Sie spürte, wie ihr warmes Blut an einem der Nasenflügel hinunterlief.

»Was hat sie Ihnen gesagt?«, erkundigte sich der *capitán*.

»Nichts«, blaffte der Lieutenant.

»Wir haben genug Zeit mit dem Verhör der Gefangenen vergeudet«, entschied sein Vorgesetzter. »Bringen Sie die andere Frau hier herauf. Das Kind geht mit uns. Fesseln Sie die beiden. Wir haben anderes zu tun.«

»Und dann?«, wollte der Lieutenant wissen. »Wir können die zwei nicht einfach hier zurücklassen. Sie sind Spione. Das ist doch wohl offensichtlich.«

»Ich habe den Befehl, das Gebäude zu zerstören. Sie werden also nichts mehr verraten können«, fügte der *capitán* vielsagend hinzu.

Lucy bekam eine Gänsehaut. Wollten die Soldaten das Gebäude etwa in die Luft jagen? Großer Gott! Sie wusste, was Explosionen mit dem menschlichen Körper anrichteten. Während ihres Auslandsaufenthalts zu Beginn ihres Studiums hatte eine Bombe am Straßenrand drei Freunde in den Tod gerissen. Aus diesem Grund war sie eigentlich zur CIA gegangen: um dem Terrorismus Einhalt zu gebieten.

So hatte sie sich ihren Abgang jedenfalls nicht vorgestellt.

»Nein«, krächzte sie, doch der Lieutenant würdigte sie keines Blickes und brüllte stattdessen den jüngeren Offizier an: »Santiago, bringen Sie die andere Frau hierher und binden Sie die beiden fest.«

»Ja, Sir.«

Lucy blinzelte durch das Blut, das ihr in das gesunde Auge sickerte, und beobachtete, wie der junge Soldat verschwand. Die beiden anderen Männer schenkten ihr keine Beachtung, während sie darüber diskutierten, welche Kisten sie verladen und welche sie im Lagerhaus lassen sollten. Ganz oben auf ihrer Liste standen Raketenwerfer und Maschinenpistolen. »Wenn wir Platz genug für Gewehre und Munition haben, nehmen wir die auch noch mit. Alles Übrige muss vernichtet werden.«

Santiago kam mit der bewusstlosen Jordan im Arm zurück und versuchte, sie auf den Stuhl zu setzen, der Lucy gegenüberstand. Doch Jordan plumpste auf den Boden. Er ließ sie dort liegen, prüfte den Kabelbinder an ihren Handgelenken und fesselte anschließend ihre Füße.

»Danke«, zischte Lucy ihm zu, so leise, dass die anderen sie nicht hören konnten.

Er sah sie nur an, doch sie bemerkte, wie er erstarrte. Dann trat er hinter sie und drückte ihr unter dem Vorwand, ihre Handfesseln zu checken, sein Messer in die Hände. Lucys Herz machte einen Sprung, als sie ihre Finger um das Heft schloss, damit niemand das Messer bemerkte. *Gott segne dich*!

Der Mann trat ruhig von ihr zurück. »Die Geiseln sind gesichert, Sir.«

Der *capitán* warf einen Blick auf seine Uhr. »Drei Stunden bis Tagesanbruch. Gehen wir!«, befahl er und eilte mit großen Schritten zur Tür hinaus.

Der Lieutenant grinste zum Abschied anzüglich und folgte ihm dann. Santiago riskierte, bevor er das Licht löschte und die Bürotür schloss, einen Blick über die Schulter.

»Jordan«, rief Lucy und ruckelte mit ihrem Stuhl auf Jordans schlaffe Gestalt zu. »Wachen Sie auf«, drängte sie die Frau und stieß sie mit dem Fuß an, während sie sich daranmachte, die zähen Plastikfesseln an ihren Handgelenken zu durchschneiden. Ihnen blieben noch etwa zehn Minuten, dann würde das Gebäude in die Luft fliegen.

17

Jordan fühlte sich, als hätte man ihr mit einer Axt den Schädel gespalten. »Oooh«, stöhnte sie. Selbst das Sprechen tat weh. Als sie sich in eine sitzende Haltung aufrappelte, krampfte sich ihr der Magen zusammen. »Wo bin ich?«, fragte sie, denn sie konnte nur einen dunklen Raum erkennen. Dann fiel es ihr wieder ein, und sie schnappte nach Luft. »Wo ist Miguel?«

»Wir sind im Büro des Lagers«, antwortete Lucy schnell und vor allem leise. »Hören Sie mir zu, Jordan, ich möchte, dass Sie ruhig und gefasst bleiben.«

Jordan bekam eine Gänsehaut. Wie sehr wünschte sie sich, das alles nur geträumt zu haben, aber leider entsprach es der Realität. Sie steckten immer noch in ernsten Schwierigkeiten.

»Wo ist Miguel?«, wiederholte Jordan. Panik erfasste sie. Immerhin ließ das Adrenalin die Kopfschmerzen verschwinden. Doch sie ging in die Knie und begann zu würgen.

»Beruhigen Sie sich«, forderte Lucy sie auf. Jordan konnte nur ihre Silhouette erkennen. »Ich habe mich schon fast befreit, in einer Minute mache ich Sie auch los.«

»Sagen Sie mir«, keuchte Jordan, »wo Miguel ist.«

»In Sicherheit«, antwortete Lucy.

»Wo?«, fragte Jordan noch einmal, diesmal mit schrillerer Stimme.

»Die haben ihn mitgenommen.«

»Nein!« Sie war so weit gekommen, hatte so viel darangesetzt, ihn heimzuholen. Antriebslos sank sie in die Knie. »Ich kann nicht mehr«, flüsterte sie, zu geschockt, um zu weinen.

»Doch, Sie können«, widersprach ihr Lucy. *Zack*! Sie stand auf, bückte sich, um ihre Fußfesseln zu durchschneiden, und tastete sich in der Finsternis zu ihrer Mitstreiterin vor. »Los jetzt.« Etwas Feuchtwarmes tropfte Jordan in den Nacken.

»Sie bluten«, erkannte diese besorgt.

»Ich habe mir den Kopf gestoßen«, antwortete Lucy knapp.

Vor dem Büro wurde es innerhalb des Lagerhauses laut. Männer brüllten. Große Eisentüren gingen rasselnd auf. Ein Laster mit kaputtem, laut knatterndem Auspuff setzte an die Verladerampe zurück. »Was ist da los?«, fragte Jordan.

»Sie laden auf und verziehen sich«, erklärte Lucy.

»Wir dürfen sie Miguel nicht mitnehmen lassen«, entgegnete Jordan und rappelte sich mit wackeligen Beinen auf.

Lucy packte sie am Arm und zog sie auf einen Stuhl. »Jetzt hören Sie mal zu, Jordan«, sagte sie eindringlich und legte Jordan zur Beruhigung beide Hände auf die Schultern. »Es geht momentan nicht um Miguel, sondern darum, dass wir es hier rausschaffen, bevor das Gebäude in die Luft fliegt. Ich werde Ihnen später dabei helfen, Ihren Jungen wiederzufinden, aber zuerst müssen wir hier weg. Verstanden?«

»Warum sollten die das Gebäude in die Luft jagen?«

»Damit Leute wie ich nicht herausfinden, wer sie mit Waffen beliefert. Kommen Sie jetzt, Sie werden durchs Fenster nach draußen klettern.«

»Und Sie?«

Lucy zögerte. »Ich muss vorher noch etwas erledigen. Aber ich komme sofort nach.«

»Soll das ein Witz sein?!«, kreischte Jordan. »Sie haben doch gerade eben selbst gesagt, dass die das Gebäude in die Luft sprengen werden.«

»Es wird nicht lange dauern«, versprach Lucy. »Und jetzt los!« Sie schob Jordan zu einem der großen Fenster auf den

Eisenbahnschrottplatz. »Steigen Sie auf den Schreibtisch«, wies sie sie an, während sie an dem Griff des Fensters zerrte. Als es endlich aufging, wehte eine warme, nach Schwefel riechende Brise herein.

Jordan kniete auf dem Schreibtisch und spähte ein paar Stockwerke in die Tiefe. Das Gelände jenseits des Lagerhauses wirkte still und verlassen, trotzdem schlug ihr das Herz vor Angst bis zum Hals. »Ich kann das nicht«, flüsterte sie.

»Tun Sie es für Miguel«, blieb Lucy hart. »Sie wollen ihn doch wiederhaben, oder?«

Doch trotz dieses Ansporns musste Jordan ihren ganzen Mut zusammennehmen, um mit den Beinen zuerst aus dem Fenster zu klettern und sich rückwärts zu winden, bis sie haltlos über dem Nichts hing.

»Sie können es«, ermutigte sie Lucy noch einmal.

Jordan scheute vor dem enormen Abgrund zurück. Stattdessen klammerte sie sich an dem eisernen Fensterrahmen fest, sodass ihr die Knöchel wehtaten. Sie unterdrückte einen Schreckensschrei, als sie abstürzte und kurz darauf auf dem Boden aufprallte, wobei ihr die Luft aus den Lungen gepresst wurde. Mit einem Tunnelblick kämpfte sie darum, nicht das Bewusstsein zu verlieren, sondern aufzustehen und fortzurennen, doch ihr wurde schwarz vor Augen und ihre Muskeln erschlafften.

Solomon kauerte hinter einem Büschel Seegras an der rechten Ecke des Lagerhauses und beobachtete einen Soldaten, der aus dem Gebäude stolzierte und mit dem Fahrer des beladenen Lastwagens sprach. Irgendwie kam ihm das Gebaren des Mannes bekannt vor. Solomons Nacken kribbelte. *Ja, du verdammter Hundesohn!* Wenn das mal nicht die Elitegarde war, die er und seine Männer vor Monaten ausgebildet hatten, damals, bevor die Soldaten von den Populisten abgeworben worden waren.

Er aktivierte sein Mikro und berichtete Gus von seiner Entdeckung.

»Sind Sie sicher?«, fragte der Lieutenant.

»Positiv«, knurrte Solomon. Er hörte, wie Gus über Satellitenfunk ihren Kommandanten informierte. Die Männer der Elitegarde hatten sie verraten – sich alle einschlägigen Tricks der SEALs angeeignet und anschließend die Seiten gewechselt.

»Wir sollten sie von ihrem verdammten Elend erlösen«, meinte Harley von seiner Scharfschützenstellung aus.

Solomon pflichtete ihm bei. Die Verräter hatten eine angemessene Strafe verdient.

»Yo«, rief Haiku plötzlich. »Da ist gerade jemand aus dem Fenster im ersten Stock gefallen und bewegt sich nicht mehr.«

Solomon blieb vor Schreck das Herz stehen. *Nicht Jordan!* Am liebsten wäre er aufgesprungen, um nachsehen zu gehen, doch die kleinste Bewegung hätte seine Stellung verraten.

»Vinny, sehen Sie sich das mal an«, befahl Gus. »Haiku, Sie geben ihm Deckung.«

Der Petty Officer brauchte ganze vier Minuten, bis er Bericht erstattete. Eine Zeitspanne, in der Solomon abwechselnd heiß und kalt wurde, als er sich vor Augen hielt, dass Jordan etwas Schreckliches passiert sein könnte, und er sich fragte, wo Miguel war.

Endlich meldete sich Vinny zurück. »Es ist Jordan Bliss«, sagte er, und Solomon gefror das Blut in den Adern. »Sie ist bewusstlos, hat eine große Beule am Hinterkopf und sich womöglich was gebrochen. Aber sie lebt.«

Solomon sank in das Seegras und versuchte, an den Halmen Halt zu finden, während sich alles um ihn herum zu drehen schien. *Gott sei Dank!*

»Bringen Sie die Frau in Sicherheit«, befahl Gus grimmig.

Solomon konnte ihm anhören, dass er sich fragte, wo Lucy stecken mochte.

Da erregte Gebrüll aus dem Lagerhaus ihre Aufmerksamkeit. Die venezolanische Elitegarde packte ihre Sachen zusammen und machte sich bereit, mit allem abzuziehen, was sie aus dem Lagerhaus mitnehmen konnte. Mit Planen bedeckte Lastwagen sprangen an und rollten davon, und etwa ein Dutzend Soldaten schwärmte zu den Panzerfahrzeugen aus. Einer der Männer trug ein Kind auf dem Arm. Solomon spähte durch sein Nachtsichtgerät und blinzelte ungläubig. Das konnte unmöglich Miguel sein …

Aber wer sollte es sonst sein? Großer Gott, Jordan würde lieber sterben, als den Jungen noch einmal zu verlieren.

»Sir!«, zischte er ins Funkgerät. »Die haben den Jungen. Wir müssen sie aufhalten.«

»Negativ«, antwortete Gus. »Wir haben keine Zeit für ein Feuergefecht. Der CO möchte, dass wir das Lagerhaus überprüfen. Unsere Kampfhubschrauber werden den Konvoi ausschalten.«

»Keine Kampfhubschrauber«, widersprach Solomon barsch. »Ich wiederhole, die haben Jordans Jungen mitgenommen!«

»Wir haben Befehl, das Lagerhaus zu durchsuchen, Senior Chief«, sagte Gus noch einmal. »Wenn er kein Amerikaner ist, können wir nichts für den Jungen tun.«

Scheiß auf die verdammten Befehle! Solomon hatte sie schon einmal nach Vorschrift befolgt und es seitdem bitter bereut. Zügig glitt er dicht am Boden aus seiner Deckung, um im nächsten Moment auch schon auf den Beinen zu sein, parallel zu dem langsam fahrenden Konvoi zu laufen und sich dabei in die Schatten zu drücken, damit er nicht entdeckt wurde. Über sein Headset hörte er, wie Harley, der ihn als Einziger klar erkennen konnte, Gus Bericht erstattete.

»Mako«, zischte Gus. »Drehen Sie um. *Sofort!*«

Doch Solomon gab vor, ihn nicht zu hören. Er machte jetzt größere Schritte, versuchte mitzuhalten, sein Herzschlag beschleunigte sich, aber es gelang ihm nicht.

Dabei musste er. Wie sollte Jordan seine Liebe jemals erwidern, wenn er nun zuließe, dass Miguel in der Gewalt des Feindes starb?

Solomon schnappte nach Luft, spürte seine Oberschenkelmuskulatur brennen, während er weiter dem Licht der Scheinwerfer eine halbe Meile vor sich folgte. Jeder Schritt in dem unebenen Gelände machte sich im Rücken bemerkbar und stellte sein Durchhaltevermögen auf eine harte Probe. »Nein!«, brüllte er, als er sich schmerzlich seiner Grenzen bewusst wurde. Er würde nicht viel länger Schritt halten, geschweige denn den Konvoi einholen können.

Auf einmal leuchteten zu seiner großen Erleichterung Bremslichter auf, und die Kolonne kam langsam auf offener Straße zum Stehen.

Um nicht entdeckt zu werden, scherte Solomon aus und machte einen Bogen um die Fahrzeuge. Er durfte hierbei nicht draufgehen. Silas war darauf angewiesen, dass er nach Hause zurückkehrte. Als er schließlich zu dem Lastwagen kroch, in dem Miguel festgehalten wurde, behielt er genau im Auge, was sich hinter dem letzten Fahrzeug abspielte. Ein Soldat wuchtete sich gerade einen Raketenwerfer auf die Schulter. Ein zweiter half ihm beim Laden.

Solomon fluchte. »Sir!«, flüsterte er heiser in sein Mikrofon. »Raketenwerfer, Sir! Sie haben angehalten, um das Lagerhaus zu beschießen!«

»Verstanden, Mako. Wir sind im Inneren und suchen nach Lucy. Harley ist Ihnen gefolgt. Harley, können Sie sie aufhalten?«

»Ja, Sir!« Der Scharfschütze schnaubte. »Bin fast in Schussweite.«

»Feuer frei«, befahl Gus.

»Lucy!«, schrie der Lieutenant. Das riesige Lagerhaus wirkte nun vollkommen verlassen. Doch es gab keinen Hinweis darauf, wo die Agentin sich aufhielt. Sie musste wohl bewusstlos sein, wenn sie seine und Vinnys Rufe nicht hörte.

Bei seiner Suche hatte er einen Rucksack aufgehoben, der vermutlich Jordan gehörte, und im Büro Blutspuren – Lucys Blut? – sowie ein offenes Fenster entdeckt. Er kam gerade wieder aus dem Raum, als er ihre Stimme hörte.

»Ich bin hier.«

Erstaunt wirbelte er herum. Sie stand zwar im Zwielicht, aber er erkannte ihre Silhouette. Sie war immer noch so schlank wie auf dem College, sah allerdings deutlich trainierter aus. Als sie einen Schritt auf ihn zukam, erhellte das Licht aus dem Büro ihr Gesicht. Vor Entsetzen verschlug es ihm die Sprache. Blut rann von ihrer Stirn die Nase herab. Eines ihrer Augen war komplett zugeschwollen. Und trotzdem stand dort die schönste Frau, die er jemals zuvor gesehen hatte, vor ihm.

»James Atwater«, sagte sie mit fester Stimme und fast schon gelassenem Tonfall. »Was zur Hölle machst du denn hier?«

Plötzlich schwankte sie leicht, sodass er einen Satz auf sie zu machte, um sie auffangen zu können, sollte sie fallen. Aber natürlich stürzte sie nicht, sondern schlang die Arme um ihn, und er spürte ihren Herzschlag an seiner Brust. Offenbar war sie doch nicht so unbeeindruckt, wie sie tat. »Wir müssen hier raus«, warnte sie ihn. »Der Kommandeur der Elitegarde hat den Befehl erteilt, das Gebäude in die Luft zu sprengen.«

»Gehen wir«, entgegnete Gus, immerhin hatte auch er seinen Auftrag, die vermisste CIA-Agentin zu finden, erfüllt.

Während er sie die Treppe hinunterbrachte, funkte er seine Männer an. »Ich habe sie, Vinny. Räumen Sie das Gebäude, aber pronto. Sie braucht medizinische Hilfe.«

»Mir geht's gut«, protestierte Lucy. Keine Sekunde später gab es eine Explosion, die das das Lagerhaus in seinen Grundfesten erschütterte. »Der Ausgang da ist näher«, sagte die Agentin und zog Gus zu einer verborgenen Tür.

Solomon schob das Nachtsichtgerät hoch und sah Harley auf sich zulaufen. Der Scharfschütze suchte Deckung hinter einer Böschung, stützte die Ellbogen auf einen Felsvorsprung und eröffnete das Feuer auf den Feind. *Bam, bam ...* Die Soldaten mit dem Raketenwerfer strauchelten und fielen zu Boden. Es gab eine Fehlzündung, und die Rakete bohrte sich mit lautem Getöse nicht weit entfernt von ihnen in den Boden.

Kabumm!

Die Explosion löste bei ihrem Gegner hektische Aktivitäten aus. Soldaten strömten aus ihren Fahrzeugen, um ihre Ladung zu verteidigen, wurden jedoch augenblicklich von Harley niedergemäht.

Solomon behielt den Finger am Abzug seiner MP5, doch ihm kam es mehr darauf an, sich den Weg freizuschießen, als die Verräter zu töten. Im Zickzack rannte er, so schnell er konnte, auf den Lastwagen zu, in dem Miguel saß. Der Offizier darin stieß einen überraschten Schrei aus, umklammerte den Jungen und wich vom offenen Fenster zurück.

»Geben Sie mir das Kind«, befahl ihm Solomon, der in ihm einen der Männer erkannte, die er ausgebildet hatte, einen verheißungsvollen Soldaten. »Und anschließend sollten Sie die Beine in die Hand nehmen, *Santiago*.«

Der junge Offizier reichte ihm Miguel wortlos durch das Fenster. Der Junge war derjenige, der protestierte. Ein Blick in Solomons mit Tarnfarbe angemaltes Gesicht genügte, und er schrie vor Panik. Solomon musste ihn sich unter den Arm klemmen, sprang vom Laster und trat, zu seiner Deckung um sich schießend, den Rückzug an.

Wenn Harley die Schützen im Inneren der Militärfahrzeuge mit seinen Adleraugen nicht erfasst hätte, wäre er – gemeinsam mit Miguel – höchstwahrscheinlich trotzdem erschossen worden.

»Mako, Harley, Rückzug!«, rief Haiku über Satellitenfunk. »Ich wiederhole, Rückzug! Die Cobras sind unterwegs.«

Solomon konnte die sich nähernden Kampfhubschrauber über das anhaltende Rattern der Maschinengewehre hinweg hören. Nach einem kurzen Sprint schlitterte er auf dem Hintern zu Harley die Böschung hinunter. Miguel kreischte und wand sich in seinen Armen. Solomon versuchte ihn zu beruhigen, indem er seine Waffe weglegte und ihn behutsam, aber bestimmt in beide Arme nahm. »Es ist gleich vorbei«, flüsterte er ihm tröstend ins Ohr. »Ich bringe dich zu Jordan. Jordan wartet auf dich.« *Auf uns*, fügte er in Gedanken hinzu, in der Hoffnung, dass es wirklich so war.

Als er Jordans Namen hörte, verstummte Miguel plötzlich, während das unheimliche, fast unwirklich wirkende Geräusch der Cobras immer lauter wurde.

Gus und Lucy stürzten aus dem Lagerhaus und lösten Alarm aus. Doch das Geheul ging im Lärm eines Schusswechsels in der Nähe beinahe unter. Inzwischen wussten die gesamten Streitkräfte der Populisten, wo sie sich befanden, also sah er auf die Uhr und aktivierte sein Mikro. »Haiku, Trident 1 soll uns in zwanzig Minuten in der Landezone aufsammeln. Bei uns werden zwei, möglicherweise drei Zivilisten sein«, fügte er für den Fall hinzu, dass es Solomon gelang, den Kleinen zurückzuholen.

»Ja, Sir. Da wir gerade von Zivilisten sprechen, Sir, hier kommt gerade einer zu sich, ich brauche Vinny.«

»Wir sind sofort da.« Doch dann blickte er zum Himmel hinauf. »Nein, sind wir nicht, die Cobras kommen. Kopf runter!«

Solomon schaute nach oben und erkannte die unbeleuchteten Umrisse der Cobras, die in großer Höhe über ihn hinwegsetzten. Mit einem Mal blitzten die Mündungen ihrer Raketenwerfer auf. Solomon hielt Miguel die Ohren zu und rollte sich auf ihn, um den kleinen Körper zu schützen.

Nur für alle Fälle.

Auch wenn die Kampfhubschrauber selten danebenschossen. Ein Zischen war zu hören, gefolgt von mehrfachen Einschlägen, dann waren die vier Lastwagen binnen Sekunden ausgeschaltet und hatten sich in Klumpen verbogenen, geschmolzenen Metalls verwandelt.

Sofort wurde klar, womit sie beladen waren. Während nachfolgende Explosionen den Erdboden erschütterten, drehten die Cobras ab und verschwanden wieder.

Mindestens zwanzig Minuten vergingen, bis sich tödliche Stille über dem Gelände ausbreitete. Zwischen den verkohlten Überresten des Konvois schwelten Brände. Der Gestank verbrannten Fleisches ließ Solomon erschaudern. Zaghaft rückte er von Miguel weg und sah, dass der Junge zur Salzsäule erstarrt war.

Er wiegte ihn wie ein Baby und stand schließlich mit weichen Knien auf, um sich, nachdem er Harley einen ebenso dankbaren wie finsteren Blick zugeworfen hatte, auf den Weg zum Lagerhaus zu machen.

Als sie zu Boden gingen, war nicht ganz klar, ob Gus Lucy mit seinem Körper abschirmte oder sie ihn. Beide lagen halb unter, halb über dem anderen, als die Erde bebte und zahlreiche Explosionen den Himmel erleuchteten und bei ihnen ein Knalltrauma auslösten. Inmitten des ganzen Aufruhrs musterte der Lieutenant seine Collegeliebe und staunte nicht schlecht, wie sehr sie sich verändert hatte.

»Warum hast du mir im Lagerhaus nicht geantwortet, als ich dich gerufen habe?«, fragte er sie, während einer vorübergehenden Schusspause.

»Ich glaube, ich war einen Moment lang weggetreten«, antwortete sie.

Doch er spürte, dass sie ihn anlog. Aber wieso nur?

Etwas in Lucys Hosentasche drückte gegen seinen Oberschenkel. Er konnte nur vermuten, dass sie gefunden hatte, wofür sie an diesen Ort gekommen war. Gut für sie.

Endlich erfüllte Stille die staubige, übel riechende Luft. Gus rappelte sich auf und half Lucy auf die Beine. »Echo Platoon, sammeln beim Hummer«, befahl er. »Hauen wir von hier ab, solange es noch geht. Hast du vielleicht noch deine Autoschlüssel?«, fragte er Lucy.

»Nein, aber unter der Stoßstange sind Ersatzschlüssel.«

»Ausgezeichnet«, murmelte Gus, erleichtert, die Verwundeten nicht zu Fuß zur Landezone bringen zu müssen.

»Ich brauche Dramamin«, flehte Jordan und schaute mit Tränen in den Augen zu dem Arzt auf, der über ihr stand. Sie war halb ohnmächtig von einem Hubschrauber weggebracht worden und hatte geträumt, sie wäre in einem Windkanal gefangen. Dabei meinte sie genau gespürt zu haben, dass sie aus Solomons Armen gerissen und auf einer Bahre in diese kalte, sterile Kammer befördert worden war. *Wo bin ich?*, hatte sie sich gefragt, als ein Uniformierter mit beginnender Glatze sie zu untersuchen begann.

An Bord des Flugzeugträgers Theodore Roosevelt.

Sofort setzte die Übelkeit wieder ein, gegen die sie angekämpft hatte. Sie konnte das Rollen und Stampfen des Schiffes zwar nicht direkt spüren, hörte lediglich das Rumoren der Maschinen, allerdings reichte allein schon das Wissen, sich auf hoher See zu befinden, aus, damit sie seekrank wurde.

»Tut mit leid«, entgegnete der Mann, »aber ich kann Ihnen kein Dramamin geben.«

»Warum denn nicht?«, fuhr sie ihn an, während sie gegen den Drang ankämpfte, sich übergeben zu müssen.

Der Arzt zögerte. »Weil Sie schwanger sind«, antwortete er dann freundlich.

Jordan riss den Kopf hoch und zuckte unter dem Schmerz, der daraufhin folgte, zusammen. *Schwanger!* »Was?! Aber das kann nicht sein.«

»Der Test ist zu neunundneunzig Prozent zuverlässig«, gab er geduldig zurück.

Jordan spürte ein zärtliches Gefühl in sich aufsteigen. Wie konnte sie schwanger sein? Na ja, klar, aber … mit Doug hatte es nicht funktioniert.

»Haben Sie eine Ahnung, wie weit Sie schon sind?«, erkundigte sich der Doktor.

»Höchstens ein paar Wochen«, brachte sie heraus, von der Überraschung noch immer ganz benommen. Oh mein Gott, sie war von *Solomon* schwanger.

»Waren Sie schon einmal schwanger?«

Die Frage erwischte sie eiskalt, und die Realität holte sie wieder ein. Die Vorfreude verwandelte sich in Angst. »Ja, ein Mal«, erklärte sie und schloss die Augen, da ihr erneut übel wurde. Die folgenden Minuten brachte sie damit zu, sich zu übergeben. »Ich hatte aber eine Fehlgeburt«, fuhr sie dann heiser fort. »In der sechzehnten Woche.«

»Wir werden Ihnen eine Infusion geben«, beschloss der Doktor und nickte seiner Assistentin zu. »Wir wollen doch nicht, dass Sie zu viel Flüssigkeit verlieren.«

Beide verschwanden aus ihrem Blickfeld, öffneten diverse Schubladen, und die Arzthelferin rollte einen Infusionsständer neben Jordans Feldbett.

Als der Doktor schließlich die Nadel für die Infusion in eine Vene an ihrem linken Handrücken gleiten ließ, begann Jordan mit geschlossenen Augen zu weinen. *Warum jetzt?*, zerbrach sie sich den Kopf. *Wie nur?*

Zärtlich dachte sie daran zurück, wie sie und Solomon sich geliebt hatten. Niemals zuvor waren ihre Gefühle für jemanden derart leidenschaftlich gewesen. Auf seine unvergleichliche Art war Solomon in ihr Leben gestürmt, hatte sie mit seinem Temperament gefangen genommen und sie in sein Königreich *Camelot* entführt, wo ihr alles so intensiv und überwältigend vorgekommen war.

Aber wie würde er nun reagieren, wenn sie ihm von ihrer Schwangerschaft erzählte? Bei dem Gedanken, er könne vielleicht annehmen, dass sie ihn angelogen hatte oder versuchte, ihn auf diese Weise an sich zu binden, zuckte sie innerlich zusammen. *Gott bewahre!* Obwohl er natürlich allen Grund hatte, misstrauisch zu sein, bedachte man seine Vorgeschichte mit Candace.

Zudem blieb die Chance, wirklich ein Kind zur Welt zu bringen, vernichtend gering. Viel wahrscheinlicher war es, dass sie ihr Kind, wie auch immer Solomon reagieren mochte, eh verlieren würde.

Oh, wie konnte das Schicksal ihr nur so etwas antun? Und warum, wo es doch nur neuen Kummer, neue Verzweiflung nach sich zog?

»Ich möchte Miguel sehen«, bat sie inständig, da sie wissen

wollte, ob das Kind, das sie bereits hatte, nach den ganzen Strapazen unversehrt und wohlauf war.

»Gleich«, versprach der Doktor. »Sorgen wir erst einmal dafür, dass es Ihnen gut geht.«

Doch als er die Hand ausstreckte, griff sie nach seinem Ärmel. »Ich-will-Miguel-sehen. Sofort!«, wiederholte sie mit Nachdruck, wobei sie jedes einzelne Wort betonte. Kaum dass sie den Satz beendet hatte, kam es ihr wieder hoch. Sie stieß den Doktor weg und beugte sich über die Schale auf dem Tisch neben ihrem Feldbett.

»Legen Sie den Jungen auf den Tisch«, forderte ihn die Ärztin im benachbarten Untersuchungszimmer auf.

Aber Solomon, der Miguel wie ein Baby wiegte, rührte sich nicht. »Sie können ihn auch auf meinem Arm untersuchen«, beharrte er, denn er hatte sich geschworen, den Jungen niemand anderem als Jordan zu übergeben – eine symbolische, seiner Reue geschuldete Geste, da er die beiden niemals hätte trennen dürfen.

Die Ärztin machte den Mund auf, um ihn zurechtzuweisen, bemerkte dann jedoch das Funkeln in seinem Blick und überlegte es sich anders. »Na gut«, lenkte sie schließlich ein und trat näher, um mit einer Taschenlampe in die ausdruckslosen Augen des Jungen zu leuchten. »Na, kleiner Mann«, säuselte sie, ohne eine Antwort zu erhalten. »Geht es dir gut?«

»Er muss Jordan sehen, Ma'am«, entgegnete Solomon. »Je früher, desto besser.«

Die Offiziersärztin sah ihn stirnrunzelnd an, während sie mit den Fingern über Miguels Kopf und danach unter die Wolldecke fuhr, in die er gewickelt war, um seine Wirbelsäule und seine Beine zu untersuchen. »Sie wird momentan untersucht, Senior Chief. Aber ich bin sicher, Sie können Sie bald besuchen.«

»Wie bald? Miguel wird erst eine Reaktion zeigen, wenn er sie gesehen hat und weiß, dass es ihr gut geht.« Dasselbe galt auch für ihn, nur dass er, dank seiner Ausbildung, noch dazu in der Lage war, sich zu bewegen, zu sprechen und auszusehen, als würde er nicht unwiderruflich den Verstand verlieren.

Die Ärztin seufzte und trat einen Schritt zurück. »Der Junge steht unter Schock«, diagnostizierte sie. »Es ist wichtig, dass Sie seine Füße hochlegen und ihn warm halten. Ich werde ihm nun ein leichtes Beruhigungsmittel verabreichen.«

»Keine Nadeln«, knurrte Solomon und drückte den Jungen schützend an sich. »– Ma'am«, ergänzte er angesichts des verärgerten Blicks der Ärztin. »Bitte, alles, was er jetzt braucht, ist Jordan.«

»Ich frage Commander Sperry«, blaffte sie zurück und stolzierte davon.

Als sie die Tür öffnete und im angrenzenden Raum verschwand, hörte Solomon, wie Jordan sich gerade würgend erleichterte. Mit geschlossenen Lidern lehnte er sich gegen die Wand. *Bitte mach, dass es ihr gut geht!*

Plötzlich regte sich Miguel, und Solomon riss die Augen wieder auf. Beide sahen einander erschrocken an. Dann holte Miguel tief Luft, fing panisch an zu schreien und wäre Solomon um ein Haar aus den Armen geglitten.

Solomon drückte den Jungen fester an sich, bahnte sich einen Weg ins andere Untersuchungszimmer und machte eine nickende Kopfbewegung Richtung Jordan. »*Mira*«, wandte er sich an Miguel, »schau, da ist Jordan.«

Miguel verstummte augenblicklich und blickte ebenso wie Solomon die Frau vor sich an.

Jordan lag gekrümmt wie ein Fötus da, eine Wange gegen den Rand der Matratze gedrückt, die Lippen geschwollen, grün im Gesicht, die Augen blutunterlaufen, und streckte eine zitternde Hand nach ihnen aus. An der anderen hatte sie den Infusionsschlauch hängen.

»Senior Chief!«, schimpfte die Offiziersärztin, während der langsam kahl werdende Doktor und seine Assistentin ihn finster anblickten.

»Was fehlt ihr?«, wollte Solomon wissen und trat einen Schritt nach vorn, damit Jordan ihre Hand an Miguels Wange legen und ihm etwas Beruhigendes zuflüstern konnte, woraufhin sich der Junge sofort entspannte.

»Sie hat eine Gehirnerschütterung«, antwortete der Commander, »eine gestauchte Rippe und einen verdrehten Knöchel. Und durch die Gehirnerschütterung wird ihr immer wieder schlecht«, fügte er hinzu.

»Und seekrank bin ich auch«, krächzte Jordan, während sie sich aufzusetzen versuchte, um Solomon Miguel abzunehmen.

»Leg dich sofort wieder hin«, befahl Solomon besorgt. »Ich setze ihn neben dich aufs Bett.«

Als er das tat, zog sie den Kleinen sofort an sich und beruhigte ihn, da er erneut zu weinen anfing, dieses Mal jedoch vor Erleichterung. Auch ihr selbst schossen die Tränen in die Augen und kullerten ihr über die Wangen.

Solomon wusste nicht, was er tun sollte. Also zog er sich mit dem Fuß einen Hocker heran und setzte sich zu den beiden, um ihnen zu zeigen, dass er bei ihnen bleiben würde. »Wir wären jetzt gern allein«, wandte er sich an die anderen Anwesenden.

Der Commander warf Jordan einen Blick zu. »Sie haben fünf Minuten.« Dann nickte er und bedeutete den anderen damit, vor ihm hinauszugehen.

Solomon wartete, bis die Tür ins Schloss fiel, bevor er einen Arm um Jordan und Miguel schlang und die beiden ungestüm an sich zog. »Jordan?«, fragte er. »Was kann ich für dich tun, Schatz?«

Aber zu seiner Bestürzung schüttelte sie nur den Kopf, vergrub das Gesicht im Kissen und begann still vor sich hin zu weinen.

Was zum Teufel …? Sie hätte doch glücklich sein müssen. Er hatte alles in seiner Macht Stehende unternommen, um dafür zu sorgen, dass sie es war, es bei Miguels Befreiung sogar mit der Elitegarde aufgenommen. Was wollte sie denn noch um Himmels willen?

»Ich habe Miguels Papiere gerettet«, platzte er in der Annahme heraus, dass sie sich noch immer darum sorgte, den Jungen nicht heimholen zu können. »Sie sind in deinem Rucksack in Vinnys Spind.«

Jordan zog die Nase hoch und hob den Kopf vom Kissen. »Er hat mir im Hubschrauber erzählt, was du alles auf dich genommen hast, um Miguel zu bekommen. Oh, Solomon, wie soll ich dir jemals dafür danken?«

Indem du mich heiratest. Er hielt sich gerade noch zurück, es auszusprechen. Für einen Mann, der eigentlich seinen Glauben an die Liebe verloren hatte, ging er womöglich ein wenig zu übereilt ans Werk.

»Du schuldest mir nichts«, widersprach er ihr und strich eine Haarsträhne aus ihrem tränennassen Gesicht. Beim Anblick ihrer aufgeplatzten Unterlippe und den Blutergüssen an den Wangen legte er die Stirn in Falten. »Was haben diese Arschlöcher dir angetan?«, wollte er wissen.

Sie verzog das Gesicht und fing erneut an zu weinen.

»Oh, Jordan, großer Gott!« Er erbleichte, als ihm die schlimmste aller Möglichkeiten in den Sinn kam.

»Nein«, gab sie aufgeregt zurück und schüttelte vehement den Kopf. »Nein, Solomon, die haben mich nicht vergewaltigt.«

»Sicher?« Das hätte ihren Gefühlsausbruch und die Tränen erklärt.

»Absolut.«

Er glaubte ihr, musste jedoch zwangsläufig an die Gefahren denken, denen sie sich ausgesetzt hatte, und Wut stieg in ihm auf. »Himmel noch eins, Jordan! Du hättest sterben können. Und was, wenn Miguel etwas zugestoßen wäre? Du kannst wirklich von Glück sagen, dass alles so glimpflich ausgegangen ist.«

»Es tut mir leid«, schluchzte sie, streckte die Hand nach ihm aus und barg ihr feuchtes Gesicht an seiner Schulter. »Es tut mir leid, dass ich abgereist bin, ohne dir vorher Bescheid zu sagen. Ich fand es fürchterlich, nicht ehrlich zu dir zu sein –«

Er legte beruhigend den Arm um sie und genoss das Gefühl ihres Kopfes an seiner Schulter. »Halt, du musst dich nicht bei mir entschuldigen«, unterbrach er sie. »Ich hätte dich Miguel schon beim ersten Mal mitnehmen lassen oder wenigstens eine Möglichkeit finden sollen, ihn früher zurückzuholen. Es war mein Fehler.«

Seine Worte ließen sie noch heftiger schluchzen.

Jordan war erschöpft und stand unter Schock, stellte Solomon fest, der sich verzweifelt wünschte, sie aufheitern zu können. »Sieh mal, Schatz«, sagte er mit einem dermaßen sanften Tonfall, dass seine Kameraden gewiss die Nasen gerümpft hätten, »du machst Miguel Angst. Aber du musst jetzt stark für ihn sein. Verstehst du?«

Miguel schmiegte sich an sie, in seinen dunklen Augen spiegelte sich Verwirrung wider, während er von einem zum anderen blickte. Jordan hob schniefend und gequält lächelnd den Kopf. »Mir geht es gut, Miguelito. *Estoy bién*. Ich bin nur so froh, dass du hier bei mir sein kannst und dass Solomon bei uns ist.« Abermals schossen ihr die Tränen in die Augen und straften ihre Worte Lügen. Solomon fühlte sich mit einem Mal extrem unwohl.

»Wir reden weiter, sobald du dich ausgeruht hast, Jordan«, entschied er, da er sich das Elend nicht länger mitansehen konnte.

»Geh nicht!«, bat sie ihn und umfasste sein Handgelenk. »Ich kann immer noch nicht glauben, dass ich noch lebe, dass du noch lebst und dass Miguel bei uns in Sicherheit ist. Bitte, bleib.«

»Du bist viel zu erschöpft«, blieb er hart, in der Hoffnung, dass sie zur Ruhe kommen würde. Er hielt es einfach nicht aus, sie so zu sehen. »Ich habe seit achtundvierzig Stunden nicht mehr geschlafen«, fügte er hinzu, da er wusste, dass sie seine Bedürfnisse über ihre eigenen stellen würde, als es an der Tür klopfte.

Es war Solomons Stichwort für seinen Abgang. Also stand er auf, beugte sich zu Jordan herunter und küsste sie auf die feuchtkalte Wange. »Alles wird gut, Süße«, flüsterte er ihr zu, erstaunt, wie leicht ihm der Kosename über die Lippen kam. »Bald sind wir wieder zu Hause. Silas wird sich ziemlich freuen, dich zu sehen, und alles wird genau so sein wie früher.«

Sie nickte, doch aus irgendeinem Grund begann sie wieder zu weinen, als würde sie irgendetwas bedrücken.

18

Jillian fuhr sich mit dem Handrücken über die schweißnasse Stirn, wuchtete dann den Sattel vom Rücken des Pferdes und wandte sich damit dem Bock zu. Plötzlich spürte sie ein Ziehen im Bauch, musste in der Bewegung innehalten und nach Luft schnappen. Als es stärker wurde und sich in einen stechenden Schmerz verwandelte, ließ sie den Sattel fallen, griff sich an den Bauch und krümmte sich nach vorn.

Keuchend wartete sie darauf, dass der Schmerz wieder abklang, und versuchte, flach zu atmen. Sie hatte schon zwei Kinder zur Welt gebracht. Aber so heftige Wehen waren ungewöhnlich.

Sie schleppte sich langsam Richtung Büro. Wenn sie sich kurz hinsetzte und ausruhte, würde es ihr wahrscheinlich bald wieder besser gehen. Rafael hatte mit seiner Mahnung, sie solle vorsichtig sein, wohl recht gehabt. Bedachte man, dass das Baby in vier Wochen kommen sollte, mutete sie sich viel zu viel zu.

Doch sie schaffte es nicht mehr bis zum Haus. Ein furchtbares Ziehen zwang sie in die Knie. Sie sah Staub aus dem Stroh aufsteigen und in der Spätnachmittagssonne glitzern. Und als sie Atem schöpfte und schwach um Hilfe rief, stieg ihr der stechende Geruch von Heu und Pferdemist in die Nase. »Graham!«

Vermutlich saß er gerade vor seinem Computer, hatte Kopfhörer auf und konnte sie deshalb nicht hören. »Agatha!«

Etwas Warmes, Nasses rann ihre Beine hinunter. Offenbar war ihre Fruchtblase geplatzt. Doch als sie an sich hinabblickte, stellte sie entsetzt fest, dass sich ihre Shorts im Schritt scharlachrot färbten. Blut … Sie blutete.

Da sie ausgebildete Krankenschwester war, erkannte sie sofort, was mit ihr nicht stimmte. *Abruptio placentae* … Die Plazenta hatte sich von der Wand ihrer Gebärmutter abgelöst. Mit dem Ergebnis, dass ihr Baby nun an Sauerstoffmangel litt und sie selbst ohne Weiteres verbluten konnte.

»Oh nein!« Sie brauchte dringend Hilfe. Also versuchte sie aufzustehen, doch die Schmerzen waren einfach zu stark, und bei jeder Bewegung verlor sie noch mehr Blut. »Hilfe!«, rief sie und schleppte sich in Richtung des offenen Scheunentors. »Graham! Agatha! Helft mir!«

Sie wollte sich gerade die weiteren sechs Meter zum Büro vorkämpfen, als Graham aus dem Haus gestürzt kam. »Mom? Hast du mich gerufen?«

»Hilf mir!«, schrie sie und kämpfte gegen die Panik an, die ihr die Kehle zuschnürte. »Schnell!«

Im nächsten Augenblick fiel sein Schatten auf sie. »Mom!«, rief er, dann versagte ihm die Stimme.

»Lauf ins Büro und ruf 9-1-1 an. Schnell, ich brauche einen Krankenwagen.«

»Oh Scheiße!«, stöhnte er, eine Oktave höher als sonst. »Da ist Blut!«

Viel zu viel Blut, dachte Jillian, behielt ihre Befürchtung aber für sich. Ihre größte Sorge galt dem Baby.

Zwanzig Minuten später stand Graham in der Auffahrt und hielt seine kleine Schwester an der Hand, während sie dem Krankenwagen nachsahen, der mit Blaulicht davonbrauste. Die plötzliche Stille war beinahe schon unheimlich. Durch den Stoff seines T-Shirts spürte er Agathas tränennasses Gesicht. »Muss Mama jetzt sterben?«, flüsterte sie.

Ihre Worte ließen ihn erschaudern, sodass er ihr schnell widersprach: »Nein!« So abscheulich konnte Gott doch nicht sein. Oder etwa doch? Graham war in letzter Zeit nicht gerade ein Mustersohn gewesen. Er wusste, seine Mutter arbeitete zu hart, hatte aber keinen Finger krumm gemacht, um ihr zu helfen, sondern lieber in Selbstmitleid gebadet und sich darüber geärgert, dass sie eine Affäre mit einem neuen Mann begann.

Doch angesichts der noch frischen Erinnerung an das aschfahle Gesicht seiner Mutter schien nichts davon mehr eine Rolle zu spielen.

Womöglich würde sie sterben. Immerhin hatten die Sanitäter, von denen sie auf einer Rollbahre in den Krankenwagen geschoben worden war, gerufen: »Sie verliert zu viel Blut. Fordern Sie Transfusionen und ein Ultraschallgerät an!«

»Was ist mit meinen Kindern?«, hatte Graham Jillian noch schreien hören, dann wurden die Türen von innen geschlossen.

»Die können wir im Krankenwagen nicht mitnehmen, Ma'am. Das ist verboten. Ihr Vater soll mit ihnen nachkommen.«

»Mein Vater ist tot!«, hatte Graham sie angeschnauzt.

»Tut mir leid, Junge. Dann ruf einen Nachbarn oder sonst wen an.«

»Ruf Rafael an, Graham.« Dann waren die Türen zugeknallt und Bruder und Schwester sich selbst überlassen worden.

Sie hatten auch früher schon allein zurechtkommen müssen. Aber noch nie auf diese Weise.

Graham zitterte. Er würde Camerons Mutter anrufen. Vielleicht konnte die sie ja zum Krankenhaus fahren.

»Komm jetzt rein, Agatha«, murmelte er, legte einen Arm um sie und führte sie in ihr stilles Haus zurück, wo er sie aufs Sofa setzte, um Camerons Eltern anzurufen. Doch dort ging niemand ans Telefon. Und ihre Tante Jordan hielt sich in Venezuela auf. Wen also sollte er bloß verständigen?

Als er Agathas Schniefen hörte, ging er zu ihr, um sie zu beruhigen. Er musste nachdenken. In der Nacht, als sie ihren Vater verloren hatten, war es ähnlich gewesen. Er konnte sich noch daran erinnern, Agatha getröstet zu haben, obwohl er selbst total durcheinander gewesen war und sich gefragt hatte, wie es möglich war, dass sich alles von einem Moment zum anderen änderte.

Was, wenn er seine Mutter nie mehr lebend wiedersähe?

Angsterfüllt lief er vom Sofa aus in die Küche zurück und wählte die Nummer auf der Visitenkarte, die an der Korktafel hing.

»Jillian«, meldete sich der FBI-Agent, und ein warmer Unterton lag in seiner rauen Stimme.

Graham hielt das Telefon mit beiden Händen fest umklammert. »Nein«, antwortete er. »Hier ist Graham. Meine Mutter hat gesagt, ich solle Sie anrufen.«

Rafe zögerte. »Was ist los, Graham?«

Graham stellte verschämt fest, dass seine Stimme brach. »Ein Krankenwagen hat Mom mitgenommen«, krächzte er. »Die Sanitäter meinten, sie würde … verbluten«, fügte er hinzu, als ihm das Wort wieder einfiel. »Aber die wollten uns nicht mitfahren lassen.«

Der Agent zischte etwas, anscheinend einen fremdsprachigen Fluch. »Ich komme sofort«, sagte er dann und legte auf.

Lucy streifte durch den Flugzeugträger, bis sie in einer kleinen Zelle neben der Offiziersmesse ein Satellitentelefon gefunden hatte. Sie stellte eine Verbindung mit dem Hauptquartier her, gab ihren Aufenthaltsort an und wappnete sich gegen einen Verweis.

»Wissen wir«, sagte Gordon Banks, ihr direkter Vorgesetzter.

»Sie wissen es?«, reagierte Lucy überrascht. »Woher? Haben Sie mir heimlich einen Mikrochip eingepflanzt?«

»Nein, nein. Der SEAL, der sie rausholen sollte, gehört zu uns.«

Als sie begriff, was da vorgegangen war, jagte ihr ein Schauer den Rücken hinunter. »Welcher?«, fragte sie, obwohl sie die Antwort intuitiv bereits wusste.

»Lieutenant Atwater.«

Damit handelte es sich bei James Augustus Atwater also nicht bloß um einen SEAL – was schon für sich genommen absolut erstaunlich war –, sondern er hatte dieselbe Ausbildung bei der CIA genossen wie sie selbst.

»Wir sind froh, dass es Ihnen gut geht, Lucy. Und wir möchten Sie so bald wie möglich hier sehen«, wies Gordon sie an.

»Natürlich.« Sie würde eingehend befragt und zurechtgewiesen werden, weil sie Befehle missachtet hatte. Hoffentlich bewirkten die Informationen, die sie in dem Lagerhaus heruntergeladen hatte – Beweise, dass die Schiitische Befreiungspartei die Populisten mit Waffen versorgte –, nicht bloß, dass sie ihre Karriere retten konnte. Vielleicht sorgten sie auch dafür, dass sie am Ende sogar befördert wurde.

Solomon reckte und streckte sich und stieß dabei mit dem Ellbogen gegen die Stahlwand, die seine Koje zu einer Seite hin begrenzte. Dann strampelte er die Wolldecke, die zur Standardausstattung des Militärs gehörte, weg und schwang sich aus dem Bett, wobei er darauf achtete, sich an der niedrigen Decke nicht auch noch den Kopf zu stoßen.

Jordan! Die Tatsache, dass sie sich gesund und wohlbehalten auf diesem Flugzeugträger befand und Miguel wieder bei ihnen war, machte ihn dermaßen glücklich, dass er am vergangenen

Abend vor Freude geweint hatte, als er erschöpft in seine Koje gefallen war. Ihr Gefühlszustand beunruhigte ihn allerdings, weshalb er dennoch schlecht geschlafen hatte.

Er schlüpfte eilig in die Stiefel neben seinem Bett und stapfte, da er so schnell wie möglich zu ihr wollte, in das Bad neben dem Schlafraum des Chiefs.

Sein ungepflegtes Äußeres im Spiegel veranlasste ihn dazu, sich zu rasieren, die Zähne zu putzen und zu duschen. Schließlich griff er sich mit einem am Kinn wehenden Stück Toilettenpapier eine frisch gewaschene Jacke und eilte auf die Krankenstation.

Der zur Glatze neigende Commander zuckte schuldbewusst zusammen, als Solomon zur Tür hereingestürmt kam. »Senior Chief«, begrüßte er ihn wenig begeistert.

»Wie geht es ihr, Sir?«, fragte Solomon und lief gleich zu Jordans offenem Zimmer durch, blieb jedoch wie angewurzelt stehen, als er es leer und sauber vorfand. »Wo ist sie?« Er wirbelte herum. »Und wo ist Miguel?«

»Die, äh, Botschaftsmitarbeiter sind mit Hubschraubern bereits wieder in die Staaten gebracht worden. Miss Bliss und der Junge auch.«

Solomons Blutdruck schoss in die Höhe. »Und keiner hat daran gedacht, mich davon in Kenntnis zu setzen?«, grollte er ungläubig.

»Sie hat extra darum gebeten, Sie in Ruhe zu lassen, damit Sie sich, äh … ausruhen können«, stammelte der Doktor.

»Und was ist mit den Adoptionspapieren des Jungen?«, erkundigte Solomon sich mit zusammengepressten Zähnen.

»Ihr Sani hat sie aus seinem Spind geholt.«

Ein Blick auf die Abzeichen des Arztes rief Solomon ins Gedächtnis, dass er es bei Commander Sperry mit einem hochrangigen Offizier zu tun hatte. Es wäre seiner Karriere sicher nicht zuträglich gewesen, wenn er das Gesicht des Mannes »umgestaltet« hätte. Also drehte er sich lieber um und marschierte hinaus, allerdings ohne zum Abschied ordnungsgemäß zu salutieren.

Rafael Valentinos Lexus hatte Ledersitze und eine ausgezeichnete Anlage. Zu blöd nur, dass die Musik, die aus den Boxen kam, nur etwas für alte Leute war. Graham fand sie schauderlich. Dafür fuhr Valentino ziemlich schnell, rund neunzig Meilen pro Stunde, was unter anderen Umständen echt cool gewesen wäre.

Graham hatte ihm genau berichtet, was passiert war und was die Sanitäter über die Bluttransfusion gesagt hatten. Die dunkle Haut des Agenten wirkte in der Spätnachmittagssonne gelblich. Unter dem Haaransatz glänzten winzige Schweißperlen auf der Stirn.

Graham bemerkte mit einer Mischung aus Schuldgefühlen und Furcht, dass der Agent genauso viel Angst hatte wie er und Agatha.

»Wir sind wegen Jillian Sanders hier«, sagte Rafe am Krankenhausempfang. »Sie wurde vor einer halben Stunde mit einem Krankenwagen eingeliefert.«

Die Frau an der Anmeldung schaute in ihrem Computer nach und teilte ihnen mit, dass Jillian sich auf der Entbindungsstation befinde. Dann rief sie dort an. »Ich schicke Jillian Sanders' Familie rauf«, gab sie durch.

Rafe warf Graham einen Blick zu, da er damit rechnete, dass der Junge die Frau korrigieren würde, doch Graham sagte keinen Ton.

Sie hatten kaum den Aufzug verlassen, als sie von einer untersetzten Krankenschwester mit grimmiger Miene in Empfang genommen wurden, die sie geschäftig Richtung Entbindungsstation schob. »Sie können mit nach hinten kommen, Mr Sanders, Ihre Frau bekommt gerade einen Notfallkaiserschnitt, die Kinder müssen deshalb hier draußen warten. Aber es gibt einen Fernseher und Spiele für sie.«

Wieder schaute Rafe zu Graham herüber. »Wird sie wieder gesund?«, fragte der Teenager, der immer noch die Hand seiner Schwester hielt.

»Ihr Zustand ist kritisch«, gab die Krankenschwester ohne das geringste Anzeichen von Mitgefühl zurück.

Graham ergriff Rafes Ärmel. »Lassen Sie sie nicht sterben«, bat er und konnte nur mühsam seine Tränen unterdrücken.

»Nein«, antwortete Rafe, den ein schrecklich vertrautes Gefühl der Ohnmacht erfasste. Am liebsten hätte er beide Kinder in den Arm genommen und beruhigt, doch die Krankenschwester drängte ihn bereits durch eine Sicherheitsschleuse und einen sterilen Korridor entlang.

»Sie müssen sich von den Händen bis zu den Ellbogen waschen«, sagte sie und dirigierte ihn in eine Nasszelle mit einem Waschbecken, »und diese Handschuhe hier anziehen. Anschließend gehen Sie bitte durch die Tür dort.«

Als er mit blauer Haube, einem dazu passenden Papierkittel und Überschuhen an den Füßen durch die zweite Schleuse trat, drehte sich ihm der Magen um. Sein Blick fiel auf eine von Tüchern bedeckte, unter grellen Lampen liegende Gestalt. Jillians lange blonde Haare waren, bis auf eine entschlüpfte Strähne, unter einer Haube wie seiner versteckt.

Er näherte sich ihr, wobei er es vermied, auf die vielen Schichten Papier zu schauen, die ihren Unterleib verhüllten. Er hatte keine Ahnung, womit er rechnen musste oder ob er überhaupt willkommen war. Jillian schien bereits in Narkose zu liegen. Doch dann rief der Doktor: »Mr Sanders, kommen

Sie herein, nehmen Sie sich einen Hocker«, und sie machte die Augen auf. Als sie den Kopf drehte, verwandelte sich ihr erschrockener Blick in ein Lächeln matter Erleichterung.

»Rafael«, hauchte sie und winkte ihn mit einer Hand zu sich heran.

Er ließ sich auf einen Hocker sinken, erleichtert darüber, dass eine Trennwand den Blick auf den Eingriff versperrte, der gerade an ihrem Bauch vorgenommen wurde. Doch Jillians Gesicht, aus dem mittlerweile sämtliche Farbe gewichen war, machte ihm Sorgen. Er küsste ihre Fingerknöchel und kämpfte gegen den plötzlichen Drang an loszuweinen.

»Hast du die Kinder dabei?«

»Ja.«

»Ich bin überrascht, dass sie dich – «

»Psst«, zischte er ihr ins Ohr. »Sonst werde ich noch hinausgeworfen. Oder möchtest du das?«

Sie schüttelte den Kopf, dann schloss sie die Augen und atmete tief ein. »Ich bekomme so schlecht Luft.«

»Das Baby ist fast da«, verkündete der Doktor und warf einen Blick auf die Überwachungsmonitore. Dann schaute er die Krankenschwester eindringlich an. »Der Blutdruck ist zu niedrig, wir müssen uns beeilen.«

Ungeachtet seines sachlichen Tonfalls bekam Rafe mit, worum es ging: Jillians Zustand war bedenklich.

»So, das hätten wir. Es ist ein kleines Mädchen«, rief der Arzt schließlich, zog etwas Nasses, Rosiges aus Jillians Bauch und zeigte es den vermeintlichen Eltern kurz. Das runzlige Gesichtchen rief bei dem FBI-Agenten Erstaunen hervor.

»Hast du sie gesehen?«, rief Rafe aus, als das OP-Team das Baby mitnahm, um es zu untersuchen.

»Sie schreit nicht«, bemerkte Jillian mit ebenso schwach wie besorgt klingender Stimme. »Warum schreit sie nicht?«

Niemand antwortete ihr. Rafe sah sich nach den mit dem Baby beschäftigten Schwestern um.

»Oh Gott«, stöhnte Jillian. Tränen rannen aus ihren Augen. Plötzlich gaben die Maschinen, die ihre Vitalwerte maßen, ein unheilvolles Alarmgeräusch von sich. »Es ist meine Schuld.«

Der Doktor blickte kurz auf und fuhr dann wieder mit seiner Arbeit fort. »Wir müssen das hier kauterisieren. Sie verliert zu viel Blut.« Er wollte sich unauffällig mit seiner Assistentin besprechen, doch Rafe bekam jedes Wort mit. Bis ins Mark erschüttert sah er nach, ob Jillian den Arzt ebenfalls gehört hatte, doch anscheinend war sie in Ohnmacht gefallen.

»Jillian!«, rief er und tätschelte ihr die Wange. Keine Reaktion. »Sie ist bewusstlos, Doktor!«, verkündete er besorgt.

»Das ist nicht ungewöhnlich, Mr Sanders, sie hat viel Blut verloren«, antwortete der Doktor. Er wirkte auch weiter zuversichtlich, entschlossen, aber äußerst unnahbar.

Was er sah und vor allem roch, förderte tief in seinem Inneren vergrabene Bilder zutage und erschütterte Rafe zutiefst. Erinnerungen an eine ähnlich albtraumhafte Situation kamen ihm in den Sinn. Seine Frau hatte auch so dagelegen, während ohne Unterlass Blut aus ihr geströmt war, da ihr Gangster in den Bauch geschossen hatten. Sein Baby, Emanuel, war mit einem Kopfschuss getötet worden und hatte noch in ihren Armen gelegen. Und dann waren da noch Tito und Serena auf dem Sofa gewesen. Der Junge hatte oben gelegen, das Blut der beiden Kinder hatte sich gemischt.

»Bitte!«, krächzte er, sodass er selbst und der Doktor sich erschreckten. »Lassen Sie nicht zu, dass sie stirbt!«

»Ruhig, Mr Sanders«, beruhigte ihn der Arzt. »Wie haben alles im Griff.«

Aber Rafe hatte gar nicht mit ihm gesprochen. Er hielt Jillians kalte Hand zwischen seinen Händen, zeigte Demut vor dem zerbrechlichen Band zwischen ihnen und betete, wie er es noch nie zuvor getan hatte. Er betete zu einem Gott, von dem er annahm, dass er ihn schon lange nicht mehr erhörte. Und er betete, bis es ihm gelang, alles und jeden in dem Operationssaal auszublenden, und nur noch seine verzweifelt geflüsterten inbrünstigen Fürbitten über ihren gefalteten Händen Wirklichkeit waren.

Erst der laute Schrei des Babys ließ ihn aufblicken. Bei diesem kräftigen, gesunden Laut verspürte er etwas, das er bereits vor langer Zeit verloren geglaubt hatte: Hoffnung!

»Wie geht es ihr?«, fragte er, als er beruhigt feststellte, dass Jillian gleichmäßig atmete.

»Die Blutung hat nachgelassen, Mr Sanders«, antwortete der Doktor. »Ihre Frau wird sich wieder vollständig erholen.«

Rafe sackte erleichtert zusammen und begann zu weinen. *Meine Frau*, dachte er, darüber verwundert, wie zutreffend und selbstverständlich sich diese Formulierung anhörte. Es war, als hätte Gott geplant, dass diese Frau zu ihm gehörte.

Ihre Lider begannen zu flattern. »Wach auf, meine Schöne«, flüsterte er und strich ihr die lose Haarsträhne hinters Ohr.

Die Krankenschwester mit den Hängebacken, von der sie auf der Station in Empfang genommen worden waren, strahlte, froh darüber, dass Jillian es geschafft hatte. »Da möchte Sie ein kleines Mädchen sehen«, säuselte sie und legte Rafe das in eine Decke gewickelte Baby in den Arm. »Sie müssen sie nehmen, Dad. Die Mama ist noch ein bisschen schwach.«

Erschreckt darüber, wie winzig die Kleine war, nahm nahm er sie auf den Arm. »*Dio mio*«, murmelte er und blickte auf das runde Gesichtchen mit den graublauen Augen herab. Auf dem Kopf des Babys wuchs goldener Flaum. »Sie ist ein Engel«, flüsterte er vollkommen überwältigt. Von seinen eigenen Kindern war keines so winzig gewesen.

»Ein Engel«, wiederholte Jillian. »Vielleicht sollte sie auch so heißen.« Sie schauten einander an, beide lächelten in gegenseitigem Einvernehmen.

Rafe traten Freudentränen in die Augen. »Ja«, flüsterte er. Vielleicht hatte Gott ihm schließlich doch noch seine Gunst erwiesen.

»Angel Grace Sanders«, staunte Jordan und musterte das Baby auf ihrem linken Arm, »du bist wirklich ein Glückskind.« Da sie wusste, wie knapp die beiden überlebt hatten, kam es ihr wie ein Wunder vor, dass es Jillian und ihrem Kind so gut ging.

»Nun aber genug von uns, Jordan. Erzähl mir lieber von deiner Reise und der Adoption. Ist denn jetzt alles amtlich?«

»Fast«, antwortete Jordan und sah Miguel an, der auf ihrem rechten Knie saß und seinerseits den Säugling betrachtete. »Es ist mir nicht gelungen, Miguels Papiere von der Einwanderungsbehörde in Venezuela unterzeichnen zu lassen, aber mein Anwalt kümmert sich gerade um eine Verzichtserklärung.«

»Hat er inzwischen mal gesprochen?«, fragte Jillian und warf einen besorgten Blick auf Miguel.

»Nein, noch nicht«, musste Jordan zugeben. Überrascht beobachtete sie, wie ihr Adoptivsohn sich vorbeugte und der Kleinen einen zärtlichen Kuss auf die Wange gab. »Junge, Junge, hast du das gesehen, Jillie? Das war, seit wir wieder hier sind, das Erste, was er aus freien Stücken getan hat!«

»Vielleicht mag er Babys«, mutmaßte ihre Schwester.

»Agatha hat ihn vorhin dazu bewegen wollen, mit ihren Puppen zu spielen«, erzählte Jordan.

»Ich bin ja so froh, dass du wieder daheim bist«, rief Jillian auf einmal aus und wirkte ziemlich emotional. »Ich hatte richtiggehend Albträume –« Sie machte eine abwinkende Handbewegung, die andeuten sollte, dass ihre Träume zu schlimm gewesen waren, um darüber zu reden. »Und ich kann dir ansehen, dass es genauso übel gewesen ist, wie ich es mir vorgestellt habe.«

Jordan hatte plötzlich einen Kloß im Hals.

»Was ist passiert?«, fragte Jillian.

Sie rekapitulierte ihre schrecklichen Erlebnisse und endete mit Solomons heldenhafter Befreiung des Jungen, wobei sie Miguel von der Seite anschaute.

Jillian starrte sie ungläubig an. »Er liebt dich«, schlussfolgerte sie schließlich. »Entweder das oder er ist verrückt.«

Jordan spürte einen Stich im Herzen. »Ersteres glaube ich nicht«, entgegnete sie, als ihr in den Sinn kam, mit welch inbrünstiger Überzeugung er behauptet hatte, dass Liebe nur eine Illusion sei. Sicher, er ging nicht gerade sparsam mit Zärtlichkeiten um, und mehr als einmal hatte er sie Schatz genannt, trotzdem war sie davon überzeugt, dass er das Schlimmste annehmen würde, wenn er von ihrer Schwangerschaft erführe. »Er ist nur ein Mann mit großem Verantwortungsgefühl und hat ein gutes Herz«, ergänzte sie, wobei sie jedes Wort hervorpresste.

»Aber du liebst *ihn*«, erriet Jillian, die sich mit verschmitztem Blick in ihren Kissen aufrichtete.

Jordan holte gequält Luft und schaute zur Seite.

»Oh mein Gott, es stimmt also. Jordan, ich freue mich ja so für dich! Ist er denn schon wieder zurück?«, bohrte sie weiter. »Hast du schon mit ihm gesprochen?«

»Zweimal Nein«, entgegnete Jordan und verpasste ihrer Schwester damit einen Dämpfer.

In Wahrheit hatte er sie in der vergangenen Woche jeden Tag angerufen, von Orten, die er nicht nennen durfte, und wissen wollen, wieso sie von Bord gegangen war, ob es ihr gut ging und warum sie die Anrufe auf ihrem Handy nicht beantwortete. Sein besorgter Tonfall sorgte dafür, dass sie sich schuldig fühlte.

Als sie ihre Schwester so betrachtete, ließ Jillians Freude deutlich nach. »Süße, was ist los? Jetzt sag mir bitte nicht, dass du vor diesem Mann davonläufst, weil du nicht wieder verletzt werden möchtest. Ich habe dir doch gesagt, dass nicht alle Männer wie Doug sind.«

Jordan seufzte. »Hör mal, ich bin nicht hergekommen, um über mein Liebesleben zu sprechen, sondern um dich und die Kleine zu besuchen und zu sehen, wie es dir geht.«

»Mir geht es den Umständen entsprechend. Du bist es, die mir Kummer macht«, beharrte Jillian.

»Nicht nötig«, entgegnete Jordan mit einem gequälten Lächeln. »Ich komme schon klar.« Zumindest würde sie das, sobald sie sich überlegt hätte, was sie Solomon sagen wollte, damit er nicht davon ausging, absichtlich von ihr in eine Falle gelockt worden zu sein. Anschließend würde sie sich auf den bevorstehenden Schmerz durch den Verlust des winzigen Lebens unter ihrem Herzen vorbereiten.

»Nun«, lenkte Jillian ein, »jedenfalls bin ich froh, dich wieder zu Hause zu haben. Und danke, dass du auf Graham und Agatha aufgepasst hast, während ich im Krankenhaus war. Ich hätte es nicht okay gefunden, Rafe das auch noch aufzuhalsen.«

»Hab ich doch gern gemacht«, versicherte Jordan ihr. Tatsache war, dass sie, da sie ihre Eigentumswohnung untervermietet hatte, nicht wusste, wo sie sonst hin sollte. Und Solomons Hausboot stellte, so wie es momentan zwischen ihnen aussah, auch keine wirkliche Alternative dar. »Solange Graham und Agatha im Trauercamp sind, werde ich Silas mit Miguel besuchen gehen«, verkündete Jordan und warf einen Blick auf die Wanduhr. »Ich mache mich besser mal auf den Weg«, fügte sie hinzu und setzte Miguel ab, um ihrer Schwester das Baby zurückzugeben. »Sie ist echt ein Schatz«, sagte sie noch und legte das winzige Bündel in Jillians Arme. Wie mochten die Chancen wohl stehen, dass der Fötus in ihrem Bauch es entgegen aller Wahrscheinlichkeit ebenfalls schaffte?

Jillian schaute sie forschend an. »Jordan, du weißt, dass du jederzeit mit mir reden kannst«, bot sie ihr scharfsinnig an.

»Ich weiß.« Aber Jordan waren die Hände gebunden, wenn sie ihr Geheimnis wahren wollte. Zudem hatte sie Jillian auch so schon genug Kummer bereitet. »Komm, Miguelito«, rief sie und streckte eine Hand nach ihm aus. »Wir gehen mit Silas spielen.«

Spielen war möglicherweise zu viel gesagt. Dank Miguels »Unfähigkeit zu sprechen« hatte Jordan schnell den bestmöglichen Kinderpsychologen mit dem Spezialgebiet Traumatisierung ausfindig machen müssen. Der Kuss des Jungen war das bislang hoffnungsvollste Zeichen.

Während sie den glühend heißen Parkplatz überquerten, schaltete Jordan ihr Handy ein. Sie hoffte, der Psychologe – der, den sie unbedingt für Miguel haben wollte – hätte angerufen, um ihr mitzuteilen, dass ein anderer Termin abgesagt worden war. Das Telefon brummte, offenbar hatte sie eine Nachricht auf der Mailbox. Sie klemmte es sich zwischen Schulter und Ohr, schloss den Wagen auf und öffnete die Fahrertür, um die heiße Luft herauszulassen.

»Jordan«, hörte sie Solomon nachdrücklich sagen. »Ich komme heute noch an. Hör auf, meine Anrufe zu ignorieren und ruf mich zurück. Ich möchte mit dir reden!« Offenbar war er mit seiner Geduld am Ende.

Jordan presste die Lippen aufeinander, löschte die Nachricht und steckte das Handy in ihre Handtasche. »Du vergisst deine gute Kinderstube, Solomon«, murmelte sie.

Wenn sie ihn nun zurückriefe, würde er wissen wollen, warum sie ihm auswich, und so lange auf sie einreden, bis sie mit der Wahrheit herausrückte. Und was dann? Entweder würde sie sich Vorwürfe anhören müssen, dass sie ihn belogen habe, oder aber er reagierte ritterlich und machte ihr einen Heiratsantrag. Beides würde auf seine Weise wehtun. Sie wünschte sich zwar, dass er sie heiraten wollte, aber aus Liebe und nicht weil er sich ihrem ungeborenen Kind verpflichtet fühlte. Einem Kind, das – höchstwahrscheinlich – ohnehin nicht überleben würde.

Sie beugte sich in den Wagen und schnallte Miguel im Kindersitz fest. »Wenigstens habe ich dich«, flüsterte sie und küsste ihn auf die Wange. Und dennoch sehnte sie sich danach, *alles* zu haben, was ihr Herz begehrte. Nur dann würde sie wirklich glücklich sein.

19

Solomon warf seinen Seesack auf die Ladefläche von Sean Harleys Truck, stieg auf der Beifahrerseite ein und schlug die Tür zu.

»Was ist Ihnen denn über die Leber gelaufen?«, wollte Sean wissen, der hinter dem Steuer saß.

Solomon kurbelte das Fenster herunter, doch draußen war es fast ebenso heiß wie im Fahrerhaus. Außerdem kochte er innerlich vor Wut. »Dieses Weib ruft einfach nicht zurück«, knurrte er. Er hatte Jordan Dutzende von Rückrufnummern hinterlassen, war jedoch nicht ein Mal von ihr kontaktiert worden. »Irgendwas stimmt nicht mit ihr, aber ich habe keine Ahnung, was das sein könnte.«

»Haben Sie ihr denn schon gesagt, dass Sie sie lieben?«, fragte Sean in seinem schleppenden Akzent und warf seinem Kameraden einen schiefen Blick zu, während er den Schlüssel herumdrehte. Ächzend sprang der Motor an.

Solomon blickte finster zu seinem Kameraden herüber. »Sie weiß, dass ich sie liebe«, gab er zurück. »Schließlich habe ich es mit einem ganzen Bataillon der Elitegarde aufgenommen, oder etwa nicht?«

Sean schüttelte seinen kahlen Kopf und fuhr vom Gelände des Marineluftwaffenstützpunkts in Oceana. Nach einer Woche auf hoher See und einer Übung mit der regulären Besatzung an Bord der *Teddy Roosevelt* waren sie endlich wieder zu Hause. »Sie verstehen nicht viel von Frauen, oder?«, monierte Sean.

Solomon öffnete den Mund, um etwas Ätzendes zu erwidern. Aber die Behauptung, Frauen seien habgierige und ehrgeizige Geschöpfe wie Candace, traf ganz und gar nicht auf Jordan zu, die loyal, leidenschaftlich und vor allem nicht nachtragend war. Abgesehen davon zeigte sie sich allerdings auch lächerlich stur, weil sie ihm nicht die Wahrheit gesagt hatte. »Aha, aber Sie schon?«, schien die einzige Entgegnung zu sein, die ihm einfiel.

Sean antwortete mit einem leisen zufriedenen Kichern. »Und ob.«

»Das also soll die Lösung sein, Romeo«, zog Solomon ihn auf. »Ich sage ihr, dass ich sie liebe.«

»So einfach ist das«, antwortete Sean mit einem Nicken. »Wenn Sie das gemacht haben, fallen auch die übrigen Dominosteine um.«

Solomon blickte ihn mit gerunzelter Stirn misstrauisch an. »Das sollten Sie mit Ellie Stuart aber besser nicht tun«, ermahnte er ihn schließlich.

»Mit ihr?« Sean sah ihn ungläubig an. »Zur Hölle, nein, ganz sicher nicht. Sie wissen doch, dass ich keine Frauen mit Kindern date.«

»Die Hölle hat sie ohnehin schon hinter sich«, fügte Solomon hinzu, als er schaudernd an Ellies dürftig eingerichteten Wohnwagen dachte.

»Genug«, sagte Sean und schaute Solomon streng an, sodass dieser augenblicklich verstummte.

Er wandte den Kopf ab und starrte mürrisch aus dem Seitenfenster. Wie würde Jordan wohl auf eine Liebeserklärung reagieren? Und war das wirklich alles, was sie von ihm hören wollte? Plötzlich hatte er es ganz eilig, das herauszufinden, und bekam Herzklopfen. »Können Sie mit Ihrer Rostlaube auch schneller fahren?«, blaffte er Harley an. »Schließlich habe ich Silas seit über einer Woche nicht mehr gesehen«, ergänzte er noch schnell, um den wahren Grund für seine Hast zu verschleiern.

Sean trat aufs Gas, sodass sein Mitfahrer in den Sitz gepresst wurde. »Seien Sie ehrlich, Mako, und geben Sie lieber zu«, brüllte er über den durchs offene Fester wehenden Fahrtwind hinweg, »dass Sie seit über einer Woche keinen mehr weggesteckt haben.«

Graham fiel die Aufgabe zu, die Scheune auszumisten, bevor seine Mutter nach Hause kam. Er schaffte es, bereits am Vormittag fertig zu werden, ließ seine Stiefel im Flur stehen und ging sich die Fortschritte im Kinderzimmer anschauen. Seine Tante, Jordan, strich gerade die Bordüren weiß an, um die pfirsichfarbenen Wände hervorzuheben, während Rafe die Wiege für die Kleine zusammenbaute. Als Graham sich ins Zimmer schlich, blickte der FBI-Agent auf.

»Fertig«, verkündete der Junge.

Rafe schaute auf seine Uhr. »Hast du Lust, ins Krankenhaus mitzukommen und die beiden abzuholen?«

»Soll ich nicht lieber noch was anderes erledigen?«, fragte Graham, der keine Lust darauf hatte, seine Ohren weiteren Opern auszusetzen.

Jordan, die nun eine der Fußleisten bemalte, hob den Blick. »Du kannst natürlich auch auf Agatha und Miguel aufpassen«, schlug sie unschuldig lächelnd vor. Er konnte seine Schwester in ihrem Zimmer hören, wo sie gerade Miguel kostümierte.

Graham verzog das Gesicht. »Ich komme mit«, wandte er sich schließlich wieder an Rafe und machte sich auf eine musikalische Folter gefasst.

»Such du einen Sender aus«, bot Rafe ihm an, als sie ein paar Minuten später auf dem Weg zum Krankenhaus waren.

»Sie meinen, einen mit *meiner* Musik?«

»Zeig mir, was du so hörst«, ermutigte ihn der Agent mit einem Nicken.

Graham stellte einen gemäßigten Rocksender ein, um zu vermeiden, dass die harte Heavy-Metal-Musik gespielt wurde, die er bisweilen hörte. Als er sich schließlich wieder zurücklehnte, bemerkte er die angespannte Stimmung im Wagen, mit dem sie mittlerweile über die Landstraße rasten.

»Meinst du, die Veranda wird ihr auffallen?«, erkundigte sich Rafe, der auf Graham irgendwie nervös wirkte.

»Vielleicht nicht sofort«, meinte Graham. Sie hatten am Tag zuvor die abgesackte Veranda mittels Schlackensteinen und einem Gitterwerk am Fundament gerichtet. »Früher oder später aber schon.«

Die angespannte Atmosphäre im Wagen wurde durch das Gitarrengeschrammel und das Reifen-Fahrbahn-Geräusch nicht gerade besser, als Rafe wieder das Wort ergriff. »Ich wollte dir noch etwas zeigen«, sagte er, zog sein Portemonnaie aus der Gesäßtasche, klappte es auf und reichte es Graham. In dem vorderen Fach befanden sich Fotografien.

»Das ist Tito, mein Ältester«, erklärte der FBI-Agent mit hörbar belegter Stimme. »Er war in deinem Alter, als er starb.«

Graham blickte in die dunklen klugen Augen des Jungen auf dem Bild und spürte einen Druck auf der Brust. Seine Mutter hatte zwar einmal erwähnt, dass Rafes Kinder von den Handlangern des berühmt-berüchtigten Mafiabosses Tarantello ermordet worden waren. Doch Graham hatte ihr das nicht so recht glauben wollen.

»Auf dem nächsten Foto siehst du Serena, meine Tochter. Sie war damals acht.«

Serenas verschmitztes Grinsen erinnerte Graham an Agatha.

»Und das ist Emanuel.«

Der kleine Lockenkopf sah aus wie eines jener Babys, bei deren Anblick man unweigerlich lächeln musste. »Mom hat erzählt, dass sie erschossen wurden«, wagte Graham sich mit einem Seitenblick vor.

»Ja, das stimmt«, bestätigte Rafe ernst. »Von Männern im Auftrag der Mafia.«

Graham wusste nicht, was er dazu sagen sollte. Etwas so Furchtbares überstieg seine Vorstellungskraft.

»Ich dachte schon, Gott hätte mich verlassen«, fuhr Rafe schließlich fort, und seine Stimme klang dabei noch heiserer als sonst.

Graham blickte wieder auf die Bilder hinab und atmete unmerklich tief durch. Manchmal kam es ihm auch so vor.

»Ich weiß, wie es ist, wenn man seine Liebsten verliert. Es fühlt sich so an, als würde einem das Herz durchbohrt. Ich habe mir ganz oft gewünscht, ich wäre mit ihnen gestorben.«

Graham traten Tränen in die Augen, sodass er die Bilder nur noch verschwommen wahrnahm.

»Ich könnte niemals deinen Vater ersetzen, Graham«, fügte der Agent behutsam hinzu. »Ich würde es nicht einmal versuchen. Aber du und ich, wir haben etwas gemeinsam, wir lieben deine Mutter beide sehr.«

Graham schaute heftig blinzelnd auf. Plötzlich begriff er, worauf das Gespräch hinauslaufen sollte, war jedoch nicht darauf vorbereitet.

»Du bist seit vierzehn Jahren ein Teil des Lebens deiner Mutter«, sprach Rafe weiter. »Das ist viel länger, als ich sie kenne. Deshalb möchte ich *dich* über die ganze Sache entscheiden lassen. Wenn du glaubst, dass du sie noch nicht mit jemandem teilen kannst, werde ich warten, bis du achtzehn bist, aber wenn Platz genug für uns beide ist, würde ich sie gern schon jetzt heiraten, um ihr mit der Ranch und mit Agatha und dem Baby zu helfen. Und, natürlich nur, wenn du nichts dagegen hast, um dein Freund zu sein.«

Graham schloss die Brieftasche und gab sie ihm zurück. Dann wandte er sich ab und sah aus dem Fenster auf die dunkelgrünen Bäume, durch deren Laubkronen die Strahlen der Augustsonne fielen. Als Polizist hätte sein Vater Rafe aufgrund dessen, was er getan hatte, bestimmt für einen Helden gehalten. Und darüber hinaus war er ja auch kein übler Kerl. Als sie am Tag zuvor die Veranda repariert hatten, waren sie prima miteinander klargekommen.

Aber wenn er an das Gesicht seiner Mutter dachte, das sich jedes Mal aufhellte, sobald Rafe ihr Krankenzimmer betrat, dann wurde ihm mit schwindender Verbitterung bewusst, dass sie – ihre Kinder – ihr nicht mehr genügten. Sie verdiente die Liebe und Unterstützung eines Ehemanns, eines Lebenspartners. Und Graham hatte das Gefühl, dass auch er einen guten Freund gebrauchen könnte.

Nachdenklich schaute er Rafe von der Seite aus an.

»Es liegt an dir«, wiederholte der Agent.

»Würden Sie mir dann auch italienische Flüche beibringen?«, fragte Graham, der auch etwas von dem ganzen Arrangement haben wollte.

Rafe schürzte die Lippen und überlegte. »Na schön«, antwortete er schließlich und nickte. »Die darfst du dann aber nicht verwenden, wenn deine Mutter dabei ist.«

»Abgemacht«, antwortete Graham, »dann dürfen Sie sie heiraten.«

Der Agent lächelte erleichtert, was ihn gleich zehn Jahre jünger aussehen ließ, und streckte dem Jungen seine Hand hin. »Vielen Dank.«

»So geht das«, antwortete der Junge und zeigte ihm, wie coole Kids sich abklatschten.

»Aha«, gab Rafe zurück und übte die Geste. »Möchtest du den Ring sehen?«, fragte er dann und bestätigte damit Grahams Eindruck, dass er ziemlich nervös war. Er öffnete ein Fach am Armaturenbrett und reichte dem Jungen eine Samtschachtel.

»Wow«, keuchte Graham, als er diese öffnete. »Was sind das da für grüne Steine an der Seite?«

»Peridote. Der Peridot ist der Geburtsstein des Babys.«

»Cool!« Graham ging auf, dass Angel nur Rafe als Vater kennen würde, obwohl sein eigener Dad sie gezeugt hatte, der damit aber immer noch ein Teil des Ganzen blieb. Ganz schön verrückt, oder?

Aber vermutlich würde er sich schnell daran gewöhnen. Wie ihm im Trauercamp versichert worden war, brauchte es einige Zeit, bis man Veränderungen akzeptierte. Wenigstens hatte er nicht das Gefühl, von Gott verlassen worden zu sein. Es gab Hoffnung auf Heilung.

Silas kniete auf Ellies Sofa und schaute aus dem Fenster, während Caleb neben ihm mit einem Matchboxauto spielte. Er fuhr damit Silas' Ellbogen hinauf, kreuzte die Schultern, sauste den anderen Arm wieder hinunter und kletterte dabei kühn über den anderen Jungen hinweg. »Du bist im Weg«, merkte er an.

Doch Silas würde sich erst rühren, wenn sein Daddy zurück zu Hause wäre. Schließlich hatte ihm seine Tante Ellie gesagt, dass Solomon an diesem Tag heimkomme.

Natürlich dauerte es noch, bis er tatsächlich da war. Den Morgen hatten sie am Strand verbracht und mittags Ravioli gegessen. Silas hatte dabei so viel in sich hineingestopft, dass sein Bauch noch ganz dick war, trotzdem fühlte er sich leer, weil er so lange warten musste. Mit seinen Cousins zu spielen, bereitete ihm zwar großen Spaß, aber allmählich wollte er lieber wieder nach Hause.

Nach Hause, ließ er sich die Worte durch den Kopf gehen. *Ich wohne mit meinem Daddy auf einem Hausboot. Er kann unter Wasser ewig die Luft anhalten. Wenn ich größer bin, mache ich es genauso.*

Er konnte es gar nicht erwarten, endlich heimzukommen, und hoffte, Jordan würde auch dort sein. Doch seine Tante Ellie hatte gesagt, sie wisse nicht, ob das so sei. Aber wer würde sonst auf ihn aufpassen, wenn nicht Jordan? Er mochte sie. Ihr Haare rochen nach Erdbeeren. Er fand es sogar toll, wenn sie ihn fest in die Arme nahm und »*Gut gemacht*!« rief, auch wenn er jedes Mal so tat, als wäre es ihm unangenehm.

Ein Auto bog in die Auffahrt ein, und Silas hob sofort das Kinn von der Fensterbank. Aber es handelte sich nicht um seinen Daddy.

Die Fahrerin konnte man hinter der spiegelnden Windschutzscheibe allerdings nicht erkennen. Erst als sie die Tür aufmachte und ausstieg, wusste er, dass es Jordan war. Silas' Herz machte einen Sprung, dann hüpfte er selbst vom Sofa und rannte zur Haustür. »Tante Ellie!«, schrie er. »Jordan ist hier.«

Er kämpfte mit dem Türschloss, bis Ellie ihm zu Hilfe kam. »Langsam, Silas«, ermahnte sie ihn.

Doch er schoss regelrecht zur Tür hinaus, lief zu Jordan und schlang ihr die Arme um die Taille. Als er dabei einen Schuh gegen den Kopf bekam, blickte er auf und sah, dass sie einen kleinen Jungen auf dem Arm hatte.

»Sie haben Miguel gefunden«, rief Ellie überrascht und gleichzeitig erfreut aus.

»Klar doch. Hi, Silas.« Jordan lächelte ihn an, wodurch an den Augenwinkeln Lachfältchen entstanden, zog ihn an sich und drückte ihn. »Ich habe dich so vermisst, Großer! Wie geht's dir denn?«

»Ganz gut.« Silas musterte Miguel. Der fremde Junge sah ganz anders aus, als er ihn sich vorgestellt hatte. »Er ist echt klein«, platzte er heraus.

»Kommt rein«, bat Ellie nachdrücklich. »Hier draußen ist es zu heiß.«

Jordan schob Silas vor sich her ins Haus. Im Wohnzimmer ging sie in die Knie und setzte Miguel ab, doch der Junge wollte sie nicht loslassen.

»Alle mal herhören, das ist Miguel«, tat Jordan kund und behielt ihn im Arm.

Christopher kam näher, und Caleb hörte mit seinem Spielzeugauto lange genug auf zu spielen, um sich den Fremdling zumindest anzusehen. Sogar Colton schien in ihre Richtung zu krabbeln.

Silas blickte in Miguels dunkle Augen und fragte sich, wieso er so ängstlich guckte. Damit er sein Gesicht besser sehen konnte, setzte er sich auf den Boden. »Du bist echt klein«, wiederholte er noch einmal.

»Er ist erst vier«, sagte Jordan.

Silas sah ihn sich genauer an. Er war klein und mager. »Kann er sprechen?«, fragte er dann.

»Das wird er, sobald er so weit ist«, versicherte Jordan dem Jungen und streichelte ihm, wie sie es manchmal tat, über den Kopf. Ihre Augen schimmerten feucht.

»Bitte nicht weinen!«, rief Silas erschrocken

»Ich bin nur so froh«, entgegnete sie mit einem Lächeln, sodass ihm ganz warm ums Herz wurde.

Colton war inzwischen quer durchs Zimmer gekrabbelt und zog Miguels Aufmerksamkeit auf sich, als er nach den Schnürsenkeln des Jungen grapschte und sie sich in den Mund zu stecken versuchte.

»Dummes Baby«, sagte Jordan.

Miguel streckte die Hand aus und berührte vorsichtig Coltons blonde Haare.

»Er mag Babys, was?«, schlussfolgerte Silas.

»Große Kinder auch«, versicherte ihm Jordan.

»Und Autos?«, fragte der Junge weiter und zauberte einen glänzend roten Sportwagen aus seiner Hosentasche. Miguel betrachtete das Auto interessiert, machte aber keine Anstalten, danach zu greifen.

»Hoffentlich mag er Bücher«, sagte Silas, als ihm einfiel, dass er Neuigkeiten hatte. »Hey, ich kann nämlich jetzt lesen!«

Jordan blieb vor Erstaunen die Luft weg. »Wirklich?«

»Ja, willst du mal hören?«

»Na klar, setzen wir uns, Miguel, Silas wird uns jetzt etwas vorlesen.«

Überglücklich lief Silas ins angrenzende Spielzimmer und nahm sein Lieblingsbuch aus dem Regal.

Während sich Silas wohlig an sie kuschelte und stockend aus *Wo die Wilden Kerle wohnen* vorlas, wobei ihn Miguel von ihrem Schoß aus nicht aus den Augen ließ, empfand Jordan endlich Zufriedenheit und große Erleichterung.

Auch Silas war glücklich, und Miguel würde sich schon noch erholen, sagte sie sich selbst. Aber das brauchte eben Zeit sowie die Hilfe des besten Kinderpsychologen weit und breit.

Was ihre Schwangerschaft und ihre Beziehung zu Solomon betraf, würde sie es allerdings langsam angehen lassen und abwarten, wie sich alles entwickelte. Auf ein Wunder hoffte sie indes nicht.

Als ein Motor zu hören war, sprang Caleb aufs Sofa und spähte aus dem Fenster. »Mr Sean kommt!«, verkündete er aufgeregt.

»Oh mein Gott!« Ellie unterbrach im Badezimmer ihre Malerarbeiten, um kurz darauf an einem mit Farbe bespritzten Kopftuch zerrend im Türrahmen zu erscheinen. »Ungelogen, der Mann erwischt mich immer auf dem falschen Fuß.« Sie öffnete die Tür und blickte sich besorgt zu Jordan um. »Silas, dein Vater ist auch da.«

»Daddy!«, schrie Silas, ließ das Buch fallen und rannte los.

Jordan bekam einen ganz trockenen Mund sowie feuchte Hände und ihr Herz begann zu rasen. *Also dann*, dachte sie und machte sich auf alles gefasst.

Sie stand auf und zog Miguel hinter sich her. Irgendetwas sagte ihr, dass Solomon nicht warten würde, um später in Ruhe mit ihr über alles zu reden. Der Klang seiner Stimme, als er seinen Sohn so liebevoll, wie Silas es verdiente, begrüßte, bewegte sie zutiefst.

Zuerst kam Sean Harlan herein. »Ertappe ich Sie schon wieder bei der Arbeit«, stellte er fest und musterte Ellie kurz, während er sich auf der Fußmatte die Schuhe abstreifte.

»Ich streiche bloß das Bad«, murmelte sie und versteckte sich hinter der Tür.

»Und wie geht es *Ihnen*, Ma'am?«, fügte Sean hinzu und warf Jordan einen verständnisvollen Blick zu, bevor er sich den Jungen zuwandte. »Hey, Leute«, rief er, als die beiden auf und ab sprangen und seinen Namen schrien. Dann brummte er wie ein Bär, stürzte sich auf Christopher und Caleb und wälzte sich mit ihnen auf dem Teppich herum.

Auf einmal fiel ein Schatten in den Flur und Solomon stand in der Tür. Er trug noch immer seine Uniform und hatte Silas auf dem Arm. Freundlich lächelte er Miguel zu, der sich daraufhin jedoch nur noch fester an Jordan klammerte. »Wir müssen reden«, wandte er sich schließlich Jordan zu und durchbohrte sie förmlich mit seinem Blick. Dann setzte er Silas ab und flüsterte ihm etwas ins Ohr. Der Junge rannte daraufhin grinsend ins Wohnzimmer und stürzte sich ins Getümmel.

Jordan ließ jeden Zug seines sonnengebräunten Gesichts auf sich wirken. Wie sehr sie ihn vermisst hatte! »Ich sehe nach den Jungen«, sträubte sie sich. Sie war einfach noch nicht so weit.

Sean Harley lag flach auf dem Boden und schaukelte das vergnügt kreischende Baby. »Aber sabbere mich bloß nicht voll.«

»Das übernimmt, wie du siehst, Harley«, beharrte Solomon. »Du kommst jetzt besser mit mir vor die Tür.«

Jordan schluckte. »Miguel wird mich nicht gehen lassen.« Doch zu ihrer Überraschung wand sich der Junge aus ihren Armen und ging neben Silas in die Knie, der sich das Baby mal aus Seans Perspektive angucken wollte. Der SEAL brüllte vor gespieltem Entsetzen, als sich ein Speichelfaden aus Coltons Mund löste und sich langsam auf den Weg nach unten machte.

Solomon kam in den Flur, packte Jordans Hand und zog sie unnachgiebig ins Freie, wo er sie über die Rasenfläche in den Schatten einer großen Eiche führte, da es dort weniger heiß war.

Sie wollte sich von ihm losreißen. »Solomon, du kannst mich nicht herumkommandieren wie –« Doch er wirbelte sie herum, schubste sie mit dem Rücken gegen den massigen Baumstamm, griff nach ihrem Kinn und unterbrach sie mit einem energischen Kuss.

Jordan versteifte sich. Die Magie, der Fortpflanzungstrieb oder welchen schrecklichen Ausdruck er sonst dafür gebraucht hatte, war so stark wie eh und je. Ihr wurde vor Verlangen ganz schwindlig, sie fühlte sich wie betäubt, durcheinander, zog ihn jedoch, statt ihn wegzustoßen, enger an sich.

»Jordan«, krächzte Solomon an ihren Lippen, »ich muss dir etwas sagen.«

»Was?«, fragte sie, als ihr klar wurde, dass diesem Mann, komme was wolle, ihr Herz gehörte. Es war zwecklos, sich etwas vorzumachen.

»Ich habe mich geirrt«, begann er. Jordan erschrak über sein unerwartetes Bekenntnis. »Was ich für dich empfinde, ist nicht bloß biologischer Natur, auch wenn dieser Teil natürlich durchaus eine Rolle spielt«, ergänzte er mit einem leicht lasziven Grinsen, das jedoch schnell erneut einem ernsten Gesichtsausdruck wich. »Aber ich liebe dich nicht blind, so, wie ich es bei Candace getan habe, sondern wie ein Mann, der erkennt, wie schön und besonders du bist und wie sehr du das Leben von Silas und mir bereichert hast.« Seine Stimme klang nun ziemlich rau, und er bekam einen glasigen Blick.

Jordan fühlte sich ganz benommen. Sie öffnete den Mund, um etwas zu sagen, wusste aber nicht, wo sie beginnen sollte, und schloss ihn wieder.

Solomon, dessen Gesicht vor Aufregung gerötet war, wurde langsam blass. »Du sagst ja gar nichts«, meinte er heiser.

»Solomon«, murmelte sie mit belegter Stimme. »Gott weiß, dass ich dich auch liebe, aber so einfach ist das alles nicht.«

Er schaute sie missmutig an. »Was ist denn daran bitte schön nicht einfach?«

Konnte sie es ihm sagen? Sie fürchtete die Konsequenzen, hatte Angst, dass er seine unerwartete Liebeserklärung zurücknehmen würde.

»Ich bin schwanger«, flüsterte sie und ließ die Bombe platzen. Doch anders ging es nicht.

Nun war er es, dem es die Sprache verschlug. »Aber du hast gesagt – «

»Ich weiß, was ich gesagt habe«, fiel sie ihm ins Wort. »Ich dachte ja auch, es wäre so. Ich wollte dich garantiert nicht hereinlegen, obwohl du das jetzt bestimmt annimmst – «

Er packte sie bei den Schultern. »Das darfst du nicht einmal denken«, gab er zurück und schüttelte sie leicht. »Stell dich bloß nicht auf eine Stufe mit Candace, Jordan«, fügte er fassungslos hinzu und umschloss zärtlich ihr Gesicht mit beiden Händen. »Seit wann weißt du es?«

»Seit mir auf dem Flugzeugträger Blut abgenommen worden ist.«

Nun schien er ihr Verhalten endlich zu begreifen. »Kein Wunder, dass du so aufgewühlt warst«, stellte er fest. »Und ich dachte, es wäre etwas anderes, etwas ganz Furchtbares.«

Zu ihrer großen Erleichterung nahm er sie in die Arme, hielt sie fest und wiegte sie behutsam vor und zurück. Er machte ihr keine Vorwürfe, nahm seine Liebeserklärung nicht zurück.

»Was müssen wir tun, damit wir das Baby behalten?«, flüsterte er ihr ins Ohr.

Sie lachte bitter. Typisch Solomon – als könnte schiere Entschlossenheit das Leben ihres Kindes retten. »Wenn ich beim Arzt war, werde ich mehr wissen«, teilte sie ihm mit. »Es ist noch zu früh, aber ich kann unmöglich die ganze Zeit über Bettruhe halten, ich muss mich um mein Kind kümmern –«

»Um zwei Kinder«, verbesserte er sie. »Silas braucht dich auch.«

Mit klopfendem Herzen lehnte sie sich an ihn.

»Stimmt's?«

»Stimmt!« Sie nickte.

»Also wirst du mich heiraten«, brummte er siegessicher.

Jordan riss sich von ihm los und funkelte ihn böse an. »Solomon …«, warnte sie ihn.

»Schon gut, schon gut.« Er seufzte schwer, kniete vor ihr nieder und nahm ihre Hand. »Jordan …«, begann er dann, hielt inne und räusperte sich. Dann drückte er, um Zeit zu gewinnen, ihre Finger an seine Lippen. »Jordan, könntest du, bitte,

Erbarmen mit meiner kläglichen, einsamen Seele haben und mich zum glücklichsten Mann der Welt machen?«

Von seiner Aufrichtigkeit und seiner empfindsamen Seite berührt und weil sie es genoss, ihn ein wenig zappeln zu sehen, ließ sie sich mit ihrer Antwort Zeit. »Na ja«, sagte sie schließlich abwägend, »ich denke schon.« Dann beugte sie sich zu ihm hinab und küsste ihn mit aller Zärtlichkeit und Erleichterung, die ihr Herz erfüllte. Wie sehr sie ihn liebte, vom Kitzeln seines Schnurrbarts auf ihrer Haut bis hin zu seinem Erschauern, das sie spürte, als er mit beiden Händen ihren Kopf umfing und sie küsste und küsste und küsste! »Aber nur unter einer Bedingung«, fügte sie etwas verzögert hinzu.

Er wirkte plötzlich bekümmert. »Welche?«

»Wir wohnen in einem richtigen Haus, damit ich mir nicht ständig Sorgen machen muss, dass unsere Kinder ertrinken.«

Erneut ermutigt, sprang er auf. »Ich baue ein Riesenhaus für dich«, schwor er. »Unter diesen Umständen werden wir sowieso eins brauchen«, ergänzte er zuversichtlich.

Jordan warf sich ihm, außer sich vor Glück, in die Arme und schlang ihre Beine um ihn. »Ich liebe dich«, verkündete sie.

»Vorsicht«, ermahnte er sie.

»Das macht dem Baby nichts.«

»Oh, das Baby habe ich auch nicht gemeint«, konterte er und schob sie gegen den Baum. »Ich habe gemeint, dass wir Liebe machen, auf der Stelle.«

»Mhm …« Sie nickte und verlor sich in seinem vor Verlangen glutvollen Blick. »Dann lass uns heimfahren.«

Abrupt ließ er sie los und zog sie, als er mit großen Schritten zur Haustür eilte, hinter sich her. »Silas, Miguel, wir fahren.«

Sie mussten sich allerdings noch etwas gedulden, bis alle Kinder auf Sean Harleys Rücken geritten waren. Erst dann sah der Chief auf und zeigte grinsend seine strahlend weißen

Zähne. »Sie haben meinen Ratschlag befolgt, nicht wahr?«, wandte er sich an Solomon.

»Erinnern Sie mich daran, dass ich Ihnen ein Bier ausgebe«, brummte Solomon.

»Oh bloß nicht, da wäre ich schon lieber Ihr Trauzeuge«, entgegnete der glatzköpfige Chief, woraufhin Jordan sich fragte, woher der Mann wohl wusste, dass demnächst eine Hochzeit anstand.

Epilog

»Himmel Herrgott, Jordan, jetzt nimm doch endlich etwas gegen die Schmerzen!«, redete Solomon beschwörend auf seine Frau ein. Mitansehen zu müssen, wie sie die immer heftigeren Wehen auszuhalten versuchte, tat ihm beinahe genauso weh wie ihr.

»Nein«, keuchte sie, während sie das obere Ende der Matratze umklammert hielt, als wollte sie sich daran hochziehen, um so den Wehen zu entkommen.

»Das ist gleich vorbei, Mr McGuire«, beruhigte ihn die Krankenschwester, die Jordan nicht aus den Augen ließ. »Sie wird in einer Minute anfangen können zu pressen.«

»Großer Gott«, fluchte Solomon. Er konnte es nicht erwarten, dass diese Tortur endlich vorüber war. Jordan vierzehn Stunden lang Derartiges durchmachen zu sehen, stellte sich als schlimmer heraus als jeder Einsatz, auf dem er bisher gewesen war. Dabei hatte er bereits alles in seiner Macht Stehende unternommen, um es ihr leichter zu machen – ihr den Rücken massiert und sie unter der warmen Dusche gehalten –, doch die Schmerzen waren immer schlimmer geworden, und dieses Mal konnte er rein gar nichts tun, um sie zu beschützen.

»Ich muss pressen!«, schrie Jordan plötzlich bestürzt.

»Gut so«, sagte die Schwester. »Pressen Sie, wenn die nächste Wehe kommt und ich bis zehn zähle.«

»Wo zur Hölle steckt der Arzt?«, schimpfte Solomon. Der Gedanke daran, ohne ihn zurechtkommen zu müssen, versetzte ihn in Panik.

»Er ist gerade bei einer anderen Patientin«, antwortete die Schwester. »Aber er kommt gleich.«

»Jetzt«, keuchte Jordan.

»Tief einatmen und pressen. Eins, zwei, drei, vier …«

Während Jordan die zehn Sekunden ertrug, hielt Solomon ihr die Hand.

»Und noch einmal Luft holen und weiter pressen«, forderte sie die Krankenschwester auf.

Jordan schrie wie ein Elch in der Brunft. Großer Gott, wann war dieser Albtraum endlich vorbei?

»Ich sehe schon das Köpfchen«, meldete die Schwester augenscheinlich verblüfft und ging zur Gegensprechanlage an der Wand. »Bitte, sofort einen Arzt in Zimmer 114!«, rief sie.

Im selben Moment gab Jordan einen Schrei von sich, der Solomon das Blut in den Adern gefrieren ließ, und zwischen ihren Beinen tauchte der Kopf des Babys auf. Der SEAL eilte zum Fußende des Bettes. Auf solch eine Situation war er trotz seines Lebens als Soldat nicht vorbereitet.

Jordan schrie noch einmal, dann glitt das Baby mit einem Schwall klarer Flüssigkeit aus ihr heraus. Solomon fing das warme, sich windende Würmchen mit einem überraschten Ausruf auf und keuchte fassungslos. »Ein Mädchen«, krächzte er. »Mit roten Haaren. Schau!«

Gerade in dem Moment, als er Jordan seinen »Fang« präsentierte, kam der Arzt ins Zimmer gestürmt, streifte sich ein Paar Handschuhe über und schob die Schwester zur Seite.

»Sie sind zu spät!«, grollte Solomon, der ihm den glitschigen Säugling nur widerwillig übergab.

Dann ging er in die Knie, die ihm ganz weich geworden waren, und umarmte seine Frau, wobei er vor Erleichterung darüber, dass ihre Qualen ein Ende hatten, auch wenn sie immer noch leicht zitterte, heimlich eine Träne verdrückte. Er musste an ihre furchtbaren Schreie denken und fröstelte. »Es ist vorbei, Schatz«, sagte er heiser und nahm sie beruhigend in den Arm. »Du hast es geschafft. Du hast es ganz alleine geschafft.«

Noch immer zitternd überließ sie sich seiner innigen Liebkosung. »Das war … oh mein Gott.«

Solomon beobachtete aus den Augenwinkeln heraus, wie der Arzt die Atemwege des Säuglings freisaugte. Dann zerriss ein unfassbar lieblicher Schrei die unangenehme Stille im Zimmer.

Mit einer Miene verzückten Staunens streckte Jordan die Hände nach der Kleinen aus. Der Doktor tat ihr den Gefallen und legte ihr das Neugeborene auf den Bauch. »Ruhig, Süße, deine Mama ist ja hier«, redete die frischgebackene Mutter besänftigend auf das Baby ein.

»Mama und Papa«, betonte Solomon, der seine Rolle in diesem Schauspiel gewürdigt sehen wollte.

»Möchten Sie die Nabelschnur durchtrennen, Dad?«, fragte die Krankenschwester und hielt Solomon eine Schere hin, der die Aufgabe mit zittrigen Fingern erfüllte. Dann wurde ihnen das Baby wieder weggenommen, damit es vermessen und gewogen werden konnte. Solomon lauschte den Schreien der Kleinen und strich Jordan durchs Haar, während diese gespannt und liebevoll dabei zusah, wie die Schwester sich um ihr Baby kümmerte.

»Meine tapfere Frau«, murmelte Solomon, der über so viel Heldenmut nur staunen konnte. »Habe ich dir heute schon gesagt, wie sehr ich dich liebe?«

»Mehrmals«, antwortete sie und schenkte ihm ein schiefes Lächeln.

»So, hier ist sie wieder«, verkündete die Krankenschwester und gab Jordan das inzwischen gut verpackte Baby zurück. »Ganze fünf Pfund schwer.«

Mit angehaltenem Atem betrachteten die Eltern in aller Ruhe ihr Baby. Aus violett-grauen Augen in einem herzförmigen Gesicht blickte es unschuldig zurück.

»Du bist so hübsch«, rief Jordan vollkommen fassungslos.

Solomon brachte keinen Ton heraus, so überwältigt war er von seinen Gefühlen. Erstaunlich, dass ein so winziges Wesen eine derartige Ehrfurcht in ihm auslöste. Ebenso wie Jordan übte sie eine heftige Sogwirkung auf ihn aus.

Er legte eine seiner Fingerspitzen in ihre kleine Handfläche und war nicht im Geringsten überrascht darüber, wie fest sie schon zugreifen konnte.

In Jordans Augen standen Freudentränen. »Ich habe so lange auf dich gewartet«, flüsterte sie.

Mein ganzes Leben, dachte Solomon, während er seinen Blick von der Mutter zur Tochter schweifen ließ.

Sein lang anhaltendes bedächtiges Schweigen erregte Jordans Aufmerksamkeit. »Woran denkst du gerade?«, wollte sie wissen.

»An ein Gedicht, das ich für dich schreiben werde«, erklärte er verlegen. »Ein Epos über deine Heldentaten.«

»Vorsicht«, ermahnte Jordan ihn und warf dem Arzt einen bedeutungsvollen Blick zu, denn Solomons Leidenschaft für die Poesie war ein gut gehütetes Geheimnis. »Dein Daddy ist ein Romantiker«, flüsterte sie dem Baby zu. »Welchen Namen sollen wir dir geben?«, fragte sie dann.

Das Kleine blinzelte, scheinbar empfänglich für Vorschläge.

»Isolde«, meinte Solomon, noch ganz bei der epischen Dichtung.

»Wohl kaum.«

»Helena von Troja.«

»Helen heißt die Frau deines XO«, bemerkte Jordan.

»Penelope, wie die Frau des Odysseus«, schlug er vor.

»So heißt die Frau deines Commanders.«

»Jesus!«

»Das ist ein Jungenname.«

Solomon schnalzte in gespielter Verzweiflung mit der Zunge. »Und für welchen Namen hast du dich entschieden, Schlaukopf?«

»Rachel«, antwortete Jordan und blickte dem Säugling dabei tief in die Augen. »Rachel Marie McGuire. Nach meiner Mutter.«

»Aha«, sagte Solomon, als er die Zusammenhänge durchschaute. Silas war nach Solomons Vater benannt, und Miguel, der erst im vergangenen Monat getauft worden war, hieß nun Solomon Miguel McGuire. Seufzend legte er einen Arm um seine beiden Frauen. Damit war ihre Familie komplett. »Rufen wir die Jungs rein«, schlug er vor.

»Mögen die Spiele beginnen«, stimmte Jordan glucksend zu.

Danksagung

Wie immer ist dieses Buch das Ergebnis gemeinsamer Anstrengungen. Erneut gilt mein Dank dem Navy-SEAL Commander Mark Divine, der mir die Anregung zu den Actionszenen gegeben und sie durchgesehen hat. Ihre Großzügigkeit und Professionalität machen den Teams alle Ehre. Danke Sharon, dass Sie mir bereitwillig alles über die Myers-Briggs-Persönlichkeitstypen und sozionische Beziehungen erklärt haben – beide helfen mir immer wieder dabei, Charaktere und ihre inneren Konflikte zu entwickeln. Und zuletzt ein Riesendank an Janie, die mich auf diesem langen, abenteuerlichen Weg, den wir gemeinsam erträumten, begleitet hat.

Leseprobe

Stefanie Ross

LUC

Fesseln der Vergangenheit

Als die Silhouetten zweier Fahrzeuge sichtbar wurden, senkte Jasmin den Lauf ihres Gewehres, bis er zu Boden zeigte. Es war in Ordnung, Stärke zu zeigen, das wurde akzeptiert. Eine Bedrohung ohne ersichtlichen Grund konnte hingegen zu einer Auseinandersetzung führen, die nur Verlierer kannte. Das Faltdach des ersten Jeeps war offen, so dass Fahrer und Beifahrer aus Schutz vor dem allgegenwärtigen Staub ihre Köpfe mit einem ähnlichen Tuch verhüllt hatten, wie sie es selbst trug. Damit hatte sie keinen Hinweis auf die Identität der Männer. Der Fahrer stoppte dicht vor ihrem Range Rover und sprang aus dem Wagen. Mit einer Handbewegung befahl er seinen schwer bewaffneten Begleitern, sich zu verteilen. Es hätte des beiläufigen Winkens der Männer in ihre Richtung nicht bedurft, mittlerweile ahnte sie, wer ihr Empfangskomitee war.

Ihre Anspannung wich einem Gefühl der Vorfreude. Auch wenn sie sich bemüht hatte, eine gefühlsmäßige Distanz zu bewahren, hatte Hamid es geschafft, eine persönliche Beziehung zu ihr aufzubauen. Es war ihr unmöglich gewesen, sich seiner ruhigen Art zu entziehen, und die Begeisterung seiner Frau und seines Sohnes über ihre Besuche war so echt, dass sie ansteckend wirkte.

»Ich konnte es nicht glauben, dass jemand so verrückt ist,

den Pass zu benutzen. Ich dachte, der wäre unpassierbar.« Hamids braune Augen funkelten amüsiert, ehe er sie ernst ansah. »Wieso testest du ständig den Willen Allahs? Es gibt eine normale Piste, die wesentlich leichter zu befahren ist und die du kennst. Im Gegensatz zu uns brauchst du den ISAF-Truppen nicht auszuweichen, oder gibt es etwas, das du mir erklären möchtest?«

In den letzten Jahren war Hamid so etwas wie ein Bruder für sie geworden, und die Versuchung wurde fast übermächtig, ihm alles zu erzählen. Jasmin spürte ihre Mundwinkel zittern und riss sich zusammen. Es gab keinen Grund, Hamid mit ihren eigenen Dämonen zu belasten, er hatte genug Probleme. Und wie sollte er ihr helfen? Selbst wenn er sich vielleicht damit abfinden würde, dass sie früher für den Feind, die CIA, gearbeitet hatte, konnte sie ihm kaum erzählen, dass sie heute auf der Flucht vor ihren ehemaligen Kollegen war. Sein Beschützerinstinkt würde ihn dazu bringen, sie im Dorf zu behalten. Es gab keinen Ausweg. Mit ihren Problemen musste sie allein fertig werden. »Ich freue mich auch, dich zu sehen.«

Körperkontakte zwischen Frauen und Männern ohne verwandtschaftliche Beziehung waren in Afghanistan selbst in den Städten eher die Ausnahme, aber Hamid umarmte sie herzlich. Die Geste überraschte sie nicht, schließlich war er auch bereit gewesen, die medizinische Versorgung der Dorfbewohner einer Frau zu überlassen. Zunächst hatte sie auf die ungewohnte Toleranz eines Talibananführers gegenüber westlichen Sitten erstaunt und sogar misstrauisch reagiert, dann jedoch erfahren, dass seine Mutter aus England stammte und sein Vater in London studiert hatte.

»Ich mache mir eben Sorgen um dich, Jasmin.« Lächelnd zog er ihr das Tuch vom Kopf. »Du brauchst das hier nicht. So wie du unsere Lebensweise akzeptierst, wird keiner dich für deine kritisieren. Wir werden Tee trinken und reden. Unser Dorf ist für die nächsten Stunden kein Ort für dich.«

Die ruhige Ankündigung warf etliche Fragen auf, aber Jasmin beschränkte sich auf eine. »Ist Warzai dort?« Hamids stummes Nicken bestätigte ihre Befürchtungen. Warzai war ebenfalls Anführer eines Dorfes, allerdings im Gegensatz zu Hamid für seine Grausamkeit und extreme Auslegung des Korans berüchtigt. Eine Steinigung wäre noch ein harmloser Tod für eine Frau aus dem Westen, die alleine in den Bergen herumfuhr. Im Gegensatz zu Warzai, für den ein Menschenleben nichts zählte und der das Leben seiner Anhänger blind aufs Spiel setzte, wenn es seinem Vorteil diente, lag Hamid das Wohl seiner Leute am Herzen. Die westlichen Militärs machten keinen Unterschied zwischen den Talibanführern, für sie waren die Männer einfach Terroristen, die es zu bekämpfen galt. Doch Jasmin wusste es besser: Der Unterschied zwischen Warzai und Hamid war genauso groß wie der zwischen einem Serienkiller und Mutter Teresa. »Wieso bist du dann hier?«

»Weil mein Bruder und meine Frau sich zusammengetan haben. Beide waren der Meinung, dass ich dich rechtzeitig abfangen sollte. Rein zufällig ist damit dann auch sichergestellt, dass Warzai und ich nicht aufeinandertreffen. Ewig wird sich die fällige Auseinandersetzung nicht vermeiden lassen, aber dieses Mal habe ich den beiden ihren Willen gelassen.«

Ein scharfer Stich in der Magengegend durchfuhr Jasmin, als sie begriff, dass Hamid ihretwegen das Dorf seinem Bruder Kalil überlassen hatte. Diese selbstlose Geste war typisch für ihn, aber eigentlich wollte sie so etwas nicht. Ihr schlechtes Gewissen ihm gegenüber nahm bedrohliche Ausmaße an. Er wusste nicht einmal, wer sie in Wirklichkeit war, und dennoch verhielt er sich so. Erneut begannen ihre Mundwinkel zu zittern. Fahrig fuhr sie sich mit der Hand über die Augen. Was war nur mit ihr los? Solche Sentimentalitäten konnte sie sich nicht leisten. Wenn sie sich zu sehr auf Hamid einließ, brachte sie nur alle in Gefahr. Es wäre ein Alptraum, wenn ihre Verfolger sie in Hamids Dorf fanden. Sie würden keine Zeugen zurücklassen. Dennoch legte sie Hamid eine Hand auf den Arm. »Ich danke dir, mein Bruder.«

Seine Augen leuchteten bei der formellen Anrede auf. Er hatte sie mit einer Teezeremonie als Familienmitglied aufgenommen, nachdem sie seinen Sohn von einer lebensgefährlichen Krankheit geheilt hatte. Bisher waren sie zwar freundschaftlich miteinander umgegangen, aber dennoch hatte sie immer einen Teil von sich zurückgehalten. Sie nahm sich fest vor, ihm zukünftig offener zu begegnen. Auch sie brauchte ein Mindestmaß an menschlicher Nähe, und es gab keinen Grund, Hamid und seine Familie auf Distanz zu halten. Außerdem hatte das bisher sowieso nicht besonders gut geklappt.

»Ich habe übrigens die perfekte Lösung für deinen letzten Streit mit Alima gefunden.«

»Wir haben uns nicht gestritten, meine Frau hatte nur kurzzeitig vergessen, wem sie Gehorsam schuldet.« Sein Grinsen stand im völligen Widerspruch zu seinen Worten, und sie musste einfach zurücklächeln.

»Wie immer du es auch nennst … Sekunde. Ich suche es, während du dich um den Tee kümmerst.«

Er murmelte zwar etwas von Weiberkram, holte aber bereitwillig die Zutaten aus seinem Wagen. Minuten später hatte er Wasser auf einem Gaskocher erhitzt und getrocknete Blätter in die Kanne geworfen. Neugierig blickte er auf das eingewickelte Päckchen in ihrer Hand. Jasmin imitierte einen Tusch und reichte es ihm. »Bassir wollte unbedingt einen Hubschrauber, also soll er auch einen bekommen.« Als Hamid die Stirn runzelte, sprach sie schnell weiter. »Ich kann dich ja verstehen, deshalb gibt es auch keinen Kampfhubschrauber. Sieh es dir an, ehe ich es deinem Sohn gebe.«

Hamid lachte leise, als er das bunte Papier vorsichtig auseinanderzog »Deine Weisheit wird nur von deiner Schönheit übertroffen.«

»Ich denke drüber nach, ob das eine Beleidigung war, großer Bruder.« Trotz ihrer scherzhaften Worte konnte sie ihre Zufriedenheit nicht verbergen. Bassir hatte sich mit der ganzen Energie und dem Charme seiner vier Jahre einen Hubschrauber zum Spielen gewünscht. Aus naheliegenden Gründen waren die Kampfhubschrauber der internationalen Truppen eine ständige Gefahr für Hamids Leute, und er war vehement dagegen gewesen, dass sein Sohn ein solches Spielzeug erhielt. Durch Zufall war Jasmin auf einem Markt in Kunduz auf die Nachbildung eines Rettungshubschraubers gestoßen. Zusammen mit einem Bilderbuch, in dem kindgerecht dargestellt wurde, wie die Hubschrauberbesatzungen Bergsteiger und Seeleute retteten, war es das ideale Geschenk für den Jungen.

»Er wird dich noch mehr vergöttern, *Tante* Jasmin. Vielleicht kann Bassir dich überzeugen, dieses Mal länger zu bleiben. Du weißt, wie sehr du uns willkommen bist, auch ohne das, was du mitbringst.« Er deutete mit dem Kopf auf ihren vollgeladenen Range Rover. »Dieses Mal wirst du nicht mit leeren Händen zurückkehren, sondern ich werde dir Geld überweisen können.« Als sie protestieren wollte, schüttelte er den Kopf. »Ich kenne deine Einwände. Es stammt nicht aus dem Mohnanbau und wird nicht zu uns zurückzuverfolgen sein. Lass uns beim Tee darüber reden.«

Abwechselnd stießen seine Männer zu ihnen, aber das störte ihre entspannte Unterhaltung nicht. Sie plauderten zwanglos über ihre Familien und die Entwicklung des Dorfes. Einige Themen blieben absichtlich unberührt, aber Jasmin wollte auch gar nicht wissen, wieso Hamid zwei neue Fahrzeuge besaß, die an den Türen noch das Abzeichen der schwedischen Armee trugen, oder woher er wusste, dass sie unterwegs zu ihm gewesen war. Obwohl sie in so abgeschiedenen Gebieten lebten, standen die Taliban sowohl übers Internet als auch über Satellitentelefone miteinander in Verbindung, und Hamids Bruder Kalil war ein Technikfreak, der jeden Computer zum Laufen brachte und am liebsten den ganzen Tag im Internet verbracht hätte.

Jasmin lachte gerade herzhaft über die ausgelassene Schilderung eines Streites zwischen Kalil und einer älteren, sehr traditionsbewussten Tante, als ein melodischer Ton sie unterbrach. Mit einem resignierten Lächeln zog Hamid ein Sat-Handy aus der Tasche seines Hemdes. Seine gelöste Stimmung verschwand, während er dem Anrufer schweigend zuhörte. »Wir fahren sofort los. Sorg dafür, dass sie verschwunden sind, ehe wir eintreffen.«

Mit einer Handbewegung befahl er seinen Männern, ihre Sachen zusammenzupacken. »Ich fahre deinen Wagen. Kalil meint, es eilt, und ich werde das Urteil meines Bruders nicht anzweifeln.«

Jasmin würde nicht den Fehler begehen, in dieser Stimmung eine Diskussion mit ihm zu beginnen. Bereitwillig überließ sie ihm das Steuer ihres Range Rover und klammerte sich wenig später an den Haltegriff, als er im Stile eines Rallyefahrers über die Piste jagte. »Verrätst du mir, was los ist?«

»Ich weiß nichts Genaues. Kalil meinte nur, dass Warzai uns in eine Lage gebracht hat, in der wir nur verlieren können, und er braucht dich als Ärztin und will dafür sorgen, dass Warzai und seine Männer verschwunden sind, wenn wir eintreffen.«

»Verschärfe meinetwegen den Konflikt mit Warzai nicht noch mehr, Hamid. Das ist es nicht wert.«

Trotz des unwegsamen Geländes bedachte er sie mit einem langen Seitenblick. »Ohne dich wäre mein Sohn tot und meine Frau vermutlich am Kummer über den Verlust gestorben. Und wie vielen von uns hast du noch das Leben gerettet, Jasmin? Aber es geht hierbei nicht nur um dich oder mich, sondern um Konflikte, die viel tiefer liegen und die unser Land weiter in den Abgrund reißen, wenn wir nichts dagegen tun.«

Ohne das Tempo nennenswert zu drosseln, jagte Hamid den Geländewagen an den ersten Häusern vorbei. »Verbirg dein Gesicht und warte im Wagen. Warzai darf dich nicht sehen.« Er brachte den Wagen erst unmittelbar hinter einer Gruppe Männer zum Stehen. »Wenn etwas schiefgeht, nutze dein Gewehr.« Ohne ihr eine Möglichkeit zur Erwiderung zu geben, sprang er aus dem Wagen und schob die Männer, die ihre Ankunft teils besorgt, teils erfreut beobachtet hatten, kurzerhand zur Seite.

Kurz erhaschte Jasmin einen Blick auf einen Mann, der bewegungslos am Boden lag, dann schloss sich die Menge hinter Hamid und sie musste an Moses denken, der angeblich das Meer für sein flüchtendes Volk geteilt hatte. Unauffällig tastete sie nach ihrem Gewehr und entsicherte es. Im Moment konnte sie nur abwarten, aber Hamids Warnung hatte verdammt ernst geklungen. Weder Frauen noch Kinder zeigten sich im Freien, ein sicheres Anzeichen der drohenden Gefahr. Kühl kalkulierte sie ihre Chancen, falls jemand auf die Idee kam, sie aus dem Wagen zu zerren: verschwindend gering. Das Stimmengewirr war zu undeutlich, sie nahm lediglich einen gewissen Unmut wahr, aber keinen Hinweis, worauf er sich bezog. Nach einigen Minuten, die ihr wie eine Ewigkeit vorgekommen waren, teilte sich die Menge erneut und Hamid öffnete mit ausdrucksloser Miene die Beifahrertür. Nichts erinnerte mehr an den Mann, mit dem sie entspannt geredet und gelacht hatte. »Es wird dir nicht gefallen, aber bitte tu für ihn, was du kannst.«

Stumm folgte sie ihm und verfluchte sich im nächsten Moment. Statt ihres Gewehres hätte sie ihren Arztkoffer gebraucht. Von Warzai und seinen Männern war nur noch eine ferne Staubwolke zu sehen, aber vor ihr lag ein offensichtlich schwer verletzter Mann auf dem Boden. »Verdammt, ich brauche …«

»Hier ist er.« Unbemerkt war Kalil, Hamids jüngerer Bruder, zu ihr getreten, und im Gegensatz zu ihr hatte er gewusst, was sie erwartete und benötigte.

»Danke.« Sie nahm den Koffer und warf ihm stattdessen ihr Gewehr zu. Ohne den Blick von der reglosen Gestalt abzuwenden, hockte sie sich hin. Der Puls war schwach, aber regelmäßig, Atmung kaum spürbar. Die aufgerissenen Lippen und die graue Gesichtsfarbe wiesen auf starke Dehydrierung hin, dazu eine verschorfte Kopfwunde. Und wer wusste schon, was sich noch unter dem zerfetzten T-Shirt verbarg? Erst auf den zweiten Blick bemerkte sie, dass Hände und Füße des Mannes mit groben Stricken gefesselt waren. »Kalil?«

Ohne weitere Aufforderung reichte er ihr ein Messer. Wie immer, wenn sie sich im Dorf aufhielt, übernahm er problemlos die Rolle ihres Assistenten. Vorsichtig durchtrennte sie die Fesseln und atmete scharf ein, als sie die roten Striemen darunter entdeckte. Wenn sich die entzündeten, würde es lebensgefährlich. Er musste sich höllisch gewehrt haben. »Das muss warten. Er braucht Flüssigkeit, und ich muss ihn auf innere Verletzungen untersuchen. Wer ist er? Was ist mit ihm passiert?«

»Wir bringen ihn in das Haus dort drüben. Das steht leer, seitdem sein Besitzer in die Stadt gezogen ist. Den Rest bereden wir später.«

»Nicht bewegen, ehe ich ihn untersucht und ihm eine Infusion verpasst habe.«

Kalil verzog den Mund. »Wenn er die Fahrt hierher überlebt hat, werden ihn die paar Meter auch nicht umbringen.«

»Stimmt, aber hier draußen habe ich besseres Licht. Bis ihr für ausreichende Beleuchtung gesorgt habt, vergeht viel zu viel Zeit.«

Der Körper des Mannes war mit Prellungen übersät, aber bis auf eine oder zwei möglicherweise gebrochene Rippen konnte sie keine ernsthaften Verletzungen feststellen. Aufatmend nahm sie sich Zeit, den Mann zu betrachten. Trotz der Dehydrierung war eine tiefe Sonnenbräune zu erkennen und er war körperlich in Bestform. Ihre tastenden Hände waren auf feste Muskeln und kein Gramm Fett gestoßen. Die Staubschicht konnte nicht verbergen, dass seine Haare normalerweise schwarz waren. Dennoch wirkte seine Gesichtsform eher europäisch als nahöstlich. Und er sah trotz der ausgezehrten Züge und der Prellungen im Wangenbereich wirklich verdammt gut aus, nicht wie einer dieser Schönlinge, die neuerdings in Hollywood Karriere machten, sondern männlich markant. Der dunkle Bartschatten gab ihm außerdem etwas Verwegenes.

Mit gerunzelter Stirn schob Jasmin die abwegigen Gedanken zur Seite. Sein Aussehen war für sie persönlich und ihre Untersuchung völlig irrelevant. Vorsichtig fuhr sie mit den Fingern erst über seinen Kiefer, dann über die Wangen und atmete erneut auf. Geprellt, aber eindeutig nicht gebrochen. Schade, dass er bewusstlos war, vielleicht hätte ihr die Augenfarbe mehr Aufschluss über seine Herkunft gegeben. Als ob er ihre Gedanken gehört hatte, öffneten sich seine Lider flatternd. Sein Blick irrte ziellos umher, bis er sie direkt ansah. Unwillkürlich hielt sie die Luft an. Strahlend blau, die gleiche Farbe wie der Himmel über den Bergen. Er kniff die Augen zusammen und hustete schwach. Dann brachte er es fertig, eine Hand zu heben und an ihre Wange zu legen. »Jamila.« Seine Hand fiel kraftlos herab und seine Augen schlossen sich wieder.

Jasmin sprach fließend Dari und Paschtu, aber das Wort kannte sie nicht. Ratlos wandte sie sich an Kalil und stellte fest, dass er sich auf die Lippe biss. »Was ist denn?«

»Geschmack hat er.«

»Was meinst du?«

»Jamila ist ein arabischer Name und bedeutet ›die Schöne‹.«

Hinter ihr erklang leises Hüsteln. »Oh verdammt.« Sie kannte die Mentalität der Männer nur zu gut, den Namen würde sie nie wieder loswerden. »Seine Körpertemperatur gefällt mir nicht. Aber wir können ihn erst mal in den Schatten bringen.«

Die Anweisung wurde zwar befolgt, aber das leise Getuschel hörte nicht auf. Neben ihrem neuen Spitznamen hörte sie jedoch auch besorgte Töne heraus. Ihr unerwarteter Patient würde auch ohne sie noch ein paar Minuten überleben, deshalb wandte sie sich erneut an Hamid. »Wer ist der Mann und was ist ihm passiert?«

»Die erste Frage kann dir nur dein neuer Verehrer selbst beantworten. Ich weiß es nicht. Ich kann dir nur sagen, dass die internationalen Truppen seit drei Tagen jemanden intensiv suchen, aber Näheres ist nicht bekannt. Bis hierher sind sie noch nicht vorgestoßen, sondern konzentrieren sich auf ein Gebiet weiter südlich von hier. Meine Quellen können nicht einmal mit Gerüchten aufwarten. Warzai brüstete sich damit, dass der Mann ihm in eine Sprengfalle geraten ist und er ihn anschließend in einem harten Kampf überwältigt hat. Dabei sollen Dutzende Soldaten auf der Strecke geblieben sein. Aber das kann nicht stimmen, das wissen wir beide. Niemand ist nach einer solchen Explosion noch in der Lage, sich zu wehren, und es gibt auch keine offiziellen Berichte der Nato über

Verluste. Aber egal, Warzai wird in Pakistan erwartet und hat die Gelegenheit genutzt, seinen Gefangenen hier sozusagen zwischenzuparken. Überlebt der die Zeit bis zu seiner Rückkehr nicht, hat er endlich den idealen Vorwand, gegen mich vorzugehen.«

Damit hatte Jasmin ihre Antwort, aber die gefiel ihr überhaupt nicht. Warzai beschwerte sich seit Monaten, dass Hamids Einstellung nicht den traditionellen Werten entsprach. Nach ihrer Einschätzung war Warzai lediglich neidisch auf Hamids Ansehen und seine Erfolge beim Aufbau des Dorfs. Dabei verdiente Warzai ein Vermögen mit dem Opiumhandel, steckte aber sein gesamtes Geld in neue Waffen.

Bisher hatte Warzai nicht gewagt, Hamid offen anzugreifen, weil er die Kampfkraft von Hamids Männern kannte und für seine Gehässigkeiten keine Anhänger in den umliegenden Dörfern gefunden hatte. Mit dem Tod eines Mannes, auf den er Anspruch erhob, konnte sich die Lage jedoch komplett ändern.

»Und wenn ich ihn wieder zusammenflicke, wird Warzai ihn sich holen und ihn vor laufender Kamera ermorden. Das wäre ja nicht das erste Mal, fragt sich nur, ob er dieses Mal dazu steht, um seinen Ruf als kompromissloser Anführer zu polieren, oder ob er wieder dir die Schuld in die Schuhe schiebt. Verdammt, wenn er doch nur an einem Handel mit der Regierung oder den Truppen interessiert wäre. Wetten, dass Warzai sich alles genau überlegt hat? Er wusste bestimmt, dass ich unterwegs bin. Perfektes Timing für ihn, denn einen bewusstlosen, halbtoten Mann umzubringen, ist verschwendetes Filmmaterial. Das will im Internet keiner sehen und schädigt seinen Ruf nur.«

»Ich sagte dir, dass es dir nicht gefallen wird.«

Die Lage war aussichtslos. Warzais Aufenthalt in Pakistan würde nicht ewig dauern. Half sie dem Mann nicht und er starb, brachte sie Hamid und sämtliche Dorfbewohner in Gefahr, weil Warzai ihn für den Verlust seines Gefangenen zur Rechenschaft ziehen würde. Wenn sie ihm mit Flüssigkeit und den richtigen Medikamenten das Leben rettete, würde Warzai ihn zurückfordern und sie lieferte den Unbekannten einem Schicksal aus, das an Grausamkeit nicht zu überbieten war. Der Tod durch Dehydrierung war wenigstens sanft und schmerzfrei, nichts im Vergleich zu dem, was Warzai für ihn bereithielt. Verhalf sie ihm zur Flucht, überließ sie Hamid und das Dorf Warzais Rache und verlor alles, was sie in den letzten Jahren aufgebaut hatte.

Hamids Miene lieferte ihr keinen Hinweis, was er dachte geschweige denn vorhatte. Aber ihr Freund hatte letztlich keine Wahl. Er musste tun, was Warzai verlangte, denn er konnte das Leben der Dorfbewohner nicht für einen Unbekannten aufs Spiel setzen, der höchstwahrscheinlich zu seinen Feinden gehörte.

Als ob das an Problemen nicht schon reichen würde, ging ihr der kurze Blickkontakt mit dem Verletzten nicht aus dem Kopf. Mit dem einen Wort hatte der fremde Mann etwas in ihr berührt, das sie längst für tot gehalten hatte.

Stefanie
Ross
Fesseln der Vergangenheit
ROMAN
LYX

Stefanie
Ross
JAY
Explosive Wahrheit
LYX

Marliss Melton

SEAL Team 12

Romantic Thrill

Nach einem Jahr Gefangenschaft und Folter kann der Navy SEAL Gabe Renault seinen Peinigern entkommen. Doch er erinnert sich nicht mehr an die letzten drei Jahre seines Lebens – auch nicht an seine Frau Helen. Die hatte eigentlich schon mit ihrer unglücklichen Ehe abgeschlossen und ist fassungslos, als Gabe plötzlich vor ihr steht. Mit allen Mitteln versucht er, Helens Liebe zurückzugewinnen. Aber dann wird ein Anschlag auf sein Leben verübt, und Gabe erkennt, dass er die Vergangenheit noch nicht hinter sich gelassen hat ...

SEAL Team 12: Eine packend erzählte, wunderbar romantische Serie um starke Helden, die die Frau ihres Herzens finden und um die Liebe kämpfen.

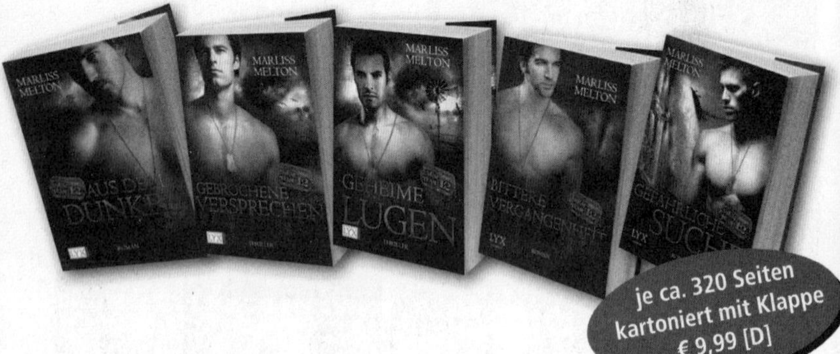

Band 1: Aus dem Dunkel ISBN 978-3-8025-8462-6
Band 2: Gebrochene Versprechen ISBN 978-3-8025-8463-3
Band 3: Geheime Lügen ISBN 978-3-8025-8797-9
Band 4: Bittere Vergangenheit ISBN 978-3-8025-8887-7
Band 5: Gefährliche Suche ISBN 978-3-8025-9095-5

www.egmont-lyx.de

LYX
EGMONT

Maya Banks

KGI

Dunkle Stunde

Roman

Ex-Navy-SEAL Ethan Kelly trauert um seine Frau Rachel, die vor einem Jahr spurlos verschwand. Da erhält er die Nachricht, dass Rachel noch am Leben ist, jedoch von Unbekannten gefangen gehalten wird. In seiner Verzweiflung bittet er die Sondereinsatzgruppe KGI um Hilfe, um seine Frau zu befreien. Doch Rachel hat ihr Gedächtnis verloren und kann sich an ihr früheres Leben nicht mehr erinnern …

Band 1: Dunkle Stunde
400 Seiten, kartoniert mit Klappe
€ 9,99 [D]
ISBN 978-3-8025-8674-3

Band 2: Tödliche Rache
336 Seiten, kartoniert mit Klappe
€ 9,99 [D]
ISBN 978-3-8025-8678-1

Band 3: Blutiges Spiel
ca. 400 Seiten, kartoniert
€ 9,99 [D]
ISBN 978-3-8025-9089-4

www.egmont-lyx.de

LYX
EGMONT